Über die Autorin:

Amelie Kiers wurde 2001 in Kassel geboren und lebt heute mit ihrer Familie und ihren Haustieren in der Nähe von Hamburg. Wenn sie nicht gerade liest oder selbst schreibt, geht sie in ihrer Freizeit sehr gerne auf Konzerte und Festivals oder verbringt Zeit mit ihren Freunden. Ansonsten liebt sie es, zu reisen und erkundet nicht nur in ihren Büchern ferne Orte. The American Mistake ist ihr erster veröffentlichter Roman.

The American
Mistake

Amelie Kiers

WREADERS TASCHENBUCH
Band 43

Dieses Buch ist auch als E-Book erschienen

Vollständige Taschenbuchausgabe
Deutsche Erstausgabe

Copyright © 2020 by Wreaders Verlag, Sassenberg
Druck: BoD – Books on Demand, Norderstedt
Umschlaggestaltung: Melanie Schmeißer
Lektorat: Denise Nestler
Satz: Lena Weinert

www.wreaders.de

ISBN: 978-3-96733-084-7

PROLOG

Stürmisch klingelte ich an dem silbernen Knopf neben der großen, dunklen Eichenholztür. Julians Mutter, eine große schlanke Frau mit schwarzen langen Haaren öffnete mir.

»Immer ruhig mit den jungen Pferden«, meinte sie lachend.

»Ich muss zu Julian, ist er da?«, fragte ich sie aufgeregt.

Ich musste unbedingt mit meinem Freund sprechen, denn ich hatte ihm etwas Wichtiges mitzuteilen. Nach reichlicher Überlegung hatte ich nämlich beschlossen, den Gedanken an ein Auslandsjahr in den USA wieder zu verwerfen. Wir hatten uns wegen dieses Plans ziemlich in die Haare gekriegt, denn Julian wollte unbedingt, dass ich hierblieb. Er hatte mir deutlich klargemacht, dass er keine Fernbeziehung eingehen würde. Daraufhin hatte ich zwar versucht, ihn zu überzeugen, dass ein Auslandsjahr mein größter Traum wäre, doch er war stur geblieben. Nach einigen Tagen Funkstille wollte ich ihm jetzt aber mitteilen, dass ich meinen Traum für unsere Beziehung aufgeben würde und nicht nach Amerika gehen würde. »Er ist oben«, riss mich Maria, seine Mutter, aus meinen Gedanken.

Ich bedankte mich brav, dann lief ich mit schnellen Schritten die Treppe nach oben. An Julians Zimmer angekommen, riss ich die Tür mit Schwung auf. »Ich gehe doch nicht nach Ame-«, setzte ich an, doch brach mitten im Satz ab, denn mir stockte der Atem.

Das Szenario, das ich dort erblickte, traf mich wie ein harter Schlag ins Gesicht und ich taumelte benommen einen Schritt zurück. Ich hatte erwartet, dass ich Julian beim Computerspielen stören würde, aber offensichtlich hatte ich ihn bei etwas ganz anderem unterbrochen. In dem Bett, in dem ich schon so oft in seinen Armen eingeschlafen war, lag nun ein anderes Mädchen, das ihren nackten Körper lustvoll meinem Freund entgegen wölbte. Ich blinzelte ein paar Mal fassungslos und erkannte nach genauerem Hinsehen, dass die nackte Blondine nicht nur irgendein Mädchen war, sondern ausgerechnet meine Freundin Lina. Zumindest war sie bis zu diesem Moment meine Freundin gewesen.

Es dauerte einen Moment, bis die beiden mich im Türrahmen entdeckten, wo ich immer noch wie festgefroren stand. Dann schreckten sie jedoch hektisch auseinander, doch das konnte nichts mehr retten.

Es fühlte sich an, als würde mein Herz brutal in Stücke gefetzt werden und Tränen schossen mir in die Augen und ließen alles verschwimmen. Alles erschien mir plötzlich so surreal, als wäre ich im falschen Film gelandet. Wut, Schmerz und Trauer vernebelten meinen Kopf und ich konnte keinen klaren Gedanken mehr fassen. Das Einzige, was ich wusste, war, dass Julian mich mit Lina betrogen hatte.

»Valerie, bitte lass es mich dir erklären«, vernahm ich Julians Stimme wie durch Watte gepackt.

Er war mittlerweile aufgesprungen und hatte sich schnell etwas übergezogen, während Lina ihren Körper unter der Decke versteckte. Ich stand hingegen weiterhin nur wie gelähmt im Türrahmen. Erst als Julian seine Hand nach mir ausstreckte, kam wieder Bewegung in mich. Vor Tränen blind rannte ich die Treppe hinunter, raus aus dem Haus. Ich musste weg von hier und das so weit wie möglich!

Doch Julian folgte mir. »Warte doch bitte«, rief er mir flehend hinterher. Aber ich rannte weiter und dachte gar nicht daran, stehenzubleiben. Da gab es nichts zu erklären, ich hatte alles mit eigenen Augen gesehen. Die Bilder, wie sich Julian nackt über Lina beugte, spielten sich immer wieder vor meinem inneren Auge ab und setzten meinem Herzen jedes Mal einen neuen Nadelstich zu. Ich fühlte mich so belogen und betrogen. Eine unfassbare Wut auf Julian, den ich nun wohl als meinen Ex-Freund betiteln durfte, mischte sich in all den Schmerz und machte es mir schwer, zu atmen. Ich hätte für ihn meinen Traum aufgegeben und er schaffte es nicht mal, mir treu zu bleiben. Diese Erkenntnis schmeckte so bitter auf meiner Zunge, dass mir schlecht wurde. Und da fasste ich meinen endgültigen Entschluss: Ich würde nach Amerika gehen!

Kapitel 1

»Herzlich Willkommen an unserem Zielflughafen, dem *Philadelphia International Airport*. Bitte bleiben Sie noch so lange sitzen, bis die endgültige Parkposition erreicht ist. Gehen Sie sicher, dass Sie Ihr Handgepäck mitnehmen. Wir hoffen, Sie hatten einen angenehmen Flug und verabschieden uns nun von Ihnen. Vielen Dank«, tönte eine Durchsage auf Englisch durch den Flieger und ein Kribbeln durchfuhr mich. Ich war jetzt in Amerika, dem Land der unbegrenzten Möglichkeiten, bereit für das wahrscheinlich größte Abenteuer meines Lebens.

Voller Aufregung erhob ich mich von meinem Sitz und schob mich in den Mittelgang, wobei ich jedoch fast mein Handgepäck vergessen hätte, wenn mich nicht eine ältere Dame mit einem netten Lächeln darauf aufmerksam gemacht hätte. Da dies mein erster Flug war, kannte ich den ganzen Ablauf noch nicht und war etwas überfordert. Ich hatte mir auf YouTube zwar tausend Tutorials übers Fliegen angeguckt, aber komplett auf mich alleine gestellt klappte dann natürlich doch nicht alles, wie es sollte.

Als ich endlich den Flughafen verließ, verspürte ich deshalb einfach nur eine große Erleichterung. Suchend blickte ich mich nach meinen Gasteltern um. Sie meinten, wir würden uns hier treffen.

»Valerie, Valerie!«, hörte ich in diesem Moment jemanden hinter mir rufen.

Ich drehte mich um und sah eine kleine, schlanke Frau, um die vierzig Jahre, auf mich zu rennen. Sie besaß lange braune Haare und ein herzliches, offenes Lächeln. In echt wirkte sie noch viel sympathischer als in unseren Skype-Telefonaten, in denen ich meine Gasteltern bereits kennengelernt hatte. Ich kam ihr ein paar Schritte entgegen und sie schloss mich sofort in eine feste Umarmung.

»Herzlich Willkommen in Amerika. Ich hoffe, es wird dir hier gefallen«, begrüßte sie mich und strahlte mich an. Ein wohliges Gefühl breitete sich in meinem Bauch aus und verdrängte all die Aufregung von eben, ich mochte meine Gastmutter jetzt schon richtig gerne.

»Da bin ich mir sicher, vielen Dank, Misses Campbell.«

»Ach, nenn' mich doch bitte Kate, sonst fühle ich mich so alt und schließlich bin ich jetzt für das nächste Jahr deine Ersatzmutter. Und jetzt komm mit, George wartet im Auto und ich glaube, er steht im absoluten Halteverbot«, meinte sie grinsend und bahnte sich zielstrebig einen Weg durch die anderen Reisenden um uns herum.

Schnell folgte ich ihr, meinen Koffer hatte sie mir schon abgenommen, sodass ich nur noch meine Tasche tragen musste. Am Auto angekommen, zog auch George mich zur Begrüßung in eine herzliche Umarmung. Dann verlud er mein Gepäck und wir fuhren los. Los, in mein neues Abenteuer.

Nach einer halbstündigen Fahrt hielten wir schließlich vor einem großen, weißen Haus aus Sandstein. Der Vorgarten bestand aus sorgfältig angelegten Beeten und einem Kiesweg, der sich durch die kunstvoll angeordneten Blumen und Buchsbaumhecken schlängelte. Daneben führte eine breite Auffahrt zu den Garagen herunter.

Mit großen Augen blickte ich mich um und konnte mein Staunen kaum verbergen, ich war nicht darauf vorbereitet gewesen, dass ich in so einem tollen Haus wohnen würde. Doch in diesem Moment erinnerte ich mich wieder daran, dass Kate und George eine sehr erfolgreiche Anwaltskanzlei führten, so hatte es zumindest in den Unterlagen zu meiner Gastfamilie gestanden. Kein Wunder, dass sie sich so ein Haus leisten konnten.

Mit einem Mal kam ich mir so klein und fehl am Platz vor — würde ich mich hier wie ein Außenseiter fühlen?

Doch die Angst verschwand so schnell, wie sie gekommen war. Allein die Autofahrt hierher hatte gereicht, um mir zu zeigen, wie lieb und herzlich Kate und George waren und ich war mir sicher, dass ich mich bei ihnen wohlfühlen würde.

Nachdem wir meine Koffer aus dem Auto geholt hatten, zeigte Kate mir mein Zimmer. Mit den Worten »Das wird für das nächste Jahr dein Reich sein« öffnete sie die weiße Tür am Ende des Flurs und der Anblick, der sich mir bot, verschlug mir für einen Augenblick die Sprache. Das große Zimmer war in hellen Cremetönen gestrichen und sonnenlichtdurchflutet. Die Einrichtung war farblich perfekt abgestimmt und kleine Pflanzen ließen den Raum grün und lebendig aussehen. Da kam selbst mein Zimmer in Deutschland nicht gegen an – Kate hatte gerade meine kühnsten Erwartungen übertroffen.

Ich begann damit, meine Sachen auszupacken, aber das wurde mir schnell zu langweilig, ich wollte meinen ersten Tag nicht nur mit Aufräumen verbringen. Am liebsten würde ich schon erste Eindrücke von dem Land, auf das ich mich so lange gefreut hatte, sammeln und nicht nur in meinem Zimmer hocken. Also lief ich runter und sagte Kate, dass ich auf eine erste Erkundungstour durch den Ort gehen würde. Sie war von der Idee sofort begeistert und bot mir an, mich zu begleiten, doch ich lehnte dankend ab. Ich hatte das Gefühl, dass ich einen kurzen Moment für mich alleine brauchte, um all meine bisherigen Eindrücke zu verarbeiten und etwas durchzuatmen – ein anderes Mal würde ich gerne auf ihr Angebot zurückkommen. Und so machte ich mich wenig später auf den Weg durch den Ort.

Phoenixville war eine Kleinstadt in der Nähe von Philadelphia, die trotz der Nähe zur Großstadt doch recht ländlich geprägt war. So streifte ich durch beschauliche Straßen, mit sorgfältig angelegten Vorgärten und gepflegten Grünanlagen. Der Ort wirkte auf mich ruhig und malerisch, ganz das Gegenteil von meiner Heimatstadt Hamburg, in der bei jeder Tag- und Nachtzeit etwas los war.

Verträumt betrachtete ich die sich langsam bunt färbenden Blätter der Bäume, die anzeigten, dass jetzt, Anfang September, bereits der Herbst einsetzte. Plötzlich raschelte es im Gebüsch und ein kleiner Igel lief auf die Straße. Er machte mitten auf dem Asphalt Halt, sodass ich ihn gut beobachten konnte. Orientierungslos schaute der Igel sich um, während mir ganz warm ums Herz wurde, so süß wie dieses kleine Tier war.

Doch da hörte ich mit einem Mal ein dröhnendes Motorengeräusch und ein Sportwagen bog mit deutlich überhöhter

Geschwindigkeit um die Kurve. Er schoss nur so die Straße entlang und mir wurde sofort mit einem Schrecken bewusst, dass er den kleinen Igel nicht sehen würde.

Einem einfachen Impuls folgend, rannte ich auf die Straße und stellte mich mit winkenden Armen vor den Igel. Das Auto legte mit quietschenden Reifen eine Vollbremsung hin und für einen kurzen Moment befürchtete ich sogar, dass es mich noch erwischen würde, doch dann kam es nur wenige Meter vor mir zum Stehen.

Erst in diesem Moment realisierte ich, in was für eine Lebensgefahr ich mich da gerade begeben hatte und begann plötzlich am ganzen Körper zu zittern. Das war ja gerade noch gut gegangen. Wieso ließ ich mich nur immer zu so impulsiven, in diesem Fall gefährlichen, Aktionen hinreißen?

Während ich noch dabei war, den Schock zu verarbeiten, schlug die Tür des schwarzen Sportwagens auf und ein junger Mann, schätzungsweise zwei, drei Jahre älter als ich, stieg aus. Sein Gesicht war vor Wut verzerrt und seine Augen versuchten mich in Grund und Boden zu starren, doch ich hielt seinem bösen Blick stand.

»Was zur Hölle war das? Bist du vollkommen übergeschnappt?«, schrie er mich an und kam dabei etwas auf mich zu, nur um sich direkt vor mir aufzubauen.

Ich musterte ihn kurz. Der Junge vor mir war groß und trainiert, besaß braune Haare und markante Gesichtszüge. Alles in allem war er echt attraktiv, würde er nicht so schrecklich aufgebracht und aggressiv wirken. Er hatte ja ein Recht darauf, wütend auf mich zu sein, aber er musste mich nicht gleich so anschreien. Außerdem hatte ich mich nur in diese Gefahr gegeben, weil er viel zu schnell gefahren war und den Igel somit auf jeden Fall übersehen hätte.

»Das Gleiche könnte ich dich fragen, schließlich brettere ich hier nicht wie eine Wahnsinnige die Straße herunter!«, entgegnete ich. »Du hättest sonst diesen Igel überfahren.«

Während ich diese Worte aussprach, wurde mir bewusst, wie lächerlich ich eigentlich klang. Wegen eines kleinen Igels das eigene Leben zu riskieren – das war doch irre! Trotzdem würde ich jetzt vor diesem aufgebrachten Idioten nicht klein beigeben. Wenn ich eines hasste, dann waren das arrogante Arschlöcher und der Junge vor mir schien definitiv zu dieser Kategorie zu gehören, das konnte ich auf den ersten Blick sagen.

»Ein Igel?«, fragte er fassungslos nach. »Du wirfst dich vor einem Auto auf die Straße, um das Leben eines scheiß Igels zu retten? Wow, so eine dumme Person wie du ist mir noch nie unter die Augen gekommen«, meinte er dann und begann ironisch zu lachen.

Wie, um mich vor seinen Beleidigungen zu schützen, schlang ich meine Arme um meinen Körper. Es war nicht fair von dem braunhaarigen Jungen, mich direkt persönlich anzugreifen.

»Um dich zu retten, hätte ich mich ganz sicher nicht auf die Straße geworfen«, erwiderte ich deshalb gekränkt.

Der Junge vor mir schien mich jedoch gar nicht mehr ernst zu nehmen, sondern brach jetzt erst recht in heilloses Gelächter aus. »Na dann«, meinte er schulterzuckend.

Dann drehte er sich eiskalt um und ging zurück zu seinem Wagen, um einzusteigen. Er fuhr langsam einen Bogen um mich und den Igel.

»Pass lieber auf, wenn du das nächste Mal irgendeinem Vieh das Leben retten willst, nicht alle Autofahrer haben so gute Reflexe wie ich«, rief er mir dabei aus dem heruntergelassenen Fenster zu.

Nachdem er mich dann passiert hatte, ließ er seinen Motor laut aufheulen und brauste mit einem Affenzahn davon, während ich ihm nur meinen Mittelfinger hinterher streckte. Was für ein Arschloch!

Kopfschüttelnd wartete ich ab, bis der Igel von der Straße runter gekrabbelt war und machte mich anschließend wieder auf den Weg zurück. Die Lust auf meinen Spaziergang war mir gehörig vergangen.

Während ich zurück lief, regte ich mich immer noch über den Autofahrer von eben auf. Wie konnte man nur so asozial und ignorant sein? Offensichtlich waren doch nicht alle Amerikaner so nett und offen, wie ich gedacht hatte. Dieses Erlebnis versetzte meiner Euphorie von eben echt einen beachtlichen Dämpfer.

Immer noch völlig in Gedanken, bog ich auf die Auffahrt zum Haus der Campbells ein. Bei dem Bild, dass sich mir dort zeigte, blieb mir vor Schreck jedoch fast das Herz stehen. Mitten auf der Auffahrt stand der schwarze Sportwagen, der mich eben noch fast überfahren hatte. Nein, das konnte doch nicht sein, ich musste hier irgendwie im falschen Film gelandet sein. Wie war es möglich, dass ausgerechnet das Arschloch von eben sich als mein Gastbruder Dylan entpuppen sollte? Wie viel Pech konnte ich bitte haben? Am liebsten wäre ich auf der Stelle wieder umgedreht und einfach davongerannt, doch ich zwang mich, zum Haus zu gehen und an der Tür zu klingeln. Vielleicht besaß jemand aus der Familie Campbell einfach das gleiche Auto, wie der Typ, dem ich eben begegnet war.

Nach einem kurzen Augenblick des Wartens wurde die Tür auch schon aufgerissen und der Junge von eben stand vor mir, womit sich all meine Befürchtungen bestätigten. Mein Herz sank mir augenblicklich in die Hose.

»Nein!«, entfuhr es uns zeitgleich und für einen kurzen Moment befürchtete ich, dass der Junge, der offensichtlich mein Gastbruder Dylan war, mir einfach die Tür vor der Nase zuknallen würde.

»Na, na, wen haben wir denn da?«, sagte Dylan dann jedoch und betrachtete mich mit einem falschen Lächeln von oben herab. »Die Igel-Retterin. Dann bist du bestimmt Valerie.«

Ich schluckte schwer, da ich mich so unglaublich unwohl fühlte. Dann nickte ich jedoch.

»Und du bist der Igel-Killer Dylan, schön deine Bekanntschaft zu machen«, entgegnete ich ironisch und setzte ebenfalls ein falsches Lächeln auf.

Dylan schien es gar nicht zu gefallen, dass ich mich nicht von ihm einschüchtern ließ, wie er es wahrscheinlich sonst gewohnt war, denn seine Augen begannen bedrohlich zu funkeln. Jetzt bekam ich plötzlich doch etwas Angst vor ihm und wäre am liebsten einen Schritt zurückgewichen, doch die Blöße wollte ich mir nicht geben. Also hielt ich seinem kühlen

Blick ruhig stand, obwohl ich eigentlich ganz schön weiche Knie hatte.

»Du traust dich ganz schön was, Kleine«, kam es spöttisch von Dylan. »Pass lieber auf, mit wem du dich anlegst, denn glaub mir, mich willst du nicht als deinen Feind haben.«

»Aber auch nicht als meinen Freund«, erwiderte ich in einem Anflug von Größenwahnsinn kühn, woraufhin Dylans Augenbrauen sich wütend zusammenzogen und seine grünen Augen einen beängstigend dunklen Ton annahmen.

Sofort wurde mir bewusst, dass ich mit dieser Aussage definitiv einen Schritt zu weit gegangen war. Am liebsten wäre ich zurückgerudert, doch das ging nun nicht mehr.

»Du bewegst dich auf ganz dünnem Eis, Valerie, ganz dünnem Eis«, knurrte Dylan. Dann drehte er sich einfach um und ging davon.

So konnte ich zumindest ins Haus eintreten, aber mir war auch bewusst, dass die Sache damit noch lange nicht gegessen war. Das würde auf jeden Fall noch ein Nachspiel haben. Wieso musste ich mich auch nur direkt am ersten Tag mit meinem Gastbruder anlegen? Wenn er mich ab sofort hasste, würde er bestimmt nicht zögern, mir meinen Austausch zur Hölle zu machen.

Mich überkam plötzlich ein ganz flaues Gefühl und ich fühlte mich schrecklich alleine. Ich hatte hier niemanden, der mir zur Seite stehen würde, wenn Dylan mich fertigmachen würde. Meine Freunde und Familie waren alle in Deutschland. Ein Anflug von Heimweh ergriff mich wie eine kalte Windbrise und ich beschloss, meine beste Freundin Mia anzurufen, um mich etwas abzulenken und wenigstens eine vertraute Stimme zu hören.

Ich überschlug kurz die Zeit, in Deutschland musste es gerade gegen zehn Uhr abends sein, hoffentlich war sie nicht schon schlafen gegangen. Dann setzte ich mich vor meinen Laptop und rief Mia per Skype an. Zum Glück ging sie ran.

»Oh mein Gott, Vale, wie schön, dass du dich meldest. Wie war dein Flug? Wie ist deine Familie? Und wie ist dein Gastbruder? Ist er heiß?«, redete Mia direkt wie ein Wasserfall drauf los.

Ich musste lachen und fühlte mich automatisch schon etwas besser. Mia war schon immer sehr – sagen wir mal *kommunikativ* – gewesen und ich beantwortete ihre Fragen alle der Reihe nach, während Mia ungeduldig mit ihren Fingern auf ihren Schreibtisch trommelte. Ich wusste, dass die Antwort auf die letzten beiden Fragen zu Dylan sie am meisten interessierten, deshalb ließ ich sie mit Absicht ein bisschen zappeln.

»Ach komm, Vale, das machst du doch mit Absicht. Jetzt erzähl mir doch mal von deinem Gastbruder«, beschwerte sich Mia schließlich, als ich ihr meinen Flug in allen langweiligen Details schilderte.

Ein fieses Grinsen schlich sich auf mein Gesicht, doch dann beschloss ich Mia von ihrem Leid zu erlösen und mein Grinsen erlosch bei dem Gedanken an Dylans und meine erste Begegnung so schnell wie es gekommen war. Dylan war wahrscheinlich der schlimmste Gastbruder, den man sich nur erdenken konnte.

»Ja schon, aber dieser Typ ist nicht ganz normal«, antwortete ich dann und erzählte ihr von unserer ersten Begegnung, während ich mich an sein Aussehen zurückerinnerte. Braune Haare, groß und trainiert. Seine Augen hatten mich jedoch am meisten fasziniert, sie waren leuchtend grün und wunderschön, aber gleichzeitig so mysteriös. Wären sie nicht so voller Zorn und Wut auf alles und jeden, würde es mir wahrscheinlich schwerfallen, mich nicht in ihren Bann ziehen zu lassen.

»Fuck. Glaubst du, er hat eine Waffe?«, riss Mia mich aus meinen Gedanken.

»Wieso?« Ich runzelte verwirrt die Stirn. Wieso sollte ein achtzehnjähriger Junge bitte eine Waffe besitzen? Mia hatte echt zu viele Filme gesehen.

»Mein Gott, Vale, ihr seid in *A-me-ri-ka*.« Sie betonte jede Silbe einzeln, als würde sie mit ihrer schwerhörigen Oma sprechen, weshalb ich lachen musste.

»Ich glaube nicht, aber ich kann ja mal nachsehen«, meinte ich daraufhin zu ihr.

»Sehr gut, aber lass dich nicht erschießen. Ich muss jetzt leider Schluss machen, morgen schreibe ich einen Französisch-Test und dafür sollte ich zumindest halbwegs ausgeschlafen sein. Dir wünsche ich aber noch ganz viel Spaß und melde dich immer mal«, verabschiedete sich Mia.

Mich überkam ein leicht wehmütiges Gefühl, ich vermisste meine beste Freundin jetzt schon. Ich hatte keine Ahnung, wie ich die nächste Zeit ohne sie überstehen sollte. Ich hatte mich so gefreut, als ich erfahren hatte, dass ich einen Gastbruder in meinem Alter haben würde und hatte gehofft, dass ich mich mit ihm anfreunden könnte. Dann wäre ich wenigstens nicht ganz alleine. Aber das konnte ich mir jetzt wohl abschminken. Dylan hasste mich und würde alles daransetzen, meinen Start hier zu erschweren. Das wusste ich, ohne dass er es explizit ausgesprochen hatte, aber der Blick, mit dem er mich erst bedacht hatte, hatte mehr gesagt als tausend Worte.

»Mach ich und vielen Dank. Ich wünsche dir eine gute Nacht.«

Ich gab mir Mühe, meine Stimme betont fröhlich klingen zu lassen, damit Mia nicht bemerkte, wie einsam ich mich jetzt schon fühlte. Meine Familie und meine Freunde waren über tausend Kilometer Luftlinie von mir entfernt und ich war hier alleine mit meinem Gastbruder, der ein ziemliches Aggressionsproblem zu haben schien, heiß hin oder her. Zumindest hatte ich tolle Gasteltern bekommen. Trotzdem hoffte ich einfach nur, dass ich in der Schule bald neue Freunde finden würde.

Ich winkte noch ein letztes Mal in die Kamera, dann legten wir beide auf.

Kapitel 2

Ich wachte am nächsten Tag erst am Mittag auf, da mir der Jetlag noch deutlich in den Knochen lag. Schlaftrunken schlurfte ich rüber ins Bad und wäre auf dem Flur fast mit Dylan zusammengestoßen. Er war nur mit einem Handtuch bekleidet, dass er sich locker um die Hüfte geschlungen hatte und auf seinem nackten Oberkörper perlten einige Wassertropfen von den definierten Muskeln ab – offensichtlich kam er gerade aus der Dusche.

Erschrocken wich ich einen Schritt von meinem, viel zu wenig bekleideten, Gastbruder zurück und versuchte ihn nicht allzu offensichtlich anzustarren. Dylan musterte mich abschätzig mit einer hochgezogenen Augenbraue.

»Guten Morgen beziehungsweise eher guten Mittag, Igel-Retterin. Ich weiß nicht, ob dir das schon mal jemand gesagt hat, aber dass man schöner wird, je länger man schläft, ist eine Lüge.«

Seine Stimme triefte nur so vor Arroganz und er legte es sichtlich darauf an, mich zu provozieren.

Ich merkte, wie sich mein Hals zusammenschnürte und ich musste einmal hart schlucken. Der Tag startete ja schon wunderbar, Dylan hatte es sich anscheinend wirklich zur Aufgabe gemacht, mich nach allen Regeln der Kunst fertigzumachen. Doch das konnte ich nicht auf mir sitzen lassen, ich war mir sicher, dass Dylans Sticheleien nur noch schlimmer werden würden, wenn ich mich nicht wehrte.

»Danke für den Tipp, aber hast du schon mal in einen Spiegel geguckt? Oder sind die bei deinem Anblick alle zersprungen?«, konterte ich, wobei meine Stimme überraschend fest und gefasst klang.

»Die sind alle schon zersprungen, als du geboren wurdest-«, setzte Dylan an, doch er wurde von Kate unterbrochen, die in diesem Augenblick die Treppe hochkam.

»Guten Morgen ihr Lieben. Schön, dass ihr wach seid«, begrüßte sie uns mit einem strahlenden Lächeln und ich fragte mich, ob sie uns gerade streiten gehört hatte und es einfach überhörte oder echt nichts von unserer Auseinandersetzung mitgekriegt hatte.

»Guten Morgen«, antwortete ich ihr und schob diesen Gedanken beiseite.

Ich schenkte ihr ebenfalls ein freundliches Lächeln, während Dylan nur ein leises »Morgen« brummelte.

»Kommt ihr gleich runter zum Essen?«, fragte Kate.

»Ich komme gleich«, sagte ich betont fröhlich, während von Dylan nur irgendwelche nicht deutbaren Laute kamen. Er schien um diese Uhrzeit noch nicht besonders gesprächig zu sein, aber beleidigen konnte er mich schon, oder was? Was für ein Idiot!

Nachdem wir zusammen gegessen hatten, wobei Dylan mich die ganze Zeit über aus zusammengekniffenen Augen angefunkelt hatte, lief ich ein bisschen durch das Haus, um mir alles genauer anzusehen. Gestern war ich so müde gewesen, dass ich nach dem Abendbrot einfach ins Bett gefallen war und bis eben durchgeschlafen hatte, sodass keine Zeit für eine Erkundungstour geblieben war. Das Haus war geräumig und lichtdurchflutet, genau wie es auf den ersten Blick gewirkt hatte. Überall standen Pflanzen und kleine Deko-Objekte, Kate schien echt ein Auge dafür zu haben.

In diesem Moment blieb mein Blick an einem Hundekorb in der Ecke des Wohnzimmers hängen und ich blickte mich suchend um. In den Unterlagen zu meiner Gastfamilie hatte zwar gestanden, dass sie einen Hund besaßen, aber da ich ihn gestern noch nicht gesehen hatte, hatte ich schon Vermutungen angestellt, ob das vielleicht ein Fehler war oder die Campbells ihren Hund weggegeben hatten oder so. Anscheinend war dies doch nicht der Fall und ein freudiges Gefühl überkam mich – Hunde waren meine absoluten Lieblingstiere. Wie aufs Stichwort bog in diesem Moment ein Labrador um die Ecke.

»Hey kleiner Freund, dich habe ich ja noch gar nicht gesehen. Ich bin Valerie«, begrüßte ich den schwarzen Hund und hielt ihm meine Hand hin, damit er daran schnuppern konnte. Dann begann ich ihn zu streicheln.

»Erst Igel retten, dann mit Hunden reden – bist du sowas wie eine Disney Prinzessin?«, ertönte plötzlich Dylans raue Stimme hinter mir.

Ich blickte mich um und konnte ein amüsiertes Funkeln in seinen Augen erkennen, er machte sich schon wieder über mich lustig. Um mich etwas zu beruhigen, atmete ich einmal tief durch, dann holte ich zum Gegenschlag aus: »Du hast es erfasst. Aber erwarte ja nicht, dass ich dich küsse, nur weil du ein Frosch bist.«

Mich überkam eine gewisse Genugtuung, als ich sah, wie Dylans Gesichtszüge für einen Moment entgleisten, doch er fing sich schnell wieder und starrte mich mit zusammengezogen Augenbrauen in Grund und Boden.

»Als ob ich dich jemals küssen würde«, erwiderte er angeekelt, aber das störte mich nicht, ich wusste, dass ich diesen Streit gewonnen hatte.

In einer fließenden Bewegung drehte ich mich um und ließ Dylan einfach stehen. Ich lief zurück in die Küche, in der Kate immer noch beschäftigt war.

»Wie heißt euer Hund?«, fragte ich sie.

»Sie heißt Berry. Du hast hoffentlich keine Angst vor Hunden? Berry ist auch ganz lieb.«

»Nein, natürlich nicht, ich liebe Hunde. Darf ich mit Berry vielleicht einen Spaziergang machen?«, antwortete ich ihr. Wenn Dylan mich schon nicht mochte, könnte ich mich vielleicht wenigstens mit dem Hund anfreunden. Dann hätte ich zumindest einen Verbündeten in diesem Haus.

»Oh, das wäre toll«, freute sich Kate und lächelte mich glücklich an. »Eigentlich ist sie ja Dylans Hund, aber die Spaziergänge bleiben immer an mir hängen.«

»Mach ich gerne«, lächelte ich.

Dann half ich ihr noch etwas beim Ausräumen des Geschirrspülers und sie fragte mich über mein Leben in Deutschland aus, sodass ich meine unangenehme Begegnung mit Dylan von eben schnell wieder vergaß. Anschließend schnappte ich mir Berrys Leine und rief nach ihr, woraufhin sie auch sofort um die Ecke flitzte. Ich leinte sie an und verließ dann das Haus, froh darüber, Dylan nicht noch mal zu begegnen.

Die frische Luft schlug mir entgegen und ich freute mich, den Kopf etwas freizukriegen und einmal durchzuatmen. Ich fühlte mich echt wohl bei den Campbells, wäre da nicht Dylan. Mittlerweile war ich mir sicher, dass er es darauf anlegte, mir den Start hier zu erschweren und dabei verstand ich noch nicht mal, was genau sein Problem mit mir war. Es war verständlich, dass er wütend auf mich war, nachdem ich ihm gestern unüberlegter Weise vors Auto gesprungen war, aber diese Wut sollte nach einem Tag eigentlich verpufft sein. Da schien es noch etwas anderes zu geben – Dylan hatte offensichtlich ein gewaltiges, persönliches Problem mit mir und ich wusste noch nicht mal wieso. Und das frustrierte mich, denn ich hatte wirklich gehofft, dass ich mich mit meinem Gastbruder anfreunden könnte.

Berry führte mich recht zielstrebig durch den Ort und ich betrachtete die Häuser und kleinen Geschäfte am Straßenrand, die genauso aussahen, wie ich es immer im Fernsehen gesehen hatte. Wir kamen an einen kleinen Park, wo ich auf einer Wiese etwas mit Berry spielte. Danach machte ich mich aber wieder auf den Weg nach Hause, denn es war schon nach vier Uhr. Ich hatte mir den Weg gut gemerkt und fand deshalb ohne Probleme zu dem Haus der Campbells zurück. Dort musste ich klingeln, denn einen eigenen Schlüssel besaß ich noch nicht. Ein fremder Junge mit blonden Haaren öffnete mir die Tür. Er stützte sich mit einem Arm an den Türrahmen und checkte mich eindeutig aus.

»Wir haben keine Hunde bestellt, nur Pizza«, meinte er dann grinsend.

»Aber der Hund kommt doch auf die Pizza rauf«, erklärte ich ihm, woraufhin er lachen musste.

»Dylan, sie will deinen Hund essen!«, rief der blonde Junge nach oben, dann trat er einen Schritt zur Seite und ließ mich rein. Im Flur machte ich Berry von der Leine los und zog meine Jacke und Schuhe aus.

Ich hatte erwartet, dass der blonde Junge, der offensichtlich einer von Dylans Freunden war, wieder nach oben gehen würde, doch er blieb im Flur stehen, als würde er auf mich warten. »Ich bin übrigens Ace«, stellte er sich vor und hielt mir seine Hand hin.

»Valerie«, entgegnete ich und schüttelte seine ausgestreckte Hand. Im Gegensatz zu Dylan war mir Ace auf Anhieb sympathisch.

»Ace, was dauert das denn so lange? Ist die Pizza jetzt da oder nicht?«, rief Dylan in diesem Moment genervt von oben herab.

»Nein, aber Valy«, rief Ace zurück.

Ein leichtes Lächeln schlich sich auf mein Gesicht, Ace und ich kannten uns zwar erst seit zwei Minuten, aber trotzdem hatte er schon einen Spitznamen für mich. Warum konnte nicht er mein Gastbruder sein? Warum hatte ich ausgerechnet so einen Typen wie Dylan abbekommen?

»Möchtest du zu uns hochkommen?«, bot Ace mir an, doch ich schüttelte den Kopf.

»Nein lieber nicht«, antwortete ich. »Dylan mag mich nicht und ich will ihm nicht noch mehr auf die Nerven gehen als so schon.«

Ace zuckte daraufhin nur die Schultern und verschwand nun doch nach oben. Ich folgte ihm, ging aber in mein Zimmer und rief dort meine Eltern an. Sie erzählten mir von zu Hause und ich ihnen von hier. Wir telefonierten fast eine Stunde, bis George mich zum Abendessen rief.

Ich aß mit Kate und George alleine, denn Ace und Dylan hatten sich ja bereits Pizza bestellt. Wir unterhielten uns gut und ich hatte das Gefühl, dass ich in ihrer Gegenwart immer mehr auftaute. Da wir durch die Arbeit meines Vaters bei Airbus für mehrere Jahre in England gewohnt hatten, sprach ich zwar ziemlich gutes und fast komplett fehlerfreies Englisch, aber natürlich war es ein anderes Gefühl, in einer Fremdsprache anstatt in der Muttersprache, zu reden. Im Laufe des Gesprächs überkam mich jedoch das Gefühl, dass Kate und George etwas auf dem Herzen lag, denn sie tauschten immer wieder undeutbare Blicke aus.

»Valerie, wir haben leider schlechte Neuigkeiten«, setzte Kate dann schließlich an und blickte mir ernst in die Augen. Mir rutschte dabei das Herz in Hose und ich begann nervös meine Finger miteinander zu verknoten. Was gab es für schlechte Neuigkeiten? Hatte Dylan mich bei seinen Eltern schlechtgeredet und sie wollten mich jetzt rausschmeißen? Tausend Gedanken schossen mir durch den Kopf und ich rutschte unruhig auf meinem Platz hin und her. Kate musste meinen verängstigten Blick bemerkt haben, denn ihre Gesichtszüge wurden ganz sanft.

»Nein, keine Panik, Süße. Es betrifft dich zwar, aber nichts so, wie du jetzt vielleicht denkst«, sagte sie schnell.

Auch wenn sich das so anhörte, als würden sie mich nicht rausschmeißen wollen, konnte ich trotzdem noch nicht erleichtert aufatmen. Angespannt wartete ich darauf, was Kate und George noch zu sagen hatten.

»Wie du weißt, führen Kate und ich eine Anwaltskanzlei«, übernahm jetzt George das Reden. »Wir haben vor einigen Monaten einen Fall gehabt, der zu einer irrtümlichen Verurteilung geführt hat. Jetzt hat sich die entscheidende Zeugenaussage jedoch als falsch herausgestellt und der Fall wird wieder aufgenommen. Das heißt, dass Kate und ich im Rahmen der Verhandlungen für mindestens zwei Wochen nach New York reisen müssen. Für dich würde das bedeuten, dass du in dieser Zeit entweder alleine mit Dylan hier wohnen würdest oder zu meiner Mutter ziehen könntest, die auch hier im Ort lebt. Es tut uns wirklich furchtbar leid, dass wir dich am Anfang deines Austauschs alleine lassen müssen, aber anders geht es leider nicht.«

Geschockt blickte ich zwischen Kate und George hin und her, diese Nachricht hatte ich definitiv nicht erwartet. Ich wollte nicht, dass meine Gasteltern gingen und mich mit Dylan alleine ließen, denn alleine bei diesem Gedanken spürte ich automatisch Panik in mir aufkommen. Gleichzeitig war mir aber auch bewusst, wie egoistisch das von mir war, schließlich hing das Schicksal eines Unschuldigen von Kate und Georges Arbeit ab. Natürlich mussten sie nach New York gehen.

»Das kann ich verstehen«, antwortete ich deshalb. »Ich würde mir aber gerne noch etwas überlegen, wo ich die Zeit über wohnen werde.«

Ich wollte noch nicht direkt sagen, dass ich befürchtete, dass Dylan und ich keinen einzigen Tag alleine zusammenleben konnten, ohne uns gegenseitig an die Gurgel zu gehen. Vielleicht würden wir uns ja, entgegen aller Erwartungen, doch zusammenraufen können? Tief in meinem Inneren hoffte ich immer noch, mich mit Dylan anfreunden zu können, auch wenn sich diese Hoffnung mit jeder unserer Begegnungen verringerte.

»Natürlich«, meinte Kate und schenkte mir ein warmes Lächeln. »Du hast ja auch noch zwei Wochen, um das zu entscheiden.«

Nach dem Essen ging ich hoch auf mein Zimmer und sah mir noch einen Marvel-Superhelden-Film an. Der Film war gerade am Höhepunkt angelangt, als unten plötzlich die Klingel ertönte. Da der Besuch wohl nicht für mich sein würde, blieb ich einfach liegen. Stattdessen hörte ich, wie Dylan die Treppe herunterlief und sich kurz darauf mit einem Mädchen unterhielt – vielleicht war ja seine Freundin gekommen. Da mir das aber ziemlich egal sein konnte, versuchte ich mich wieder auf den Film zu fokussieren.

Nachdem er schließlich geendet hatte, lief ich ins Bad, um meine Zähne zu putzen, wobei ich an Dylans Zimmertür vorbeilaufen musste. Auf dem Rückweg vernahm ich dabei aus seinem Zimmer ganz eindeutiges Stöhnen, das ich am liebsten nicht gehört hätte. Offensichtlich hatten Dylan und seine Freundin gerade Sex, obwohl seine Eltern zu Hause waren und im Zimmer nebenan schliefen. Schnell lief ich in mein Zimmer und zog mir die Decke über den Kopf. Wie sollte ich jetzt bitte schlafen können, wenn die beiden nebenan nicht zu überhören waren? Das konnte ja eine tolle Nacht werden.

Kapitel 3

Tatsächlich hatte es gestern Abend eine ganze Weile gedauert bis ich eingeschlafen war, deshalb fühlte ich am nächsten Morgen nach dem Aufwachen immer noch etwas erschöpft. Um meine Müdigkeit loszuwerden, ging ich ins Bad und stieg erst mal unter eine kühle Dusche.

Dann ging ich runter in die Küche, wo mir als Erstes ein spärlich bekleidetes Mädchen ins Auge sprang. Sie hatte ihre schwarzen Haare zu einem lockeren Dutt gebunden und trug nur ein viel zu großes T-Shirt, was wahrscheinlich von Dylan stammte. Als sie die Tür hörte, drehte sie sich um, doch das Lächeln auf ihrem Gesicht verschwand, sobald sie mich erblickte. Offensichtlich hatte sie auf Dylan gehofft.

»Guten Morgen«, begrüßte ich sie trotzdem freundlich.

Doch das schwarzhaarige Mädchen schien nicht viel von Freundlichkeit zu halten, denn sie rümpfte hochnäsig die Nase und sah mich abwertend an.

»Wer bist du denn?«, fragte sie, anstatt mir ebenfalls einen guten Morgen zu wünschen. Ihre Stimme klang dabei so hoch und schrill, dass sie mir richtig unangenehm in den Ohren war.

»Eine Gastschülerin aus Deutschland«, entgegnete ich, wobei ich mich sehr um einen freundlichen Ton bemühte.

Dieses Mädchen war mir absolut unsympathisch und es fiel mir von Sekunde zu Sekunde schwerer, meine nette Fassade zu wahren. Ich ging an ihr vorbei und holte mir Müsli und eine Schale aus dem Schrank.

»Ich bin Valerie und du?«

»Wenn du glaubst, dass ich an einer Unterhaltung mit dir interessiert bin, dann irrst du dich gewaltig«, zickte sie mich an.

Mir entfuhr ein resigniertes Seufzen, jetzt war es auch bei mir um die Freundlichkeit geschehen. »Danke, gleichfalls«, sagte ich deshalb nur und setzte mich dann einfach wortlos an den Tisch, um mein Müsli zu essen. Dylans Freundin betrachtete mich dabei mit einer hochgezogenen Augen-braue, als würde sie jede Kalorie, die ich gerade zu mir nahm, einzeln zählen.

Nachdem ich trotz ihrer abwertenden Beobachtung aufgegessen hatte, beschloss ich, wieder einen Spaziergang mit Berry zu machen, denn ich hatte das Bedürfnis zumindest eine halbe Stunde ohne unangenehme Menschen auszukommen.

Dieses Mal schlug ich einen anderen Weg ein und landete bald in einem ganz anderen Teil des Ortes. Die Häuser wurden hier mit der Zeit immer hässlicher und immer öfter standen Gebäude leer und Gärten waren halb verwildert. Diese Stadt war eindeutig in Arm und Reich aufgeteilt.

Trotzdem ging ich weiter. Ich war schon immer neugierig gewesen und es machte mir Spaß, unbekannte Gegenden zu entdecken. Ich war nur froh darüber, dass es helllichter Tag war und ich einen Hund dabeihatte, denn mir begegneten einige unangenehme Gestalten auf dem Weg.

Gerade betrachtete ich ein halb zerfallenes Haus, als Berry plötzlich wie verrückt an der Leine zu zerren begann. »Was ist denn?«, fragte ich sie verwirrt, als ob sie mir eine Antwort darauf geben könnte.

Ich blicke mich kurz um, aber ich konnte nichts entdecken, was Berry so in Aufruhr versetzt haben könnte, deshalb ging ich einfach weiter, beziehungsweise versuchte es, denn jetzt fing Berry auch noch an zu bellen und sträubte sich, als ich in eine andere Richtung wollte.

»Na gut, dann zeig mir, wo du hinwillst«, gab ich mich geschlagen und ließ die Leine lang, um ihr zu folgen.

Sie führte mich in eine kleine, schmutzige Gasse und hielt hinter einer großen Mülltonne, die bereits vor Verpackungen überquoll. Was ich dort sah, verschlug mir den Atem.

Ein verletzter Junge lag im Dreck und aus einer Platzwunde an seinem Kopf sickerte rotes Blut über seine dunkle Haut. Offensichtlich war er niedergeschlagen worden, denn anders konnte ich mir die Wunde nicht erklären. Ein beklemmendes Gefühl machte sich in meinem Bauch breit, jetzt zählte jede Sekunde! Hätte ich doch nur beim Erste-Hilfe-Kurs besser aufgepasst.

Vorsichtig näherte ich mich dem Jungen und versuchte dabei, mit ihm zu reden, doch er war nicht ansprechbar. Ich kniete mich neben ihm nieder und fühlte mit zittrigen Händen seinen Puls. Zum Glück lebte er noch und war nur bewusstlos. Doch das Gefühl der Erleichterung währte nicht lange, denn mir wurde schnell wieder bewusst, dass der Junge immer noch in höchster Lebensgefahr schwebte.

»Du darfst nicht sterben, bitte«, flehte ich, wobei meine Stimme vor Angst und Verzweiflung bebte.

Panisch blickte ich mich um, doch es war niemand in der Nähe, der uns hätte helfen können. Ich musste jetzt einen kühlen Kopf bewahren.

Vorsichtig rüttelte ich an den Schultern des Jungen, doch er regte sich weiterhin nicht, offensichtlich war er ganz schön tief weggetreten. Ich brachte ihn in die stabile Seitenlange und kramte dann, mit vom Angstschweiß feuchten Fingern, mein Handy aus der Hosentasche, um den Krankenwagen zu alarmieren. Berry leckte währenddessen dem Jungen durchs Gesicht, als würde sie ihm ebenfalls helfen wollen. In diesem Moment war ich sogar über einen Hund als Unterstützung froh.

Und so warteten wir, bis endlich der Krankenwagen in Begleitung eines Polizeiwagens eintraf. Die Sanitäter untersuchten den Jungen und platzierten ihn anschließend vorsichtig auf einer Trage, mit der sie ihn in den Krankenwagen verluden. Ich betrachtete das Ganze aus einigen Metern Entfernung, wobei mir der Schock immer noch in den Gliedern saß.

Nach einiger Zeit kamen dann die Polizisten auf mich zu, um meine Personalien aufzunehmen. Ich hatte zwar schon viel Schlechtes von der amerikanischen Polizei gehört, aber diese beiden Polizisten waren wirklich ausgesprochen nett.

»Gut, deine Personalien haben wir, jetzt erzähl uns bitte, was du gesehen hast«, forderte mich der Polizist mit dem runden, freundlichen Gesicht auf.

Plötzlich wurde ich doch nervös. War ich etwa verdächtig? Nein, sicherlich wollten sie nur eine Zeugenaussage haben, aber ich war doch gar nicht dabei gewesen. Ich versuchte meine Gedanken etwas zu ordnen, dann antwortete ich: »Von der Tat habe ich nichts gesehen, ich habe ihn nur hier liegend gefunden. Ich war mit meinem Hund spazieren und sie wollte unbedingt in diese Richtung, also bin ich ihr gefolgt und habe ihn dort gefunden. Ich habe ihn in die stabile Seitenlage gebracht und dann den Krankenwagen alarmiert.«

»In Ordnung«, nickte der andere Polizist, der sich alles in einem Block notiert hatte. Wir fahren dich und deinen Hund jetzt nach Hause und werden bei Bedarf nochmal auf dich als Zeugin zurückkommen.«

Ich nickte als Antwort nur und stieg mit Berry in den Wagen, meine Gedanken waren immer noch bei dem Jungen. Ob es ihm schon besser ging? Er hatte wirklich schlimm ausgesehen. Ich beschloss, ihm auf jeden Fall einen Besuch im Krankenhaus abzustatten, von dem ich den Namen bei einem Gespräch der Sanitäter mit den Polizisten aufgeschnappt hatte.

Gedankenverloren blickte ich aus dem Fenster und merkte im ersten Moment gar nicht, dass sich das Auto in Bewegung setzte. Wenige Minuten später kamen wir auch schon vor dem großen Haus von Kate und George an. Ich bedankte mich höflich für die Fahrt, dann stieg ich schnell mit Berry zusammen aus und lief die Auffahrt entlang zum Haus. Doch bevor ich die Haustür erreicht hatte, wurde die Tür bereits geöffnet und Kate kam mir entgegen.

»Oh mein Gott, Valerie, was ist passiert? Wieso hat dich die Polizei hier hergefahren? Ist alles gut?«, überschüttete sie mich mit Fragen und fuhr sich aufgeregt durch die Haare.

Sie malte sich wahrscheinlich gerade die schlimmsten Dinge in ihrem Kopf aus und ich konnte es ihr nicht vorwerfen, denn schließlich war es echt untypisch, wenn Austauschschüler schon nach wenigen Tagen im Land mit der Polizei Kontakt hatten. Deshalb machte ich mich schnell daran, Kate die Situation zu schildern, um sie zu beruhigen.

»Kann ich heute Nachmittag ins Krankenhaus fahren, um den Jungen zu besuchen?«, fragte ich sie abschließend.

»Natürlich, das ist eine schöne Idee«, antwortete mir meine Gastmutter mit einem Lächeln, nachdem sie die Neuigkeiten verarbeitet hatte.

»Dylan wollte eh in die Richtung, er kann dich sicherlich mitnehmen.«

Nein, bitte alles, nur nicht Dylan! Ich würde lieber bis zum Nordpol laufen, als bei diesem Typen mitzufahren, aber das konnte ich seiner Mutter wohl kaum so sagen. »Das ist nicht nötig, ich fahre auch gerne mit dem Bus«, antwortete ich deshalb, doch Kate war bereits dabei, wieder ins Haus zu gehen, um nach Dylan zu rufen. Ich folgte ihr nach drinnen, während sich ein unbehagliches Gefühl in meinem Bauch ausbreitete.

»Dylan, kommst du mal bitte?«

Es kam zwar keine Antwort, aber kurz darauf konnte man schon das Poltern auf der Treppe hören und wenig später stand Dylan in der Tür.

»Was ist?«, fragte er knapp. Er schien mal wieder eine blendende Laune zu haben und ich musste mir echt verkneifen, nicht die Augen zu verdrehen.

»Kannst du Valerie bitte mitnehmen und eben am Krankenhaus absetzten?«, bat Kate ihn.

Entsetzen war bei Dylans Gesichtsausdruck eine völlige Untertreibung. Er schaute mich so geschockt und verachtend an, dass es mir kalt über den Rücken lief und ich hart schlucken musste.

»Nein«, lautete seine schroffe Antwort, aber mich würden ebenfalls keine zehn Pferde in seinen Wagen bringen.

Kate schien die angespannte Stimmung zwischen uns jedoch nicht zu bemerken oder einfach zu ignorieren, denn sie hakte bei Dylan nach: »Wieso denn nicht?«

»Weil ich keine fünf Minuten mit der alleine im Auto eingeschlossen aushalte«, kam es von Dylan scharf zurück und ich verspürte einen schmerzhaften Stich in meiner Brust. Dylans Bemerkungen wurden von Mal zu Mal fieser und ich wusste langsam echt nicht mehr, wie ich dagegenhalten sollte. Wieso hasste er mich nur so sehr?

Nach einer längeren Diskussion, in der Kate immer wieder betonte, wie toll diese gemeinsame Fahrt für Dylan und mich wäre, um uns besser kennenzulernen, durfte ich schließlich doch Bus fahren. Das war mir auch deutlich lieber so, denn nach Dylans abwertender Antwort von eben, wäre ich auf der gemeinsamen Autofahrt innerlich gestorben. Alleine in einem

Auto eingesperrt, hätte ich kaum vor seinen Sticheleien ausweichen können und davon brauchte ich in diesem Moment einfach mal eine Pause, der Tag hatte meine Nerven schon genug belastet.

In diesem Moment hielt der Bus vor dem Krankenhaus und ich stieg aus. Nachdem ich mich anhand der Schilder etwas orientiert hatte, kam ich durch den Haupteingang zur Auskunft. Dort fragte ich nach einem etwa sechzehn Jahre alten Jungen, der vor kurzem bewusstlos eingeliefert worden war. Die Dame an dem Tresen beäugte mich zuerst skeptisch, als würde sie anzweifeln, was ich mit dieser Information beabsichtigte, aber nachdem ich ihr die Situation geschildert hatte, gab sie mir doch die Auskunft, die ich brauchte. Und so befand ich mich wenig später auf dem Weg zu Sam Evans.

Ich fand die Zimmernummer ohne Probleme und klopfte an der Tür. Von drinnen vernahm ich daraufhin ein schwaches »Herein«. Ich zog eine Packung Schokoladenpralinen aus meiner Tasche, die ich auf dem Weg noch besorgt hatte, dann straffte ich meine Schultern und betrat den Raum.

Sofort fiel mir der Junge mit den kurzen schwarzen Haaren ins Auge, der in der Mitte des Raumes auf einem Krankenhausbett lag und offensichtlich von seiner Familie umringt war, denn alle besaßen denselben dunklen Teint und dieselben dunklen Haare wie Sam.

»Bist du … Bist du etwa das Mädchen, dass meinem Sam das Leben gerettet hat?«, stammelte eine Frau, die vermutlich Sams Mutter war, völlig aufgelöst, als sie mich erblickte. In ihren dunklen, braunen Augen mischten sich unglaublich viele Gefühle wie Sorge, Erleichterung und Freude und ich konnte nur im Entferntesten erahnen, wie schlimm es für sie gewesen sein musste, beinahe ihren Sohn verloren zu haben.

»Ich weiß nicht, wie ich dir jemals genug danken kann, vielen, vielen Dank!«

Mit großen Schritten lief sie auf mich zu und zog mich in eine feste Umarmung, wobei es schien, als würde sie mich gar nicht mehr loslassen wollen. Erst als Sam sich bemerkbar machte, löste sie sich wieder von mir.

»Mama, jetzt reiß dich bitte etwas zusammen«, kam es von ihm. Er saß aufrecht in seinem Bett und betrachtete seine Mutter mit glühenden Wangen. Offensichtlich war ihm die Situation ziemlich peinlich.

»Du hast Recht«, stimmte seine Mutter ihm zu und blickte mich entschuldigend an. »Tut mir leid, falls ich dich ein bisschen überrumpelt habe, aber ich bin gerade so unfassbar glücklich.«

»Alles gut, ich kann Sie vollkommen verstehen«, beruhigte ich sie und schenkte ihr ein sanftes Lächeln.

Ich würde an ihrer Stelle wahrscheinlich ähnlich reagieren und es machte sie mir echt sympathisch, dass sie ihre Emotionen so offen zeigte. Dann trat ich etwas näher an Sams Bett heran und zog die Schokolade hinter meinem Rücken hervor.

»Hier, die habe ich dir mitgebracht«, sagte ich und reichte ihm die Packung.

»Dankeschön, aber das wäre echt nicht nötig gewesen«, bedankte sich Sam, aber ich konnte sehen, dass er sichtbar gerührt war.

»Ich bin Valerie«, stellte ich mich nun vor und streckte ihm meine Hand entgegen, welche er sofort ergriff.

Er schien sich schon ziemlich gut erholt zu haben, denn er machte einen recht wachen und aktiven Eindruck. Es freute mich echt unglaublich, dass es ihm gut ging!

»Sam«, antwortete er mir lächelnd.

Ich musste daraufhin leicht lachen, schließlich wusste ich bereits, wie er hieß, sonst hätte ich ihn gar nicht erst gefunden. Aber trotzdem war es süß, dass er sich mir nochmal persönlich vorstellte.

Als Sam meine Hand wieder losließ, blickte er auffordernd hinter mich und ich sah mich unsicher um. Doch sein Vater schien das Zeichen sofort zu verstehen.

»Wir lassen euch zwei mal etwas alleine«, sagte er und dann verließ die gesamte Familie auch schon den Raum. Als alle weg waren, wandte Sam sich wieder an mich.

»Vielen Dank.«

Er blickte mir fest in die Augen und ich wusste genau, worauf sich diese Aussage bezog, obwohl er es nicht gesagt hatte.

Auch wenn Sam sich ziemlich cool gab, musste der heutige Tag ein ganz schöner Schock für ihn gewesen sein. Er war ziemlich stark verletzt worden und ich wusste ja noch nicht mal, was sich davor abgespielt haben musste. Ich wusste nur, dass es noch so viel schlimmer hätte ausgehen können, hätten Berry und ich ihn nicht gefunden.

»Das war selbstverständlich«, winkte ich ab, aber trotzdem nahm ich mir Sams Worte zu Herzen. Auch wenn ich es noch nicht ganz realisierte, hatte ich heute tatsächlich einem Jungen das Leben gerettet.

Sam und ich unterhielten uns noch eine ganze Weile, bis eine Ärztin kam und meinte, dass er Ruhe bräuchte und ich jetzt gehen sollte. Davor tauschten Sam und ich noch Nummern aus und ich verabschiedete mich ausführlich von ihm und seiner Familie. Dann machte ich mich auf den Weg zur Bushaltestelle. Ich hatte Glück und der Bus kam bald, sodass ich wenig später schon zu Hause ankam. Dort erzählte ich Kate und George von dem Treffen mit Sam und seinen Eltern und verschwand anschließend in meinem Zimmer. Nach diesem ereignisreichen Tag könnte ich jetzt wirklich etwas Ruhe gebrauchen.

Doch kaum hatte ich mich auf mein Bett gesetzt, begann mein Handy zu vibrieren. Der Anruf stammte von einer unterdrückten Nummer. *Vielleicht war das ja Sam,* schoss es mir durch den Kopf, weshalb ich den Anruf annahm.

»Hi, Valerie. Wie geht es dir?«, fragte jemand auf Deutsch und dieser jemand war eindeutig nicht Sam. Diese Stimme war mir nur allzu bekannt – ich würde sie unter hunderten wiedererkennen. *Julian.*

Wie von selbst wurde mein Körper von einer Gänsehaut überzogen und ich spürte ein schmerzhaftes Stechen in meinem Brustkorb. Wie konnte er es wagen, mich anzurufen und dann einfach so zu tun, als wäre nichts? Nach all dem, was er mir angetan hatte!

»Bitte leg nicht gleich auf, Valerie«, redete Julian weiter. Seine Stimme klang bittend und früher hätte ich ihm alleine deswegen jeden Wunsch von den Augen abgelesen, aber jetzt spürte ich nur eine unfassbare Wut und Verzweiflung in mir aufkochen. Er sollte mich einfach nur in Ruhe lassen!

Ich merkte, wie meine Unterlippe zu zittern begann und ich musste gegen die aufsteigenden Tränen ankämpfen.

»Wieso sollte ich das tun? Damit wir Smalltalk betreiben können und so tun können, als wäre nie etwas passiert?«, zischte ich voller Wut. »Was ist eigentlich bei dir falsch gelaufen? Du hast die Scheiße gebaut und jetzt, wo ich in Amerika bin, kommst du plötzlich wieder angekrochen? Ich möchte nichts mehr mit dir zu tun haben und dich am liebsten nie wiedersehen. Du hast mir mein Herz gebrochen und das werde ich dir niemals vergeben, verstehe das doch einfach!«

Ich konnte mich nur schwer kontrollieren, so viele Gefühle kamen in mir hoch und wirbelten durch meinen Kopf. Alles war dabei, von unseren schönsten Erlebnissen, bis zu *dem* Tag, der Tag, an dem er mich betrogen hatte. Auch wenn das bereits mehrere Monate zurücklag, schmerzte es in diesem Moment immer noch wie ganz am Anfang. Über all den Trubel der letzten Tage hatte ich Julian zwar fast vollkommen verdrängt, aber jetzt kam alles wieder hoch

»Vale, bitte hör' mir zu. Es tut mir so leid, ich habe den größten Fehler meines Lebens gemacht. Ich bin so unglaublich dumm gewesen und habe dich dadurch verloren, ich-«, setzte er an, doch ich unterbrach in scharf.

»Daran kannst du nichts mehr ändern, es ist nun einmal passiert. Und deshalb musst du jetzt auch verstehen, dass ich nichts mehr mit dir zu tun haben möchte.«

Meine Stimme klang kühl und ziemlich gefasst, dabei war ich innerlich alles andere als das. In mir brodelte es und ich hatte das Gefühl in all dem Schmerz, den dieser Anruf wieder aufwühlte, zu versinken. Direkt nachdem ich den Satz beendet hatte, legte ich deshalb auf und schaltete mein Handy auf Flugmodus.

Warum musste dieser Typ gerade dann anrufen, wenn ich dabei war, ihn zu vergessen? Wieso ausgerechnet jetzt? Vorher hatte er sich doch auch nicht gemeldet.

Verzweifelt fuhr ich mir durch die Haare und wischte mir die Tränen aus meinen Augenwinkeln. Wir waren zwar nur ein

knappes Jahr zusammen gewesen, aber er war meine erste
große Liebe und deshalb war es echt schwer, all diese Erinnerungen loszulassen. Ich hatte die letzten Wochen vor dem
Austausch nur mit Eis und Serien auf dem Sofa verbracht. Ein
gebrochenes Herz konnte so unglaublich wehtun, schlimmer,
als jeder gebrochene Arm oder geprellte Fuß und jetzt musste
Julian auch noch Salz in die Wunde streuen.

Um auf andere Gedanken zu kommen, schrieb ich Sam an.
Er antwortete auch bald und wir schrieben ein bisschen über
belangloses Zeug. Ich mochte Sam wirklich gerne. Er war echt
lustig und wir teilten die gleichen Interessen.

Irgendwann rief Kate mich dann zum Essen. Dylan war
nicht da, worüber ich mich ein kleines bisschen freute, denn
das bedeutete wenigstens nicht noch mehr Stress. Nach dem
Essen schaute ich mir mit George und Kate noch einen Film
an, dann ging ich recht zeitig ins Bett, denn morgen war mein
erster Schultag.

Ich war schon echt gespannt auf die ganzen neuen Erfahrungen, die ich machen würde, aber gleichzeitig verspürte ich
auch eine gewisse Angst und Beklemmung. So selbstsicher ich
mich nach außen hin auch gab, innerlich fühlte ich mich oft
gar nicht so, sondern eher unsicher. Ich tendierte dazu, mir
über alles zu viele Gedanken zu machen, um ja nichts falsch
zu machen und setzte mich so immer wieder unter hohen
Druck. So schossen mir auch jetzt tausend Fragen durch den
Kopf. Würde ich an der Schule Freunde finden? Würde Dylan
mich dort erst recht fertigmachen? Würde ich es bereuen,
nach Amerika gegangen zu sein und Heimweh kriegen?

Ich wälzte mich noch einige Zeit unruhig hin und her, bis
ich endlich einschlafen konnte.

Kapitel 4

Nach dem Aufstehen lief ich als Erstes ins Bad und nahm eine kühle Dusche, um etwas wacher zu werden. Dass ich gestern Nacht noch einige Zeit wach gelegen hatte, machte sich nun deutlich bemerkbar, denn ich war echt müde. Mittlerweile überwogen jedoch die Aufregung und die Vorfreude auf meinen ersten Schultag, auch wenn das mulmige Gefühl in meinem Magen immer noch nicht komplett verschwunden waren. Ich hoffte einfach, dass ich schnell Anschluss finden würde und Dylan mir den Schulalltag nicht zur Hölle machen würde.

Als ich aus der Dusche stieg und in den Spiegel blickte, sah ich, dass sich der Schlafmangel deutlich in meinem Gesicht abzeichnete. Unter meinen Augen prangten dunkle Ringe, die ich mit Concealer abzudecken versuchte, was mir auch halbwegs gelang. Mehr schminkte ich mich gar nicht. Ich hatte das Glück, besonders lange und dunkle Wimpern zu besitzen, die meine blauen Augen noch größer wirken ließen, weshalb ich eigentlich keine Wimperntusche brauchte und auch meine Haut war weitestgehend von Unreinheiten verschont. Dementsprechend kam ich gut ohne Make-Up klar.

Ich föhnte und bürstete noch schnell meine langen, blonden Haare, da ich keine Zeit mehr hatte, um sie lufttrocknen zu lassen. Als ich fertig war, fielen sie mir in sanften Wellen über die Schultern und ich fuhr mit meinen Fingern vorsichtig durch sie hindurch. Auf meine Haare war ich echt stolz. Seitdem ich ein Kind war, hatte ich mir immer nur die Spitzen schneiden lassen und meine Haare sonst lang wachsen lassen.

Nachdem ich damit fertig war, zog ich mich noch an und lief dann auch schon die Treppe nach unten. Auf der vorletzten Stufe stockte ich jedoch. Aus der Küche ertönte eine hitzige Diskussion und ich konnte die aufgebrachten Stimmen von Dylan und Kate vernehmen. Auch wenn ich wusste, dass ich eigentlich nicht lauschen sollte, blieb ich stehen und hörte zu. Meine Gewissensbisse ignorierte ich einfach.

»Du nimmst Valerie mit zur Schule! Schluss, Aus, Ende!«, kam es wütend von Kate.

Ich hatte sie bisher noch nie schlecht gelaunt erlebt, aber in diesem Moment klang sie echt sauer. Offensichtlich krachte es zwischen Dylan und ihr gerade gewaltig und ich war anscheinend schon wieder der Grund dafür.

»Nein!«, entgegnete Dylan ebenso wütend und ich konnte mir nur zu gut vorstellen, wie seine Augen gerade zu schmalen Schlitzen zusammengekniffen waren und förmlich Blitze verschossen.

»Dann hat dein Auto dir für die längste Zeit gehört.«

Kate klang ziemlich entschlossen und mir schwante Böses. Sein Auto schien Dylan ganz schön viel zu bedeuten und er würde es sich bestimmt nicht so einfach wegnehmen lassen.

»Das kannst du nicht machen!«, schrie Dylan jetzt schon fast. Er klang immer aufgebrachter.

»Und ob ich das kann«, fauchte Kate zurück und daraufhin blieb es einen Augenblick ruhig.

»Was hast du eigentlich gegen Valerie?«, brach ihre Stimme dann jedoch wieder die Stille.

»Dieses Mädchen treibt mich einfach in den Wahnsinn. Sie ist dumm, kindisch und respektlos, ich will nicht ihr verdammter Babysitter sein!«, knurrte Dylan gedämpft und trotzdem verstand ich jedes Wort. Dabei hätte ich diese Worte lieber nicht gehört, denn sie versetzten mir einen schmerzhaften Stich und ich musste mir hart auf die Lippe beißen, um die aufkommenden Tränen zu unterdrücken. Fand Dylan mich wirklich *so* schlimm?

»Ich will keinen Ersatz für *sie*, niemand kann *sie* ersetzen! Ich verstehe auch nicht wie Valerie *sie* für euch ersetzen kann!«, schrie er dann wütend.

Ich stutzte und war für einen kurzen Moment von Dylans verletzenden Worten von eben abgelenkt. Was meinte er damit? Wer war *sie* und wie kam er darauf, dass ich irgendjemanden ersetzen sollte? Verwirrt runzelte ich die Stirn. Plötzlich hatte ich das Gefühl, dass dieses Familienproblem eindeutig größer war, als es auf den ersten Blick schien.

Kate schnappte daraufhin hörbar nach Luft und wenige Sekunden später stürmte Dylan aus der Küche. Er war unglaublich aufgebracht und sein ganzer Körper bebte nur so vor

Wut. Schnell tat ich so, als hätte ich nichts gehört und würde gerade erst die Treppe runterkommen, auch wenn das nur ein verzweifelter Versuch war, die Situation irgendwie noch zu retten. Als ich Dylan auf der Treppe begegnete, rempelte er mich unsanft an und warf mir einen tödlichen Blick zu.

»Dir auch einen schönen guten Morgen«, meinte ich und versuchte mir nichts anmerken zu lassen, dabei kreisten meine Gedanken immer noch um den Konflikt der beiden, der mich ebenfalls aufgewühlt hatte. Das, was ich eben gerade belauscht hatte, war keine kleine Auseinandersetzung zwischen Mutter und Sohn gewesen, sondern ein richtig heftiger Streit.

Als ich in die Küche kam, saß Kate dort zusammen-gesunken auf einem Stuhl und machte ein betroffenes Gesicht. Sobald sie mich erblickte, zwang sie sich jedoch wieder zu einem Lächeln.

»Guten Morgen, Süße. Du fährst heute mit Dylan zusammen zur Schule«, sagte sie betont fröhlich, aber trotzdem klang ihre Stimme erschöpft und gequält.

»Guten Morgen«, begrüßte ich sie ebenfalls. »Ich kann auch gerne mit dem Bus fahren, vielleicht lerne ich da ja schon Leute kennen«, schlug ich dann vor.

Es würde meine Überlebenschancen für den heutigen Tag wahrscheinlich deutlich steigern, wenn ich nicht bei Dylan im Auto mitfahren musste. So sehr wie er mich scheinbar hasste, traute ich es ihm auch zu, mich einfach irgendwo im Nirgendwo auszusetzen. Außerdem hallten seine Worte von eben immer noch in meinem Kopf wider und ich war mir nicht sicher, ob ich in Dylans Gegenwart bei der nächsten fiesen Bemerkung einfach in Tränen ausbrechen würde. Und diese Blöße wollte ich mir auf keinen Fall geben.

»Nein, du fährst mit Dylan«, erwiderte Kate bestimmt und ich nickte nur. Nachdem sie sich eben schon mit Dylan gestritten hatte, wollte ich ihr nicht auch noch Probleme machen. So schlimm würde es schon nicht werden, schließlich waren es nur zehn Minuten, die ich zusammen mit Dylan in seinem Auto verbringen müsste – das hoffte ich zumindest inständig.

So kam es auch, dass Dylan und ich uns gemeinsam auf den Weg machten, nachdem ich etwas gegessen hatte. Wir liefen zu seinem Wagen und stiegen ein, dann startete Dylan auch schon den Motor und brauste mit quietschenden Reifen vom Hof. Die ganze Zeit über herrschte eiskaltes Schweigen zwischen uns und ich fühlte mich ziemlich unwohl. Nervös rutschte ich auf meinem Sitz hin und her und blickte aus dem Fenster, um den Jungen neben mir ja nicht ansehen zu müssen.

»Du hast uns erst gehört, oder?«, fragte Dylan plötzlich in die Stille hinein.

Vor Überraschung hätte ich mich beinahe an meiner eigenen Spucke verschluckt, ich hätte echt nicht erwartet, dass er freiwillig ein Gespräch mit mir begann. Höchstens, dass er mich beleidigte, aber nicht, dass er eine ganz normale Frage stellte.

Man musste meine Verwirrung wohl sehr in meinem Gesicht erkennen, denn Dylan musste tatsächlich kurz lächeln. Ich stellte dabei fest, dass er echt ziemlich süß aussah, wenn er nicht immer so grimmig guckte. Er hatte sogar Grübchen.

»Was soll ich gehört haben?«, stellte ich mich auf dumm und wendete meinen Blick wieder von Dylan ab, bevor er noch bemerkte, wie ich ihn anstarrte.

»Das weißt du genau«, erwiderte er ernst. »Also, hast du?«

Ich nickte schwach und machte mich schon darauf gefasst, dass Dylan mich wieder anschreien würde oder wütend werden würde, doch zu meiner erneuten Überraschung geschah nichts dergleichen.

»Du musst dich nicht rechtfertigen«, antwortete Dylan ruhig. Offenbar hatte ihn der Streit eben schon all seine Kraft gekostet, böse zu sein.

Glücklicherweise hielten wir in genau diesem Moment auf dem Parkplatz meiner neuen Schule und ich verließ so schnell wie möglich das Auto, bevor Dylan doch noch zu einem fiesen Schlag ausholen konnte.

Anhand der Hinweisschilder suchte ich nach dem Sekretariat und meldete mich dort an. Ich erhielt meine Stundenpläne und Bücher und ging daraufhin zu dem Raum, in dem mein erstes Fach stattfinden sollte. Erdkunde – eines meiner Lieblingsfächer. Der Unterricht hatte schon vor ein paar Minuten begonnen, als ich den Raum betrat und die gesamte Klasse starrte mir aus neugierigen Augen entgegen.

»Ah, du musst Valerie sein. Herzlich Willkommen«, begrüßte mich mein Erdkundelehrer freundlich. »Stell dich doch bitte kurz vor.«

Ich nickte und versuchte mir meine Aufregung nicht allzu sehr anmerken zu lassen, denn ich mochte es nicht, im Mittelpunkt zu stehen.

»Hi, mein Name ist Valerie. Ich bin sechzehn Jahre alt und komme aus dem Norden von Deutschland, genauer gesagt aus Hamburg und ich werde das nächste Jahr bei euch verbringen«, erzählte ich, ohne mir sicher zu sein, was in einer Vorstellungsrunde überhaupt von mir erwartet wurde.

Dem Lehrer schien es jedoch zu reichen, denn er nickte und wies mir einen Platz neben einem zierlichen Mädchen mit dunkelbraunen Locken zu.

»Hey«, begrüßte ich sie, während ich meine Sachen vor mir auf dem Tisch auspackte.

»Hi, ich bin Lucy«, stellte sie sich vor und lächelte mir schüchtern entgegen. »Ich finde es voll cool, dass du dich traust, ein Auslandsjahr zu machen. Wie gefällt es dir denn bisher in den USA?«

»Ich hatte die letzten Wochen vor dem Abflug auch ziemlich Angst, aber bisher bereue ich es nicht. Die Staaten gefallen mir echt gut, aber noch habe ich ja gar nicht so viel gesehen«, antwortete ich ihr und erwiderte ihr Lächeln. Das was keine Lüge, auch wenn Dylan mir meinen Start bislang ziemlich erschwerte, gefiel mir das Land an sich ausgesprochen gut.

»Und bei wem wohnst du?«, erkundigte sich Lucy neugierig.

»Bei den Campbells«, erzählte ich ihr.

»Echt?« Lucy schien sehr überrascht zu sein, weshalb ich verwundert die Stirn runzelte.

Was war daran denn so überraschend?

»Ja, wieso?«, wunderte ich mich, doch Lucy antwortete mir nicht auf meine Frage. Stattdessen fragte sie: »Und wie kommst du mit Dylan so klar?«

Ich stieß ein leises Zischen aus – das war für mich ein kritisches Thema.

»Naja, bisher nicht gut«, sagte ich dann und berichtete ihr im Schnelldurchlauf von den Vorfällen. Obwohl ich sie kaum kannte, vertraute ich ihr und hatte das Gefühl, dass wir echt gute Freunde werden könnten.

Lucy guckte mich während meines Berichts nur geschockt und mitleidig an und versuchte mir danach ganz lieb Mut zuzusprechen.

»Das wird schon, bestimmt reißt sich Dylan bald zusammen.«

Ich zuckte nur die Schultern, irgendwie glaubte ich nicht so recht daran.

»Jetzt erzähl mir mal etwas von dir«, forderte ich Lucy stattdessen auf, um das Thema zu wechseln.

Ich erfuhr, dass sie auch sechzehn Jahre alt war, einen großen Bruder hatte, Tiere über alles liebte und sehr gerne Bücher las. Wir hatten echt viele Gemeinsamkeiten und ich mochte sie jetzt schon richtig gerne. Die ganze Stunde unterhielten wir uns noch weiterhin im Flüsterton und verabredeten uns zum gemeinsamen Essen in der Mittagspause, in der wir dann auch Nummern austauschten.

Auch die Kurse ohne Lucy überstand ich gut und unterhielt mich nett mit meinen neuen Mitschülern, sodass ich bei Schulschluss richtig begeistert das Gebäude verließ. Mein erster Schultag war ein voller Erfolg gewesen!

Nun lief ich zurück zum Parkplatz, wo Dylan schon auf mich wartete. Er war jedoch nicht alleine, sondern bei ihm standen Ace und noch zwei weitere Jungen.

»Hi«, begrüßte ich sie und winkte einmal kurz in die Runde, wodurch ich die Aufmerksamkeit aller auf mich zog.

Die beiden mir unbekannten Jungs musterten mich interessiert, während Ace auf mich zukam und mich in eine kurze Umarmung schloss. Vor Überraschung versteifte ich mich kurz unter der Berührung, doch dann erwiderte ich sie und ein warmes Gefühl der Freude breitete sich in mir aus.

»Wir fahren jetzt«, unterbrach uns Dylan schroff, woraufhin Ace mich wieder losließ.

Ich konnte mir nur mühsam ein Augenverdrehen verkneifen, offensichtlich war Dylans fast friedlicher Zustand im Auto auf der Hinfahrt nur eine Ausnahme gewesen und jetzt war alles wieder beim Alten.

Um Dylan nicht noch mehr als nötig zu verärgern, rief ich seinen Freunden noch schnell ein »Tschüss« zu, dann stieg ich ins Auto und kurz darauf brauste Dylan schon los.

Sobald wir den Parkplatz verlassen hatten, blickte er mich grimmig an.

»Hör auf, dich bei meinen Freunden einzuschleimen und such dir gefälligst eigene Freunde«, knurrte Dylan drohend, während er mit deutlich überhöhter Geschwindigkeit die Hauptstraße entlang raste.

Empört schnappte ich nach Luft. Ich hatte mich kein bisschen bei Dylans Freunden eingeschleimt, sondern war einfach nur höflich gewesen und Ace' Umarmung hatte mich mindestens genauso sehr überrascht wie Dylan. Demnach war dieser Vorwurf einfach nur unfair, aber etwas anderes war ich von Dylan schließlich nicht gewohnt.

»Glaub mir, ich habe es ganz sicher nicht nötig, mich an dich zu kleben, um nicht alleine zu sein. Da hänge ich ja noch lieber mit den Lehrern ab«, erwiderte ich und versuchte dabei, nicht allzu gekränkt zu klingen.

Dylan stieß daraufhin ein abfälliges Lachen aus. »War ja klar, dass du sogar mit den Lehrern abhängen würdest. Aber eines kann ich dir sagen. Niemand mag Streber.«

Wie um mich vor seinem erneuten Angriff zu schützen, verschränkte ich meine Arme vor der Brust. Ich versuchte, Dylans Worte einfach an mir abprallen zu lassen, aber das war schwerer als gedacht. Er hatte mir heute bereits so viele fiese Dinge an den Kopf geworfen, dass mir mittlerweile einfach die Kraft fehlte, um ihn jedes Mal mit der gleichen Energie zu kontern. Ich würde nichts lieber tun, als einfach einmal eine normale Konversation mit meinem Gastbruder zu führen, doch offensichtlich musste er es jedes Mal darauf anlegen, mich zu beleidigen und mit mir zu streiten.

»Und ich kann dir sagen, dass niemand asoziale Idioten mag, also scheinen wir wohl beide unbeliebt zu sein«, erwiderte ich trotzdem und tat so, als hätte ich das ganz leichthin gesagt, obwohl ich am liebsten einfach nur noch aus diesem Streit entflohen wäre.

Ich nahm aus dem Augenwinkel wahr, wie Dylan den Mund öffnete, um zum Gegenschlag anzusetzen, weshalb ich mir schnell meine Kopfhörer aus der Tasche meiner Jeansjacke fischte, um ihn nicht mehr hören zu müssen. Dylan sah mich daraufhin einen Moment unentschlossen an – als hätte er mir gerne noch mehr Gemeinheiten entgegen geschleudert, doch dann klappte er den Mund wieder zu und wir verbrachten den Rest der Fahrt in eiskaltem Schweigen.

Als wir endlich auf der Auffahrt hielten, sprang ich so schnell aus dem Auto, dass ich beinahe über meine eigenen Füße gestolpert wäre. Ich wollte einfach nur noch weg von Dylan und mich für den restlichen Tag in meinem Zimmer zu verkriechen, um mit meiner Familie und meinen Freunden in Deutschland zu skypen, die ich in Momenten wie diesem so schrecklich vermisste.

Kapitel 5

Am nächsten Tag traf ich mich mit Lucy zu Beginn der Mittagspause am Sekretariat, denn sie hatte mir versprochen, mir bei der Wahl meiner *extracurricular activities* zu helfen. Gemeinsam betrachteten wir die unzähligen Listen, die dort ausgehängt waren – von Volleyball, über Theater bis hin zu Schach war alles dabei.

»Ich glaube, ich trage mich wieder für die Kunst-AG ein. Die habe ich auch schon letztes Jahr gemacht und da sind immer echt coole Leute. Außerdem kann man da wirklich tolle Projekte machen«, überlegte Lucy laut, während sie ihren Kugelschreiber vor den Blättern hin und her schwenkte. »Hättest du nicht auch Lust dazu?«, wendete sie sich dann an mich.

Ich ließ mir einen kurzen Augenblick mit meiner Antwort Zeit, in dem ich gedanklich nochmal die verschiedenen Aktivitäten durchging, doch dann nickte ich. Kunst klang für mich wesentlich besser, als irgendeine Sportart oder naturwissenschaftliche AG zu machen. Außerdem wäre ich dann mit Lucy zusammen. »Klingt gut, ich bin dabei«, antwortete ich deshalb.

»Perfekt, das wird bestimmt richtig spaßig.« Lucy lächelte mich zufrieden an und setzte anschließend schwungvoll unsere beiden Namen auf das Blatt.

»Jetzt sollten wir aber zusehen, dass wir in die Mensa kommen, sonst ist das ganze gute Essen schon weg.«

»Gutes Essen? Das muss gestern aber schon schnell weg gewesen sein, denn meine Mac and Cheese waren so weich, dass meine Oma sie selbst ohne ihr Gebiss hätte essen können«, antwortete ich lachend während ich mich daran zurückerinnerte, wie weich und breiig die Makkaroni geschmeckt hatten.

Ein angewiderter Schauer überkam mich und ich dachte sehnsüchtig an das Essen zu Hause in Deutschland. Vor meinem Austausch hätte ich es zwar niemals wahrhaben können, dass ich so etwas mal sagen würde, aber ich vermisste sogar das Schwarzbrot. Kein Brot hier in den USA hatte bisher mit dem von zu Hause mithalten können. Vielleicht sollte ich meine Eltern mal bitten, mir welches zuzuschicken.

»Da hast du einfach das falsche Essen gewählt. Mit der Zeit findest du heraus, was man hier gut essen kann und wovon man lieber die Finger lassen sollte, aber bis dahin hast du ja mich«, erklärte Lucy mir, woraufhin ich beruhigt ausatmete.

»Vielleicht hättest du doch den Theaterkurs wählen sollen, so dramatisch wie du dich gerade anstellst«, neckte sie mich mit einem breiten Grinsen auf den Lippen.

Ich streckte ihr dafür kurz die Zunge raus, doch fiel dann in Lucys Lachen mit ein.

Es freute mich, dass sie ihre Schüchternheit mir gegenüber immer mehr ablegte und anfing, Witze zu machen. Ich hatte das Gefühl, dass Lucy nicht besonders viele Freunde an der Schule hatte, zumindest nicht in unseren gemeinsamen Kursen, dabei war sie so ein liebenswerter Mensch. Vielleicht lag das an ihrer etwas zurückhaltenden Art, aber wir hatten uns von Anfang an gut miteinander unterhalten können.

In der Mensa angekommen, beriet Lucy mich wie versprochen bei der Essenswahl, sodass wir beide die Lasagne nahmen und uns damit zu ein paar Leuten aus unserem Erdkunde-Kurs setzten.

Gwen, Talisha und Marley waren gerade dabei, mich über Deutschland auszufragen, als die Tür zur Mensa erneut aufschlug und Dylan mit seinen besten Freunden im Schlepptau den Raum betrat. Selbstsicher ließ mein Gastbruder seinen Blick durch die Mensa schweifen, als wäre er ein König, der seine Untertanen musterte. Als sein Blick mich streifte, konnte ich förmlich sehen, wie er sich automatisch verdunkelte und es hätte mich nicht gewundert, wenn Dylan auf der Stelle wieder kehrtgemacht hätte.

Doch das war nicht der Fall. Stattdessen steuerte Dylan sogar auf einen leeren Tisch ganz in der Nähe von uns zu und ließ sich dort mit einem Plumpsen nieder. Seine Freunde taten es ihm nach, wobei Ace mir vorher noch einmal kurz zuwinkte, weshalb Dylan genervt die Augen verdrehte. Wahrscheinlich konnte ich mich heute auf der Rückfahrt wieder auf eine Strafpredigt gefasst machen, dabei konnte ich echt nichts dafür, dass Ace mich im Gegensatz zu ihm scheinbar mochte.

»Hallo, Erde an Valerie? Ich habe dich was gefragt«, vernahm ich in diesem Moment Marleys Stimme und seine, vor meinem Gesicht wedelnde, Hand holte mich aus meinen Gedanken zurück.

Peinlich berührt wendete ich meinen Blick von den Jungs ab. »Sorry, kannst du deine Frage bitte nochmal wiederholen? Ich war kurz abgelenkt«, meinte ich dann mit einem entschuldigenden Lächeln.

Marley machte eine abwinkende Handbewegung. »Alles gut, nicht so wichtig. Hast du dich etwa direkt in Dylan Campbell verguckt oder was war das gerade?«, fragte der Junge mit den grün gefärbten Igelhaaren stattdessen.

Röte schoss mir in die Wangen und ich hätte mich am liebsten ganz klein auf meinem Stuhl gemacht. Hatte ich Dylan wirklich so offensichtlich angestarrt? Das war ja mal sowas von unangenehm.

»Was? Nein, natürlich nicht«, entgegnete ich hastig. »Die Wahrscheinlichkeit, dass ich mich in den vergucke, ist ungefähr gleich mit der, dass ich die erste Präsidentin von Nordkorea werde.«

Dylan mochte ja so gut aussehen wie er wollte, doch sein Charakter war einfach nur absolut abstoßend. Ich hatte bisher noch kein einziges nettes Wort aus seinem Mund gehört und bezweifelte mit jedem Tag mehr, dass wir uns irgendwann zusammenraufen könnten und zumindest ein neutrales Verhältnis zueinander haben könnten. Wie sollte ich so eine Person bitte jemals gut finden?

»Du hast ihn aber ganz schön angeschmachtet, als er gerade reingekommen ist«, bemerkte Gwen. »Dafür musst du dich nicht schämen, an unserer Schule schwärmt bestimmt jedes zweite Mädchen für Dylan Campbell und die anderen für seine Freunde. Ich finde Ace ja persönlich am besten.«

Wäre ich nicht bereits so rot angelaufen wie eine Tomate, würde ich es jetzt spätestens sein. Ich hatte Dylan weder angestarrt noch angeschmachtet – wieso konnte mir das nur keiner glauben?

»Wusstest ihr schon, dass Valerie bei Dylan zu Hause wohnt?«, warf Lucy nun noch ein, um der Situation das Sahnehäubchen aufzusetzen.

Man konnte förmlich hören, wie Talisha, Gwen und Marley synchron nach Luft schnappten und mich anschließend aus vor Überraschung geweiteten Augen anblickten.

Das ließ mich stutzen. Warum war jeder so überrascht, dass ich bei den Campbells wohnte? Doch um danach zu fragen, blieb mir gar keine Zeit, denn Talisha hatte schon das Wort ergriffen.

»Das ändert die Sachlage natürlich beachtlich«, erklärte sie überzeugt. »Wenn das so ist, wette ich, dass ihr während deines Auslandsjahres mindestens einmal miteinander in der Kiste landet.«

Während sie das leichthin sagte, blieb mir vor Schock fast der Mund offenstehen. Auf was für absurde Vorstellungen kamen hier gerade alle? Das war doch einfach nur Wahnsinn!

»Ganz sicher nicht! Ich will nichts von Dylan und außerdem hasst er mich so sehr, dass er sich mir nicht mal freiwillig auf zwei Meter nähern würde«, erwiderte ich und versuchte möglichst viel Nachdruck in meine Stimme zu legen.

»Ach was, Dylan mag niemanden«, meinte Talisha nur schulterzuckend, als wäre das kein Argument.

Daraufhin begannen alle am Tisch wilde Fantasien über Dylan und mich zu spinnen, während ich mich nur noch ganz weit weg wünschte. Hoffentlich hatte Dylan nichts von unserem Gespräch mitbekommen, denn schließlich war sein Tisch gar nicht so weit von unserem entfernt. Doch als ich einen kurzen Blick riskierte, schien er mit seinen Freunden ebenfalls in eine Diskussion verwickelt zu sein und schenkte uns keinerlei Beachtung. Das ließ mich zwar ein bisschen aufatmen, aber richtig entspannen konnte ich die restliche Mittagspause über trotzdem nicht mehr.

Den ganzen restlichen Schultag über begleitete mich eine unangenehme Anspannung. Auch wenn ich Marley, Gwen und Talisha echt nett fand, wollte ich auf gar keinen Fall, dass durch sie Gerüchte in die Welt gesetzt werden würden wie zum Beispiel, dass ich mich in Dylan Campbell verguckt hätte.

Das war nämlich erstens nicht der Fall und zweitens würde Dylan mir dafür dem Kopf abhacken und darauf konnte ich gut verzichten.

Um auf der Fahrt nach Hause unangenehme Auseinandersetzungen mit Dylan zu vermeiden, steckte ich mir dieses Mal direkt meine Kopfhörer in die Ohren. Das war vielleicht feige und unhöflich, aber das nahm ich gerne in Kauf, wenn ich dafür einem Streit mit Dylan aus dem Weg gehen konnte.

Trotzdem war ich froh, als wir auf der Auffahrt der Campbells hielten, denn die Spannung im Auto zwischen Dylan und mir war beinahe unerträglich. Hastig stieg ich aus und lief den Weg zum Haus entlang, doch Dylan war mit seinen langen Beinen deutlich schneller als ich und überholte mich. Er schloss die Tür auf und schlüpfte hinein, knallte sie mir aber wieder vor der Nase zu, bevor ich ebenfalls das Haus betreten konnte. Während ich an meinem ersten Tag hier in Amerika jetzt bestimmt traurig oder wütend geworden wäre, zog ich jetzt nur meinen eigenen Haustürschlüssel aus der Tasche mit einer Gleichgültigkeit, die mich selber überraschte. Anscheinend schien ich gegen Dylans Gemeinheiten abzustumpfen, was bestimmt ein sehr sinnvoller Selbstschutzmechanismus war. Als ich den Flur nun ebenfalls betrat, war Dylan noch dabei, sich seine Schuhe und Jacke abzustreifen.

»Du musst schon das Schloss austauschen, wenn du mich wirklich aussperren willst«, meinte ich trocken und legte dann ebenfalls meine Sachen ab, ohne Dylan eines weiteren Blickes zu würdigen.

Aus dem Augenwinkel nahm ich trotzdem wahr, wie Dylan Luft holte, um etwas zu erwidern, doch da betrat Kate den Flur.

»Schön, dass ihr wieder da seid«, begrüßte sie uns mit einem fröhlichen Lächeln. »Ihr braucht euch gar nicht ganz ausziehen, ich muss euch nämlich um einen Gefallen bitten. Könntet ihr bitte zusammen den Einkauf übernehmen? George ist noch in der Kanzlei und ich wollte da jetzt auch nochmal hinfahren und bis wir wieder zu Hause sind, haben alle Läden geschlossen.«

Mir wäre bei Kates Worten vor Schock fast der Mund offen stehen geblieben, doch das war kein Vergleich zu Dylans Gesichtsausdruck. Mein Gastbruder schaute so fassungslos aus der Wäsche, dass man es eigentlich auf einem Foto hätte festhalten müssen. Doch dann schlich sich ein gefährliches Glitzern in seine Augen, das mir eine Gänsehaut einjagte – ich hatte echt Angst vor dem, was jetzt kommen würde.

Doch bevor Dylan etwas entgegnen konnte, fuhr Kate fort: »Ich weiß, dass ihr beide euch nicht besonders gut leiden könnt, aber ich finde, das ist die perfekte Gelegenheit, euch etwas besser gegenseitig kennenzulernen. Deshalb dulde ich keine Widerreden, sondern will, dass ihr euch einfach mal zusammenreißt.«

Diese klare Ansage reichte bei mir, dass ich jegliche Widerworte runterschluckte und mich meinem Schicksal fügte, aber Dylan schien das nicht ganz so zu sehen.

»Das ist nicht dein scheiß Ernst, oder? Ich bin doch nicht Valeries Babysitter – wieso soll ich sie jetzt überall mit hinnehmen? Ich darf aber schon noch alleine aufs Klo gehen, oder?«, fuhr er seine Mutter so wütend an, sodass ich schockiert einen kleinen Schritt zurückwich.

Mir würde es niemals einfallen, so mit meiner Mutter zu sprechen. Vor allem übertrieb Dylan schon wieder maßlos. Mir machte es auch keinen Spaß, mit ihm zusammen zur Schule fahren zu müssen, aber immerhin waren das nur zehn Minuten am Tag und ansonsten sahen wir uns nur bei den gemeinsamen Abendessen.

Kate hingegen schien die Ausbrüche ihres Sohnes gewohnt zu sein, denn sie blieb vollkommen ruhig stehen, ohne die Miene zu verziehen. »Dylan, pass auf deinen Ton auf«, ermahnte sie ihn, wobei ihre Stimme einen drohenden Unterton angenommen hatte. »Ich finde es ehrlich gesagt zum Kotzen, wie du dich in letzter Zeit immer aufführst und wenn du dich nicht mal langsam in den Griff kriegst, werden dein Vater und ich ernsthafte Konsequenzen ziehen. Also überlege dir lieber noch einmal, ob du wirklich weiter mit mir diskutieren möchtest.«

Tatsächlich schien Kates Ansage jetzt auch bei Dylan gewirkt zu haben, denn obwohl sein ganzer Körper vor Wut bebte, griff er nach seinem Autoschlüssel, der noch auf der Kommode lag. Dann stürmte er wieder nach draußen und knallte die Tür schwungvoll hinter sich zu.

Kate stieß ein leises Seufzen aus und fuhr sich frustriert durch die Haare.

»Es tut mir echt leid, wie Dylan sich dir gegenüber verhält. Ich hoffe, dass es euch etwas hilft, besser miteinander klarzukommen, wenn ich euch jetzt sozusagen zwinge, Zeit miteinander zu verbringen. Wenn es aber wirklich gar nicht geht, darfst du dich gerne bei mir melden.«

Ich nickte zögerlich und versuchte den riesigen Kloß in meinem Hals zu ignorieren. Auch wenn ich das niemals zugeben würde, fürchtete ich mich echt ein bisschen vor Dylan in diesem wutgeladenen Zustand und mein Wunsch, jetzt mit ihm einkaufen zu gehen, war in etwa gleichzusetzen mit dem, alle meine Haare abzurasieren. Dylan würde mir garantiert den Streit mit seiner Mutter in die Schuhe schieben und mich dafür noch mehr angehen als sonst.

Trotzdem schluckte ich all meine Bedenken herunter und ließ mir von Kate den Einkaufszettel, Geld und einige Tragetüten in die Hand drücken, bevor ich dann ebenfalls nach draußen lief. Dylan saß schon bei laufendem Motor im Auto und trommelte unruhig mit den Händen aufs Lenkrad, weshalb ich mich beeilte, ebenfalls einzusteigen. Kaum hatte ich die Tür geschlossen, brauste Dylan auch schon mit einem Affenzahn vom Hof, dass ich mich gar nicht schnell genug anschnallen konnte.

Aus dem Augenwinkel linste ich zu ihm herüber und sah, wie seine Hände angespannt das Lenkrad umklammerten und sein Blick stur auf die Straße gerichtet war. Ich wollte mich gerade wieder von meinem Gastbruder abwenden, um aus dem Fenster zu gucken, als er seinen Kopf drehte und unsere Blicke sich streiften. In Dylans grünen Augen loderte so dunkler Zorn, dass ich wusste, dass er mich diesem Moment mehr als alles andere hasste und das jagte mir ganz schön Angst ein. Eine Gänsehaut breitete sich über meinen ganzen Körper aus und ein mulmiges Gefühl lag wie Steine in meinem Magen. Innerlich machte ich mich bereits darauf gefasst, dass Dylan mich jetzt anschreien würde, doch zu meiner Überraschung wendete er seinen Blick einfach wieder ab.

Wir verbrachten die ganze Fahrt in eiskaltem Schweigen und ich wusste nicht, ob ich mich freuen oder jetzt erst recht gruseln sollte, als wir auf dem riesigen Parkplatz eines Supermarktes etwas außerhalb der Stadt hielten.

»Soll ich einen Einkaufswagen holen?«, fragte ich Dylan so vorsichtig wie möglich, als wir ausstiegen.

Ich konnte echt nicht einschätzen, wie er im Moment drauf war und ob ihn nicht schon ein einziger Satz von mir zum Überkochen bringen würde.

»Ne, ich habe gedacht, wir kicken die Sachen einfach zur Kasse«, kam es von dem braunhaarigen Jungen ironisch zurück.

Etwas anderes hätte ich ehrlich gesagt auch nicht erwartet.

Doch anstatt zurückzuschießen antwortete ich: »Hä, was für eine Kasse? Ich dachte, wir klauen das einfach, schließlich sind deine Eltern nicht umsonst Anwälte.« Vielleicht würde dieser kleine Scherz die Stimmung ja etwas auflockern können, auch wenn meine Hoffnungen dafür nicht besonders hoch waren.

Zu meiner unglaublichen Überraschung sah ich aber tatsächlich, wie ein kleines Schmunzeln über Dylans Gesicht huschte. Es verschwand zwar so schnell, wie es gekommen war, aber trotzdem hatte ich es ganz genau gesehen. Ich hatte es tatsächlich geschafft, Dylan Campbell zum Lächeln zu bringen und auch wenn ich mir darauf absolut nichts einbilden sollte, machte mich das ein kleines bisschen glücklicher, als es sollte.

»Ich hole den Einkaufswagen. Komm einfach mit und lass dich nicht überfahren, denn ich werde dich ganz sicher nicht von der Straße kratzen und wiederbeleben«, antwortete Dylan nun doch noch auf meine Frage und auch wenn er es immer noch nicht schaffte, einen Satz ohne eine Gemeinheit über mich herauszubringen, hatte ich das Gefühl, dass sein Ton nicht mehr so scharf war wie sonst. Aber da konnte ich mich auch täuschen.

Brav folgte ich Dylan und als wir zusammen mit dem Einkaufswagen den Supermarkt betraten, blieb mir vor Staunen fast der Mund offenstehen. Auch wenn ich in einer deutschen Großstadt wohnte, hatte ich noch nie so einen großen, weitläufigen Supermarkt gesehen. Überall von der Decke hingen bunte Verkaufsschilder und in den unzähligen Regalen konnte man Sachen finden, die weit über den normalen Haushaltsbedarf hinausgingen.

»Mund zu, so siehst du noch dümmer aus als sonst und es gibt hier Leute, die mich kennen«, kommentierte Dylan auch sofort.

Ich zuckte mit den Schultern. »Ich versuche nur, mich auf dein Niveau hinab zu begeben, aber wie du willst.« Bevor Dylan etwas Weiteres erwidern konnte, zog ich den Einkaufszettel aus meiner Tasche. »Das sollen wir alles besorgen und am besten fangen wir jetzt an, sonst sind wir noch bis Ladenschluss nicht fertig«, sagte ich mit einem Blick auf die vielen Sachen, die Kate aufgeschrieben hatte.

Dylan schluckte seine Gegenworte runter und nickte zustimmend. Offensichtlich wollte er diesen Einkauf auch so kurz und schmerzlos wie möglich halten.

Und so schafften wir es zu meinem großen Erstaunen, die nächste halbe Stunde schweigend sämtliche Lebensmittel, die hier alle in mindestens doppelt so großen Verpackungen wie in Deutschland eingeschlossen waren, in den Wagen zu räumen.

»Kannst du noch eben Cornflakes besorgen? Ich gehe dann schon mal zur Kasse«, fragte mich Dylan, der den, mittlerweile bis oben hin bepackten, Einkaufswagen schob.

»Klar«, antwortete ich und lief in die entgegengesetzte Richtung los, wo ich erst die Cornflakes gesehen hatte. Dabei versuchte ich mir bewusst zu machen, dass das gerade die erste Konversation von Dylan und mir gewesen war, die nicht in einem Streit ausgeartet war.

Vielleicht hatte Kate ja Recht und es brachte etwas, dass Dylan und ich gezwungenermaßen Zeit miteinander verbrachten. Zumindest hatte ich mir den Einkauf deutlich schlimmer vorgestellt, nachdem Dylan erst so wütend gewesen war.

Immer noch in Gedanken versunken, griff ich nach einer Cornflakes-Packung und ging dann zurück in Richtung der Kassen. Dort blickte ich mich nach Dylan um, doch ich konnte ihn nicht finden, obwohl er mit seiner Größe eigentlich alle überragen müsste.

Er würde mich doch nicht einfach hier stehengelassen haben, oder? Ich traute Dylan wirklich viel zu, aber das wäre echt richtig fies. Nein, bestimmt war ihm nur noch etwas eingefallen, was bei unserem Einkauf noch fehlte und deshalb war er jetzt ebenfalls noch auf der Suche.

Und so wartete ich. Erst fünf Minuten, dann zehn und nach einer Viertelstunde entschloss ich mich, die Cornflakes mit dem Geld, das ich noch von Kate hatte, einfach zu bezahlen und draußen zu schauen, ob Dylans Auto noch auf seinem Parkplatz stand. Das war meine einzige Chance herauszufinden, ob mein Gastbruder noch hier im Supermarkt war, da ich seine Handynummer nicht hatte und er mich umbringen würde, wenn ich eine Durchsage im Laden machte.

So lief ich mit einem beklemmenden Gefühl im Magen und einer Packung Cornflakes in der Hand zum Parkplatz und hoffte inständig, dass Dylans Auto noch dastand. Doch als ich den Platz erreichte, wo ich mir zu hundert Prozent sicher war, dass wir genau hier geparkt hatten, stand nicht mehr Dylans schwarzer Sportwagen in der Lücke, sondern ein großer Geländewagen.

Fassungslosigkeit breitete sich in mir aus – Dylan hatte mich ernsthaft hiergelassen und war einfach weggefahren! Dass er mich immer mit gemeinen Sprüchen attackierte, war ja eine Sache, aber dass er die Dreistigkeit besaß, mich mitten in der Pampa auf dem Parkplatz eines Supermarktes zurückzulassen, brachte die Sache auf ein ganz neues Level.

Eine unfassbare Wut und Frustration breitete sich in mir aus und ich hätte am liebsten geschrien, um all meine Gefühle rauszulassen. Doch stattdessen setzte ich mich auf den Bordstein, der einen auf dem Parkplatz stehenden Baum umsäumte und versuchte einen klaren Gedanken darüber zu fassen, was ich jetzt am besten machen sollte. Meine Optionen waren entweder alle möglichen Leute hier anzusprechen, in der Hoffnung, dass jemand in dieselbe Richtung wie ich musste oder mir von Kates Geld ein Taxi zu rufen oder mich von ihr höchstpersönlich abholen zu lassen. Irgendwie erschienen mir diese Möglichkeiten alle nicht optimal, doch nach reichlicher Überlegung entschied ich mich schließlich für das Taxi. Ich war gerade dabei, mein Handy zu zücken, um mir ein Taxi zu rufen, als ein Auto mit quietschenden Reifen vor mir hielt. Ohne aufzusehen wusste ich, wer der Fahrer war. Dylan war offensichtlich zurückgekommen, um mich doch noch mitzunehmen.

»Steig ein«, rief mir mein Gastbruder mir auch schon aus dem heruntergelassenen Autofenster zu, als ich nicht sofort Anstalten machte, aufzustehen. Aber wenn er dachte, dass ich ihm jetzt freudestrahlend in die Arme fallen würde, nur weil er sich doch noch dazu durchgerungen hatte, mich mitzunehmen, hatte er sich ganz gewaltig geschnitten. Ich war echt wütend auf ihn und das sollte er ruhig spüren.

»Das könnte dir so passen. Erst lässt du mich hier einfach stehen und dann kommst du an, als wäre nichts gewesen?«, fauchte ich ihn an und kniff die Augen zusammen.

Doch Dylan ließ sich davon nicht beeindrucken, sondern ließ seinen Arm lässig aus dem Fenster baumeln, ohne auch nur eine Miene zu verziehen.

»Du hast genau zwei Optionen, Valerie«, erklärte er mir ruhig. »Entweder siehst du zu, dass du in den nächsten zehn Sekunden deinen Arsch in dieses Auto bewegst oder ich lasse dich dieses Mal endgültig stehen. Deine Zeit läuft ab jetzt.«

Dylan blickte auf die Uhr an seinem Arm und ich konnte sehen, dass er es genoss, so viel Macht über mich zu haben. In seiner Gegenwart fühlte ich mich andauernd so klein und schwach und ich war mir sicher, dass Dylan genau das wollte. Aber das würde ich dieses Mal nicht zulassen.

»Dann wünsche ich dir eine gute Heimfahrt, ich komme schon selber irgendwie zurück, selbst wenn ich laufen muss. Kate wird bestimmt begeistert davon sein, wenn ich ihr heute Abend davon erzähle.«

Ich setzte ein zuckersüßes Lächeln auf, nachdem ich geendet hatte, während Dylans Gesicht immer weiter entgleiste. Es war vielleicht feige, die Ich-petze-das-deiner-Mutter-Karte auszuspielen, aber offensichtlich hatte diese Drohung Wirkung gezeigt, denn Dylans Kiefer spannte sich wütend an.

»Du steigst jetzt verdammt noch mal ins Auto, sonst zerre ich dich persönlich hier rein«, knurrte Dylan bedrohlich, doch ich verschränkte nur trotzig die Arme vor der Brust.

»Versuche es doch. Auf die anderen Leute wirkt es bestimmt auch gar nicht komisch, wenn ein großer Junge ein schreiendes Mädchen in sein Auto zieht«, erwiderte ich und konnte nur mit Mühe ein Grinsen verbergen. Jetzt hatte ich den Spieß plötzlich umgedreht, denn offensichtlich wollte Dylan echt nicht, dass seine Mutter etwas von dieser Aktion erfuhr. Wahrscheinlich war auch das der Grund gewesen, warum er noch mal umgedreht war und nicht sein schlechtes Gewissen.

Dylan schien nicht wirklich zu wissen, was er jetzt machen sollte, denn offensichtlich hatte auch er realisiert, dass ich in diesem Moment am längeren Hebel saß und man konnte förmlich sehen, wie wütend ihn das machte. Seine eben noch lockere und selbstsichere Haltung war mit einem Mal völlig verkrampft und sein Kiefer mahlte angespannt.

»Aber wenn du dich bei mir entschuldigst und zumindest versuchst, es ehrlich klingen zu lassen, kann ich vielleicht darüber hinwegsehen und ohne weiteres Drama mit dir zurückfahren«, bot ich meinem Gastbruder als Friedensangebot an. Eigentlich wollte ich einfach nur noch nach Hause und eine Entschuldigung würde Dylans Stolz soweit kränken, dass ich es nicht mehr nötig hätte, auf meiner Position zu beharren.

Ich konnte sehen, wie Dylan einen inneren Kampf mit sich austrug. Er wollte sich nicht bei mir entschuldigen und wahrscheinlich tat es ihm auch noch nicht mal leid, aber anscheinend hatte er noch weniger Lust auf noch mehr Stress.

»Ich hätte nicht einfach ohne dich losfahren sollen, das war echt übertrieben von mir. Kannst du jetzt bitte einfach einsteigen?«, presste er deshalb zwischen zusammengebissenen Zähnen hindurch und rang sich sogar ein *Bitte* ab.

Ich merkte, wie sich eine gewisse Genugtuung in mir ausbreitete. Dieses Mal hatte ich gewonnen.

Trotzdem war ich immer noch etwas verletzt und enttäuscht darüber, dass Dylan mich stehen gelassen hatte, weil ich gerade das Gefühl gehabt hatte, dass es zwischen uns minimal besser wurde, schließlich hatte Dylan über einen meiner Witze gelacht und wir hatten eine ganz normale Konversation geführt. Aber anscheinend ließ sich das Kriegsbeil zwischen uns nicht so einfach begraben, zumindest von Dylans Seite aus. Seufzend griff ich nach der Cornflakes-Packung neben mir und stieg zu Dylan ins Auto, um nach diesem anstrengenden Tag endlich nach Hause zu kommen.

Kapitel 6

Die Rückfahrt war gestern erstaunlicherweise ohne einen weiteren Streit vorübergegangen. Allgemein waren gestern Abend und heute auf dem Weg zur Schule und zurück gar keine bösen Bemerkungen von Dylan gekommen, sondern er hatte mir nur die kalte Schulter gezeigt und mich überwiegend ignoriert, womit ich jedoch deutlich besser klarkam. Ich konnte mir zwar nicht genau erklären, woran das lag, aber ich freute mich tatsächlich etwas über diese Entwicklung.

Gedankenverloren blickte ich aus meinem Fenster, als ich hörte, wie die Haustür unten mit Schwung aufgeschlagen wurde. »Mom! Dad!«, hörte ich Dylan von unten schreien. Er wusste anscheinend nicht, dass die beiden noch auf der Arbeit waren, aber da er nicht nach mir rief, hielt ich es nicht für nötig, ihm zu antworten.

»Verdammt, ist irgendjemand hier?!«, rief Dylan erneut. In seiner Stimme schwang dabei ein panischer Unterton mit, was mich stutzig werden ließ. Deshalb lief ich doch nach unten, um zu gucken, was los war.

Was ich dort sah, verschlug mir den Atem. Dylan stand dort, mit Berry im Arm. Sie war voller Blut und winselte leicht, während eines ihrer Beine in einem komischen Winkel seitlich von ihrem Körper abstand.

»Scheiße«, entfuhr es mir bestürzt.

Dylan drehte sich daraufhin zu mir um und ich konnte förmlich sehen, wie all seine Hoffnung aus seinem Gesicht entwich.

»Bist nur du hier?«, fragte er mich, wobei seine Stimme so kalt klang, dass ich eine Gänsehaut bekam.

Ich nickte. Dann begann ich langsam wieder aus meiner Schockstarre zu erwachen und Panik kroch in mir hoch.

»Wir müssen sofort zum Tierarzt!«

»Ach nee, ich wäre jetzt erst mal zu McDonald´s gefahren«, entgegnete Dylan augenverdrehend. Offensichtlich hatte er seine unangebrachte, sarkastische Art doch nicht verloren.

Dieses Mal ging ich jedoch nicht auf seinen blöden Kommentar ein, sondern überhörte ihn einfach. Hier ging es schließlich nicht um Dylan und mich, sondern um Berry.

»Gib mir den Hund, dann kannst du deinen Autoschlüssel, Geld und ihre Papiere holen. Ich gehe schon einmal vor«, forderte ich Dylan auf und hoffte inständig, dass er ausnahmsweise mal auf mich hörte. Wenigstens dieses eine Mal.

Und tatsächlich tat er es. Er übergab mir Berry, die eindeutig schwerer als gedacht war und lief los, während ich mich auf den Weg zum Auto machte. Auf Socken – aber um Schuhe anzuziehen hatte ich jetzt weder Zeit noch freie Hände. Es schien fast so, als wäre Dylan erleichtert, dass ich ihm Anweisungen gab, denn er war eindeutig überfordert mit der Situation. Als ich gerade am Auto angekommen war, kam Dylan auch schon hinterher gejoggt. Er öffnete mir die Tür, sodass ich mit dem Hund einsteigen konnte. Dann brauste er los.

»Was ist passiert?«, fragte ich nach einiger Zeit vorsichtig, während ich beruhigend Berrys Kopf streichelte. Sie sah echt schlimm aus, aber ich war mir sicher, dass der Tierarzt ihr helfen konnte.

Ich erhielt jedoch keine Antwort auf meine Frage und beschloss deshalb, meine Gesprächsversuche einfach einzustellen. Dylan war wahrscheinlich nervlich eh schon am Ende, da sollte ich ihn nicht zusätzlich strapazieren. Doch nach einiger Zeit räusperte sich Dylan.

»Ich war mit ihr joggen und so ein idiotisches Arschloch hat sie angefahren und dann Fahrerflucht begangen. Wenn ich den in die Finger kriege …« Wütend schlug er mit der Faust auf das Lenkrad. Die Situation nahm ihn deutlich mehr mit, als ich gedacht hätte.

Ich wusste nicht, wie ich darauf reagieren sollte, deshalb blieb ich still und streichelte weiterhin vorsichtig Berrys Kopf. Wie konnte ein Mensch nur so eiskalt und abgebrüht sein und nach so einem Unfall einfach Fahrerflucht begehen? Ich verstand das nicht.

Schließlich kamen wir bei der Tierarztpraxis an. Dieses Mal nahm Dylan Berry auf den Arm

»Soll ich mitkommen?«, fragte ich ihn. Ich war mir sicher ein *Nein* als Antwort zu bekommen, doch erstaunlicherweise nickte Dylan.

Also hielt ich ihm sämtliche Türen auf, bis wir endlich drinnen waren. Dort nahm der Tierarzt Berry sofort mit in den OP-Saal, während Dylan und ich uns ins Wartezimmer setzten und dort angespannt abwarteten. Mein Gastbruder saß mit hängenden Schultern neben mir und schaute ins Leere – er machte sich wirklich Sorgen um seinen Hund. In diesem Moment tat er mir echt leid und ich würde gerne etwas zu ihm sagen, um ihn zu beruhigen, wenn ich nur wüsste was.

»Das wird schon wieder. Die Tierärzte sind heutzutage echt gut, die kriegen Berry schon wieder zusammengeflickt«, brach ich dann das Schweigen und versuchte Dylan ein aufmunterndes Lächeln zuzuwerfen.

Dylan hob seinen Kopf und funkelte mich böse an.

»Und was, wenn nicht?«, fuhr er mich an. »Sei bitte einfach ruhig, ich kann jetzt nicht auch noch dein nerviges Gelaber ertragen.«

Ich spürte wie sich mein Brustraum schmerzhaft zusammenzog – seine Worte trafen mich stärker, als ich es zugeben wollte. Auch wenn Dylan gerade emotional aufgewühlt war, hatte er kein Recht, so mit mir zu sprechen.

»Und ich kann es nicht ertragen, dass du dich durchgehend wie ein Arschloch mir gegenüber verhältst! Ich blamiere mich hier, indem ich nur auf Socken durch die Gegend laufe, um dir zu helfen und das ist der Dank. Ganz ehrlich, du kannst mich mal!«

Wütend stand ich auf und verließ das Wartezimmer, ohne mich nochmal umzudrehen. Ich hatte keine Ahnung, wo ich jetzt hingehen sollte, also lief ich nach draußen, ich brauchte jetzt etwas frische Luft und vor allem Abstand von Dylan. Dieser Junge raubte mir noch den letzten Nerv. Seine täglichen Beleidigungen, mich einfach beim Supermarkt stehen zu lassen und jetzt auch noch das hier – das war einfach zu viel für mich. Ich war mir echt nicht sicher, wie lange ich das noch so weiterhin ertragen könnte.

Nachdem ich mich wieder etwas beruhigt hatte, ging ich zurück nach drinnen und bekam mit, wie Berry gerade entlassen wurde. Ihre Verletzungen waren nicht so schlimm, wie gedacht und wir durften sie sogar wieder mit nach Hause nehmen, obwohl sie noch leicht unter Narkose stand. Deshalb sollten wir sie auch die nächsten zwölf Stunden beobachten. Also fuhren wir wieder zurück, im Auto herrschte dabei die ganze Fahrt über eiskaltes Schweigen.

Zu Hause angekommen, hielt ich Dylan und Berry wieder die Türen auf, jedoch ohne Dylan auch nur das kleinste bisschen Beachtung zu schenken. Wahrscheinlich bemerkte er aber noch nicht mal, dass ich wütend auf ihn war.

Im Flur trafen wir auf Kate, die mittlerweile wieder von der Arbeit zurück war und Dylan erklärte ihr, was vorgefallen war und was der Tierarzt gesagt hatte.

»Dylan, du kannst aber nicht die ganze Nacht auf sie aufpassen, du schreibst morgen deine Matheklausur. Vielleicht hättet ihr sie doch beim Tierarzt lassen sollen«, warf Kate ihm vor.

Ich merkte, wie Dylan sich daraufhin anspannte. »Mathe ist mir scheißegal, ich kümmere mich um meinen Hund!«, knurrte er.

In der Ahnung, dass die Situation gleich wieder eskalieren würde, trat ich ein paar Schritte zurück.

»Ich weiß, wie wichtig dir Berry ist, ich kann ja sonst auch auf sie aufpassen«, versuchte Kate ihn etwas zu beschwichtigen.

Das wäre natürlich auch eine Möglichkeit, aber ich wusste, dass Kate morgen früh zur Arbeit musste und bestimmt noch viele Sachen für den Fall in New York vorbereiten musste, deshalb sagte ich: »Ich kann auch auf Berry aufpassen, ich habe morgen erst zur fünften Stunde, weil mehrere meiner Lehrer auf Fortbildung sind und schreibe auch keine Arbeit.«

Die Blicke der beiden landeten überrascht auf mir – anscheinend hatten sie ganz vergessen, dass ich auch noch im Raum war.

»Das würdest du machen? Vielen Dank!« Kate schien total erleichtert über meinen Vorschlag zu sein, doch Dylan sah mich nur skeptisch an. Wahrscheinlich zweifelte er daran, dass ich durchhalten würde. Aber ich würde es diesem arroganten Kotzbrocken schon beweisen!

Schließlich nickte auch Dylan und damit war die Sache besiegelt. Bevor er die Küche verließ, rempelte er mich jedoch noch an der Schulter an. »Wehe, du schläfst ein«, raunte er mir dabei ins Ohr, dann verließ er die Küche.

Kapitel 7

Mittlerweile war es schon drei Uhr nachts und ich saß immer noch, in eine Decke gehüllt, neben Berrys Körbchen und sah auf meinem Laptop Serien. Neben mir stand eine fast leere Flasche Cola und eine brühwarme Tasse Kaffee, denn nur das Koffein half mir dabei, meine Augen offen zu halten. Eigentlich waren die zwölf Stunden, in denen wir Berry beobachten sollten, schon vorbei, doch ich wollte Dylan beweisen, dass ich durchhielt. Und wenn ich mir etwas in den Kopf gesetzt hatte, dann schaffte ich das auch.

Also verbrachte ich noch die ganze Nacht mit Seriengucken und Lesen, bis die ersten Sonnenstrahlen durch das Fenster schienen. Ein Blick auf die Uhr sagte mir, dass es schon fast sechs Uhr war. Wenige Zeit später hörte ich von oben auch schon leise Stimmen, Kate und George waren wohl aufgestanden und nur Prinzessin Dylan schlief noch weiter. Kurz darauf kam George auch schon die Treppe herunter.

»Ach Gott, du bist immer noch wach?«, fragte er sichtlich geschockt. »Du solltest doch nur bis die zwölf Stunden vorbei sind auf Berry aufpassen. Jetzt hast du ja gar nicht geschlafen – was sind wir denn für schlechte Gasteltern!« Er hielt sich erschrocken die Hände vor den Mund. Offensichtlich machte er sich riesige Vorwürfe, obwohl es ja allein meine Entscheidung gewesen war, die ganze Nacht wachzubleiben.

»Alles gut. Ich wollte das so und ich habe ja jetzt noch vier Stunden zu schlafen«, entgegnete ich, um ihn etwas zu beruhigen.

George schüttelte den Kopf.

»Wir schreiben dir für heute eine Entschuldigung, dann kannst du ausschlafen.«

»Das passt schon. Ich kann zur Schule gehen, das ist echt kein Problem«, versuchte ich ihn zu überzeugen, denn ich wollte nicht schon in meiner ersten Schulwoche direkt fehlen.

Nach einer kleinen Diskussion gab George schließlich nach und ich ging nach oben in mein Zimmer, um die restlichen vier Stunden zu schlafen.

Als ich wieder aufstehen musste, war ich unglaublich müde, noch müder als vorm Schlafen. Aber das war meine eigene Schuld, George hätte mir eine Entschuldigung geschrieben, doch ich hatte abgelehnt. Jetzt konnte ich nur noch den Kopf über meine eigene Dummheit schütteln. Der einzige Lichtblick am Horizont war, dass heute Freitag war.

Ich lief ins Bad und versuchte meine Augenringe so gut es ging, mit Concealer abzudecken, aber das änderte nichts daran, dass meine Augen immer noch klein und müde wirkten. Dann machte ich mich fertig und lief zur Bushaltestelle. Der Bus kam bald und ich kam rechtzeitig zur fünften Stunde in der Schule an. Auf dem Weg zu meinem Spind lief ich Lucy über den Weg und wir unterhielten uns kurz.

»Du hast nicht viel geschlafen, oder?«, fragte sie mich grinsend, als ich ihr entgegenkam.

»Ja, nur knapp vier Stunden«, antwortete ich ihr und wie um das zu bestätigen, gähnte ich erst mal. Schnell hielt ich mir die Hand vor den Mund.

»Sieht man«, meinte Lucy und brach daraufhin in herzhaftes Lachen aus.

Ich verdrehte nur leicht die Augen – das war nicht das, was ich von ihr hatte hören wollen.

»Ich habe gedacht, wenn alle Leute Pandas süß finden, mögen sie auch mich mit diesen Augenringen«, kommentierte ich trocken, fiel dann aber in ihr Lachen ein. Bei Lucys guter Laune konnte man einfach nicht anders, als sich anstecken zu lassen.

Nachdem Lucy und ich uns unsere Bücher geschnappt hatten, liefen wir zu unserem nächsten Raum, da wir jetzt zusammen Chemieunterricht hatten. Danach trennten sich unsere Wege jedoch wieder bis wir uns nach dem Unterricht im Kunst-Club wieder trafen. Dort stellte mich Lucy einigen anderen Leuten vor, die sie bereits aus dem letzten Jahr kannte. Unter anderem waren auch Marley, der Junge mit den grünen Igelhaaren und einer von Dylans besten Freunden, von dem ich aber immer noch nicht den Namen wusste, dabei. Lucy, Marley und ich setzten uns gemeinsam in die hinterste Reihe und unterhielten uns, während wir darauf warteten, dass unsere Lehrerin kam.

Mit fünf Minuten Verspätung traf auch eine hoch-gewachsene, schlanke Frau mit krausen Haaren und einer großen Brille im Raum ein. Sie sah genauso aus, wie man sich eine Kunstlehrerin vorstellte.

»Tut mir leid, dass ihr warten musstet«, säuselte sie mit einem leicht französischem Akzent. »Ich bin Misses Gomez und freue mich, viele alte und auch neue Gesichter in diesem Kurs begrüßen zu dürfen. Hier habt ihr die Chance, euch kreativ auszuleben. Sei es zeichnen, malen, fotografieren oder etwas ganz anderes – ich bin für alle eure Ideen offen. In jedem von euch schlummert ein großartiges Talent, dass wir hervorkitzeln und es in Form einer kleinen Ausstellung würdigen wollen. Aber bis es soweit ist, dauert es noch. Heute könnt ihr erst mal überlegen, was für ein Projekt ihr machen wollt und was ihr dafür braucht.«

Misses Gomez drehte sich schwungvoll zur Tafel, um einige wichtige Punkte aufzuschreiben, doch ich merkte, wie ich langsam wegdöste. Auch wenn die quirlige Frau vor Leidenschaft für ihr Fach brannte, hielt meine Müdigkeit mich davon ab, mich anstecken zu lassen.

»Ey, nicht einschlafen«, flüsterte Lucy und stieß mir ihren Ellenbogen in die Seite.

Automatisch richtete ich mich wieder etwas auf und versuchte meine ganze Konzentration aufs Wachbleiben zu richten. Marley neben mir schmunzelte darüber nur belustigt.

»Na, hast heute Nacht etwa zu viel an Dylan Campbell gedacht und konntest deshalb nicht schlafen?«, neckte er mich, wofür ich ihm empört gegen den Arm schlug. Zwar war Dylan tatsächlich der Grund, weshalb ich kaum geschlafen hatte, aber in einer völlig anderen Hinsicht.

»Niemals«, entgegnete ich schnell. »Ich habe auf den kranken Hund der Familie aufgepasst, das ist alles.«

Marley grinste immer noch und zog bedeutungsvoll beide Augenbrauen hoch, während Lucy auf meiner anderen Seite in Kichern ausbrach, anstatt mir zu helfen.

Zum Glück verkündete Misses Gomez in diesem Moment, dass wir jetzt mit dem Sammeln von Projektideen beginnen würden, sodass die Aufmerksamkeit meiner beiden Sitznachbarn wieder auf ihr lag. Lucy, Marley und ich beschlossen uns als Gruppe zusammenzutun und zerbrachen uns den Rest der Zeit den Kopf darüber, was wir machen könnten. Wir entschieden uns schließlich dafür, dass wir eine Fotocollage zu dem Thema *Schönheit des Gewöhnlichen* machen wollten, was Misses Gomez völlig begeisterte. Doch bevor wir in die richtige Planung einsteigen konnten, klingelte es zum Schulschluss und ich schlafwandelte mehr oder weniger zum Parkplatz, wo Dylan schon auf mich wartete.

»Du siehst richtig scheiße aus«, begrüßte er mich, wofür ich ihn böse anfunkelte.

»Kann ich nur zurückgeben. Aber ich habe auch nicht die ganze Nacht wie die Prinzessin auf der Erbse geschlafen, sondern auf deinen verletzten Hund aufgepasst!«, fauchte ich.

Es störte mich nicht, dass Dylan sich mir gegenüber wie immer total gehässig verhielt, daran gewöhnte ich mich mittlerweile, aber wenigstens ein kleines Dankeschön wäre meiner Meinung nach angebracht gewesen. Aber auf diesen Gedanken schien Dylan noch nicht mal im Entferntesten zu kommen, denn ein spöttisches Grinsen zog sich über sein Gesicht. Dadurch brachte er mich erst recht zum Überkochen.

»Was ist eigentlich dein verdammtes Problem?! Ich reiße mir für dich den Arsch auf und du kannst noch nicht mal ‚Danke‘ sagen? Du bist echt das größte Arschloch, das ich kenne!«, stieß ich hervor und meine Augen zogen sich zu wütenden Schlitzen zusammen.

Dann drehte ich mich auf dem Absatz um und ging davon. Ich hatte nach dieser Aktion absolut keine Lust mehr, mit Dylan zusammen nach Hause zu fahren, da würde ich lieber eine halbe Stunde auf den Bus warten, egal, was wir uns dafür von Kate anhören durften.

»Hey! Jetzt reg‘ dich mal ab und mach‘ nicht so ein Drama«, rief Dylan mir hinterher, aber ich lief weiter und ignorierte ihn einfach.

Doch dann hörte ich Schritte hinter mir und kurz darauf packte mich jemand grob am Handgelenk. Dylan wirbelte mich zu sich herum und durch den Schwung prallte ich gegen seine Brust. So schnell wie möglich brachte ich wieder etwas Abstand zwischen uns und versuchte mein Handgelenk aus seinem Griff zu entwinden, doch er hielt es fest.

»Ich mag es nicht, wenn man mich ignoriert«, knurrte er mit einem drohenden Unterton in der Stimme.

Ich antwortete ihm auch darauf nicht, sondern sah nur auf den Boden. Er sollte ruhig sehen, dass ich echt richtig sauer auf ihn war. Dylan ließ das jedoch nicht auf sich sitzen, sondern nahm mein Kinn in seine freie Hand und zwang mich dadurch, ihm in die Augen zu sehen. Seine grünen Augen funkelten aufgebracht und für einen kurzen Moment begann ich, mich in ihnen zu verlieren. Sie waren so faszinierend schön und gleichzeitig so geheimnisvoll, aber als ich merkte, wie meine Gedanken abdrifteten, schreckte ich hoch – ich durfte nicht anfangen, für einen Jungen zu schwärmen, der mich abgrundtief hasste.

»Hast du mich verstanden?« Er sah mich herausfordernd an.

»Nein, ich spreche kein Idiotisch«, antwortete ich und verdrehte die Augen. Ich war mir vollkommen bewusst darüber, dass es nicht schlau war, Dylan jetzt noch zu provozieren, aber ich wollte ihm zeigen, dass er mich nicht so herumkommandieren konnte, wie er wollte.

Sein Blick wurde auch augenblicklich düster und seine Augen verzogen sich zu schmalen Schlitzen. »Pass auf, was du sagst, Valerie, oder du wirst es noch bereuen«, knurrte er dann und kam einen Schritt auf mich zu.

Automatisch wich ich ein Stück zurück, denn auch wenn ich es mir nicht gerne eingestand, jagte mir Dylan, wenn er wütend war, echt Angst ein.

»Und jetzt kommst du besser mit mir mit, ich brauche nicht nochmal das gleiche Drama wie gestern«, fügte er hinzu und ließ endlich mein Handgelenk los, das sich schon ganz taub anfühlte.

Ich schüttelte es aus und blickte Dylan nach, wie er zu seinem Wagen lief. Am liebsten wäre ich jetzt stur geblieben und hätte einfach den Bus genommen, aber ich fühlte mich so müde und erschöpft, dass mein Wunsch, mich einfach zu Hause ins Bett zu legen, überwog. Außerdem hatte ich keine Lust auf noch mehr Stress mit Dylan.

Mit jedem Tag schrumpfte meine Hoffnung, irgendwann mit meinem schwierigen Gastbruder klarzukommen. Mir graute es echt vor der Zeit, wenn Kate und George weg waren.

Wir stiegen in Dylans Auto und er fuhr los. Ich lehnte mich dabei zurück in den Sitz und schloss die Augen. Eigentlich wollte ich sie nur für einen kurzen Moment ausruhen, doch irgendwie fühlten sich meine Augenlider so schwer an, dass ich sie einfach nicht mehr öffnen konnte …

Ich wurde von einem lauten Gespräch auf dem Flur wach. Müde rieb ich mir über die Augen. Wie spät war es? Wo war ich? Wieso hatte ich geschlafen?

Orientierungslos blickte ich mich um und erkannte, dass ich in meinem Zimmer lag. Jetzt kam auch nach und nach die Erinnerung daran wieder, wie ich in Dylans Auto vor Müdigkeit eingeschlafen war. Aber wie war ich bitte in meinem Bett gelandet? Hatte Dylan mich ernsthaft reingetragen und in mein Bett gelegt, ohne mich aufzuwecken? Nein, der Dylan, den ich kannte, hätte mich einfach aus dem Auto geschubst und auf der Auffahrt weiterschlafen lassen oder mich absichtlich erschreckt, um mich aufzuwecken.

Mit unglaublich vielen Fragen, die mir im Kopf umherschwirrten, stieg ich aus dem Bett und ging auf den Flur. Die Stimmen waren nun deutlich zu vernehmen – sie kamen aus Dylans Zimmer. Ich wollte dieses Mal wirklich nicht lauschen, doch trotzdem fing ich ein paar Gesprächsfetzen auf, während ich runter ging – ich konnte schließlich nichts dafür, wenn sie bei offener Tür so laut sprachen. Dylan hatte anscheinend Freunde zu Besuch, ich konnte zumindest Ace' Stimme ausmachen.

»… hättest dich ja wenigstens bedanken können«, kam es von ihm. »Ich meine, sie ist die ganze Nacht aufgeblieben, um auf deinen Hund aufzupassen«, fügte er vorwurfsvoll hinzu.

Moment mal, redeten die da über mich? Jetzt blieb ich doch stehen und hörte zu, meine Neugierde war einfach zu groß, um weiterzugehen.

»Sie hätte das ja nicht machen müssen, niemand hat sie gezwungen«, antwortete Dylan hörbar genervt. Ich konnte mir nur zu gut vorstellen, wie er gerade theatralisch seine Augen verdrehte.

»Was ist eigentlich dein Problem mit ihr?«, fragte jemand, dessen Stimme ich nicht zuordnen konnte. »Sie scheint doch ganz nett zu sein.«

Gespannt hörte ich hin, jetzt wurde es interessant. Ich versuchte so leise wie möglich zu atmen und ja kein Geräusch von mir zu geben, damit die Jungs mich nicht bemerkten.

»Ich mag sie nicht, ganz einfach.« Dylan klang gereizt. »Muss ich das etwa erklären?«

»Nein, musst du nicht«, versuchte Ace seinen aufgebrachten Freund zu beruhigen. »Aber ganz ehrlich, ich glaube, du magst sie mehr, als du dir eingestehst. Sonst hättest du sie eben gar nicht erst in ihr Bett gebracht.«

Als ich diesen Satz hörte, setzte mein Herz für einen Schlag aus und ich verschluckte mich vor Überraschung an meiner eigenen Spucke. Verzweifelt versuchte ich mein Husten und Röcheln zu unterdrücken, doch der Versuch scheiterte kläglich.

»Habt ihr das auch gehört?«, fragte eine vierte Stimme daraufhin auch gleich.

Scheiße, scheiße, scheiße! Wieso konnte nicht einmal irgendetwas so laufen, wie ich wollte?

So schnell wie möglich lief ich die Treppe runter – ich wollte auf keinen Fall, dass Dylan mich nochmal beim Lauschen ertappte. In der Eile achtete ich jedoch nicht genau auf die Stufen und setzte meinen rechten Fuß viel zu weit vorne auf, weshalb ich das Gleichgewicht verlor und stürzte. Mit meinen Händen versuchte ich vergeblich, mich am Geländer festzuhalten, doch ich bekam es nicht zu fassen. So polterte ich die Treppe wie ein Ball runter, wobei ich mich einmal halb überschlug und den Sturz schließlich mit meiner Nase abbremste.

Ein stechender Schmerz durchfuhr meinen Kopf. Ich versuchte ihn zu heben, aber alles verschwamm vor meinen Augen. Dafür sah ich, wie sich eine kleine Blutlache von der Bruchlandung auf meine Nase auf dem Boden vor mir ausbreitete. In diesem Moment hörte ich auch schon Stimmen hinter mir auf der Treppe und Panik kroch in mir hoch. Ich musste hier weg und zwar so schnell wie möglich!

Erneut versuchte ich, mich vom Boden abzudrücken, doch meine Arme zitterten so stark, dass ich mich nur wenige Zentimeter vom Boden entfernte, bevor ich wieder zurück plumpste. Er war aussichtslos, doch die Hoffnung starb wie immer zuletzt.

»Scheiße, Valerie!«, hörte ich Ace hinter mir ausrufen, was nun doch den letzten Funken Hoffnung in mir schwinden ließ.

Mit wenigen Schritten war jemand bei mir, doch wider Erwarten war es nicht Ace, sondern Dylan, der sich über mich beugte. Hatte ich etwa Halluzinationen? Dylan würde sich doch niemals um mich kümmern, geschweige denn sorgen.

»Steht nicht so dumm rum, holt lieber Taschentücher und Kühlpäckchen!«, keifte der Junge neben mir jedoch nun. Okay, es war doch eindeutig Dylan, auch wenn mich das sehr überraschte.

»Valerie, hörst du mich?«, wendete er sich an mich.

Ich nickte, sofern mein schmerzender Kopf das zuließ. Es fühlte sich so an, als würde jemand mit einem Presslufthammer gegen meine Schädeldecke hämmern und jede Bewegung tat weh.

»Brauchst du einen Arzt?« Dylan klang ernsthaft besorgt, was mich stutzig machte. Es war so ungewohnt, ihn nett zu erleben, dass ich mich immer wieder fragte, ob das hier gerade real oder nur ein Traum war.

Als Antwort schüttelte ich den Kopf leicht, was keine gute Idee war, da mir so nur noch schwindeliger wurde.

»Wie viele Finger zeige ich?«

Dylan hielt eine Hand hoch, das konnte ich deutlich erkennen, also waren es höchstens fünf Finger, die er zeigte, schlussfolgerte ich. Es sah auch nicht so aus, als würde er nur

einen oder zwei hochhalten, deshalb riet ich auf gut Glück:
»Vier!«

In der Zwischenzeit waren die anderen Jungs wieder zurückgekehrt. Ace hielt mir Taschentücher hin und legte mir ein Kühlpack in den Nacken. Ich ergriff sie dankbar und hielt mir eins nach dem anderen an die Nase, da die gar nicht aufhören wollte, zu bluten.

»Wir sollten mit ihr ins Krankenhaus fahren«, hörte ich Dylan entschlossen sagen.

Wahrscheinlich war die Aussage eher an seine Freunde gerichtet, aber ich antwortete trotzdem. »Nein, ich will da nicht hin, so schlimm geht es mir wirklich nicht«, widersprach ich und versuchte, möglichst viel meiner Überzeugungskraft in diese Worte zu legen.

»Du hast noch nicht mal erkannt, wie viele Finger ich dir gezeigt habe, du hast also nicht mitzureden.« Dylans Stimme klang endgültig, doch ich schnaubte nur verächtlich. Er befahl schon wieder Dinge über meinen Kopf hinweg und das konnte ich absolut nicht ausstehen.

»Vielleicht sollten wir Valerie erst mal einfach aufs Sofa legen und gucken, ob es ihr demnächst besser geht. Ansonsten können wir ja immer noch ins Krankenhaus fahren«, schlug einer von Dylans Freunden als Kompromiss vor. Ich würde seine Stimme ja gerne einem Gesicht zuordnen können, doch ich sah immer noch alles verschwommen und mein Kopf brummte, als hätte man darin zwei Bienenschwärme aufeinander los gehetzt.

»Okay«, willigte Dylan ein, auch wenn er nicht begeistert klang und hob mich sanft hoch. In seinen Armen trug er mich rüber ins Wohnzimmer und legte mich dort aufs Sofa.

Es fühlte sich einfach immer noch so surreal an, dass Dylan nett zu mir war und sich um mich kümmerte. Nach all dem, was ich in den letzten Tagen hatte einstecken müssen, hätte ich diesen plötzlichen Wandel niemals erwartet. Hinzu kamen noch die Worte von Ace, die ich vorhin gehört hatte. Was meinte er damit, dass Dylan mich mehr mögen würde, als er es sich eingestand? Wieso war er dann immer so gemein zu mir? Und was meinte Dylan gestern damit, dass ich *sie* niemals ersetzten könnte? Wer war *sie*? Fragen über Fragen.

Ich hatte es geschafft, die Jungs zu überzeugen, nicht mit mir ins Krankenhaus zu fahren. Mittlerweile ging es mir auch schon deutlich besser. Kate, die in der Zwischenzeit von der Arbeit gekommen war, hatte mir eine Schmerztablette gegeben und mein Nasenbluten hatte aufgehört. Dylans Freunde, die übrigens Jase und Luke hießen, waren derweil gegangen und Dylan und ich hatten uns jeweils in unsere Zimmer verzogen.

»Dylan, Valerie, kommt ihr bitte zum Abendessen?«, rief Kate nun von unten und ich stand vorsichtig auf. Durch meinen komischen Schlafrhythmus hatte ich heute noch nicht viel gegessen und jetzt verspürte ich echt einen großen Hunger.

Langsam ging ich die Treppe hinunter und hielt mich krampfhaft am Geländer fest, denn mein Kopf fühlte sich immer noch schwummerig an. Bei der Mitte musste ich eine Pause machen, da alles vor meinen Augen verschwamm. Ich begann leicht zu schwanken, denn alles fing plötzlich an, sich zu drehen. Doch bevor ich erneut das Gleichgewicht verlieren konnte, packten mich zwei große Hände an der Hüfte und hielten mich fest.

»Was soll das hier werden?«, vernahm ich Dylans raue Stimme an meinem Ohr.

Wie von selbst überkam mich eine Gänsehaut und ich verfluchte meinen Körper für die Wirkung, die Dylans Nähe auf ihn hatte.

»Wie du sehen kannst, gehe ich die Treppe runter zum Abendbrot. Ich habe echt Hunger«, antwortete ich trocken. Ich schuldete ihm wohl kaum eine Erklärung. Außerdem war ich immer noch wütend auf ihn, dass er sich heute Morgen noch nicht mal bei mir bedankt hatte.

Dylan sah mich ernst an. »Das ist nicht lustig, du solltest in deinem Bett liegen und dich nicht bewegen. Du hast bestimmt eine leichte Gehirnerschütterung und da solltest du ganz sicher nicht noch einmal stürzen«, brummte er und in seiner Stimme schwang ein vorwurfsvoller Unterton mit.

Ich musterte ihn skeptisch, denn ich war immer noch am Zweifeln, ob er sich wirklich um mich sorgte oder ob das alles einen anderen Grund hatte. Dylans Stimmungswandel kam mir viel zu plötzlich, nachdem er mich die ganzen letzten Tage fertiggemacht hatte.

»Ich habe aber echt Hunger«, versuchte ich mich zu rechtfertigen, doch ich wusste, dass Dylan Recht hatte.

Dylan seufzte genervt auf. »Gut, dann bringe ich dich jetzt in dein Zimmer und hole dir dann etwas zu Essen«, schlug er als Kompromiss vor und ich stutzte mal wieder darüber, wie nett er auf einmal zu mir war.

Noch bevor ich etwas erwidern konnte, hob Dylan mich schon hoch und trug mich in mein Bett zurück. »Bin gleich wieder da«, meinte er noch, bevor er die Tür schon wieder hinter sich zuzog.

Wenige Minuten später kam er mit einem Tablett voller Essen zurück. Kekse, selbst geschmierte Sandwiches und Obst – alles war dabei. Dylan stellte es auf den Nachttisch neben meinem Bett und setzte sich anschließend zu meinem Erstaunen neben mich auf die Bettkante.

»Du hast erst gelauscht, oder?«, ergriff er nach einer kurzen Stille das Wort.

Beschämt blickte ich zu Boden – Dylan hatte mich schon wieder erwischt, langsam wurde es echt peinlich. Ich merkte, wie mir das Blut in die Wangen schoss und ich nickte nur leicht, innerlich schon auf die jetzt folgende Schimpftirade gefasst. Aber die folgte nicht.

»Ace hatte Recht, ich hätte mich echt bei dir bedanken sollen«, sagte Dylan stattdessen.

Ich sah ihn irritiert an, ich hatte echt mit allem gerechnet, nur nicht damit, dass er sich ernsthaft bei mir bedankte. Verwundert suchte ich in seinem Gesicht nach irgendeinem Zeichen, dass er sich doch über mich lustig machte, aber ich konnte nichts finden. Das Gesicht des braunhaarigen Jungen vor mir war ernst und der aufrichtige Blick aus seinen grünen Augen bewies mir, dass er es ehrlich meinte.

»Danke. Ich meine es wirklich ernst, ich habe mich dir gegenüber von Anfang an wie das letzte Arschloch verhalten und trotzdem hast du mir geholfen. Das hätten nicht viele gemacht.«

Ein Lächeln schlich sich auf meine Lippen. Kaum zu glauben, Dylan Campbell hatte sich gerade ernsthaft bei mir bedankt und sogar fast indirekt entschuldigt. Dieser Tag hielt offenbar eine Überraschung nach der nächsten für mich bereit.

»Schon okay«, erwiderte ich mild und lächelte Dylan vorsichtig an.

Jetzt war wohl der beste Zeitpunkt, ihm die Frage zu stellen, die mir schon so lange auf der Zunge brannte. Ich nahm all meinen Mut zusammen und atmete noch einmal tief ein und aus. »Vor einigen Tagen habe ich ein Gespräch von dir und deinen Eltern mitbekommen«, setzte ich an. »Du hast gemeint, dass ich *sie* niemals für dich ersetzen könnte und warst ziemlich aufgebracht darüber. Du musst mir glauben, ich will wirklich niemanden ersetzen. Was meintest du bitte damit?«

So, nun war es raus. Angespannt wartete ich auf Dylans Reaktion. Seine, eben noch weichen, Gesichtszüge verhärteten sich augenblicklich und mich überkam ein ungutes Gefühl. Wahrscheinlich wäre es besser gewesen, hätte ich die Frage nie gestellt. Nur weil Dylan mich für zwei Stunden nicht beleidigt hatte, hieß das doch lange nicht, dass er Lust hatte, mir sein Herz auszuschütten. Die Stille zwischen uns schien unendlich lange anzudauern und gerade als ich damit rechnete, dass keine Antwort mehr kommen würde, räusperte Dylan sich.

»In dem Gespräch ging es um meine Schwester. Sie ist vor einem Jahr gestorben und ich hatte das Gefühl, dass meine Eltern Ersatz für sie suchten, indem sie eine Austausch-schülerin aufgenommen haben«, erklärte mir Dylan. Seine Stimme klang plötzlich ganz rau und er wendete seinen Blick von mir ab, um die weiße Wand anzustarren. Offensichtlich wühlte ihn diese Frage emotional sehr auf.

In diesem Augenblick tat er mir plötzlich unglaublich leid. Er versuchte zwar krampfhaft, seine perfekte, gefühlskalte Fassade zu wahren, doch ich konnte sehen, wie sehr dieses Thema ihn mitnahm. Der Tod seiner Schwester musste für Dylan ein extrem schmerzhafter Verlust gewesen sein. Aber wahrscheinlich wollte Dylan genau dieses Mitleid nicht, denn dadurch würde sich eh nichts ändern. Trotzdem hatte ich das Gefühl, dass ich ihm irgendwie Beistand leisten musste. Vorsichtig rutschte ich zu ihm heran und legte meinen Arm um ihn.

»Ich bin mir sicher, dass sie ein toller Mensch gewesen ist und ich möchte sie wirklich in keiner Weise ersetzen. Ich wusste das nicht.«

Dylan zuckte bei meiner Berührung leicht zusammen, als hätte ich ihn aus den Gedanken gerissen, ließ sie aber zu. Zumindest für einen kleinen Moment, dann stand er ruckartig auf.

»Ruh dich aus«, meinte er noch, bevor er die Tür hinter sich zuzog.

Und da war er wieder, der alte Dylan. Verschlossen und kalt, was ich ihm aber nicht mehr so sehr verübeln konnte. Heute war ich ein ganzes Stück schlauer aus Dylan und seinem Verhalten geworden und ich hatte die Hoffnung, dass von nun an alles besser werden würde. Ich hatte eben ein kleines Loch in Dylans harte Schale gemacht und war ein kleines bisschen zu ihm vorgedrungen. Das gab mir Hoffnung. Hoffnung, dass Dylan und ich doch irgendwann miteinander klarkommen würden, was ich mir erstaunlicherweise wirklich sehr wünschte.

Kapitel 8

Die nächsten Tage verliefen zum Glück unfallfrei und auch mit Dylan kam ich immer besser aus. Er machte zwar immer noch sarkastische Bemerkungen über mich, aber weniger als Beleidigung und mehr als Scherz. Die Autofahrten mit ihm waren mittlerweile fast schon lustig und einmal waren wir sogar zusammen mit Berry spazieren gegangen. Zwar ging Dylan, sobald ich ihm zu nahetrat, immer noch sofort auf Abstand, aber er war lange nicht mehr so abweisend und gemein wie am Anfang.

Kate und George schienen sich über diese Entwicklung sehr zu freuen und man konnte wirklich merken, wie sich die Stimmung in der Familie von Tag zu Tag besserte. Deshalb hatten meine Gasteltern für heute auch einen Wochenendausflug nach Philadelphia angesetzt, um mir ein bisschen mehr von Amerika zu zeigen. Sogar Dylan hatte sich ohne Diskussion dazu bereit erklärt, uns zu begleiten. Wir wollten gegen zehn Uhr aufbrechen, doch ich war extra zwei Stunden früher als nötig aufgestanden, um noch mit meiner Familie zu skypen.

Ich hatte zwar nach den zwei Wochen, die ich bereits in den Staaten war, endlich das Gefühl, angekommen zu sein, aber jetzt machte sich das Heimweh langsam doch etwas bemerkbar. Nach und nach begann ich nämlich zu realisieren, dass es sich hier nicht um einen kurzen Urlaub handelte, sondern dass ich meine Familie und Freunde erst in zehn Monaten wiedersehen würde und das war echt eine ganz schöne lange Zeit. Zum Glück gab es heutzutage ja die Möglichkeit, durch Videotelefonate immer noch die Gesichter der anderen zu sehen, auch wenn man über tausende von Kilometern voneinander getrennt war, aber durch die Zeitverschiebung gestaltete sich selbst das als schwierig. Aber heute wollte ich die Chance nutzen und meiner Familie etwas über die neuesten Entwicklungen berichten.

Meinen Laptop hatte ich vor mir auf mein Bett gestellt und auf die Anruftaste hatte ich auch bereits gedrückt, sodass Skype schon dabei war, eine Verbindung aufzubauen. Kurz darauf erschienen auch schon die Gesichter von meinen Eltern und meinem kleinen Bruder Max auf dem Bildschirm und ich winkte ihnen zu.

»Hi, wie geht es euch?«, begrüßte ich sie fröhlich und merkte, wie sich Wiedersehensfreude und leichte Wehmut in meinem Körper mischten.

»Uns geht es gut, danke. In Hamburg ist es mal wieder nur am Regnen, aber Max hat seinen Schulstart richtig gut auf die Reihe bekommen und geht sehr gerne hin«, berichtete mir meine Mutter.

Mein kleiner Bruder Max war das Wochenende nach meinem Abflug in die erste Klasse gekommen und es machte mich ein kleines bisschen traurig, dass ich bei diesem Schritt nicht dabei sein konnte. Auch wenn wir vom Alter her relativ weit auseinander lagen und Max echt nerven konnte, hatten wir doch ein sehr gutes Verhältnis zueinander und ich vermisste seine frechen Sprüche. Wahrscheinlich würde sich mein kleiner Bruder wunderbar mit Dylan verstehen, denn für sein Alter konnte er schon ziemlich gut austeilen.

»Gestern hat sich Ferdinand einen Bleistift in die Nase gesteckt und das hat so doll geblutet, dass er vom Krankenwagen abgeholt werden musste«, erzählte Max mit leuchtenden Augen, sodass es fast klang, als würde er seinen Freund Ferdinand dafür bewundern.

Ich schüttelte den Kopf, doch konnte mir ein Lachen nicht verkneifen. Ferdinand war schon immer ein etwas spezielles Kind gewesen, kein Wunder, dass er sich so gut mit Max verstand.

»Und wie geht es dir, mein Schatz?«, ergriff nun mein Vater das Wort und schob sich seine Lesebrille etwas weiter auf die Nase, wahrscheinlich um mich besser auf dem Bildschirm erkennen zu können.

»Mir geht es auch sehr gut. Ich habe schon einige Freunde gefunden und ich habe das Gefühl, dass ich langsam etwas besser mit meinem Gastbruder klarkomme. Heute wollen wir mit der ganzen Familie einen Ausflug nach Philadelphia machen«, antwortete ich und merkte, wie sich bei diesen Sätzen unweigerlich ein Lächeln auf meine Lippen schlich. Dylans

Gemeinheiten hatten mich doch sehr belastet und ich war unendlich erleichtert darüber, dass sie seit dem Tag, als ich für Dylan auf Berry aufgepasst hatte, deutlich angenommen hatten. Vielleicht hatte es Dylan wirklich zum Nachdenken anregt, dass ich ihm geholfen hatte, obwohl er so fies zu mir gewesen war.

»Das freut uns wirklich sehr zu hören«, sagte mein Vater und meine Mutter nickte bestätigend.

Dann erzählte ich ihnen noch etwas von Lucy und der Kunst-AG, für die ich mich eingeschrieben hatte, während sie mir von Neuigkeiten aus Deutschland berichteten. Wir telefonierten beinahe eine ganze Stunde, bis ich schließlich auflegen musste, um mich fertigzumachen und zu frühstücken.

»Viel Spaß in Philadelphia«, wünschten mir meine Eltern zum Abschied und winkten in die Kamera, dann legten sie auf.

Ich verharrte noch einen Moment auf meinem Bett und wartete darauf, dass das leichte Ziehen in meinem Brustkorb aufhörte. Ich vermisste meine Familie wirklich, aber ich war mir immer noch zu hundert Prozent sicher, dass ich mit dem Auslandsjahr die richtige Entscheidung getroffen hatte, selbst wenn es einige Opfer gefordert hatte. Nachdem ich mich wieder etwas gefasst hatte, klappte ich meinen Laptop zu und ging nach unten, wo Kate und George bereits am Frühstückstisch saßen.

»Guten Morgen«, begrüßte ich sie und setzte mich zu ihnen.

»Na, freust du dich schon auf Philadelphia?«, fragte George mich und nahm die Zeitung runter, in der er bis eben gelesen hatte.

Ich nickte enthusiastisch. Ich freute mich wirklich darauf, mehr als nur den Flughafen von Philadelphia zu sehen. Außerdem war heute traumhaft schönes Wetter und die Herbstsonne strahlte warm auf die Erde herab – perfekt für einen Ausflug.

In diesem Moment öffnete sich die Tür und Dylan betrat die Küche. Seine braunen Haare waren noch völlig verstrubbelt und die Augen hatte er halb geschlossen, offensichtlich war er gerade eben erst aufgestanden. Er trug ein weißes T-Shirt, dass die darunter liegenden Muskeln erahnen ließ, als er sich gähnend streckte. Selbst verschlafen sah Dylan immer noch unfassbar gut aus und ich wendete meinen Blick schnell ab, bevor er bemerkte, wie ich ihn anstarrte.

Ohne ein Wort zu sagen, lief Dylan zu der Kaffeemaschine, die schon durchgelaufen war und goss sich eine Tasse ein. Mit dieser setzte er sich zu uns an den Tisch. Nachdem er ein paar Schlucke getrunken hatte, murmelte er schließlich auch eine Begrüßung. Anscheinend war mein Gastbruder noch ein größerer Morgenmuffel als ich. So beteiligte er sich auch eigentlich gar nicht an dem Gespräch zwischen Kate, George und mir, sondern aß nur still vor sich hin. Das störte mich jedoch nicht – es war ganz nett zu sehen, dass Dylan auch mal schweigen konnte und nicht immer zu allem seinen Senf dazugeben musste.

Schließlich hatten wir alle aufgegessen und machten uns startklar für den Ausflug. Wir fuhren alle zusammen mit dem großen Geländewagen der Campbells, nachdem Dylan eingesehen hatte, dass es völlig überflüssig war, wenn er selbst fuhr. So nahmen er und ich auf der Rückbank Platz, während George sich hinters Steuer und Kate sich auf den Beifahrersitz setzte.

Nach einer knappen Stunde Fahrtzeit führte uns der Highway bereits zwischen den ersten hohen Häusern hindurch und man konnte zwischen den Gebäuden immer wieder das Wasser des Delaware Rivers glitzern sehen. Staunend blickte ich aus dem Fenster und betrachtete die Wolkenkratzer, die so viel höher als die Hochhäuser in Hamburg wirkten. George und Kate erklärten mir dabei abwechselnd die verschiedenen Wahrzeichen von Philadelphia und ich versuchte alle neuen Eindrücke in mir aufzunehmen. Schließlich hielten wir in der Innenstadt auf einem Parkplatz, der wahrscheinlich so teuer war, dass meine Eltern lieber fünf Kilometer Fußmarsch in Kauf genommen hätten, als hier zu parken, aber für die Campbells war das wahrscheinlich keine bedeutende Summe.

Als Erstes spazierten wir im Sonnenschein ein Stückchen am Delaware River entlang, doch dann bogen wir in die großen, breiten Straßen voller Läden ab. Hier herrschte ein geschäftiges Treiben und ich war so damit beschäftigt, mich in der Umgebung umzuschauen, dass ich beinahe in einen großen, kräftig gebauten Mann vor mir reingelaufen wäre, doch im letzten Moment zog Dylan mich am Arm zur Seite.

»Hast du keine Augen im Kopf, der Typ war doch breiter als jeder Türsteher! Wahrscheinlich hätte der dich K.O. geboxt, wenn du in ihn gelaufen wärst«, meckerte er mich an, sobald wir außer Hörweite waren.

Ich schüttelte leicht den Kopf. Der Mann hatte zwar echt grimmig dreingeblickt, aber mein Gastbruder war mal wieder am Übertreiben.

»Vielen Dank, mein Retter, ich bin dir zu ewiger Dankbarkeit verpflichtet«, antwortete ich deshalb übertrieben säuselnd, woraufhin Dylan nur schnaubte.

»Nächstes Mal ziehe ich dich nicht weg«, murrte er.

»Sorry, das musste gerade sein«, meinte ich lachend, doch dann wurde ich wieder ernst. »Aber wirklich, Dankeschön, du hast mir gerade eine bestimmt unangenehme Begegnung erspart.«

Ich sah aus dem Augenwinkel, wie sich Dylans Gesichtszüge wieder entspannten. Es schien ihm wichtig zu sein, Anerkennung für seine Taten zu bekommen, wenn er schon mal etwas Nettes machte.

Wenig später erreichten wir auch schon unser erstes Ziel, die *Liberty Bell*. George erklärte mir etwas über dieses Symbol der amerikanischen Freiheit, doch ich hörte ihm nur halb zu, weil ich es einfach nicht lassen konnte, mich umzublicken. Philadelphia war Hamburg als große Stadt zwar in manchen Hinsichten ähnlich, aber gleichzeitig auch völlig anders. Die Häuser waren hier viel höher, die Straßen viel gerader und breiter und überall fuhren gelbe Taxis entlang. Und auch wenn nichts gegen meine Heimatstadt ankam, gefiel mir Philadelphia wirklich überaus gut.

Als Nächstes bummelten wir ein bisschen durch die Läden, wobei Dylan uns immer wieder durch genervtes Seufzen wissen ließ, dass ihn das absolut langweilte. Erst als es ums Mittagessen ging, kam wieder etwas mehr Begeisterung in ihn.

Wir suchten uns ein typisch amerikanisches Diner aus und ich bestellte einen riesigen Burger, der mir beim Essen völlig auseinander fiel, sodass ich eine riesige Sauerei veranstaltete.

»Was wollen wir jetzt gleich machen? Hast du irgendwelche Wünsche, Valerie?«, fragte mich Kate, als wir fast fertig mit essen waren und tupfte sich ihren Mund mit einer Serviette ab.

Ich wollte ihr gerade antworten, als Dylan mir zuvorkam. »Ich bin dafür, dass wir uns das *Eastern State Penitentiary* anschauen«, verkündete er. Dann wandte er sich mir zu. »Es sei denn, du traust dich nicht, eines der ehemals gefürchtetsten Gefängnisse der USA zu betreten.«

Kate runzelte die Stirn, während Dylan mich siegessicher ansah. Offensichtlich erwartete er, dass ich jetzt zugeben würde, dass ich Angst hatte, aber da hatte er sich geschnitten. Ich hatte relativ starke Nerven, was Horrorfilme oder Geisterbahnen anging – da würde ein stillgelegter Knast jetzt auch nicht einen riesigen Unterschied machen.

»Klar, ich bin dabei.«

Dylan und seine Eltern schauten mich alle etwas erstaunt an, aber ich hatte meine Entscheidung getroffen. Und so machten wir uns, nachdem wir aufgegessen hatten, auf den Weg zu dem Gefängnismuseum, das in fußläufiger Entfernung lag.

»Und gruselst du dich schon?«, fragte mich Dylan, der neben mir herlief.

»Nein, du etwa?«, entgegnete ich und sah ihn herausfordernd an.

Dylan schüttelte grinsend den Kopf. »Nö, ich nicht. Aber ich bin gespannt darauf, was du in einer Stunde sagst, denn in dem Knast sollen immer noch die verlorenen Seelen der Insassen herumspuken.«

Eine halbe Stunde später fühlte ich mich tatsächlich nicht mehr ganz so wohl, wie zuvor. Wir standen mittlerweile in den kalten Gemäuern des ehemaligen Gefängnisses und unser Guide erzählte uns davon, wie hier noch vor fünfzig Jahren Menschen mit Isolationshaft gefoltert worden waren. Zugegebenermaßen gefielen mir amerikanische Gefängnisse allgemein nicht, aber dieses hier jagte mir wirklich einen Schauer über den Rücken.

Dylan hingegen schien immer noch bei bester Laune zu sein und sobald wir aus den Gemäuern raus waren, begann er mich aufzuziehen. »Du hättest mal sehen müssen, wie blass du um die Nase warst«, wiederholte er mittlerweile zum bestimmt fünften Mal, doch ich reagierte einfach nicht darauf.

Das schien Dylan jedoch gar nicht zu gefallen, denn er rümpfte die Nase. »Es macht viel mehr Spaß, dich zu ärgern, wenn du dich darüber aufregst und etwas erwiderst«, sagte er und fuhr sich frustriert durch die Haare.

Lachend schüttelte ich den Kopf. Wer hätte je gedacht, dass es so kommen würde? Dass Dylan und ich uns nicht mehr aus reiner Abneigung fertigmachten, sondern einfach aus Spaß – das hätte ich vor ein paar Tagen noch für ein Ding der Unmöglichkeit gehalten. Aber wir machten Fortschritte und das freute mich wirklich sehr, denn ich hatte das Gefühl, dass Dylan eigentlich gar nicht so fies und kalt war, wie er immer tat.

»Dann musst du dir wohl bessere Sprüche ausdenken«, entgegnete ich schulterzuckend und holte dann mein Handy raus, um noch ein paar Fotos von Philadelphia zu schießen.

Kapitel 9

Nachdem ich wegen des Ausflugs gestern den ganzen Tag unterwegs gewesen war, verbrachte ich den heutigen Tag ganz entspannt mit Seriengucken und Lesen in meinem Bett. Ich war gerade bei einer besonders spannenden Stelle, als es an der Tür klopfte. Da ich fest damit gerechnet hatte, dass es sich dabei um Kate oder George handelte, war ich reichlich überrascht, als Dylan plötzlich im Raum stand. Ich sah ihn aus großen Augen an und überlegte, was er wohl von mir wollen könnte.

»Hast du vielleicht Lust, einen Film zu gucken?«, kam Dylan gleich zu dem Grund seines Kommens.

Ich guckte ihn unsicher an, denn ich war mir nicht sicher, ob er das jetzt ernst meinte oder ob das nur einer seiner blöden Scherze war. Manchmal konnte ich es immer noch nicht richtig fassen, dass Dylan mittlerweile wirklich nett zu mir war und freiwillig Dinge mit mir unternahm.

»Du darfst den Film auch aussuchen«, kam er mir entgegen und ich begann zu verstehen, dass er es wirklich ernst meinte.

»Na gut«, gab ich mich nach außen zögerlich geschlagen. Innerlich musste ich aber bereits breit grinsen, als ich an meine Filmauswahl dachte, mit der ich Dylan wahrscheinlich ordentlich ärgern würde. Das war aber auch mein gutes Recht, wenn ich mein Buch jetzt einfach für ihn liegen ließ.

»Dann lass uns in mein Zimmer gehen«, meinte Dylan mit einem zufriedenen Gesichtsausdruck und hielt mir die Tür auf.

Ich bedankte mich brav und folgte ihm in sein Zimmer. Dort setzte ich mich schon mal auf das Sofa, während Dylan nach der Fernbedienung griff und seinen Fernseher anschaltete.

»Und welcher Film soll es werden?«, fragte er mich dabei.

»Küss den Frosch«, antwortete ich grinsend und dachte an Dylans und meine Auseinandersetzung zurück, in der er mich ironisch gefragt hatte, ob ich eine Disney Prinzessin wäre und ich ihn dann mit diesem Filmtitel aufgezogen hatte. Zu dem

Zeitpunkt hatten wir uns beide noch auf den Tod nicht ausstehen können, aber jetzt waren wir dabei, fast schon ein freundschaftliches Verhältnis aufzubauen.

Dylan guckte mich mit einer hochgezogenen Augenbraue an, als würde er erwarten, dass ich ihn verarsche.

»Das ist ein Kinderfilm.«

»Ja und? Du hast gesagt, ich darf aussuchen. Oder hast du etwa etwas gegen den Film?«, fragte ich Dylan herausfordernd und konnte nicht verhindern, dass sich ein breites Grinsen auf meine Lippen legte.

»Ne, ist schon okay«, gab Dylan sich geschlagen, der sich, seinem Blick nach zu urteilen, anscheinend auch an seine eindeutige Niederlage bei dem Streit zurückerinnerte. »Unter einer Bedingung«, ergänzte er dann mit einem schelmischen Grinsen. »Du liegst mit auf meinem Bett.«

Wieder suchte ich nach einem Zeichen in seinem Gesicht, dass dies nur ein Scherz war, doch ich fand keines – er schien es ernst zu meinen.

Ich zögerte einen kurzen Moment, doch dann erhob ich mich und setzte mich ganz an den Rand seines großen Bettes. Kurz darauf spürte ich aber schon zwei große Hände, die mich an der Hüfte packten und an einen warmen Oberkörper zogen. Überrascht quiekte ich auf.

»Du liegst neben mir oder, besser noch, unter mir«, raunte mir Dylan ins Ohr, aber ich machte mich schnell von ihm los. Auf diese plötzliche Nähe war ich nicht gefasst und ich ärgerte mich darüber, dass mein Körper auf Dylans plötzliche Berührung mit einer Gänsehaut reagierte.

»Nicht mal in deinen Träumen«, erwiderte ich, doch das Beben in meiner Stimme verriet mich.

»Hast Recht, da mache ich ganz andere Dinge mit dir.« Dylan grinste mich anzüglich an, wofür ich ihm mit meiner Hand gegen den Oberarm schlug. Flirtete er gerade etwa mit mir?

»Idiot!«, meinte ich daraufhin nur und wandte meinen Blick ab.

»Zicke«, kam es von Dylan lachend zurück. Er hatte ein wirklich schönes Lachen, stellte ich fest, leider lachte er viel zu wenig und wenn, dann oft nur gefälscht.

Ich stutzte kurz, hatte ich da gerade wirklich von Dylan geschwärmt? Erst reagierte mein Körper bei seiner Berührung völlig über, dann flirtete er mit mir, jetzt begann ich auch noch, für ihn zu schwärmen? Das ging einfach nicht, so sehr es mir auch gefiel, dass Dylan nett zu mir war, dieser Wandel kam einfach viel zu schnell.

Entschlossen schüttelte ich den Kopf, um diesen Gedanken zu verdrängen, darüber wollte ich jetzt nicht nachdenken. Da drückte Dylan auch schon auf Play und der Film ging los.

Als ich aufwachte, war es stockduster. Ich musste wohl ziemlich früh wach geworden sein, deshalb beschloss ich, mich einfach noch einmal umzudrehen. Doch bei der Bewegung stieß ich gegen etwas Hartes, sodass ich fast zu Tode erschrak. Auf meiner anderen Seite lag jemand! Ich merkte, wie Panik in mir aufkam, bis ich realisierte, dass ich einfach in Dylans Zimmer eingeschlafen sein musste. So war das, wenn man immer und überall einschlief. Schnell stand ich auf und stieß dabei leider gegen Dylan, sodass er ebenfalls aufwachte.

»Was machst du da?«, fragte er mich irritiert und seine Stimme klang ganz rau und verschlafen.

»Aufstehen, ich bin wohl aus Versehen beim Film eingeschlafen«, antwortete ich ihm, wobei ich schon fast zur Tür hinaus war.

Dylan warf einen kurzen Blick auf sein Handy.

»Es ist erst drei Uhr morgens, leg dich wieder hin.«

»Mache ich, aber in meinem Bett«, entgegnete ich. Dann ging ich zur Tür hinaus und verschwand schnell in meinem Zimmer.

Was war das gerade? Hatte Dylan wirklich gewollt, dass ich mich wieder zu ihm legte?

Viel zu aufgewühlt, um zu schlafen, lag ich noch einige Zeit mit offenen Augen in meinem Bett und dachte nach. Was machte Dylan nur mit mir?

Am nächsten Morgen wachte ich wieder auf, dieses Mal jedoch alleine und in meinem Bett. Ich machte mich fertig und ging anschließend runter in die Küche. Dort saß Dylan schon am Tisch und war am Frühstücken.

»Guten Morgen«, begrüßte ich ihn fröhlich, während ich zum Schrank ging und mir Müsli und eine Schale herausholte.

Dylan sah jedoch noch nicht mal von seinem Sandwich auf.

»Morgen«, kam es einsilbig von ihm zurück.

»Du bist echt kein Morgenmensch, oder?«, fragte ich ihn, aber dieses Mal reagierte Dylan gar nicht, sondern stand einfach auf und ging.

Verwirrt blickte ich ihm hinter her – was hatte ich bitte falsch gemacht? Warum war er jetzt schon wieder sauer? Ich merkte, wie seine plötzliche Kälte und Distanz mir einen kleinen Stich versetzten, gerade weil ich in den letzten Tagen das Gefühl bekommen hatte, dass wir dabei waren, uns anzufreunden.

In Gedanken versunken aß ich mein Müsli auf und rief dann Kate und George noch ein »Tschüss« zu, bevor ich das Haus verließ. Dylan saß schon im Auto und brauste mit einem Affenzahn vom Hof, sobald ich eingestiegen war.

»Du bist das erste Mädchen, mit dem ich im Bett nur so geschlafen habe«, meinte er grinsend, sobald wir auf die Hauptstraße einbogen.

Seine schlechte Laune von eben war anscheinend verpufft und er war wieder zu dummen Scherzen aufgelegt. Dieser Junge wechselte seine Stimmungslage echt schneller als ich meine Unterwäsche.

Ich schüttelte nur genervt den Kopf, da ich es nicht für nötig hielt, auf diesen Kommentar einzugehen. Gleichzeitig fiel mir aber auf, dass Dylans Worte einen wahren Kern hatten. Ohne jegliche Absicht hatte ich mit ihm in dem Bett geschlafen, in dem er mit seiner Freundschaft Plus regelmäßig Sex hatte. Ich hatte mittlerweile herausgefunden, dass es sich bei dem schwarzhaarigen Mädchen nicht um seine Freundin, sondern nur eine lose Sache handelte, aber das machte die Situation für mich nicht viel besser. Hoffentlich hatte er zumindest die Bettwäsche gewechselt …

Dylan schien zu bemerken, dass ich keine großartige Lust hatte, zu reden, denn die restliche Fahrt über kamen die einzigen Geräusche vom Radio und Auto. Trotzdem war ich froh, als wir auf dem Parkplatz hielten und sich unsere Wege trennten. Dylans Verhalten stellte mich immer wieder vor ein Rätsel und ich war froh, jetzt durch die Schule auf etwas andere Gedanken zu kommen.

Als ich von der Schule zurückkam, traf ich direkt auf Kate, die im Vorgarten Unkraut jätete. Dylan hatte heute länger Unterricht als ich und deshalb war ich mit dem Bus zurückgefahren.

»Hallo Kate«, begrüßte ich sie und blieb für einen Moment stehen.

Kate richtete sich auf und streifte ihre Handschuhe ab.

»Hi Valerie, wie war die Schule?«

»Echt gut, ich habe das Gefühl, dass ich mit jedem Tag mehr ankomme. Gleich kommt mich noch eine Freundin besuchen, ich hoffe, das ist okay für dich«, antwortete ich.

Meine Gastmutter lächelte mich freundlich an. »Das freut mich sehr und natürlich, du darfst immer gerne Freunde hier mit herbringen. Was ich dich noch fragen wollte, weißt du mittlerweile, wo du wohnen möchtest, wenn George und ich am Freitag nach New York reisen?«

Ich nickte. Ich hatte in der letzten Nacht viel zu dieser Frage nachgedacht und schlussendlich eine Entscheidung getroffen, von der ich nach heute hoffte, dass ich sie nicht bereuen würde.

»Ja, ich bleibe hier.«

»Schön«, freute sich Kate und klatschte in die Hände.

»Ich habe schon gemerkt, dass du und Dylan seit einiger Zeit besser miteinander auskommt. Ihr kriegt das bestimmt gut hin.«

Ich setzte ein leichtes Lächeln auf. Die zwei Wochen mit Dylan alleine würden bestimmt nicht einfach werden, aber ich wollte es auf jeden Fall versuchen. Und es waren schließlich nur vierzehn Tage.

Ich unterhielt mich noch kurz mit Kate, dann ging ich ins Haus und wenig später klingelte es bereits. Schnell sprintete ich die Treppe hinunter zur Tür, um Lucy zu öffnen. Ich begrüßte sie mit einer Umarmung und zeigte ihr anschließend kurz das Haus und den Garten.

Wir beschlossen uns in der Küche Cocktails – natürlich alkoholfreie – zu mischen und gingen damit dann wieder raus, um uns in die große Hollywood-Schaukel zu setzen. Wir redeten und redeten. Über Schule, über Jungs, über alles – bei Lucy hatte ich echt das Gefühl, ich würde sie schon ewig kennen, denn wir waren genau auf einer Wellenlänge.

»Hast du in Deutschland eigentlich einen festen Freund?«, fragte Lucy mich, die mit ihrem Strohhalm in ihrem bunten Cocktail rührte.

»Nein, nicht mehr. Bis vor kurzem schon, aber er hat mich kurz vor dem Austausch mit einer Klassenkameradin von mir betrogen. Ich bin aber schon länger über ihn hinweg«, erklärte ich ihr, auch wenn das Letztere eine glatte Lüge war. Alleine bei dem Gedanken an Julian, zog sich alles in meinem Brustkorb zusammen. So gerne ich auch schon über ihn hinweg sein würde, ich war es noch nicht, aber ich vergaß ihn hier jeden Tag ein Stück mehr.

»Alter, wie erbärmlich kann man nur sein, was sind das bitteschön für Freunde?!«, empörte sich die sonst immer ruhige und zurückhaltende Lucy lautstark. Dann wurde ihr Blick ganz weich und mitfühlend. »Das tut mir echt so leid für dich, Valerie, ich kann mir kaum vorstellen, wie schlimm das-«. Sie brach mitten im Satz ab und schrie erschrocken auf.

Ich schaute überrascht zu ihr herüber, doch im selben Moment fühlte ich auch schon etwas Kaltes über meinen Kopf unter meinen Pulli laufen und quiekte ebenfalls vor Schreck auf. Auch wenn ich sofort die Täter wusste, drehte ich mich um, um mir Gewissheit zu verschaffen. Dort standen Ace und Dylan mit zwei leeren Wasserflaschen und einem fiesen Grinsen auf dem Gesicht, von einem schlechten Gewissen keine Spur.

»Das habt ihr jetzt nicht ernsthaft gemacht!«, rief ich empört.

»Und ob wir das gemacht haben«, erwiderte Dylan und Ace kicherte dazu wie ein kleines Kind. Dann liefen sie mit schnellen Schritten ins Haus, um sich zu verstecken.

Lucy und ich folgten ihnen rein, jedoch erst mal nur, um unsere Haare zu trocknen. Dabei schmiedeten wir Rachepläne. Wir arbeiteten einen Plan mit zwei Schritten aus – für Schritt eins war Lucy zuständig und für Schritt zwei ich. Nachdem wir fertig waren, ließen wir keine weiteren Minuten verstreichen, sondern gingen direkt auf unsere Positionen – das Spiel begann.

Im ersten Schritt schaltete Lucy unten den WLAN-Router aus und nach kurzer Zeit konnte man die Jungs schon fluchend die Treppe runter trampeln hören. Hoffentlich hatte sich Lucy gut versteckt, denn jetzt war ich dran. Ich lief in Dylans Zimmer, mit mehreren Knallerbsen in der Hand, die ich in der Abstellkammer gefunden hatte. Diese verteilte ich dann auf Dylans Bett und unter den Füßen seiner Stühle. Dann nahm ich meine Beine in die Hand und versteckte mich ebenfalls.

Wenig später hörte ich Ace und Dylan auch schon die Treppe heraufkommen, Lucy folgte ihnen mit einigem Sicherheitsabstand. Leise schlichen wir zu der Zimmertür von Dylan und lauschten. Man konnte das Gespräch zwischen den beiden leider kaum verstehen, aber als plötzlich beide erschrocken aufschrien, wussten wir, dass wir es geschafft hatten. Schnell rannten wir in mein Zimmer und ich schlug die Tür zu und schloss ab. Dann sanken wir lachend zu Boden.

»Highfive«, sagte Lucy keuchend und ich schlug grinsend bei ihr ein – die Racheaktion war uns wunderbar gelungen.

Im nächsten Moment sahen wir auch schon, wie jemand versuchte, von außen die Türklinke runterzudrücken.

»Valerie, du machst jetzt sofort die Tür auf!«, hörte ich Dylan streng sagen. Ganz am Anfang meines Austauschs hätte mir der bedrohliche Ton in seiner Stimme wahrscheinlich wirklich noch Angst eingejagt, doch jetzt lachte ich nur darüber.

»Ich werde die Tür sonst leider eintreten müssen«, ergänzte Ace und gab sich Mühe, ebenfalls ernst zu klingen.

Doch Lucy und ich blieben still und rührten uns nicht vom Fleck. Wir vernahmen kurzes Geflüster vor der Tür, dann kehrte Stille ein. Aufatmend setzten wir uns auf mein Bett – offensichtlich war die erste Gefahr gebannt, aber die Tür blieb trotzdem erst mal abgeschlossen.

»Denen haben wir es gezeigt«, meinte ich triumphierend zu Lucy und reckte selbstbewusst mein Kinn in die Höhe.

»Das würde ich nicht so früh sagen«, ertönte in diesem Moment eine Stimme hinter uns.

Ich drehte mich hektisch um und sah, wie Ace und Dylan gerade durch mein offenes Fenster kletterten. Lucy und ich saßen sozusagen in der Falle, die Tür war abgeschlossen und das Fenster versperrt. Hilfesuchend blickte ich zu Lucy, die jedoch ebenso ratlos aussah wie ich. Was hatten Ace und Dylan jetzt wohl vor?

Wir sollten es gleich erfahren, denn Dylan stürzte sich auf mich und Ace sich auf Lucy, um uns durchzukitzeln. Ich war echt unglaublich kitzelig und Lucy schien es nicht anders zu gehen, denn auch sie wand sich in Krämpfen.

»Wir hören erst auf, wenn ihr beide sagt: Dylan und Ace sind die heißesten Typen der Welt und jedes Mädchen liebt sie«, erklärte Ace mit einem breiten Grinsen auf den Lippen. Er genoss es sichtlich, Lucy und mich so leiden zu sehen.

Ich schüttelte verächtlich den Kopf, so etwas Kindisches würde ich ganz sicher nicht sagen. Lucy wiederholte den Satz jedoch schnell und Ace ließ von ihr ab. Langsam tat mir mein Bauch zwar echt vor Lachen weh aber ich war zu stolz, um diese Worte zu wiederholen. Doch irgendwann konnte auch ich wirklich nicht mehr.

»Stopp, Stopp«, keuchte ich, denn ich war vor Lachen völlig außer Atem. »Dylan und Ace sind die … die dümmsten Typen der Welt.«

Diese Aussage führte leider nicht dazu, dass Dylan mich in Ruhe ließ, sondern dass auch Ace sich auf mich stürzte, um mich zu kitzeln.

»Dylan und Ace sind die heißesten Typen der Welt und jedes Mädchen liebt sie«, keuchte ich schließlich doch, als ich das Gefühl hatte, vor Lachen keine Luft mehr zu kriegen.

Endlich ließen die beiden Jungs von mir ab und ich konnte etwas verschnaufen. Ich schaute zu Lucy, die jedoch gerade auf ihr Handy sah, wobei ihre Gesichtszüge förmlich entglitten.

»Mist, ich muss los. Meine Mutter bringt mich um, wenn ich zu spät komme«, stieß sie aufgeregt aus.

Ich schaute die Jungs auffordernd an.

»Ich fahre dich nach Hause«, bot Ace dann auch brav an.

Dylan und ich begleiteten die beiden noch nach unten, um sie zu verabschieden, dann waren wir wieder unter uns.

»Was machen wir beide jetzt?«, fragte Dylan mich, nachdem er die Tür hinter unseren Freunden geschlossen hatte.

Ich zuckte die Schultern.

»Vielleicht mit Berry spazieren gehen?«, schlug ich dann vor.

Dylan nickte als Antwort und pfiff einmal kurz, dann stand Berry auch schon an seiner Seite. Wir zogen uns kurz Schuhe und Jacken an, dann ging es los. Eine Leine für Berry nahm Dylan gar nicht erst mit.

»Und wie gefällt es dir hier bisher so?«, fragte er mich, während wir langsam durch die Straßen ortsauswärts steuerten.

Berry lief aufgeregt vor und schnüffelte hier und da.

»Sehr gut, die Schule ist toll und ich glaube, dass ich auch schon ein paar neue Freunde gefunden habe«, antwortete ich Dylan und ein kleines Lächeln schlich sich auf mein Gesicht.

Meine Ängste vor der Schule hatten sich als völlig unbegründet herausgestellt. Ich hatte schnell Anschluss gefunden. Alle Leute, die ich hier bisher kennengelernt hatte, waren von Anfang an so nett und offen gewesen – naja, außer Dylan. Aber selbst mit ihm kam ich ja von Tag zu Tag besser klar.

»Das freut mich«, antwortete Dylan und es klang ehrlich. »Hast du dich eigentlich auch schon entschieden, wo du die nächsten zwei Wochen wohnen wirst?«, fragte er dann weiter.

»Ja. Ich bleibe hier, wenn das für dich in Ordnung ist«, sagte ich vorsichtig und beobachtete Dylan unauffällig von der Seite, um seine Reaktion zu sehen.

»Klar«, kam es von ihm zurück und ich meinte, tatsächlich ein kleines Grinsen über sein Gesicht huschen zu sehen, was mein Herz ein kleines Stückchen höherschlagen ließ.

Dylan und ich liefen noch ein ganzes Stück nebeneinander her und unterhielten uns. Ab und zu schwiegen wir auch, aber es war nicht mehr diese eiskalte Stille wie am Anfang, sondern eine friedliche Ruhe. Hätte mir jemand nach meinen ersten Tagen in den Staaten gesagt, dass dieser Junge und ich auch nur einen Tag überstanden, ohne uns ernsthaft zu beleidigen, hätte ich dieser Person einen Vogel gezeigt. Aber hier liefen wir nun und redeten über Gott und die Welt. Es fühlte sich echt gut an, Dylan entpuppte sich nämlich tatsächlich als sehr guter Zuhörer. Er war aufmerksam und schien sich wirklich für das zu interessieren, was ich ihm erzählte. Schließlich drehten wir doch wieder um, denn es wurde bereits dunkel draußen.

Zu Hause angekommen, aßen wir zusammen mit Kate und George zu Abend. Man merkte den beiden deutlich an, wie glücklich sie waren, dass Dylan und ich uns besser verstanden und dass sie ihrer Arbeitsreise nun deutlich sorgloser entgegenblickten.

Nach dem Essen schaute ich mir noch einige Folgen einer Serie an, die ich neu entdeckt hatte, dann machte ich mich bettfertig. Ich hätte gerne noch mit meiner Familie geskypt, aber das ging nicht, weil es in Deutschland durch die Zeitverschiebung schon mitten in der Nacht war. Gerade abends vermisste ich meine Familie ziemlich.

Ich lag noch einige Zeit gedankenverloren auf meinem Bett, ohne zu schlafen, bis ich aus dem Nebenzimmer unterdrücktes Stöhnen vernahm. Für einen Moment hoffte ich, dass ich mich einfach verhört hatte, aber das Geräusch klang ziemlich eindeutig. Dylan Campbell hatte gerade schon wieder im Zimmer neben mir Sex und, so wie es sich anhörte, ziemlich guten.

Automatisch fühlte ich einen kleinen Stich in meinem Herz und ich ärgerte mich über mich selbst – so etwas sollte mich nicht mal im Entferntesten interessieren. Meinetwegen sollte Dylan doch Sex haben wann und wo und wie er es wollte! Aber hören wollte ich es trotzdem nicht, deshalb zog ich mir mein Kissen über den Kopf und drehte mich von der Wand weg. Einschlafen konnte ich aber noch lange nicht …

Kapitel 10

»Guten Morgen, Valerie«, begrüßte mich Dylan, als ich am nächsten Morgen die Küche betrat. Für seine Verhältnisse war er erstaunlich energiegeladen.

»Guten Morgen, gut geschlafen?«, fragte ich ihn und versuchte ein Lächeln aufzusetzen, was aber kläglich scheiterte.

Er hatte nur zu gut *geschlafen*. Ich war nur froh, dass das schwarzhaarige Mädchen nicht auch noch hier war, sondern offensichtlich in der Nacht wieder gegangen war. Dylan hingegen schien nichts von meiner gedrückten Stimmung zu merken, was wahrscheinlich auch besser so war.

Dieses Mal schnappte ich mir nur einen Apfel zum Frühstück, denn ich hatte keinen richtigen Hunger. Bei dem Gedanken an die Geräusche von gestern Nacht, verging mir jeglicher Appetit. Dylan guckte mich daraufhin zwar skeptisch an, aber ich verließ einfach die Küche und ging zu seinem Wagen, um dort auf ihn zu warten.

Obwohl ich keine Lust hatte, mit ihm zusammen Auto zu fahren, nahm ich nicht den Bus, sonst würde Dylan mich womöglich fragen, was los war und darauf wusste ich selbst keine Antwort. Ich wusste echt nicht, wieso es mich so sehr störte, dass Dylan gestern mit irgendeinem Mädchen geschlafen hatte. Es war affig, schließlich wollte ich nichts von ihm und er nichts von mir, aber trotzdem war es da, dieses Stechen.

In diesem Moment trat Dylan aus der Haustür und riss mich somit aus meinen Gedanken. Wir stiegen in seinen Wagen und fuhren los. Die Fahrt über lag die ganze Zeit eine komische Anspannung zwischen uns. Anscheinend hatte Dylan doch bemerkt, dass etwas nicht mit mir stimmte, aber er fragte nicht nach. Stattdessen hielten wir gequälten Smalltalk und ich war echt froh, als ich endlich aussteigen konnte.

In der Schule angekommen, lief ich direkt zu meinem Spind, um die Bücher für den heutigen Tag zu holen. Als Erstes hatte ich Mathe – mein absolutes Hassfach. Wie gut, dass ich keine Noten bekam.

Als ich den Raum betrat, setzte ich mich auf meinen Platz neben Jamila, mit der ich mich ziemlich gut verstand. Außerdem war sie extrem gut in Mathe und konnte mir somit bei meinen Problemen helfen. Der Unterricht begann, doch plötzlich klopfte es an der Tür. Ein großer, schmaler Junge mit schwarzen Haaren und einem dunklen Hautton betrat gehetzt den Raum.

»Mister Evans, Sie sind zu spät«, ermahnte ihn der Mathelehrer und funkelte ihn aus zusammengekniffenen Augen an. Ich hingegen blickte überrascht von den Kritzeleien auf meinem Block hoch – der Junge war Sam!

»Jaja, `Tschuldigung«, murmelte er genervt und ließ seinen Blick kurz durch den Raum schweifen, wobei sein Blick an mir hängen blieb. Automatisch erhellte sich sein Gesicht und er lächelte mir zu.

Nachdem er die Strafpredigt von Mister Wheeler überstanden hatte, setzte er sich auch sogleich auf den freien Platz zu meiner Rechten.

»Hey Sam«, begrüßte ich ihn freudig.

»Hi Valerie, wie cool, dass wir einen Kurs zusammen haben«, erwiderte Sam und klang ehrlich begeistert.

Der Lehrer drehte sich in diesem Moment um und schaute uns böse an, deshalb nickte ich nur als Bestätigung.

»Wollen wir in der Pause zusammen essen? Dann können wir besser reden?«, fragte mich Sam im Flüsterton.

»Ja, gerne-«, setzte ich an, doch ich wurde unterbrochen.

»Wenn ihr beide nicht sofort still seid, setze ich euch auseinander«, fuhr uns Mister Wheeler schroff an.

Dieses Mal verstummten Sam und ich wirklich und entschieden uns dafür, unsere Konversation einfach auf kleinen Zettelchen weiterzuführen, sodass der Matheunterricht trotzdem vollkommen an uns vorbeizog.

In der Mittagspause wartete Sam schon an der Cafeteria auf mich. Ich war jedoch nicht alleine, sondern in Begleitung von Lucy.

»Das ist Lucy und das ist Sam«, stellte ich die beiden auch sogleich einander vor.

Dann setzten wir uns zusammen an den Tisch von Sams Freunden. Seine Freunde waren zum Teil aus unserem Jahrgang und zum Teil aus den beiden über uns, aber alle waren sehr nett. Nachdem sie uns Neuankömmlinge einmal kurz begrüßt hatten, setzten sie ihre Konversationen weiter fort, über Sport oder über die neuesten Gerüchte an der High School. So erfuhr ich zum Beispiel, dass Melanie anscheinend von Jaden geschwängert wurde und dass Michael sich beim Footballspielen den Arm gebrochen hatte. Auch wenn mir die Personen absolut nichts sagten, war es doch höchst lustig, der Unterhaltung der anderen beizuwohnen.

Ich saß zwischen Lucy und Nick, einem von Sams besten Freunden. Nick ging schon in die Zwölfte und war somit einer der Seniors, weshalb ich ihn bisher auch noch nie gesehen hatte. Jetzt betrieben wir aber etwas Smalltalk und der blonde Junge erschien mir überaus sympathisch zu sein.

»Ich feiere am Wochenende eine Party, willst du vielleicht auch kommen?«, wendete er sich plötzlich an mich.

Überrascht schaute ich ihn an, denn sein Angebot verwunderte mich, wo wir uns doch erst so kurz kannten. Trotzdem nahm ich es gerne an, schließlich würde eine Party die perfekte Gelegenheit darstellen, noch weitere Menschen kennenzulernen.

»Gerne. Wann und wo?«, antwortete ich deshalb.

Nick nannte mir daraufhin den Ort und die Zeit und lud Lucy ebenfalls persönlich ein. Dann klingelte es auch schon zum Pausenende.

»Wir sehen uns«, meinte Nick noch zu mir und lächelte mir einmal kurz zu, bevor er verschwand.

Gemeinsam mit Lucy und Sam lief ich dann zu meinem nächsten Kurs, den wir ausnahmsweise alle zusammen hatten: Informatik.

In der nächsten Stunde stellte sich dabei heraus, dass Sam ein echtes Computergenie war, während Lucy und ich absolut überfordert mit den ganzen Programmen waren. So war Sam die meiste Zeit damit beschäftigt, uns irgendwelche Sachen zu erklären, doch das schien ihn nicht sonderlich zu stören. Ich hatte das Gefühl, dass auch Sam und Lucy sich gegenseitig ziemlich sympathisch fanden, denn ihr erklärte Sam die Themen immer besonders ausführlich.

Als es zum Schulschluss klingelte und ich mich von den anderen beiden verabschieden wollte, hielt mich Sam auf. »Wie wäre es, wenn wir gleich noch gemeinsam etwas in der Stadt unternehmen?«, schlug er vor.

Ich nickte begeistert. »Sehr gerne, ich bin dabei.«

Auch Lucy stimmte zu und so verabredeten wir uns für um fünf Uhr in der Stadt.

Nachdem ich das Schulgebäude verlassen hatte, steuerte ich wie immer auf Dylans Wagen zu. Er und Ace waren noch nicht da, dafür standen dort aber Luke und Jase und unterhielten sich.

»Hi«, begrüßte ich sie und lächelte in die Runde.

Bisher hatte ich noch nicht viel mit ihnen geredet, aber sie wirkten ganz sympathisch auf mich.

»Hey, Valerie«, antwortete Jase grinsend und zog mich in eine kurze Umarmung.

Überrascht erwiderte ich die Geste, aber es machte mich glücklich, dass Dylans Freunde mich so offen aufnahmen. Auch Luke umarmte mich zur Begrüßung. Wir unterhielten uns ein bisschen über die Schule, bis Ace und Dylan auftauchten. Von Ace wurde ich ebenfalls zur Begrüßung umarmt, dann besprachen die Jungs noch etwas, wobei ich mich aber lieber im Hintergrund hielt.

Anschließend fuhren Dylan und ich los. Er guckte mich die ganze Fahrt über skeptisch von der Seite an, sagte aber nichts. Irgendwann hielt ich diese komische Stille nicht mehr aus.

»Ich treffe mich heute mit Lucy und Sam in der Stadt«, erzählte ich deshalb, um ihn abzulenken, auch wenn es Dylan wahrscheinlich eh nicht interessieren würde.

Er nickte nur, sprach aber immer noch kein Wort. Ich wendete mich von ihm ab und blickte aus dem Fester. Manchmal wurde ich aus diesem Jungen einfach nicht schlau.

Zum Glück waren wir schon bald angekommen, bevor die Stimmung zwischen uns noch mehr kippen konnte. Im Haus waren Kate und George bereits am Packen, denn in zwei Tagen startete ihre große Reise. Ich war schon ziemlich aufgeregt, die nächsten zwei Wochen komplett alleine mit Dylan zu verbringen, vor allem da es heute ganz schön komisch zwischen uns gewesen war. Hoffentlich würde das gut gehen.

Ich brachte kurz meine Sachen nach oben, dann verabschiedete ich mich auch schon wieder und fuhr mit dem nächsten Bus in die Stadt. An unserem Treffpunkt sah ich Lucy und Sam schon auf mich warten, weshalb ich einen Gang zulegte.

»Also, da ich mich hier nicht auskenne, überlasse ich euch die Führung«, erklärte ich, nachdem ich die beiden begrüßt hatte.

»Warte noch kurz«, bat uns Sam. »Nick wollte auch unbedingt mitkommen, ich hoffe, das ist okay für euch.«

Lucy und ich nickten zustimmend. Ich fand Nick nett, von mir aus konnte er ruhig mitkommen und jetzt wäre es eh zu spät gewesen, um ihm abzusagen.

»Ah, da hinten ist er ja auch schon«, meinte Sam und deutete hinter uns.

»Dann lasst uns ihm entgegengehen«, schlug Lucy vor und wir liefen dem großen, blonden Jungen die letzten Schritte entgegen. Er begrüßte Sam mit einem extrem kompliziert aussehenden Handschlag und umarmte Lucy und mich anschließend kurz. Alle zusammen gingen wir dann in ein Café und bestellten Kuchen.

»Bei wem wohnst du eigentlich?«, fragte Nick mich, nachdem er aufgegeben hatte, mir den Handschlag von Sam und ihm beizubringen. Ich hatte echt kein Talent dafür, mir die ganzen Bewegungen zu merken.

»Bei Dylan Campbell«, antwortete Lucy an meiner Stelle.

»Echt?« Sam wirkte sichtlich überrascht. »Ist er nett zu dir?«

»Ja, eigentlich schon«, antwortete ich ihm, dabei rutschte ich unruhig auf meinem Stuhl hin und her. Irgendwie gefiel mir die Richtung, in die das Gespräch abdriftete, nicht.

»Und uneigentlich?«, mischte sich jetzt auch Nick ein.

»Nichts uneigentlich, er ist nett.« Ich hatte echt keine Lust, mein Herz vor Nick auszuschütten. Es würde ihn wohl kaum interessieren, dass mich Dylans Stimmungsschwankungen jeden Tag aufs Neue verwirrten und verletzten. »Lasst uns über etwas anderes reden.«

»Wisst ihr schon, wer das Ballkomitee für den Winter-Ball dieses Jahr bildet?«, half mir Lucy aus, wofür ich ihr ein dankbares Lächeln schenkte.

»Sophie, Mandy, Olivia, Jack, Riley und ich«, antwortete Nick ihr sichtlich stolz.

»Cool«, staunte ich. Ein richtiger Prom, wie in den ganzen Filmen! Schon immer hatte ich mir gewünscht, an so einem Ball teilzunehmen. Wer weiß, vielleicht würde sich mir hier ja die Möglichkeit dazu eröffnen.

Wir redeten noch eine Weile über den Ball und dabei kam es mir die ganze Zeit über so vor, dass Lucy förmlich an Sams Lippen hing. Sie lachte über all seine Witze, egal wie schlecht sie auch waren und sah immer wieder unauffällig zu ihm herüber. Ich hatte das Gefühl, dass sie Sam sehr gerne mochte. Die beiden würden auch echt ein süßes Paar zusammen abgeben – vielleicht könnte ich da ja ein bisschen nachhelfen.

Nachdem wir alle aufgegessen hatten, zahlten wir und verließen das Café, um noch ein wenig in der Stadt herumzulaufen. Lucy wollte noch gerne in ein Geschäft gehen und so begleiteten wir sie alle. Während Lucy fröhlich durch die Gänge des Ladens streifte und kritisch irgendwelche Klamotten betrachtete, blieben die Jungs und ich zurück.

»Wollen wir uns alle gegenseitig Outfits für einander zusammenstellen?«, fragte ich, als Lucy nach einer erfolglosen Suche wieder zu uns zurückkehrte. Dann hätte sich der Besuch in diesem Geschäft wenigstens gelohnt.

Die Jungs stöhnten genervt auf, aber Lucy war sofort Feuer und Flamme und so gaben die Jungs schließlich auch nach. Ich suchte ein Outfit für Sam aus, er für Lucy, Lucy für Nick und Nick für mich. Nachdem wir uns alle umgezogen hatten, liefen wir auf den Flur, um einander sehen zu können. Wir sahen alle so hässlich aus, dass es schon wieder lustig war. Sam trug ein gelbes Croptop mit einem pinken Minirock, Lucy ein pinkes Hello Kitty T-Shirt und eine Tarnhose und Nick ein

Ballett-Tütü mit Taucherflossen. Zum Schluss kam ich mit einer grünen kurzen Hose und einer dicken Winterjacke obenrum. Wir sahen alle urkomisch aus und lachten uns bei unserem Anblick im Spiegel schlapp und schossen unzählige lustige Bilder im Spiegel der Umkleiden. Dann zogen wir uns wieder um und verließen den Laden.

Es war mittlerweile ganz schön spät geworden, das Abendessen hatte ich bereits verpasst, aber ich hatte mich übers Handy bei meinen Gasteltern abgemeldet gehabt. Auch die anderen mussten zusehen, dass sie nach Hause kamen, deshalb verabschiedeten wir uns draußen voneinander und unsere Wege trennten sich.

Ich lief zur Bushaltestelle und stellte dort ernüchtert fest, dass der nächste Bus erst in einer Dreiviertelstunde fuhr. Da war ich zu Fuß deutlich schneller dran, deshalb machte ich mich auf den Weg. Meine dünne Jeansjacke schlang ich dabei eng um meinen Körper, denn es war echt ziemlich kalt geworden.

Ich könnte natürlich auch Kate, George oder Dylan anrufen und fragen, ob sie mich abholen würden, aber das wollte ich nicht. Sie hatten sicherlich anderes zu tun, vor allem Kate und George mit ihrer Dienstreise oder Dylan mit seiner Freundschaft Plus. Noch nicht mal Kopfhörer hatte ich dabei. So stapfte ich gelangweilt durch die Straßen von Pheonixville und ließ mich von Google Maps leiten, als plötzlich ein Auto am Straßenrand neben mir hielt und jemand das Fenster herunterfuhr.

»Möchtest du mitfahren?«, vernahm ich eine vertraute Stimme. *Nick.*

Ich überlegte nicht lange. »Gerne«, antwortete ich freudig und stieg in Nicks Auto ein.

»Kennst du die Adresse?«, fragte ich ihn, während ich mich anschnallte.

»Ja«, kam es von Nick knapp zurück, dann fuhr er los. Wenige Minuten später hielt er auch schon vor dem Haus der Campbells.

»Danke fürs Mitnehmen«, meinte ich und schenkte ihm ein dankbares Lächeln. Nick war echt meine Rettung gewesen, sonst wäre ich wahrscheinlich erfroren.

»Kein Problem«, sagte Nick und erwiderte mein Lächeln.

Ich winkte ihm noch einmal zu, dann schloss ich die Autotür und ging zum Haus.

Ace öffnete mir bereits, bevor ich überhaupt geklingelt hatte. Manchmal hatte ich das Gefühl, dass dieser Typ beinahe hier wohnte.

»Hi Ace«, begrüßte ich in freundlich und lächelte ihn an.

Ace hingegen sah ziemlich angespannt und gar nicht freundlich aus, was für ihn ziemlich untypisch war. Sonst hatte er eigentlich immer gute Laune.

»Hi«, brummte er nur und blickte mit zusammengekniffenen Augen hinter mich.

Ich runzelte irritiert die Stirn. Was war denn hier los? Jetzt traten auch Dylan, Jase und Luke in den Flur, ebenfalls alle mit düsteren Mienen.

»Was ist los?«, fragte ich sie.

Ich konnte mir keinen Reim darauf machen, warum sie plötzlich alle so schlecht gelaunt waren, heute Mittag war schließlich noch alles normal gewesen. Nur Dylan hatte mal wieder eine seiner komischen Launen gehabt, aber das war bei ihm ja keine Sonderheit.

»Was los ist?«, wiederholte Dylan mit einem spöttischen Unterton in der Stimme und sah mich finster an. »Solltest du das nicht lieber dich selbst fragen?«

Hilfesuchend schaute ich zu Luke und Jase, aber sie funkelten mich nur an. Ein mulmiges Gefühl machte sich in mir breit, ich fühlte mich echt unwohl unter ihren bösen Blicken, ohne überhaupt zu wissen, was los war. Worauf wollte Dylan hinaus? Was hatte ich bitte falsch gemacht?

»Ich weiß echt nicht, was du meinst. Geht es um heute Morgen? Es tut mir leid, dass ich mich da komisch verhalten habe-«, setzte ich an. Das schien mir der einzig mögliche Grund zu sein, weshalb Dylan plötzlich so aufgebracht sein konnte. Bei ihm reichte ja bekanntlich eine Kleinigkeit aus, um ihn zum Explodieren zu bringen.

»Nein, darum geht es jetzt nicht!«, unterbrach mich Ace scharf. Jetzt war ich komplett verwirrt – was war denn bitte los?

»Dann sagt mir doch endlich mal, worum es hier geht!«, rief ich aus und raufte mir verzweifelt die Haare. Ich war mittlerweile echt genervt, denn ich wusste echt nicht, was ich falsch gemacht haben sollte.

»Was hast du mit *dem* im Auto gemacht?«, zischte Dylan.

Das Wort *dem* spuckte er fast und verzog dabei angewidert das Gesicht. Ich lachte kurz auf. Es konnte doch nicht ernsthaft sein, dass die Jungs so aufgebracht waren, weil Nick mich nach Hause gefahren hatte? Das war doch absurd!

»Das geht euch nichts an«, entgegnete ich nur kühl und verschränkte trotzig die Arme vor der Brust. Was auch immer deren Problem mit Nick war, es lieferte keine Rechtfertigung dafür, mich so anzufahren.

»Und ob uns das was angeht!«, knurrte jetzt auch Jase mich an, als würde es nicht schon reichen, dass Dylan und Ace mich wütend anstarrten und anzickten. Genervt verdrehte ich die Augen.

»Er hat mich nach Hause gefahren, okay? Wir waren zusammen in der Stadt und da hat er mich auf dem Rückweg mitgenommen«, antwortete ich schließlich, aber gab mir noch nicht mal die Mühe, meinen Frust zu verbergen.

Was war deren verdammtes Problem?

»Wie habt ihr euch kennengelernt?«, fragte nun Luke. Er war der Einzige, der noch halbwegs ruhig und vernünftig wirkte.

»In der Schule, durch einen Kumpel«, entgegnete ich knapp. Ich hatte beschlossen, meine Antworten nicht mehr als nötig auszuführen, wenn mir niemand hier sagte, was Sache war.

»Halte dich von ihm fern!« Ich sah blanken Zorn in Dylans Augen aufblitzen und seine Stimme klang bedrohlich.

Trotzdem sagte ich etwas, was ich schon im nächsten Moment bereute. »Und was, wenn nicht?«, rutschte mir heraus.

Dylan kam auf mich zu und ich wich nach hinten, bis ich mit dem Rücken an der Wand stand. Ich atmete flach, denn ich fühlte mich durch Dylans plötzliche Nähe unglaublich eingeengt. Seine sonst so leuchtend grünen Augen waren dunkel vor Wut und sein ganzer Körper bebte. So hatte ich ihn noch nie gesehen und dass er mich so bedrängte, machte die Situation nicht weniger bedrohlich für mich.

»Das willst du lieber nicht erleben«, raunte er mir ins Ohr, dann rückte er endlich von mir ab.

Ich ergriff die Chance und rannte die Treppe, so schnell ich konnte, nach oben zu meinem Zimmer. Dort knallte ich die Tür zu und schloss ab. Dann sank ich erst mal erschöpft auf den Boden und versuchte, mich etwas zu beruhigen, denn ich zitterte am ganzen Körper.

Was zur Hölle war das gerade gewesen? Dylan hatte mir richtig Angst eingejagt – so hatte ich ihn noch nie gesehen. Keine Ahnung, ob es ihm Spaß machte, mich so einzuschüchtern, aber mein Herz war mir eben wirklich in die Hose gerutscht. Die Jungs schienen echt ein gewaltiges Problem mit Nick zu haben, aber was hatte ich damit zu tun? Wieso mussten sie gleich so ein Drama daraus machen und so grob werden? Ich verstand es wirklich nicht. Aber eines stand für mich fest: Solange sie mir keinen vernünftigen Grund gaben, wieso ich mich von Nick fernhalten sollte, würde ich es nicht tun!

Den ganzen Abend über blieb ich eingeschlossen in meinem Zimmer. Ich hatte noch nicht mal das Bedürfnis, das Abendessen nachzuholen, denn ich fühlte mich völlig kraftlos und ausgelaugt. Außerdem war mir abwechselnd heiß und kalt, fast so, als hätte ich Fieber.

Erst als Kate an meiner Tür klopfte, raffte ich mich mühsam auf und schloss auf. Bei meinem Anblick legte Kate besorgt die Stirn in Falten. »Ist alles gut bei dir?«

Ich schüttelte den Kopf. »Mir geht es nicht gut«, murmelte ich.

Kate streckte vorsichtig ihre Hand aus und fühlte meine Stirn.

»Oh Gott, du glühst ja. Ich mache dir sofort kalte Wickel und hole etwas gegen das Fieber. Du gehst am besten sofort wieder ins Bett.«

Das ließ ich mir nicht zweimal sagen. Sobald sie gegangen war, ließ ich mich erschöpft aufs Bett fallen, denn ich fühlte mich von Minute zu Minute schwächer. Wenig später kam Kate auch schon wieder und versorgte mich.

»Brauchst du noch etwas oder möchtest du jetzt schlafen?«, fragte sie mich anschließend.

Ich schüttelte den Kopf und kuschelte mich tiefer unter meine Decke. Mir war so unglaublich kalt. »Ich glaube, ich sollte einfach etwas schlafen, dann geht es mir morgen bestimmt schon viel besser«, antwortete ich.

Kate nickte bestätigend und knipste das Licht aus, als sie den Raum verließ. Ich merkte noch, wie mich eine schwere Müdigkeit überkam, dann dämmerte ich schon weg.

Als ich wieder aufwachte, war es in meinem Zimmer stockdunkel. Ich setzte mich auf und griff nach meinem Handy, um nachzugucken, wie spät es war. Erschrocken zuckte ich zurück, als ich einen Umriss in der Dunkelheit wahrnahm. Auf dem Stuhl in der Ecke saß jemand! Panisch schrie ich auf, wurde aber direkt von einem Hustenanfall unterbrochen.

»Schhhh, ich bin es nur, alles ist gut«, vernahm ich daraufhin eine tiefe, raue Stimme. *Dylan.*

»Geh weg!« Ich versuchte meine Stimme stark klingen zu lassen, aber sie hörte sich trotzdem schwach und zittrig an.

»Wie geht es dir?«, fragte Dylan, ohne auf meine Forderung einzugehen.

Mittlerweile war er aufgestanden und ging die paar Schritte zu meinem Bett rüber, nur um sich kurz darauf ans Fußende zu setzen.

»Du kannst mich mal! Geh einfach weg«, zischte ich wütend.

Was fiel diesem Typen ein, mitten in der Nacht in meinem Zimmer zu sitzen und mich beim Schlafen zu beobachten? Das war einfach nur gruselig! Mein Körper wurde erneut von einem Hustenanfall erschüttert und ich drehte mich von Dylan weg, um ihn nicht anzuhusten. Ich hatte mich am Nachmittag wohl echt zu dünn angezogen.

»Valerie, es tut mir leid. Lass mich es dir erklären«, vernahm ich Dylans Stimme erneut. Im Gegensatz zu heute Nachmittag klang sie plötzlich ganz sanft und gar nicht mehr so wütend und bedrohlich.

Doch damit kam Dylan bei mir jetzt nicht weiter, ich war immer noch sauer auf ihn. »Du kannst dir deine Erklärung in den Arsch schieben! Ich will jetzt schlafen, aber das geht nur, wenn du gehst!«, fuhr ich ihn an.

Ich wollte keine Erklärung, ich wollte einfach nur schlafen.

»Ich werde nicht gehen«, erwiderte Dylan jedoch trotzig.

Er war echt stur und das ging mir unglaublich auf die Nerven.

»Gut, dann gehe ich«, sagte ich deshalb.

Energisch schlug ich meine Decke zurück und stand auf. Kurz wurde mir schwarz vor Augen, dann riss ich mich zusammen und lief los. Mit einem Mal war mir so kalt, dass ich am ganzen Körper zu zittern begann, aber den Rückzug anzutreten kam für mich nicht infrage. Ich war noch nicht weit gekommen, da wurde ich auch schon von zwei starken Armen gepackt und an eine warme Brust gezogen.

»Das wirst du ganz sicher nicht tun«, flüsterte Dylan mir bestimmt ins Ohr.

Ich hingegen versuchte mich verzweifelt aus seinen Armen zu winden, aber er hielt mich fest. Zu fest, denn mein Bauch war gerade sehr empfindlich und so übergab ich mich auf den Boden vor mir, ohne, dass ich es hätte stoppen können. Ich hatte mich wohl nicht nur erkältet, sondern auch an einem Virus angesteckt. Das wurde ja immer besser …

»Verdammt, Valerie, jetzt siehst du, was passiert, wenn du nicht auf mich hörst. Leg dich sofort hin, ich wische das weg!«, befahl Dylan mir und verließ den Raum.

Ich überlegte kurz, ihn einfach auszusperren, aber dafür fühlte ich mich zu schwach, also legte ich mich einfach wieder hin. Ich merkte noch gerade so, wie Dylan wieder reinkam und meine Sauerei wegwischte, dann war ich schon erneut eingeschlafen.

Kapitel 11

Dylan

Ich verließ den Raum, um ihre Kotze wegzuwischen. Warum hatte Valerie nicht einfach auf mich hören können? Dann wäre das alles nicht passiert. Aber sie musste sich mir ja immer widersetzen.

Mit Eimer und Lappen bewaffnet, kehrte ich wieder zurück und wischte die Sauerei auf – zum Glück war ich, was das anging, ziemlich schmerzfrei, ich hatte schon deutlich schlimmere Dinge gesehen. Valerie war in der Zwischenzeit wieder eingeschlafen, was ich an ihren gleichmäßigen Atemzügen erkannte.

Ich brachte das Wischzeug weg und schaute anschließend noch mal kurz durch ihre Tür. Es war mir bewusst, dass sie mich nicht dahaben wollte, aber es hatte sie ziemlich erwischt und ich verspürte irgendwie den Drang, mich zu vergewissern, dass es ihr gut ging. 39,7° Celsius waren echt nicht ohne.

Während ich sie aus der Entfernung betrachtete, zogen vor meinem inneren Auge wieder die Bilder entlang, wie Nick sie nach Hause gebracht hatte. Als ich Nicks schwarzen Audi aus dem Fenster plötzlich vor unserer Auffahrt stehen gesehen hatte, hatte ich komplett rotgesehen. So viele Gefühle waren in mir hochgekocht und ich hatte meine Wut zu Unrecht an Valerie ausgelassen, dabei wusste sie noch nicht einmal, was Nick getan hatte. Ihr verwirrter und verängstigter Blick hatte sich förmlich in mein Gedächtnis gebrannt und ich fühlte mich furchtbar schuldig, sie so angegangen zu haben. Trotzdem war es unglaublich wichtig, dass sie sich von Nick fernhielt.

Mich überkam eine Welle von Wut und unterbewusst ballten sich meine Hände zu Fäusten. Nick sollte seinen verdammten Finger von Valerie lassen! Gleichzeitig überkam mich aber auch ein ungeheurer Zorn auf mich selbst – ich hätte Valerie die Situation normal erklären müssen, anstatt sie so anzuschreien.

Wieso ließ ich mich auch immer von meinen Emotionen leiten? Irgendwie verlor ich in Valeries Gegenwart andauernd die Nerven, was wahrscheinlich an ihrer provokanten und frechen Art lag. Sie machte mich einfach fertig.

Frustriert fuhr ich mir durch die Haare und schloss vorsichtig die Tür. Dann ging ich zurück in mein Zimmer und schlug auf meinen Boxsack ein – ich brauchte ein Ventil, um meine Wut rauszulassen. Immer wieder. Immer härter. Ich stellte mir vor, der Boxsack wäre Nick, was meine Schläge noch mehr befeuerte. Ich würde nicht zulassen, dass er Valerie auch noch verletzte. Niemals.

Nach knappen vier Stunden Schlaf stand ich auf. Ich überlegte kurz, heute einfach blau zu machen, aber ich wollte nicht, dass meine Eltern sich vor ihrer Reise noch Gedanken machten, ob ich auch wirklich zur Schule ging. In der nächsten Zeit würde ich noch oft genug schwänzen. Deshalb duschte ich mich schnell und ging dann runter.

»Guten Morgen«, begrüßte mich meine Mutter mit einem sanften Lächeln. Sie saß bereits am Küchentisch und las in der Zeitung. Im Gegensatz zu mir war sie schon am frühen Morgen immer gut gelaunt.

»Morgen«, antwortete ich knapp, zu komplexeren Sätzen war ich ohne Kaffee noch nicht in der Lage. Außerdem musste ich immer noch an Valerie denken.

Ich aß eine Schale Müsli und trank eine große Tasse Kaffee, dann ging ich nochmal nach oben, um nach ihr zu schauen. Valerie lag noch immer in ihrem Bett und schlief, wobei sie so friedlich aussah. Sanft strich ich ihr eine Haarsträhne aus dem Gesicht. »Werde schnell wieder gesund«, murmelte ich zum Abschied. Dann sah ich zu, dass ich zur Schule kam, denn ich war schon reichlich spät dran.

Mit großen Schritten eilte ich nach draußen zu meinem Sportwagen und startete den Motor. Ich liebte dieses Auto heiß und innig – meine Eltern hatten es mir zum achtzehnten Geburtstag geschenkt und deshalb war es etwas ganz Besonderes für mich. Ich drückte aufs Gas und raste zur Schule, sodass ich noch kurz vor Unterrichtsbeginn ankam.

Ace und Luke warteten bereits auf dem Parkplatz, nur Jase war anscheinend noch später dran als ich. Ich stieg aus und knallte die Tür mit Schwung hinter mir zu.

»Wo ist Valerie?«, fragte Ace sofort irritiert, als er bemerkte, dass ich alleine war.

Ich musste kurz auflachen. Jetzt erhielt ich noch nicht mal mehr eine Begrüßung. Doch dann besann ich mich wieder. »Sie ist krank«, antwortete ich knapp.

»Richtig krank?«, erkundigte sich Luke und ich sah, wie sich in seinen Augen Besorgnis abzeichnete.

»Ja, verdammt oder sind fast vierzig Grad Fieber für dich nicht krank?!«, fuhr ich ihn an.

Er hob abwehrend die Hände.

»Sorry, ich habe zu wenig geschlafen«, entschuldigte ich mich, er hatte ja nur nachgefragt. Wenn ich wenig geschlafen hatte, war ich leider noch reizbarer als sonst.

»Hast du mit ihr noch mal wegen gestern gesprochen?«, fragte Ace mich, doch ich schüttelte nur den Kopf. Ich hatte ja mit Valerie sprechen und ihr alles erklären wollen, aber sie hatte mich nicht an sich herangelassen. Und sie hatte jedes Recht, wütend zu sein, ich hätte sie gestern nicht so anfahren dürfen. Das war zu viel für Valerie gewesen, denn auch wenn sie es nicht zeigte, war sie innerlich sehr sensibel.

In diesem Moment brauste auch Jase auf den Parkplatz und hielt mit quietschenden Reifen in einer Parklücke neben uns. »Guten Morgen Freunde der Sonne«, begrüßte er uns energiegeladen, nachdem er ausgestiegen war.

»Halt die Fresse mit deiner guten Laune, Jase!«, meckerte Luke ihn auch sofort an.

»Was ist denn los?« Jase war sichtlich verwirrt, deshalb klärte Ace in auf.

»Scheiße«, entfuhr es ihm, nachdem Ace geendet hatte.

»Du sagst es«, bestätigte ich ihn.

»Wollen wir sie vielleicht besuchen?«, schlug Luke vor.

»Ich glaube nicht, dass sie gerade irgendeinen von uns sehen möchte«, erwiderte ich und raufte mir frustriert die Haare.

Wahrscheinlich wollte sie nur Nick sehen, diesen Wichser. Energisch schüttelte ich diesen Gedanken fort.

»Lasst uns gehen«, forderte ich die anderen auf. Wir waren eh schon zu spät dran und sollten jetzt nicht noch mehr Zeit vergeuden.

Der Schultag dehnte sich so endlos lang wie Kaugummi. Die ersten Stunden hatte ich nur mit Mühe und Not überstanden und mein Drang, die restlichen zu schwänzen, wuchs immer stärker. Am liebsten würde ich auf der Stelle nach Hause fahren, um nach Valerie zu sehen. Stattdessen saß ich jetzt in der Mittagspause mit den Jungs an unserem Stammplatz in der Cafeteria.

»Hey«, vernahm ich plötzlich eine gekünstelt hohe Stimme hinter mir. Ich drehte meinen Kopf um und sah Jacky geradewegs auf uns zu stöckeln. Sie trug einen Rock, der nichts von ihrem Arsch ein Geheimnis blieben ließ und zog somit die Aufmerksamkeit jedes Jungen auf sich. Früher hatte mich das auch noch angeturnt, aber mittlerweile ließ es mich komplett kalt, wie sie sich kleidete.

Bei uns angekommen, drückte sie mir einen Kuss auf die Lippen, aber ich stieß sie weg. Ohne dass wir großartig miteinander geredet hatten, war ich schon genervt von ihr.

»Was ist denn los, Babe?«, fragte sie mich erstaunt.

Mir war es eigentlich immer egal gewesen, wie sie mich nannte, aber heute ging mir ihr Getue gehörig auf die Nerven.

»Geh! Ich will dich nicht sehen«, befahl ich ihr deshalb.

»Aber Babe, was ist denn los?« Sie guckte mich fragend an.

Wahrscheinlich konnte sie sich keinen Reim auf mein Verhalten machen, aber wenn ich ehrlich war, konnte ich das auch nicht. Ich wusste nur, dass ich in den letzten Tagen jegliches Interesse an Jacky verloren hatte. Dass ich vorgestern noch mit ihr geschlafen hatte, war reiner Zufall gewesen. Jacky hatte einfach vor unserer Tür gestanden und da hatte eins zum anderen geführt, aber ich war ehrlich gesagt einfach nur froh gewesen, als ich sie wieder losgeworden war.

»Nichts, was dich etwas angeht. Nur weil wir Sex miteinander hatten, heißt das nicht, dass zwischen uns etwas läuft und es dich zu interessieren hat, wie es mir geht. Also verpiss dich!«, zischte ich.

Hoffentlich hatte ich mich deutlich genug ausgedrückt, aber Jackys gekränktes Gesicht bestätigte es mir. Und trotzdem fühlte ich mich noch nicht mal schlecht. Jacky war vielleicht gut im Bett, aber ansonsten nur eine billige Schlampe. Ich hatte noch nie eine interessante Konversation mit ihr geführt und wenn wir uns trafen, dann nur für Sex. Sie war für mich wie eine Freundschaft Plus, nur ohne die Freundschaft. Genau genommen war Jacky eigentlich stinklangweilig, sie hatte nichts, was sie besonders machte. *Im Gegensatz zu einem gewissen anderen Mädchen,* schoss es mir in den Kopf, doch diesen Gedanken schob ich schnell beiseite.

»Das mit uns ist aus, ich will nichts mehr von dir«, meinte ich noch zu ihr, bevor ich ihr eiskalt den Rücken zukehrte.

Ich hörte noch, wie Jacky empört schnaubte und dachte schon fast, dass sie etwas erwidern würde. Aber wie zu erwarten, traute sie sich nicht, sondern zischte beleidigt ab.

Jacky tat mir immer noch kein bisschen leid, ich hatte schon oft Mädchen abserviert und das ließ einen mit der Zeit abstumpfen. Was mir jedoch leid tat, war, dass ich sie gefickt hatte. Valerie, die im Zimmer neben mir wohnte, hatte es, ihrem Verhalten am nächsten Morgen nach zu urteilen, mitbekommen. Es hatte sich fast so angefühlt, als wäre sie traurig und enttäuscht darüber gewesen und das Gefühl, dass ihr Verhalten in mir auslöste, verwirrte mich. Irgendwie wollte ich nicht, dass sie enttäuscht von mir war. Und so war es das erste Mal, dass ich es bereute, ein Mädchen gevögelt zu haben.

Was machte Valerie nur mit mir? Von der ersten Sekunde an hatte sie mich provoziert und nicht auf mich gehört. Sie war respektlos, schlagfertig und hatte sich mir nicht untergeordnet. Manchmal würde ich sie deshalb am liebsten mit dem nächsten Flieger nach Deutschland zurück verbannen und im nächsten Moment wieder küssen. Ihre freundliche, hilfsbereite und einfühlsame Art ließ mich tatsächlich wieder an das Gute in den Menschen glauben.

Verdammt, Ace hatte Recht gehabt, als er gesagt hatte, dass ich sie mehr mochte, als ich zugab, auch wenn ich mir das am liebsten nicht eingestehen würde.

Seitdem sie mir nach Berrys Unfall so selbstlos geholfen hatte, obwohl ich mich so gemein ihr gegenüber verhalten hatte, hatte ein Umdenken bei mir eingesetzt. Von einem Tag auf den anderen hatte ich Valerie mit anderen Augen wahrgenommen und sie als den Menschen gesehen, der sie war und nicht als den, den ich in meiner Vorstellung aus ihr gemacht hatte. Doch ich sollte nichts für sie fühlen, ich sollte sie noch nicht mal mögen, aber ich konnte sie auch einfach nicht mehr hassen. Es war, als hätte dieses Mädchen eine magische Anziehungskraft auf mich und ich konnte mich nicht dagegen wehren, sodass sie mich immer tiefer in ihren Bann zog.

Kapitel 12

Valerie

Als ich am nächsten Morgen von einem Hustenanfall aus dem Schlaf gerissen wurde, war ich immer noch völlig ausgelaugt und erschöpft. Ich fühlte mir mit meiner Hand die Stirn – soweit ich das sagen konnte, war das Fieber weg, aber deutlich besser fühlte ich mich trotzdem noch nicht. Also verbrachte ich den Vormittag damit, mit meinen Eltern und Freunden zu skypen, zu lesen und ein paar Folgen meiner Lieblingsserie Supernatural zu gucken.

Nachdem sie nach mir geschaut hatten, waren Kate und George noch ein letztes Mal einkaufen gefahren, damit Dylan und ich übers Wochenende genug zum Essen hatten. Ich konnte ein bisschen kochen, also würden wir schon überleben, aber ich war doch gespannt, wie es war, zwei Wochen komplett ohne Erwachsene auszukommen. In Deutschland war ich bisher höchstens für ein paar Tage alleine zu Hause gewesen.

Obwohl, komplett alleine war ich ja nicht, es gab ja schließlich noch Dylan. Nach gestern war ich jedoch nicht mehr ganz so optimistisch, dass wir uns in den nächsten Wochen miteinander anfreunden würden. Ich hatte das Gefühl, dass uns der gestrige Abend einen riesigen Schritt in unserer Beziehung zueinander zurückgeworfen hatte.

In diesem Moment riss mich ein Klopfen an meiner Tür aus den Gedanken und Dylan öffnete sie vorsichtig.

»Wie geht es dir?«, fragte er, während er sich auf meine Bettkante setzte.

Automatisch zog ich meine Beine an, um ihm etwas mehr Platz zu machen.

»Schon besser«, antwortete ich ihm. Ich hätte ihn jetzt auch einfach ignorieren können, nachdem er sich gestern mir gegenüber so unfair verhalten hatte, aber ich hatte beschlossen, ihm, Ace, Luke und Jase zu verzeihen. Es war sinnlos, wenn ich mich wie ein beleidigtes Kleinkind verhielt und es dadurch nur noch schlimmer machte. Die Jungs hatten sicher ihre Gründe und es war ja nichts passiert. Außerdem fühlte ich mich noch viel zu schwach dazu, um wieder mit Dylan zu streiten.

»Hör zu, Vale, es tut uns allen echt leid. Wir haben uns echt blöd verhalten und-«, setzte Dylan zu einer Entschuldigung an. Ein zufriedenes Gefühl machte sich in mir breit, auch wenn ich Dylan sowieso vergeben hätte, tat es gut zu sehen, dass er sich aus eigener Initiative entschuldigte. Er machte Fortschritte.

»Ist schon in Ordnung, ich nehme eure Entschuldigung an«, unterbrach ich ihn und machte eine abwinkende Handbewegung. Für mich war das Thema gegessen und ich konnte Dylan ansehen, wie glücklich er darüber war.

»Hast du Lust, rüber zu mir zu kommen?«, fragte er mich daraufhin und ein hoffnungsvolles Lächeln schlich sich auf seine Lippen.

»Ich habe ja nichts Besseres zu tun«, antwortete ich lachend und stand vorsichtig auf.

Dylan wollte mich sofort stützen, aber ich war zu stolz, um seine Hilfe anzunehmen. »Geht schon.«

»Aber nicht, dass du wieder alles vollkotzt«, sagte Dylan schmunzelnd.

»Das war deine Schuld, du hättest mich nicht am Bauch fest-halten sollen«, erwiderte ich und versuchte möglichst vor-wurfsvoll zu klingen.

»Du hättest nicht krank aus deinem Bett flüchten sollen.« Dylan guckte mich herausfordernd an.

»Du hättest nicht in meinem Zimmer sein sollen.«

»Okay, okay, du hast gewonnen.« Dylan hob ergeben seine Hände, was mir ein leises Lachen entlockte.

»Was möchtest du machen?«, fragte er, als wir in seinem Zimmer angekommen waren.

Mit suchendem Blick scannte ich den Raum. Für den eines Jungen war es hier immer relativ ordentlich, das war mir schon beim letzten Mal aufgefallen. In der Mitte des Raumes stand ein großes Boxspringbett, in der einen Ecke hing ein Boxsack und nur auf dem einen Stuhl lagen ein paar Klamotten. Mein Blick blieb aber an etwas ganz anderem hängen.

»Du hast eine Playstation?«, fragte ich mit großen Augen. Meine Eltern hatten mich für meinen Wunsch nach einer eigenen immer nur belächelt und ich selbst war leider dauerhaft pleite, sodass ich nur bei Freunden spielen konnte.

»Ja, Valerie, ich habe ein Playstation«, antwortete Dylan mir, als wäre ich schwer von Begriff.

Ich tat jedoch einfach so, als hätte ich seinen Kommentar überhört, denn ich hatte keine Lust, mich schon wieder zu streiten.

»Können wir FIFA spielen?«, fragte ich Dylan deshalb einfach.

»Alles was du willst«, sagte er, während er lächelnd die CD einlegte.

Ich setzte mich auf den Boden vor sein Bett, denn ich legte keinen großen Wert darauf, in einem Bett zu liegen, wo Dylan vorgestern noch mit seiner Freundschaft Plus geschlafen hatte. Dieser Gedanke versetzte mir irgendwie einen Stich. Er hatte zumindest die Bettwäsche gewechselt, aber trotzdem, fühlte ich mich komisch bei dem Gedanken daran.

»Kommst du?«, fragte Dylan mich jetzt auch schon und klopfte mit seiner Hand auffordernd neben sich aufs Bett.

Ich schüttelte den Kopf.

»Ich bleibe lieber hier unten sitzen, falls ich mich noch mal übergeben sollte, ist es zumindest nicht auf deinem Bett«, entgegnete ich. Das war zwar nicht die ganze Wahrheit, aber das würde Dylan wohl kaum bemerken.

Ich konnte sehen, wie sein Mund aufklappte, als würde er etwas erwidern wollen, aber er ließ es dann doch sein und setzte sich einfach zu mir auf den Boden.

Wir spielten FC Barcelona gegen Real Madrid. Dylan gewann die beiden ersten Spiele, aber beim dritten besiegte ich ihn.

»Wuhu! Ich bin so gut! Hast du das gesehen? Ich habe dich so hart abgezogen, du hattest keine Chance, du Loser«, jubelte ich, woraufhin Dylan lachen musste.

Ich war zwar ein guter Verlierer, aber ein schlechter Gewinner. Jedes Mal, wenn ich ein Spiel gewann, musste ich alle anderen Mitspieler so lange damit nerven, bis sie mir drohten, nie wieder mit mir zu spielen. Doch Dylan schien einfach nur belustigt von meinem Ausraster zu sein. Dann blickte er kurz auf sein Handy und seine Miene verdunkelte sich.

»Tut mir leid, Vale, aber ich muss los. Ich habe noch etwas vor, wir sehen uns nachher.«

Er wuschelte mir noch kurz durch die Haare, dann lief er aus dem Zimmer und ließ mich mit tausend Fragen in meinem Kopf einfach sitzen.

Was hatte Dylan wohl vor, dass er so überstürzt aufbrach? Und warum hatte er sein Handy plötzlich so düster angestarrt? Ich konnte mir keinen Reim darauf machen, aber es verletzte mich, dass er mich so eiskalt stehen ließ.

Geknickt verließ ich Dylans Zimmer und ging wieder in mein eigenes. Ich legte mich erst gelangweilt aufs Bett, beschloss aber dann, zu duschen, um diesen Geruch von Krankheit endlich loszuwerden.

Als ich wiederkam, wurden mir auf meinem Handy drei neue Nachrichten von zwei unbekannten Nummern angezeigt. Ich las die Erste:

Hey, Kleine. Das mit gestern tut mir so unendlich leid, wir haben uns wie die größten Idioten benommen. Ich hoffe, dir geht es wieder gut. Ich komme heute Abend noch kurz vorbei ~ Ace

Ich speicherte ihn als Kontakt ein und schrieb ihm zurück, dass alles zwischen uns okay war und er gerne heute Abend vorbeikommen konnte. Anschließend las ich die beiden anderen Nachrichten:

Hallo Valerie, bist du krank? Oder gab es Stress mit Dylan? Bitte antworte mir. Nick.

Wenn du mir nicht gleich antwortest, dann fahre ich zu dir! Ich muss wissen, dass es dir gut geht.

Während die erste Nachricht schon von heute Mittag stammte, hatte Nick mir die zweite erst vor wenigen Minuten gesendet. Hoffentlich war er noch nicht losgefahren!

Panisch rief ich ihn an, er durfte auf gar keinen Fall plötzlich hier aufkreuzen.

»Ja?«, ging er zum Glück an sein Telefon und ich atmete erleichtert auf.

»Hi, Nick.«

»Valerie, ist alles in Ordnung bei dir?«, fragte er besorgt, er hatte meine Stimme sofort erkannt.

»Ja, alles bestens. Ich hatte bloß Fieber und musste mich übergeben«, erklärte ich ihm kurz.

Es lag eine kurze Pause dazwischen, bis Nick antwortete. »Hast du gestern etwas Falsches gegessen? Oder dich an einem Virus angesteckt?«, fragte er skeptisch.

»Ich weiß es nicht, aber ich denke mal, ich habe mir irgendetwas eingefangen«, antwortete ich und zuckte die Schultern, bis mir auffiel, dass er das gar nicht sehen konnte.

»Soll ich dich besuchen kommen?«, schlug Nick dann wie aus dem Nichts vor und ich zuckte vor Schreck zusammen. Auch wenn mir gerade total langweilig war, durfte Nick auf keinen Fall vorbeikommen. Ich wollte nicht noch mehr Stress mit Dylan haben, wo wir uns gerade beide wieder beruhigt hatten.

»Das ist zwar lieb von dir gemeint, aber besser nicht. Ich würde mich gerne einfach ausruhen, dann kann ich morgen vielleicht schon wieder in die Schule kommen«, winkte ich ab.

Ich war mir zwar sicher, dass Nick von Dylans Abneigung gegen ihn wusste, aber ich musste es ihm ja nicht extra auf die Nase binden.

»Okay, dann werde ganz schnell wieder gesund.« Auch wenn er versuchte, sich nichts anmerken zu lassen, klang Nick etwas enttäuscht.

Es war ja süß, dass er sich um mich sorgte, aber ich musste ihn leider abweisen. Ich meinte das ja noch nicht mal böse.

»Vielen Dank. Bis vielleicht schon morgen«, verabschiedete ich mich deshalb schnell von ihm.

»Tschüss«, vernahm ich Nicks Stimme noch durch die Leitung, dann legte ich auf und atmete einmal tief durch. Das war ja gerade nochmal gut gegangen … Dylan war zwar weg, aber er konnte jeden Moment wiederkommen und wenn er Nick hier gesehen hätte, wäre das ganz sicher nicht gut ausgegangen.

Ich schnappte mir mein Buch und las noch eine Weile, bis meine Zimmertür mit Schwung aufgerissen wurde und Ace sich auf mich stürzte. Vor Überraschung stieß ich einen erschreckten Schrei aus.

»Valy!« Er schlang seine Arme um mich und drückte mich ganz fest an sich. »Es tut mir so leid«, murmelte er dann leise und blickte mir dabei tief in die Augen.

»Schon okay«, winkte ich ab. Dann schenkte ich ihm ein leichtes Lächeln, damit er sah, dass ich es wirklich ernst meinte. Ich war noch nie eine besonders nachtragende Person gewesen, nur wenn mich jemand wirklich abgrundtief verletzt hatte, konnte ich nicht einfach darüber hinwegsehen.

In diesem Moment kam auch Dylan ins Zimmer. »Sorry Vale, aber ich konnte ihn nicht aufhalten«, entschuldigte er sich und fuhr sich mit einer Hand durch die braunen Haare. »Wir wollten Pizza bestellen, willst du auch eine?«

Ich überlegte kurz, ich fühlte mich mittlerweile schon deutlich besser. Zumindest war ich wieder in der Lage, etwas zu essen, deshalb nickte ich. »Gerne. Eine Pizza Margherita wäre toll.«

»Kommt sofort«, grinste Ace und die beiden Jungs liefen runter, um zu bestellen.

Kapitel 13

»Ganz viel Erfolg bei eurer Arbeit in New York, bis bald«, wünschte ich Kate und George und umarmte sie zum Abschied.

Sie hatten ihr Koffer bereits alle ins Auto getragen und standen nun auf der Türschwelle, im Begriff, aufzubrechen. Ein komisches Gefühl überkam mich bei diesem Gedanken. Gleich waren sie weg und Dylan und ich würden völlig auf uns alleine gestellt sein.

»Und wir wünschen euch beiden ganz viel Spaß und Dylan, du weißt, was wir besprochen haben«, antwortete Kate und ich runzelte verwirrt die Stirn.

Was hatten sie und Dylan denn noch besprochen? Schließlich war ich bei den Anweisungen, die Kate uns für die kommenden Wochen gegeben hatte, dabei gewesen. Ich sah fragend zu Dylan auf, aber er wich meinem Blick aus.

»Ich benehme mich schon, Mom. Macht euch keine Sorgen und überarbeitet euch nicht allzu sehr.« Er umarmte seine Eltern ebenfalls zum Abschied.

Dann setzten sich Kate und George in ihrem großen SUV und wir winkten ihnen noch nach, bis sie um die nächste Kurve verschwunden waren.

»Wir sollten jetzt auch langsam mal zur Schule fahren«, forderte ich Dylan auf, während ich mir fröstelnd die Arme rieb. Draußen war es, nur in einem T-Shirt bekleidet, echt zu kalt.

»Du willst heute schon wieder dahin?«, fragte er verblüfft und runzelte die Stirn. Er musterte mich skeptisch, um wahrscheinlich zu überprüfen, wie fit ich mittlerweile wieder war.

Ich nickte. »Mir geht es schon wieder richtig gut und zu Hause ist mir eh nur langweilig.«

Ich hustete zwar noch ein bisschen und meine Nase lief auch noch, aber das Fieber war komplett verschwunden. Offensichtlich hatte ich mich doch an keinem Virus angesteckt, sondern einfach nur fett erkältet.

»Na gut«, gab Dylan schließlich nach. »Dann mal los.«

Auf dem Parkplatz der Schule warteten Luke, Ace und Jase bereits auf uns. Sie schienen alle glücklich und erleichtert darüber zu sein, dass es mir wieder besser ging und begrüßten mich freudig.

»Da hinten ist Lucy, ich mache mich mal auf den Weg, okay?«, verabschiedete ich mich jedoch schnell, da ich den Jungs etwas Privatsphäre lassen wollte. Auch wenn ich mich mit Dylans Freunden echt gut verstand, kam es mir komisch vor, wenn ich die ganze Zeit bei ihnen rumhing.

Dylan nickte mir zu und ich ging über den angrenzenden Schulhof zu Lucy, die mir schon von Weitem überschwänglich zuwinkte. Automatisch legte sich ein Lächeln auf meine Lippen. Auch wenn ich Lucy erst seit kurzem kannte, war sie mir richtig ans Herz gewachsen.

»Hey, Valerie! Wie schön, dass du wieder gesund bist. Gestern war schrecklich langweilig ohne dich«, beklagte sie sich und legte einen Arm um meine Schulter.

Ich lachte.

»Ging mir genauso.«

Wir liefen gemeinsam in Richtung Eingang und Lucy gab mir dabei ein Update über das, was gestern in der Schule passiert war, als plötzlich jemand unsere Namen rief.

»Valerie! Lucy!«

Ich drehte mich um und Lucy tat es mir nach. Wir sahen Nick mit großen Schritten über den Schulhof auf uns zueilen und er schenkte uns ein strahlendes Grinsen, als er bei uns angekommen war.

»Hi, Nick«, begrüßte ich ihn und lächelte ihn ebenfalls kurz an.

Anschließend warf ich aber einen beunruhigten Blick über die Schulter. Hoffentlich war Dylan nicht in der Nähe und sah uns jetzt zusammen. Eigentlich sollte ich mir darüber keine Sorgen machen, ja, ich ärgerte mich schon fast über mich selbst, aber ich hatte gar keine Lust auf Stress mit Dylan. Solange er mir keinen Grund gab, weshalb ich mich von Nick fernhalten sollte, würde ich es auch nicht tun, aber es musste ja nicht direkt vor seinen Augen sein.

»Na, ihr beiden. Valerie, geht es dir wieder gut?«, riss Nick mich aus meinen Gedanken.

»Wäre ich sonst hier?«, fragte ich lachend.

»Du hast ja vollkommen recht.« Nick schaute kurz peinlich berührt zu Boden. »Schön, dass du wieder da bist, denn da gibt es etwas, das ich dich fragen wollte.«

Neugierig horchte ich auf. Das klang ja spannend.

»Immer raus damit.« Ich lächelte ihm aufmunternd zu.

Nick schien einmal tief durchzuatmen und kratzte sich mit einer Hand nervös am Nacken, dann fragte er schließlich: »Möchtest du mit mir zum Winterball gehen?«

Vor Überraschung setzte mein Herz einen Schlag lang aus, diese Frage hatte ich definitiv nicht kommen gesehen. Jetzt durchfuhr jedoch ein freudiges Gefühl meinen ganzen Körper – ich würde tatsächlich zum Winterball gehen können! Mein Traum würde in Erfüllung gehen!

Während ich innerlich immer noch Freudensprünge ausführte, versuchte ich mich nach außen hin schnell wieder zu fassen und wollte Nick gerade antworten, als mir jemand zuvorkam.

»Sie ist schon mein Date«, ertönte eine Stimme hinter mir, die ich nur zu gut kannte.

Ich drehte mich um und sah Dylan fassungslos an. »Das stimmt gar nicht!«, rief ich empört. Was fiel ihm eigentlich ein? Nur weil er Nick nicht mochte, hatte er kein Recht darauf, mir das hier kaputtzumachen!

»Jetzt schon, also verpiss dich, Nick«, sagte Dylan mit einer Stimme, die keinen Widerspruch duldete. Er hatte sie mittlerweile zwischen Nick und mich geschoben, als würde er mich von ihm abschirmen wollen.

»Ich habe sie aber zuerst gefragt«, keifte Nick zurück und ich konnte sehen, wie auch in ihm die Wut hochkochte.

»Ich sage es dir noch ein letztes Mal, Nick. Lass die Finger von Valerie und hau ab, sonst vergesse ich mich!«, knurrte Dylan und funkelte sein Gegenüber aus zusammengekniffenen Augen an.

Mein Blick fiel dabei auf seine vor Wut zu Fäusten geballten Hände, die leicht zitterten. Sein Kiefer war verkrampft und er war bereit, in jeder Sekunde zuzuschlagen. Ich musste etwas tun, sonst würde die Situation komplett eskalieren!

In der Ahnung, was gleich passieren würde, schob ich mich zwischen die beiden Streithähne, doch sie beachteten mich gar nicht.

»Ich lasse mir von dir nichts sagen!«, zischte Nick wütend und legte provozierend seinen Arm auf meine Schulter.

Das hätte er nicht machen sollen, denn bevor er auch nur blinzeln konnte, landete Dylans Faust in seinem Gesicht. Nick taumelte benommen einen Schritt zurück, der Schlag hatte echt gesessen. Nachdem er sich jedoch wieder gefangen hatte, stieß er mich von sich weg und holte ebenfalls aus.

»Hört auf, alle beide! Ich gehe mit keinem von euch zum Ball!«, schrie ich und rannte wieder zwischen die beiden. Keine gute Idee, denn Nicks Faust landete voll in meiner Magengrube.

Von der Wucht des Schlages fiel ich zu Boden. Doch ich blieb nicht lange liegen, sondern rappelte mich schnell wieder auf. Auch wenn mir alles wehtat und mein Kopf höllisch brummte, war das Einzige, was zählte, dass ich diesen Streit so schnell wie möglich beendete.

Nick und Dylan hatten jedoch in der Zwischenzeit bereits aufgehört, sich zu prügeln und waren beide sofort bei mir.

»Valerie, das tut mir so leid. Ich wollte dich nicht treffen, ich habe dich nicht gesehen«, entschuldigte sich Nick völlig aufgelöst. Man konnte ihm ansehen, wie leid es ihm tat, denn er blickte mich aus traurigen blauen Augen an.

Dylan hingegen wirkte jetzt noch aggressiver als eben. Er bebte vor Wut und seine Augen waren zu schmalen Schlitzen zusammengezogen. Ich sah ihm an, dass er am liebsten wieder auf Nick losgegangen wäre, aber er riss sich meinetwegen zusammen. Ich wusste nur zu gut, wie viel Beherrschung es ihn kostete, Nick nicht in Stücke zu reißen.

»Brauchst du einen Krankenwagen? Wir müssen sofort zum Arzt!«, richtete sich Dylan nun ebenfalls an mich. In seinen Augen lag dabei eine Mischung aus Besorgnis und unbändigem Zorn.

Trotzdem stellte ich seine Frage kurz zurück und wendete mich an Nick. »Ist schon okay. Nick, ich glaube, es ist besser, wenn du jetzt gehst. Ich bin dir nicht böse, es war ja nicht deine Absicht, mich zu treffen, aber bitte gehe jetzt einfach.«

Nick wollte etwas erwidern, aber als er meinen eindringlichen Blick sah, schluckte er die Worte wieder runter und ging geknickt davon.

Dann antwortete ich Dylan. »Mir geht es gut, danke.«

Ich blickte mich nach Lucy um, konnte sie aber nirgends sehen, was bei der Menge an Schaulustigen natürlich kein Wunder war. Doch dann sah ich, wie sie sich mit einem Sanitäter zusammen durch die Leute drängte. Ich seufzte gequält auf – nicht auch noch das ... Lucy war echt zu vorsichtig. Aber auch Dylan drängte mich dazu, dass ich mich von dem Sanitäter im Krankenzimmer versorgen lassen sollte und da ich ihn nicht noch mehr reizen wollte, gab ich nach.

Zum Glück stellte sich heraus, dass bei mir eigentlich alles, bis auf einen blauen Fleck am Bauch und Kopfschmerzen, in Ordnung war. Trotzdem bestand Dylan darauf, mich nach Hause zu bringen.

»Mir geht es wirklich gut«, versuchte ich ihn den ganzen Weg zum Auto zu überzeugen.

»Erzähl das dem Weihnachtsmann.«

»Tue ich doch gerade«, entgegnete ich, um die Stimmung etwas aufzulockern, erhielt dafür aber nur einen vernichtenden Blick von Dylan.

Aber ich gab noch nicht auf. »Du solltest wegen mir echt keine Schule verpassen, ich kann auch Bus fahren.«

Dylan blieb abrupt stehen, legte seine Hände auf meine Schultern und sah mir direkt in die Augen. Auch wenn seine Berührung nur leicht war, spürte ich, wie sich ein warmes Kribbeln in meinem Körper ausbreitete und es fühlte sich an, als würden meine Beine plötzlich ganz weich werden. Dylan war mir mit einem Mal so nah, dass ich das Gefühl hatte, die Wärme seines Körpers förmlich zu spüren, was überraschend angenehm war.

»Die Schule geht mir am Arsch vorbei, okay? Aber du mir nicht! Verstanden? Also halte jetzt einfach den Mund!«, erwiderte er mit fester Stimme. Dann ließ er mich wieder los und ging einfach weiter, ohne auf mich zu warten.

Ich hingegen blieb noch stehen, denn ich brauchte gerade einen Moment, um meine Gedanken zu ordnen. Auch wenn es auf eine schroffe Weise gewesen war, hatte Dylan gerade zugegeben, dass er mich mochte. So wie er sich manchmal mir gegenüber verhielt, zweifelte ich zwar daran, aber tief im Inneren wünschte ich mir nichts mehr, als dass mein störrischer Gastbruder mich mochte. Denn eines war sicher, ich mochte ihn trotz allem, vielleicht sogar ein bisschen mehr als geplant. Und trotzdem hatte ich gerade abgelehnt, mit ihm zum Ball zu gehen.

Kapitel 14

Dylan

Erleichtert atmete ich auf, endlich schwieg Valerie. Manchmal hatte ich das Gefühl, dass sie reden konnte, ohne überhaupt zu atmen. In Momenten wie diesen konnte sie echt eine Nervensäge sein. Aber sie war immer noch *meine* Nervensäge und deshalb sollte Nick verdammt nochmal seine dreckigen Finger von ihr lassen! Ich würde nicht zulassen, dass er mir Valerie auch noch nahm.

Ich steuerte mit großen Schritten auf mein Auto zu, auch wenn Valerie dadurch zurückfiel, ich musste gerade einfach etwas Dampf ablassen. Die Begegnung mit Nick von eben machte mich immer noch so wütend, dass ich am liebsten auf etwas eingeschlagen hätte, am liebsten auf ihn höchstpersönlich. Er hatte Valerie wehgetan und wegen ihm hatte ich jetzt auch meine Chance, mit ihr zum Winterball zu gehen, verspielt. Warum hatte Nick sie auch nur gefragt? Ich hatte eigentlich gar nicht vorgehabt, zu dem Ball zu gehen, denn ich hasste solche Events, aber für Valerie hätte ich es mir tatsächlich überlegt. Hoffentlich würde ich doch noch eine Möglichkeit finden, sie zu überzeugen, mit mir dahin zu gehen.

Als ich bei meinem Auto angelangt war, musste ich noch eine ganze Weile auf Valerie warten, dann stiegen wir ein und ich fuhr los. Während der Fahrt fiel kein einziges Wort und eine nachdenkliche, angespannte Stille bereitete sich im Wagen aus. Valerie sah die ganze Fahrt über gedankenverloren aus dem Fenster und ich hätte nur zu gerne gewusst, an was sich dachte. Sie saß leicht mit dem Rücken zu mir, ihre langen, blonden Haare fielen ihr in sanften Wellen über die Schulter und ihre blauen Augen blickten in die Ferne. Ich beobachtete sie fast die ganze Fahrt, es war, als könnten sich meine Augen einfach nicht von ihr lösen. Sie sah einfach so wunderschön aus, wie sie dasaß und träumte.

Da sie ganz in ihrer eigenen Welt versunken war, bekam Valerie noch nicht mal mit, dass wir angekommen waren. Erst als ich ausstieg, setzte sie sich wieder in Bewegung. Wir gingen ins Haus, wo ich ihr ihre Jacke abnahm.

»Was wollen wir jetzt machen?«, fragte Valerie mich.

»Keine Ahnung, denk dir was aus.«

Ich zuckte nur die Schultern, denn meine Laune und Motivation hielten sich immer noch in Grenzen.

»Wollen wir ein Spiel spielen?«, schlug sie vor.

Das hätte sie lieber nicht machen sollen. Wahrscheinlich schwebte ihr eine andere Art von Spiel vor, aber mein Kopfkino war da. *Valerie nackt und gefesselt an mein Bett …*

»Nein, nein! Nicht diese Art von Spielen! Ich meine Gesellschaftsspiele«, schrie sie auf.

Ich musste wohl sehr dreckig gegrinst haben, so verstört wie Valerie aussah.

»Ich will gar nicht wissen, an was du gedacht hast«, fügte sie leicht angewidert hinzu.

»Natürlich auch an Gesellschaftsspiele, was denkst du denn?«, fragte ich sie schmunzelnd.

Sie schlug mir dafür leicht gegen den Arm.

»Oh ja, Baby, das geht schon in die richtige Richtung.«

»Du bist so ein Idiot.« Valerie schaute mich böse an und verschränkte die Arme vor der Brust.

Wie von selbst legte sich ein Lächeln auf meine Lippen – wenn sie nur wüsste, wie süß sie so aussah. »Wir beide wissen, dass du mich trotzdem magst«, erwiderte ich lachend. Meine Laune hatte sich schon deutlich gebessert und es machte mir einfach Spaß, sie zu necken.

Ich sah, wie Valeries Wangen rot anliefen, obwohl sie sich von mir abwandte. Das machte mich doppelt glücklich. Einerseits genoss ich die Wirkung, die ich auf sie hatte und andererseits hieß das, dass sie mich auch mochte.

Seit unserer ersten Begegnung hatte für mich festgestanden, dass ich sie nicht mochte. Nein, eigentlich schon davor. Eigentlich hatte ich sie schon gehasst, bevor ich sie überhaupt persönlich kennengelernt hatte. Ich war sogar dazu bereit gewesen, so gemein zu ihr zu sein, dass sie ihren Austausch vorzeitig wieder abbrach, nur um sie loszuwerden. Aber mittlerweile konnte ich sie nicht mehr hassen, sie war nicht der

Mensch, den ich anfangs in ihr sehen wollte. Sie war anders und ihre Art faszinierte mich mit jedem Tag mehr, auch wenn es mir schwerfiel, das zuzulassen.

»Okay, dann lass uns die Siedler von Catan spielen«, schlug ich vor und schob meine Gedanken beiseite.

Valerie nickte erleichtert. »Da mache ich dich aber fertig«, warnte ich sie noch vor, aber sie schien meine Drohung gar nicht ernst zu nehmen, sondern lachte nur.

Dann gingen wir ins Wohnzimmer, bauten das Spiel auf und legten los. Dieses Spiel zu zweit zu spielen, war der reinste Krieg – über eine Stunde raubten wir uns gegenseitig aus, verbauten uns unsere Wege und versuchten den Gegner mit allen Mitteln zu schwächen. Schließlich gewann Valerie, aber nur ganz knapp.

»Tja, von wegen *du machst mich fertig*.« Lachend streckte sie mir ihre Zunge raus.

»Ich habe dich gewinnen lassen und außerdem ist das ein deutsches Spiel, daher hast du den Heimvorteil«, grummelte ich. Ich konnte Niederlagen noch nie besonders gut einstecken, was wahrscheinlich auch daran lag, dass ich meistens gewann und bekam, was ich wollte.

»Du bist einfach ein schlechter Verlierer«, erwiderte Valerie, wobei sie immer noch am Lachen war.

»Ich bin halt in anderen Spielen besser und ich bin sehr wohl ein guter Verlierer. Wenn du noch einmal sagst, dass ich ein schlechter Verlierer bin, werfe ich das Spielfeld auf den Boden und laufe heulend raus.«

Ich schob wie ein kleines Kind beleidigt die Unterlippe vor, was dazu führte, dass Valerie noch mehr lachen musste.

»Komm, wir kochen jetzt etwas Leckeres und dann vergisst der kleine Dylan seine Niederlage«, meinte sie dann zu mir, als wäre ich ein Kleinkind, was dazu führte, dass auch ich mein Lachen nicht mehr zurückhalten konnte. Es tat gut, so ausgelassen mit Valerie herumzualbern und für einen Moment war der ganze Stress von heute Morgen vergessen.

Wir machten Pasta und aßen anschließend zusammen. Danach ging jeder auf sein Zimmer. Am liebsten wäre ich mit zu Valerie gegangen, aber auch sie brauchte mal Zeit, um sich zu erholen. Stattdessen legte ich mich auf mein Bett und checkte meine Nachrichten. Eine Nachricht von Jase wurde mir angezeigt:

Hi, Bro. Heute Abend um 23:00 Uhr holt der Typ die Ladung im alten Parkhaus ab. Könnte gefährlich werden, nachdem Mike seinen Bruder krankenhausreif geschlagen hat.

Verärgert runzelte ich die Stirn – davon hatte ich noch gar nichts mitgekriegt. War das vielleicht der Junge, den Valerie im Krankenhaus besucht hatte? Ich musste mir Mike nochmal ernsthaft vorknöpfen, er gefährdete durch sein unüberlegtes Handeln noch alles und das jetzt, kurz bevor ich endgültig aussteigen wollte.

Mike war zwei Jahre älter als wir und eigentlich auch nicht in unserer Gang drin, aber durch ihn bekamen wir den Stoff. Das hatte das letzte Jahr über auch eigentlich ganz gut geklappt, aber in letzter Zeit hatte Mike sich immer öfter zu irgendwelchen irrsinnigen und unüberlegten Aktionen hinreißen lassen. Er war wie eine tickende Bombe und ich hatte echt Angst, dass er bald explodieren würde. Es war höchste Zeit, dass wir endlich mit dem Scheiß aufhörten. Luke und Ace wollten eh schon lange mit dem Dealen aufhören und so konnten wir auch Jase überreden, nach diesem letzten Ding aufzuhören. Ich selbst hatte zwar nie Drogen genommen und die anderen auch nicht, aber wahrscheinlich hatten wir dafür genug andere Menschen geschädigt. Erst war es nur Gras gewesen, aber später waren auch die ein oder anderen Pillen dazugekommen.

Mittlerweile bereute ich es echt, dass wir in das ganze Geschäft reingerutscht waren, aber nach dem Tod meiner Schwester hatte ich einfach nach Ablenkung gesucht. Ablenkung, die einen Adrenalinkick versprach, wie Extremsportarten, Straßenrennen oder eben das Dealen von Drogen. So war ich an Mike gekommen, der mich und die Jungs mit offenen Armen empfangen hatte. Aber seitdem Valerie da war, hatten wir beschlossen, nun endlich auszusteigen. Nur noch dieses letzte Geschäft, dann waren wir raus aus der Sache.

Ich wollte Jase gerade antworteten, als ich Valerie aus dem Nebenzimmer schreien hörte. Irgendetwas auf Deutsch, denn ich konnte sie nicht verstehen. Sie klang aber ziemlich aufgebracht. Was war da los? Mit eiligen Schritten lief ich zu ihrem Zimmer und klopfte an. Jetzt war es jedoch totenstill da drinnen. Ich klopfte ein zweites Mal.

»Valerie, alles gut bei dir?«

Es ertönte immer noch keine Antwort. Ein flaues Gefühl breitete sich in meinem Magen aus, langsam machte ich mir echt Sorgen. Ich drückte die Klinke herunter. Zum Glück war die Tür offen, sonst hätte ich nicht dafür garantiert, dass ich sie nicht eingetreten hätte. Ich betrat den Raum und sah Valerie wie ein Häufchen Elend zusammengekauert auf ihrem Bett sitzen und weinen. Mit wenigen Schritten war ich bei ihr und nahm sie in den Arm. Sie legte ihren Kopf an meine Brust an und ließ ihren Tränen freien Lauf. Ich sagte nichts, sondern strich ihr einfach beruhigend mit der Hand über den Rücken, bis ihre Tränen langsam versiegten.

Nachdem sie sich wieder etwas beruhigt hatte, schob ich sie leicht von mir weg, damit ich ihr in die Augen sehen konnte. »Was ist los, Vale?«, fragte ich sie sanft.

»Nicht so wichtig.« Sie wendete ihren Blick ab.

»Komm mir nicht wieder mit der Nummer. Wenn es nicht wichtig wäre, würdest du nicht weinen. Also?« Ich nahm ihr Kinn in meine Hand und drehte ihren Kopf so, dass sie mir wieder in die Augen sah. Man konnte ihr ansehen, wie sie mit sich rang, die Wahrheit zu sagen. »Du kannst mir echt alles sagen«, versuchte ich sie zu ermutigen.

»Ich habe mich mit meinem Ex-Freund gestritten«, antwortete Valerie mir schließlich.

Ihre Stimme war dabei kaum mehr als ein Flüstern. Sie wirkte immer noch total aufgelöst. Das konnte kein normaler Streit gewesen sein, sonst würde es ihr jetzt nicht so schlecht gehen. Da gab es noch mehr, das spürte ich, deshalb hakte ich nach: »Und weiter?«

»Er hat mich mit einer meiner Freundinnen betrogen und seit ich hier in Amerika bin, meldet er sich wieder bei mir. Das bringt mich einfach total aus der Fassung.«

Ich sah, wie ihre Augen wieder feucht glänzten und sie sich auf die Unterlippe biss, um nicht wieder in Tränen auszubrechen. Geschockt blickte ich Valerie an, diese Neuigkeiten hatte ich nicht erwartet. Ich konnte mir nur allzu vorstellen, wie verletzt sie sein musste und es tat mir im Herzen weh, sie so niedergeschlagen zu sehen. Plötzlich war Nick nicht mehr der Einzige, dem ich am liebsten den Hals umdrehen würde. Meine Hände ballten sich bereits unterbewusst zu Fäusten.

Valerie musste gemerkt haben, dass ich mich vor Wut total angespannt hatte, denn sie meinte: »So schlimm ist es nicht, ich komme schon damit klar.«

»Nicht schlimm? *Nicht schlimm*?«, rief ich fassungslos. »Dieser Drecksack hat dich betrogen und diese Hure von Freundin ist auch nicht besser! Du bist einfach viel zu gutmütig. Dieser Typ wird dir immer wieder wehtun, wenn du den Kontakt nicht komplett abbrichst! Du bist einfach zu naiv.« Ich fuhr mir verzweifelt durch die Haare und konnte nicht verhindern, dass meine Stimme etwas lauter wurde. »Du solltest die beiden einfach blockieren, die Nummer löschen und versuchen, sie zu vergessen«, schlug ich ihr dann wieder etwas gefasster vor.

Valerie nickte nur und holte ihr Handy raus.

»Da hast du wahrscheinlich Recht. Blockiert und Kontakt gelöscht«, meinte sie dann zu mir.

»Du wirst sehen, dass es die richtige Entscheidung war. Und wenn dieser Typ sich nochmal irgendwie bei dir meldet, sag mir Bescheid und ich mache ihn fertig.«

Spielerisch boxte ich mit meinen Händen in die Luft, auch wenn ich meine Worte vollkommen ernst meinte, was Valerie zum Lachen brachte. Endlich, ich konnte es nicht ertragen, sie traurig zu sehen. »Lass uns einen Spaziergang mit Berry machen«, schlug ich dann vor. Das würde Valerie bestimmt etwas ablenken und ihr helfen, auf andere Gedanken zu kommen.

»Gute Idee, ich glaube, ein bisschen frische Luft tut mir gut«, stimmte sie mir auch sofort zu. »Perfekt.«

Ich rief Berry, wir zogen uns an und dann ging es los.

Kapitel 15

Ich wachte erst am späten Vormittag auf, obwohl ich schon um halb elf ins Bett gegangen war. Offensichtlich war ich immer noch etwas erschöpft von meiner Erkältung gewesen, aber nach fast elf Stunden Schlaf fühlte ich mich jetzt wieder richtig gut. Nach einer schönen Dusche ging ich in die Küche, um etwas zu frühstücken, denn mein Magen knurrte. Dort sah ich Dylan, nur in Boxershorts bekleidet, Frühstück zubereiten. Ich blieb für einen kurzen Augenblick in der Tür stehen und genoss diesen Anblick.

»Ich weiß, dass du da bist.«

Dylan stand zwar immer noch mit dem Rücken zu mir, aber ich konnte sein selbstgefälliges Grinsen förmlich durch den ganzen Raum spüren. Hatte dieser Typ einen sechsten Sinn? Der merkte auch wirklich alles.

»Kein Wunder, ich wohne in diesem Haus. Ist irgendwie klar, dass ich da bin«, erwiderte ich überraschend schlagfertig dafür, dass ich eigentlich noch total verpennt war.

Trotzdem konnte ich nicht verhindern, dass ich leicht errötete und natürlich drehte sich Dylan genau in diesem Moment um. Er grinste mich schelmisch an, während ich mir die größte Mühe gab, nicht auf seinen Bauch zu starren. Aber natürlich musste er auch das bemerken.

»Ich weiß, dass ich heiß bin. Pass bloß auf, dass du nicht sabberst«, lachte er, wobei seine Stimme nur so vor Selbstgefälligkeit triefte. Ich verdrehte genervt die Augen.

»Bist du nicht, vor allem nicht mit diesen Augenringen«, erwiderte ich dann. Dylan musste echt ziemlich wenig geschlafen haben, so dunkel wie die Schatten unter seinen Augen waren.

»Das Traurige daran ist, dass ich auch so immer noch heißer bin als du«, meinte er provozierend und sein Grinsen wurde immer breiter.

»Erzähl das dem Baum.«

»Dem Baum?«, fragte Dylan verwirrt nach.

»Ja, der kann nicht weglaufen, wenn er deine Hässlichkeit sieht«, meinte ich triumphierend.

»Aber du läufst doch auch nicht vor mir weg.« Dylan kam grinsend auf mich zu und streckte seine Arme nach mir aus.

Da ich ihm diesen Gefallen nicht tun wollte, lief ich tatsächlich quietschend vor ihm weg. Er folgte mir dicht auf den Fersen. Nach einer wilden Hetzjagd, von der Küche durch den Flur bis ins Wohnzimmer, holte mich Dylan schließlich doch ein. Ich spürte noch seinen Atem in meinem Nacken, da wurde ich auch schon an meinem Handgelenk herumgewirbelt und gegen die nächste Wand gepresst. Dylan stützte seine Arme links und rechts neben meinem Kopf ab und sah mich siegessicher an.

»Jetzt kannst du mir auch nicht mehr weglaufen«, grinste er.

Ich atmete flach, denn ich fühlte mich durch seine plötzliche Nähe etwas bedrängt. Immerhin war er fast nackt. Ich konnte förmlich die Wärme spüren, die von seinem Körper ausging und ich merkte, wie meine Knie weich wurden und es in meinem Bauch komisch zu kribbeln begann. In diesem Moment wünschte ich mir nur eines … Mein Blick wanderte von Dylans Augen zu seinen Lippen, die so wunderbar weich aussahen. Er konnte bestimmt unglaublich gut küssen.

Ich nahm wahr, wie sein Blick ebenfalls an meinen Lippen hängen blieb und wie er sich langsam vorbeugte. Gleich würde er mich küssen, da war ich mir sicher und alleine diese Vorahnung reichte dazu aus, dass sich mein Bauch mit Schmetterlingen füllte. Ich schloss die Augen und gerade als sich unsere Lippen fast berührten, klingelte es an der Tür Sturm.

Erschrocken zuckte ich zusammen und auch Dylan wich einen Schritt zurück. Genervt wandte er sich von mir ab und lief zur Tür, um sie zu öffnen. Es schien ihn keineswegs zu stören, dass er nur Boxershorts trug. Ich rückte ein Stück von der Wand ab, an die Dylan mich bis eben noch gedrückt hatte und versuchte zu begreifen, was da gerade passiert war. Beinahe hätten Dylan und ich uns geküsst. Es war so kurz davor gewesen und dann hatte dieses blöde Klingeln den Moment zerstört.

Ob Dylan für mich wohl auch so fühlte, wie ich für ihn? Ob er in meiner Gegenwart auch dieses Kribbeln spürte? Alleine jetzt raste mein Herz immer noch wie verrückt.

Ich atmete noch ein paar Mal tief durch und nachdem ich mich wieder halbwegs gesammelt hatte, lief ich auch in Richtung Tür. Dort sah ich, wie Dylan gerade Ace hereinließ.

»Hi, Ace«, begrüßte ich ihn und blieb im Flur stehen.

Ace lief zu mir und schloss mich in eine Umarmung. »Die Mühe, zu mir zu gehen, hättest du dir ruhig auch noch machen können«, sagte er gespielt beleidigt.

»Sorry, aber dieser Weg war einfach zu weit für mich«, erwiderte ich lachend.

Ace ließ mich wieder los und blickte sich suchend um. »Was riecht hier eigentlich so gut?«

Dem Geruch folgend, lief er geradewegs in die Küche.

In den paar Wochen, die ich schon hier war, hatte ich schnell gelernt, dass Ace praktisch hier wohnte, deshalb wunderte ich mich gar nicht erst über sein Verhalten.

»Oh, Essen«, stellte Ace fest und holte sich zufrieden grinsend einen Teller aus dem Schrank, den er mit Pancakes belud.

»Bediene dich ruhig«, meinte Dylan ironisch und verdrehte die Augen.

»Danke, ist sehr lecker«, antwortete sein bester Freund mit vollem Mund.

Nun nahmen Dylan und ich uns jeweils auch einen Teller und begannen zu essen. Ein Wunder, dass wir noch etwas abbekamen, so schnell wie Ace über die Pancakes hergefallen war. Danach räumten wir alle gemeinsam den Tisch ab.

»Berry muss noch raus«, erinnerte ich Dylan dabei, was ihn genervt aufstöhnen ließ.

»Kannst du das bitte machen?«, bat er mich. »Ace und ich haben noch etwas Wichtiges zu besprechen.«

»Klar, ich drehe auch eine extra große Runde«, erklärte ich bereitwillig, auch wenn meine Neugierde geweckt war. Einerseits interessierte es mich brennend, was die beiden so Wichtiges zu besprechen hatten, aber andererseits ging es mich einfach nichts an und das musste ich respektieren.

Ich zog mich also an und rief nach Berry, dann verließ ich das Haus. Als ich gerade die Tür zuziehen wollte, fiel mir jedoch der Schlüssel runter und ich musste mich bücken, um ihn wieder aufzuheben.

In dieser Sekunde, die ich länger hier verharrte, vernahm ich die Stimme von Ace klar und deutlich. »Wenn du dieses Mädchen verletzt, reiße ich dir deine Eier eigenhändig ab und ich reiße sie dir auch ab, wenn du dir nicht endlich über deine Gefühle klarwirst und anfängst, um sie zu kämpfen. Sie ist echt besonders, das solltest du dir nicht kaputtmachen.«

Überrascht blickte ich vom Boden auf und konnte nicht verhindern, dass mein Herz einen kleinen Sprung machte. Ace konnte gar nicht wissen, wie glücklich er mich gerade durch diese Worte gemacht hatte. Doch dieser kurze Moment des Glücks wurde von Dylan direkt wieder zerstört. »Da gibt es nichts, worüber ich mir klarwerden muss, ich habe keine Gefühle für sie. Wir sind Freunde, mehr nicht«, entgegnete er schroff.

Seine Stimme klang dabei so hart und kalt, dass mich eine Gänsehaut überkam. Enttäuscht schloss ich die Tür und lief los. Ich wollte gerade einfach nur weg von hier, um meinen Kopf freizukriegen, denn ich spürte einen gewaltigen Stich in meinem Herz. Aber was hatte ich erwartet? Etwa, dass Dylan mich ebenfalls mehr mochte, als er zugab?

Wütend auf mich selbst schüttelte ich den Kopf. Dylan war einfach nicht ein Mensch der großen Gefühle. Mädchen waren für ihn nicht mehr als Sexpartner. Wieso sollte er sich ausgerechnet in mich verlieben? Das wäre doch absurd.

Den Nachmittag verbrachte ich damit, mit den Jungs zusammen FIFA auf der Playstation zu spielen. Dabei musste ich jedoch die ganze Zeit an die Unterhaltung von Dylan und Ace denken, die ich zufällig mitgehört hatte. Auch wenn ich mich auf dem Spaziergang mit Berry wieder beruhigt hatte, tat es trotzdem weh, dass Dylan einfach nur mit mir befreundet sein wollte. Aber früher oder später würde ich mich schon damit abfinden, schließlich war es meine eigene Schuld, dass ich mir immer viel zu früh schon Hoffnungen machte.

Gegen sechs Uhr ging ich wieder auf mein Zimmer, um mich für die Party von Nick fertigzumachen. Ich wanderte dabei für zehn Minuten einfach nun vor meinem Kleiderschrank auf und ab und betrachtete meine Klamotten kritisch. Was zog man zu einer amerikanischen Highschool-Party an? Ich war schon fast am Verzweifeln, als ich mich dazu entschied, Lucy anzurufen.

»Hey Luce, geht es dir schon wieder besser?«, begrüßte ich sie.

Eigentlich hatte Lucy auch zu der Party kommen wollen, aber da es ihr nicht gut ging, verzichtete sie lieber.

»Ja, ein bisschen. Mir ist aber immer noch schwindelig, du musst heute Abend wohl oder übel allein gehen«, berichtete sie mir.

»Schade, aber es ist wichtiger, dass du jetzt erst mal wieder gesund wirst. Ich wollte dich aber noch etwas fragen: Was soll ich anziehen?«

Man musste meine Verzweiflung wohl sehr deutlich heraushören, denn Lucy begann zu kichern.

»Also, du könntest natürlich ein Kleid oder einen Rock anziehen, aber dafür ist es ein bisschen zu kalt draußen«, überlegte sie. »Vielleicht eine lange, schwarze Hose und ein hübsches Top?«

Ich atmete erleichtert auf. Warum war ich nicht selbst auf diese banale, aber gute, Idee gekommen? Dieses Outfit ging immer.

»Danke, Lucy, du bist meine Rettung«, bedankte ich mich überschwänglich.

»Aber gerne doch. Du musst mir unbedingt berichten, wie es war«, sagte Lucy und ich meinte, einen etwas wehmütigen Ton aus ihrer Stimme herauszuhören. Wahrscheinlich hatte sie sich darauf gefreut, Sam dort wiederzusehen.

»Mache ich auf jeden Fall. Dann bis später und gute Besserung«, wünschte ich ihr zum Abschied.

»Danke und ich wünsche dir ganz viel Spaß!«, kam es von Lucy zurück, dann legten wir auf.

Ich zog mich daraufhin schnell um und schminkte mich leicht. Zufrieden betrachtete ich mein Spiegelbild, so konnte ich gehen. Anschließend packte ich noch meine Tasche und aß etwas. Ich schaute auf die Uhr – sie zeigte an, dass es erst halb acht war. Ich war perfekt in der Zeit, aber so langsam sollte ich mich trotzdem auf den Weg machen. Also lief ich runter, wo Dylan im Wohnzimmer auf dem Sofa saß und am Fernsehen war.

»Ich bin dann weg«, rief ich ihm zu.

Bei dem Klang meiner Stimme drehte er sich sofort um und checkte meinen Körper und mein Outfit ab, ohne es auch nur ansatzweise zu verbergen.

»Wo willst du hin?«, fragte er mich und legte dabei kritisch die Stirn in Falten.

»Ich gehe zu einer Party«, antwortete ich knapp. Ich wollte Dylan lieber nicht sagen, zu wessen Party ich ging. Er hasste Nick und würde bestimmt versuchen, mich davon abhalten, zu ihm zu gehen. Gerade nach gestern Morgen war er wahrscheinlich noch schlechter auf Nick zu sprechen als eh schon.

Aber natürlich kam die Frage, die kommen musste. Wie hätte es auch anders sein können?

»Ja, das sehe ich, aber zu wessen Party gehst du?«, fragte Dylan schon sichtlich genervt.

»Zu der von einem Freund«, wich ich ihm erneut aus, auch wenn ich wusste, dass Dylan das als Provokation auffassen würde.

Und ich sollte Recht behalten – er sah mich jetzt wirklich angepisst an und presste wütend die Lippen zusammen.

»Ich wiederhole mich noch einmal: Zu wessen Party gehst du?«, knurrte er. Seine Stimme hatte mittlerweile einen ganz schön bedrohlichen Ton angenommen und er war aufgestanden, um auf mich zuzugehen.

Ich hingegen suchte verzweifelt nach einem Weg, die Situation irgendwie noch zu retten – ich steckte echt in der Klemme. Durch meine ausweichenden Antworten hatte ich alles nur noch schlimmer gemacht, ich hätte Dylan einfach anlügen sollen. Aber ich konnte jetzt nichts mehr daran ändern, ich musste da jetzt durch. Also schluckte ich, atmete einmal tief ein und aus und sagte dann: »Zu Nicks Party.«

Sofort verdüsterte sich Dylans Blick. Sein Kiefer verkrampfte sich und seine Venen an den Armen stachen durch die Anspannung seines Körpers hervor. Automatisch wich ich einen Schritt zurück – wenn Dylan wütend war, wirkte er immer so bedrohlich.

»Da wirst du ganz sicher nicht hingehen!«, knurrte er bestimmend, was mir jedoch gar nicht gefiel. Dylan hatte kein Recht dazu, mich herumzukommandieren, ich konnte meine eigenen Entscheidungen treffen. Egal ob er Nick hasste oder nicht, er hatte mir keine Befehle zu geben!

»Und was, wenn doch?«, erwiderte ich deshalb extra, um ihn zu provozieren.

Damit hatte ich das Fass eindeutig zum Überlaufen gebracht, Dylan brodelte jetzt förmlich vor Wut.

»Selbst, wenn ich dich einsperren muss, du wirst nicht zu Nick nach Hause gehen!«, schrie er mich an.

Dann packte er mich am Arm und zog mich durch die offene Tür ins Wohnzimmer.

Das führte jedoch dazu, dass auch meine Nerven überspannt wurden. Was fiel Dylan eigentlich ein?

»Lass mich los! Du hast kein Recht, mich so herumzukommandieren. Nur weil du ein Problem mit Nick hast, heißt das nicht, dass ich damit irgendetwas zu tun habe. Ich werde zu dieser Party gehen, ob du es willst oder nicht!« Nun schrie auch ich, aber ich musste meiner Wut irgendwie Luft verschaffen. »Du kannst mir verdammt nochmal nicht verbieten, mit wem ich mich treffe!«

Ich versuchte mich von Dylan loszureißen, aber er hielt meinen Arm immer noch fest. Deshalb probierte ich, nach hinten auszuweichen, was damit endete, dass ich mal wieder zwischen Dylan und einer Wand gefangen war.

»Ich sage es dir noch ein letztes Mal, du wirst nicht zu dieser Party gehen!«, knurrte Dylan. Seine sonst so leuchtend grünen Augen, waren richtig dunkel vor Wut, aber es lag noch etwas in ihnen, ein anderes Gefühl. Etwa Besorgnis? Wieso?

»Dann gib mir einen Grund, wieso ich nicht zu dieser Party gehen sollte«, erwiderte ich eine Spur ruhiger. Das brachte doch alles nichts, wenn Dylan und ich uns nur kopflos anschrien. Ich wollte jetzt einfach wissen, was sein Geheimnis war. Wieso hasste er Nick so sehr?

Dylan rückte ein Stück von mir ab und ließ meinen Arm los. Endlich, der fühlte sich schon ganz taub an.

»Ich will dich doch nur beschützen«, meinte er dann so leise, dass seine Stimme kaum mehr als ein Flüstern war.

»Wovor? Vor Nick?«, fragte ich perplex und lachte trocken auf. Wieso wollte er mich vor Nick beschützen? Der tat doch keiner Fliege was zu Leide.

»Ja«, antwortete Dylan jedoch, ohne auf mein ironisches Lachen einzugehen.

Sein Gesicht war nun vollkommen emotionslos, die ganze Wut von eben war wie weggefegt, mit einem Mal wirkte er einfach nur noch leer und verlassen.

»Und wieso?« Verwirrt runzelte ich die Stirn.

Musste ich ihm denn jetzt alles einzeln aus der Nase ziehen?

»Er hat meine Schwester umgebracht.«

Kapitel 16

Dylan

Der Schock und die Fassungslosigkeit standen Valerie förmlich ins Gesicht geschrieben, das hatte sie echt nicht erwartet. Doch darüber konnte ich mich im Moment nicht wirklich amüsieren, dafür war das Thema viel zu ernst. Da Valerie darauf zu warten schien, ob ich von mir aus weiterredete, tat ich es einfach.

»Sarah und Nick waren ein Paar. Sarah war erst fünfzehn und Nick gerade siebzehn Jahre alt. Nick hatte kurz zuvor seinen Führerschein gemacht und zum Geburtstag seinen Erstwagen bekommen. Auf seiner Geburtstagsfeier war Sarah natürlich auch dabei. Ich war auch da, denn ob du es glaubst oder nicht, Nick und ich waren vor langer Zeit mal Freunde. Nick hatte an diesem Abend jedoch zu viel getrunken und trotzdem wollte er uns unbedingt seine Fahrkünste demonstrieren. Ich war zu diesem Zeitpunkt auf dem Klo, alle anderen gingen raus, um zu gucken. Nick hat Sarah gezwungen, mit ihm ins Auto zu steigen. Und dann-«

Meine Stimme brach. Ich musste mich echt zurückhalten, um nicht los zu flennen, wie ein kleines Kind. Dieser Tag war zwar schon über ein Jahr her, aber es schmerzte immer noch genauso wie am Anfang, darüber nachzudenken. Ich räusperte mich, bevor ich weitersprach.

»Und dann … dann hat Nick einen Unfall gebaut. Ich kam zu spät, ich habe alles gesehen und konnte es nicht verhindern. Er hat überlebt, Sarah starb.«

Wieso Sarah? Wieso nicht Nick? Das war die Frage, die ich mir seitdem immer wieder stellte. Warum hatte es ausgerechnet meine Schwester treffen müssen? Er war schuld an ihrem Tod, doch trotzdem fühlte auch ich mich verantwortlich. Wieso war ich nur genau in diesem Moment weg gewesen? Ich hätte sie besser beschützen müssen, aber ich war nicht da gewesen. Und genau deshalb würde ich Valerie jetzt nicht gehen lassen, selbst wenn ich sie dafür einsperren müsste. Nick würde mir nicht noch einmal eine Person nehmen, die ich gernhatte! Ich hasste ihn dafür so abgrundtief. Er trug die Schuld an dem Tod meines kleinen Engels und das konnte ich ihm niemals verzeihen.

Aufgewühlt ballte ich meine Hände zu Fäusten und schluckte hart. In mir kochte wieder die unfassbare Wut auf Nick auf, die an die Stelle der gähnenden Leere und Trauer getreten war.

Ich sah, wie Valerie auf mich zukam und kurz darauf spürte ich auch schon, wie sie ihre Arme um mich legte und mich in eine Umarmung zog. Sie sagte nichts, sie hielt mich einfach nur fest und das war genau das, was ich in diesem Moment brauchte. Ich vergrub meinen Kopf in ihrer Schulter und atmete ihren vertrauten Geruch ein. Dabei merkte ich, wie eine leise Träne mein Auge verließ und auf Valeries Shirt tropfte. Auch wenn ich so verzweifelt gegen sie angekämpft hatte, hatte ich sie nicht aufhalten können. Sie war das Ventil für all den Schmerz und die Trauer, die ich in mir spürte.

Valerie strich mir mit ihrer Hand beruhigend über den Rücken und mein Körper entspannte sich langsam wieder. Daraufhin machte sie Anstalten, mich wieder loszulassen, aber das wollte ich nicht.

»Bitte, halt mich fest. Bleib bei mir«, bat ich sie flüsternd.

Ich war nur froh, dass uns niemand so sah, denn ich verhielt mich gerade echt wie ein kleines, heulendes Baby. Das war so ziemlich das Unmännlichste, was ich bisher in meinem ganzen Leben getan hatte. Valerie schloss ihre Arme auch sogleich wieder um mich und ein warmes Gefühl breitete sich in meinem Bauch aus. In ihrer Nähe fühlte ich mich so geborgen und sicher. Ich war ihr wirklich dankbar dafür, dass sie mich einfach festhielt, aber nichts sagte.

So ineinander verschlungen blieben wir sicherlich noch zehn Minuten stehen und es schien, als würde niemand den anderen gehen lassen wollen. Als wir uns schließlich doch voneinander lösten, sah ich, wie Valerie ihren Mund öffnete, um etwas zu sagen.

»Schon gut, ich brauche dein Mitleid nicht«, schnitt ich ihr das Wort aber direkt ab, wobei meine Stimme deutlich schärfer als gewollt klang.

»Ich weiß. Ich wollte dir eigentlich sagen, wie unglaublich stark du bist. Allein, dass du es aushältst, mit Nick auf dieselbe Schule zu gehen«, antwortete Valerie jedoch und strich mir sanft mit ihrer Hand an der Wange entlang.

In ihrem Blick lag dabei wirklich Bewunderung, aber die war nicht gerechtfertigt. Von wegen ich war stark, ich heulte ihr hier gerade die Ohren voll, wie ein jämmerliches Weichei.

»Also, ich bitte dich, gehe nicht zu Nick«, wiederholte ich mich jetzt ruhig. Vielleicht hätte ich es von Anfang an auf diese Art versuchen sollen, aber irgendwie ging jedes Mal aufs Neue mein Temperament mit mir durch.

Valerie nickte nur, sie war wahrscheinlich noch dabei, all das, was sie gerade erfahren hatte, zu verarbeiten.

»Kommst du mit hoch?«, fragte ich sie.

Ich wollte einfach nicht alleine sein, da ich wusste, dass ich sonst wieder in mein dunkles Loch stürzen würde. Die Trauer und der Schmerz zerfraßen mich innerlich, aber Valeries Gegenwart machte es zumindest ein kleines bisschen erträglicher.

Sie schien kurz zu überlegen, nickte dann aber. »Ja, okay. Wollen wir noch einen Film zusammen gucken oder so?«

Ich nickte. »Ich weiß schon, welchen.«

»Gut«, antwortete Valerie und lächelte mich an.

Dann ergriff sie meine Hand und so liefen wir gemeinsam nach oben. Sie konnte gar nicht wissen, wie dankbar ich ihr für diese kleinen Gesten und ihre Nähe war.

Wir gingen in mein Zimmer und ich machte einen Horrorfilm an. Ich mochte Horrorfilme, da ging es grundsätzlich nicht um Gefühle. Man sah nicht, wie Menschen glücklich zusammenlebten oder Familien und Paare auseinandergerissen wurden, es ging nur um stumpfe Gewalt.

Wir hatten es uns auf meinem Bett bequem gemacht und Valerie hatte sich an meine Brust gekuschelt. Nach ungefähr der Hälfte des Films schlief sie jedoch einfach ein, was mich ziemlich überraschte. Valerie war echt der einzige Mensch, den ich kannte, der bei Horrorfilmen einschlafen konnte, aber dann erinnerte ich mich daran zurück, dass sie sich bei unserem Ausflug nach Philadelphia auch in diesen Knast getraut hatte. Dieses Mädchen überraschte mich jeden Tag aufs Neue.

Ich sah den Film trotzdem zu Ende und spielte nebenbei mit ihren Haaren. Danach weckte ich sie jedoch auf, da ich mir sicher war, dass sie nicht in diesen Klamotten schlafen wollte. Völlig verschlafen wünschte Valerie mir daraufhin eine gute Nacht und tappte rüber in ihr Zimmer. Von mir aus hätte sie gerne mit in meinem Bett schlafen können, aber ich wollte sie nicht irgendwie bedrängen, deshalb fragte ich sie gar nicht erst.

Jetzt, als ich alleine war, drohten all meine traurigen Gedanken mich wieder einzuholen, weshalb ich mir noch zwei weitere Filme ansah. Dann ging ich auch ins Bett, aber schlafen konnte ich noch lange nicht.

Kapitel 17

Valerie

Ich wachte am nächsten Morgen durch laute Stimmen von unten auf. Wahrscheinlich hatte Dylan Besuch von seinen Freunden, ich meinte zumindest, die Stimme von Ace ausmachen zu können.

Nach einer kurzen Dusche band ich meine Haare zu einem unordentlichen Dutt zusammen und zog mir ein weites T-Shirt und eine Jogginghose an. Ich hatte keine Lust, mich ordentlich zurechtzumachen, schließlich war Wochenende und ich hatte kein Problem damit, vor Ace, Luke und Jase so herumzulaufen.

Als ich unten ankam sah ich jedoch noch einen weiteren Typen bei ihnen sitzen. Er war groß und kräftig gebaut, besaß hellblonde Haare und schien ein bisschen älter als sie zu sein, deshalb hatte ich ihn wahrscheinlich auch noch nie an der Schule oder so gesehen. Jetzt wünschte ich mir plötzlich doch, dass ich mich richtig angezogen hätte. *Zu spät.*

»Guten Morgen«, lächelte ich freundlich in die Gruppe und versuchte, das in mir aufkommende Unwohlsein zu verbergen.

Ein einstimmiges »Guten Morgen« kam zurück.

Der neue Typ musterte mich unverhohlen von oben bis unten. »Dylan, möchtest du mir dein neues Zuckerpüppchen nicht mal vorstellen?«, fragte er dann dreckig grinsend.

Er sah dabei ein bisschen aus wie Gollum, der seinen Ring ansah und meinen Körper überkam eine Gänsehaut. Am liebsten hätte ich mir meine fröstelnden Arme gerieben. Dieser Typ widerte mich jetzt schon aufs Äußerste an.

Für seinen Kommentar erhielt er von allen Jungs einen Todesblick, der mehr sagte, als tausend Worte und vor allem Dylan wirkte plötzlich extrem angespannt. Er wollte gerade den Mund aufmachen, um etwas zu erwidern, als ich ihm dazwischen fiel. Ich konnte mich immer noch selbst verteidigen.

»Das *Zuckerpüppchen* legt keinen Wert darauf, so einem Idioten wie dir vorgestellt zu werden. Versuche du erst mal, deinen Testosteronspiegel zu kontrollieren und zu lernen, wie man mit Mädchen anständig redet.« Ich lächelte ihn falsch an und sah mit Vergnügen, wie sein Grinsen entgleiste. Von den anderen erhielt ich dafür bewundernde Blicke.

»Das ist Valerie, wie sie leibt und lebt«, grinste Ace stolz.

Doch auch wenn ich den komischen Freund der Jungs gerade ordentlich zusammengefaltet hatte, fühlte ich mich in seiner Gegenwart immer noch unwohl, weshalb ich mich umdrehte und zur Küche lief. Ich wollte einfach seinen stechenden stahlgrauen Augen entkommen, die auf meinem Körper förmlich brannten.

Während ich den Rückzug antrat, hörte ich noch, wie Dylan den anderen Typen anzischte: »Lass deine dreckigen Finger von ihr, oder du bist die längste Zeit zeugungsfähig gewesen. Und starre ihr nicht so auf den Arsch!«

Ein kleines Grinsen machte sich auf meinem Gesicht breit. War Dylan Campbell gerade etwa eifersüchtig? Wegen mir? Doch so plötzlich, wie der Gedanke gekommen war, verschwand er auch wieder. Auch wenn Dylan mich vielleicht beschützen wollte, eifersüchtig war er bestimmt nicht, denn wie er es gestern doch so treffend ausgedrückt hatte – wir waren nur Freunde und dieser Gedanke versetzte mir einen unangenehmen Stich. Es tat weh zu wissen, dass Dylan nicht dasselbe für mich empfand, was ich für ihn empfand. Das machte mich traurig und wütend zugleich.

Selbst als ich in der Küche angekommen war, konnte ich noch die angespannte Stimmung im Wohnzimmer spüren, aber das war mir jetzt egal, wo ich aus der Schusslinie war. Ich hatte Hunger und nur das zählte.

Nachdem ich den Kühlschrank nach essbaren Sachen inspiziert hatte, begann ich, mir Pancakes zu machen und beschloss, auch welche für die Jungs mitzubacken. Summend goss ich den Teig in die Pfanne und beobachtete, wie er sich nach und nach goldbraun färbte. Nach einiger Zeit hörte ich, wie jemand die Küche betrat, drehte mich aber nicht um, da ich zu sehr mit den Pancakes beschäftigt war. Wahrscheinlich war es eh nur Ace, der von dem Geruch hergelockt worden war.

Hätte ich mich doch nur umgedreht …

Plötzlich spürte ich zwei Hände auf meinen Hüften, die sich unter mein T-Shirt schoben. Und es waren nicht Dylans Hände, das erkannte ich sofort. Während Dylans Hände immer angenehm warm waren, waren die Pranken dieser Person feuchtkalt.

»Hey, Zuckerpüppchen«, raunte er mir ins Ohr, woraufhin mir eine Gänsehaut über den Rücken lief.

Mein Verdacht hatte sich gerade bestätigt – der gruselige junge Mann von eben machte sich tatsächlich an mich heran. Hektisch drehte ich mich um, mit dem Pfannenwender bewaffnet und blickte direkt in die kalten, grauen Augen von diesem perversen Typen.

»Lass mich los«, zischte ich ihn an und fuchtelte wie wild mit dem Pfannenwender in der Luft herum.

Er wich tatsächlich ein paar Schritte zurück und hob abwehrend die Hände. »Na, na, wer wird denn gleich überreagieren?«, fragte er mit einem ekligen, schmierigen Grinsen auf den Lippen.

»Halte dich verdammt nochmal von mir fern!«, setzte ich zu einem Schrei an, doch ich wurde schnell von meinem Gegenüber unterbrochen.

»Sei still!«, knurrte mein Peiniger und drückte mir seine Hand auf den Mund, um meinen Schrei zu ersticken, bevor er überhaupt hörbar wurde.

Angsterfüllt schlug ich um mich, denn ich kriegte kaum noch Luft, da er mir durch seine riesige Hand alle Atemwege zuhielt. Seine andere Hand hatte der Typ wieder an meine Hüfte gelegt und zog mich daran langsam in Richtung der Vorratskammer. Ich wehrte mich zwar mit Händen und Füßen, aber er war einfach stärker. Langsam breitete sich wirklich Panik in mir aus, ich wollte gar nicht wissen, was dieser Typ mit mir vorhatte.

»Ganz ruhig. Ich werde dir gleich schon zeigen, wer der Boss ist!«, zischte er mir ins Ohr.

Wieso hörten die anderen Jungs denn bloß nichts, waren die plötzlich taub geworden? Ich musste mich irgendwie bemerkbar machen!

Suchend sah ich durch den Raum und blieb mit den Augen an der Arbeitsplatte neben dem Herd hängen. Dort standen mehrere Pfannen und Töpfe – wie gut, wenn man nicht aufräumte. Mit meinem rechten Arm erreichte ich noch knapp eine Pfanne, die ganz am Rand stand. Ich holte aus und zog sie meinem Angreifer über den Kopf. Er taumelte zurück und ich konnte endlich wieder frei atmen. Japsend schnappte ich nach Luft.

Nun hörte ich auch endlich Schritte heraneilen und kurz darauf standen Dylan, Jase, Ace und Luke im Raum.

»Was zur Hölle ist denn hier passiert?«, fragte Luke entsetzt, als er einen Blick auf die Szene warf.

Ich stand immer noch, mit einer Bratpfanne bewaffnet in der Hand, da und zitterte am ganzen Körper, während der blonde Perversling sich auf dem Tisch aufstützte und mit der anderen Hand den schmerzenden Kopf hielt.

»Das würde ich auch gerne wissen!« Dylan funkelte seinen gestörten Freund wütend an.

Dann ging er zu mir rüber. »Alles okay bei dir?«, fragte er besorgt.

»Ja klar, alles okay. Ich meine, es macht schon Spaß, von irgendeinem fremden Typen begrapscht zu werden. Außerdem lege ich auch keinen großen Wert auf Atmen und es macht mir deshalb auch nichts aus, wenn mir alle Atemwege zugehalten werden und ich an den Haaren in die Vorratskammer gezogen werde. Wie gesagt, alles okay.« Meine Stimme triefte nur so vor Ironie und auch, wenn Dylan und seine Freunde nichts für die Situation direkt konnten, hätten sie definitiv schon früher misstrauisch werden können.

Jetzt standen sie jedoch alle vor mir und starrten mich aus fassungslosen Gesichtern an. Sie brauchten wohl erst eine Sekunde, um zu realisieren, dass ich im Nachbarraum gegen meinen Willen sexuell belästigt worden war, während sie drüben ihren Kaffeeklatsch gehalten hatten. Aber dann kam Leben in sie und ehe ich mich versah, stand Dylan vor diesem Arschloch und ließ seine Faust in sein Gesicht krachen. Normalerweise hätte ich ihn jetzt gestoppt, aber bei diesem Typen war es mir egal.

Ich verließ stattdessen einfach den Raum und ging in mein Zimmer – ich wollte nicht zusehen, wie Dylan, Ace, Luke und Jase diesen erbärmlichen Typen fertigmachten, ich wollte niemanden mehr sehen! Auch wenn er mich kaum berührt hatte, fühlte ich mich so dreckig und benutzt, als könnte ich immer noch seine kalte Pranke auf meiner Hüfte spüren.

Hätte ich mich nur früher umgedreht, wäre ich nur früher misstrauisch geworden, dann wäre das alles nicht passiert. Im Endeffekt war ja auch nicht wirklich etwas passiert, aber trotzdem verspürte ich tief in meinem Inneren eine gewisse Scham, die einfach nicht fortweichen wollte. Wahrscheinlich stand ich immer noch unter Schock.

Aber anscheinend war mir noch nicht mal der Wunsch nach Ruhe gewährt, denn schon nach wenigen Schritten war mir Ace auf den Fersen. »Valy, warte«, rief er mir nach und hielt mich an meinem Handgelenk fest.

Aufgebracht wirbelte ich zu ihm herum. »Was?«, fauchte ich ihn an, doch er nahm mich einfach in den Arm.

»Es tut mir so verdammt leid, wir haben dich echt nicht gehört. Aber ich verspreche dir, dass dieser Typ nie wieder in deine Nähe kommen wird. Dafür werden wir sorgen«, meinte er mit Nachdruck.

Auch wenn ich wusste, dass niemand mir garantieren konnte, dass ich meinem Peiniger nie wieder begegnen würde, hatten Ace' Worte doch eine beruhigende Wirkung auf mich. Deshalb schluckte ich schwer und nickte einmal, bevor ich mich aus seiner Umarmung löste.

»Komm, wir gehen hoch, die anderen kommen gleich nach«, schlug Ace vor.

Ich nickte nur zustimmend. In meinen Gedanken war ich immer noch in der Küche mit diesem Perversling. Trotzdem war ich froh, dass Ace nicht vorschlug, die Polizei zu rufen, denn ich wollte diese Szene am liebsten einfach nur vergessen und mit niemanden darüber reden müssen – das war keine Sache, die ich gerne an die Öffentlichkeit tragen würde, auch nicht an die Polizei. Die Jungs würden das schon auf ihre Art und Weise regeln.

Mit großen Schritten folgte ich Ace die Treppe hinauf. »Wie heißt dieser Typ eigentlich?«, fragte ich ihn dabei ganz beiläufig. Auch wenn ich diesen Mann hoffentlich nie wieder in meinem Leben sehen müsste, wäre es bestimmt trotzdem nicht schlecht, wenigstens etwas über ihn zu wissen.

»Mike.«

Mike also. Ein so unschuldiger Name für einen absolut abstoßenden Menschen.

»Und woher kennt ihr *Mike*?«, fragte ich weiter. Eigentlich traten Dylan und seine Freunde immer nur als Vierergruppe auf, weshalb ich mich wunderte, wo sie diesen komischen Typen aufgegabelt hatten.

»Das spielt keine Rolle!« Ace' Stimme klang scharf, wodurch die Sache für mich nur noch interessanter wurde.

»Komm schon Ace, das seid ihr mir jetzt schuldig«, bettelte ich weiter.

»*Nein!*«, tönte es durch den Raum. Aber es war nicht Ace, der antwortete, sondern eine Stimme hinter mir.

Ich drehte mich um und sah direkt in Dylans grün leuchtende Augen.

»Du wirst diesen Typen eh nie wiedersehen, also hör auf zu fragen.«

Dylan sah mich mit einem Blick an, der keine Widerrede duldete. Ich zog daraufhin beleidigt einen Schmollmund und verschränkte trotzig die Arme vor der Brust.

»Glaub mir, es ist besser so«, versuchte Jase mich zu besänftigen.

»Ihr erzählt mir nie etwas! Ihr habt mir ewig nicht erzählt, wieso ihr Nick so sehr hasst und jetzt erzählt ihr mir nicht, wer Mike ist? Was soll das? Glaubt ihr, ich kann keine Geheimnisse behalten? Ganz ehrlich, ich könnt mich alle mal!«

Wieso behandelten mich hier alle wie ein Kleinkind? Das war doch echt zum Verrücktwerden!

Frustriert stand ich von meinem Bett auf und lief mit schnellen Schritten Richtung Tür. Doch Dylan reagierte ebenso schnell und versperrte mir den Weg.

»Geh zur Seite!«, zischte ich wütend und versuchte ihn beiseite zu schieben. Er sah mich aber nur mit einer hochgezogenen Augenbraue abschätzig ab. Dadurch provozierte er mich absichtlich noch mehr.

»Geh zur Seite, *Arschloch*!«

Langsam platzte mir echt der Kragen, aber auch Dylan funkelte mich jetzt böse an. Ich wusste, dass er respektloses Verhalten auf den Tod nicht ausstehen konnte, aber das war mir im Moment herzlich egal.

»So redest du nicht mit mir«, schoss er auch sogleich zurück. Seine Stimme hatte dabei einen bedrohlichen Unterton angenommen und er kam auf mich zu. Ich wich aber nicht zurück, sodass nur noch weniger als zwanzig Zentimeter Platz zwischen uns waren.

»Ich rede mit dir, wie ich will.« Störrisch hob ich mein Kinn in die Höhe. Das hier war gerade einfach ein richtiges Déjà-vu, bis auf den Umstand, dass ich mich dieses Mal nicht von ihm einschüchtern lassen würde.

»Hatten wir das nicht schon mal?«, fragte nun auch Dylan. Er machte noch einen Schritt auf mich zu, wodurch er jedoch die Tür endgültig freigab.

Ich nutzte die Gelegenheit und rannte an ihm vorbei, durch die Tür und direkt ins gegenüberliegende Bad hinein. Dort schloss ich hektisch ab und ließ mich erschöpft auf den Boden sinken. Meine Brust hob und senkte sich dabei schnell, weil meine Atmung durch die ganze Aufregung und den kleinen Sprint so flach war.

Kurz darauf hörte ich auch schon Schritte draußen und vernahm Dylans Stimme. »Ich kann warten«, meinte er nur.

Und das tat er. Er wartete bestimmt über eine Stunde vor der Badezimmertür, die anderen Jungs hatten sich mittlerweile längst verabschiedet. Wenigstens hatte er sein Handy, während ich hier einfach rumsaß und mich langweilte. Naja, es war meine eigene Dummheit gewesen, ausgerechnet ins Bad zu laufen. Aber ich war auch zu stolz, um einfach aufzuschließen und herauszugehen. Das würde nämlich einen Sieg für Dylan bedeuten und dieses Mal würde ich sturer als er sein.

Irgendwann hörte ich aber zum Glück, wie sich seine Schritte entfernten. Ich wartete noch kurz und schloss dann vorsichtig auf. Nachdem ich geguckt hatte, ob die Luft rein war, eilte ich rüber in mein Zimmer. Ich schloss die Tür mit dem Rücken zum Raum und atmete dann erleichtert auf.

»Ich glaube, wir müssen reden«, ertönte eine Stimme hinter mir, bei der mir jegliches Blut in meinen Adern gefror. Panisch drehte ich mich um und blickte direkt in Dylans grüne Augen.

Kapitel 18

Dylan saß auf meinem Bett und legte nun sein Handy zur Seite, das er bis eben in der Hand gehalten hatte. Er sah mir fest in die Augen und ich hielt seinem Blickkontakt stand. Ein weiterer Fluchtversuch würde noch weiter an meinem Niveau kratzen und ich wusste auch, dass Dylan den größeren Dickkopf von uns hatte. Also blieb ich einfach an der Tür stehen und lieferte mir mit ihm ein Blickduell.

»Ach, willst du mir jetzt vielleicht doch sagen, wer Mike ist?«, fragte ich höhnisch lachend.

»Nein«, antwortete Dylan kühl.

Ich zog irritiert eine Augenbraue hoch, worüber wollte er denn sonst reden? »Und worüber willst du dann reden?«, hakte ich genervt nach. Wenn er sich nicht für sein Verhalten von eben entschuldigte oder mir sagte, wer Mike war, konnte er von mir aus direkt wieder gehen.

»Mike ist gefährlich, deshalb ist es besser, wenn du so wenig wie möglich über ihn weißt. Es ist nur wichtig, dass du weißt, dass er verdammt gefährlich ist. Du musst mir in dieser Angelegenheit einfach vertrauen«, meinte Dylan, ohne auf meine Frage einzugehen.

Dann stand er von meinem Bett auf, wo er bis eben gesessen hatte und kam auf mich zu. *Einfach vertrauen* – pahh, dass ich nicht lachte. Das war so schnell dahingesagt, aber wieso sollte ich Dylan bitte *einfach vertrauen*, wenn ich das Gefühl hatte, dass er mir wichtige Details in dieser Sache vorenthielt? Irgendetwas war hier gewaltig faul, das spürte ich.

»Wieso erzählst du mir nicht einfach, wieso Mike so gefährlich ist? Und warum sind überhaupt alle möglichen Typen in deiner Nähe gefährlich für mich? Ich verstehe es nicht.«

Ich schüttelte ungläubig den Kopf und stieß ein verächtliches Schnauben aus, doch Dylan ließ das offensichtlich kalt.

»Glaub mir, es ist besser so«, war das Einzige, was von ihm zurückkam und damit war das Thema für ihn scheinbar gegessen. Und mal wieder hatte er auf keine meiner Fragen geantwortet …

War eine Konversation nicht eigentlich so aufgebaut, dass mehrere Personen miteinander redeten und aufeinander eingingen? Anscheinend nicht mit Dylan. Wieso verging eigentlich kein Tag, ohne dass wir uns stritten? Zwischendurch verstanden wir uns immer so gut, aber dann gerieten wir immer wieder wegen irgendwelcher Kleinigkeiten aneinander.

»Versprich mir, dass du wegen Mike und Nick aufpasst«, fügte der braunhaarige Junge dann noch hinzu, doch ich verschränkte nur trotzig die Arme vor der Brust.

Ich konnte es nicht ausstehen, dass er sich aufführte, als wäre er mein Erziehungsberechtigter. Klar, nachdem ich wusste, was Nick dieser Familie angetan hatte, würde ich mich etwas von ihm distanzieren, aber es regte mich auf, dass Dylan mir einfach nicht sagte, was mit Mike los war. Wenn dieser Typ so gefährlich war, sollte Dylan mir einfach die Wahrheit über ihn sagen!

»Ja ja, ich pass schon auf, *Mami*«, antwortete ich ironisch und verdrehte genervt die Augen.

Dylan wollte etwas erwidern, doch sah ein, dass es keinen Sinn ergab. Wenn er nicht bereit war, mit mir zu reden, war ich es umgekehrt auch nicht!

»Ich gehe jetzt zum Training, also bist du erst mal alleine zu Hause«, meinte er dann und schob sich vorbei an mir, in Richtung der Tür.

Erst überlegte ich, ihn einfach zu ignorieren, aber dann raffte ich mich schließlich doch auf. »Was für einen Sport machst du?«, fragte ich ihn. Vielleicht sorgte dieser Themenwechsel ja dafür, dass wir uns heute nicht nochmal an die Kehle gingen.

»Freerunning, aber heute gehe ich nur ins Fitnessstudio«, erklärte Dylan mir. Auch er wirkte jetzt wieder etwas ruhiger und friedlicher.

Überrascht blickte ich Dylan an. Freerunning hatte mich schon immer begeistert, auch wenn ich da selbst absolut talentfrei war, aber ich hätte Dylan jetzt eher für den typischen Football Quarterback gehalten. Auch wenn ich es mir nach unserem Streit von eben am liebsten nicht eingestehen würde, machte sich eine gewisse Bewunderung in mir breit.

»Dann viel Spaß«, wünschte ich ihm zum Abschied, bevor er sich aus meinem Zimmer verzog.

Nachdem Dylan gegangen war, guckte ich wieder ein paar Folgen von Supernatural und schob mir eine Pizza in den Ofen. Danach telefonierte ich per Skype erst mit meiner Familie und anschließend mit Mia.

»Schön, dass du dich auch mal wieder meldest«, begrüßte sie mich gespielt beleidigt.

»Tut mir leid, aber in den letzten Tagen ist wirklich viel passiert«, entschuldigte ich mich bei ihr.

Und das war es – in einer Woche hier in Amerika passierte bei mir fast so viel, wie in einem ganzen Jahr in Deutschland und das war vor allem einer Person geschuldet.

»Okay, jetzt bin ich aber gespannt. Ist etwas mit deinem heißen Gastbruder passiert?«, traf es Mia auch direkt auf den Punkt. Sie guckte mich neugierig an und ich hörte, wie sie mit ihren Fingern ungeduldig auf dem Tisch trommelte.

»Ja, also … «, setzte ich an und erzählte ihr die Kurzfassung aller Ereignisse.

Nachdem ich geendet hatte, wartete ich auf ihre Reaktion.

Zuerst blieb Mia stumm, was für sie sehr untypisch war, da sie normalerweise ohne Punkt und Komma redete, aber dann entwich ihr ein: »Heilige Scheiße!«

Ich nickte bestätigend in die Kamera. »Du sagst es.«

»Am liebsten würde ich sofort zu dir nach Amerika fliegen und dich in den Arm nehmen. Aber weißt du, was ich machen kann? Ich werde Julian einen richtig fetten Tritt in seine nicht vorhandenen Eier verpassen!«, meinte sie aufgebracht, was mir ein Lachen entlockte.

Mia war einfach die Beste.

»Ganz ehrlich, da bist du mal nicht in meiner Nähe und schon wird dein Leben spannend und ich kann dir nicht mal helfen«, fügte sie dann frustriert hinzu.

»Heißt das, mein Leben war vorher langweilig?«, fragte ich entrüstet, dabei wusste ich die Antwort auf die Frage selbst.

»Ja«, antwortete Mia auch sogleich mit einem todernsten Gesichtsausdruck.

Dann prusteten wir beide vor Lachen los.

Mia und ich waren schon seit dem Kindergarten beste Freundinnen und wir konnten auch schon damals nie ernst sein. Einmal waren wir aus dem Kindergarten ausgebrochen und wurden dabei erwischt. Daraufhin sind wir ausgeschimpft worden, wobei wir aber die ganze Zeit lachen mussten, weshalb wir in die *Schäme-dich-Ecke* gehen mussten.

»Aber ganz ehrlich, ich glaube nicht, dass Dylan dich nur als Freundin sieht, da ist mehr. So wie du das beschrieben hast, wird er echt schnell eifersüchtig, wenn es um dich geht und versucht dich zu beschützen. Außerdem habt ihr euch fast geküsst. Und auch dass ihr euch immer streitet, ist ein Zeichen. Hass und Liebe liegen nah beieinander.«

Da hatte sie Recht. Manchmal hatte ich echt das Gefühl, dass Dylan auch mehr für mich empfand, aber dann ließ mich sein kaltes Verhalten wieder daran zweifeln, dass er mich überhaupt mochte und in dem Gespräch mit Ace hatte er mehr als deutlich gesagt, dass ich nur eine Freundin für ihn war. Außerdem erschien mir das alles so unwirklich, wieso sollte Dylan sich ausgerechnet in mich verlieben? So etwas passierte doch nur in Büchern. Erst hassten sich der Junge und das Mädchen, aber später kamen sie doch zusammen. Ich schüttelte den Kopf.

»Nein, ich glaube nicht, dass Dylan mich auf diese Art mag«, murmelte ich dann leise. Während ich diese Wörter aussprach, zog sich mein Herz zusammen und ich spürte ein schmerzhaftes Stechen in meinem Brustraum. Es auszusprechen war noch schlimmer, als es nur zu denken.

»Das werden wir noch sehen! Wenn ihr zusammenkommen solltet, kriege ich zwanzig Euro von dir«, verkündete Mia mit einem schelmischen Lächeln auf den Lippen.

»Von mir aus, aber die kriege ich dann auch von dir, wenn wir nicht zusammenkommen«, entgegnete ich.

Mia grinste nur weiter. »Die Wette gi-«, setzte sie an, doch brach mitten im Satz ab und starrte mit großen Augen und weit geöffnetem Mund hinter mich. »Ist er das?«, fragte sie dann.

Ich schaute mich um, aber eigentlich wusste ich schon wer dort stand. *Dylan.*

Ich nickte.

»Wow, Vale, da hast du ja total untertrieben, als du ihn mir beschrieben hast. Der ist ja mehr als heiß! Den musst du dir krallen… *Oh mein Gott*, ich glaube, ich habe noch nie so einen gutaussehenden Menschen gesehen, die deutschen Typen sind gegen den ja nichts. Ich wette, der ist richtig gut im Bett und-«

»Und du übertreibst total. Außerdem, wenn er dich verstehen könnte, würde sein eh schon viel zu großes Ego ins Unermessliche wachsen. Also pass auf, was du sagst«, unterbrach ich ihren Redeschwall. Wenn Mia aufgeregt war, mutierte sie immer zu einem sprechenden Wasserfall.

Als ich wieder zu Dylan guckte, sah er auch ziemlich verwirrt aus, schließlich verstand er kein einziges Wort, was wir hier sprachen.

»Ist das eine Freundin von dir?«, fragte er mich, nachdem er merkte, dass er meine Aufmerksamkeit hatte.

»Nicht nur eine, ich bin ihre *beste* Freundin«, stellte sich Mia selbst vor und wechselte ebenfalls ins Englische.

»Hi«, begrüßte Dylan sie und winkte in die Kamera. Dann wendete er sich wieder an mich. »Eigentlich wollte ich nur sagen, dass ich wieder da bin.«

»Das sehe ich«, antwortete ich nüchtern, ich war immer noch ein bisschen wütend auf ihn und das sollte Dylan ruhig merken.

»Okay, dann gehe ich mal wieder«, sagte er dann auch schon und war kurz darauf wieder verschwunden.

»Valerie, sei nicht so gemein zu ihm. Das hat er nicht verdient«, ermahnte Mia mich.

Bei ihren Worten lachte ich trocken auf. Ich war gemein zu Dylan? Wohl eher andersherum. Außerdem hatte er das sehr wohl verdient.

»Ich muss jetzt leider auflegen, ich muss jetzt langsam mal schlafen gehen. Also grüß deinen heißen Gastbruder von mir.« Mia zwinkerte mir einmal zu, woraufhin ich die Augen verdrehte.

»Du magst ihn jetzt schon mehr als mich, oder?«, fragte ich dann aber lachend.

»Ich weiß, er war ein Arschloch zu dir und das mehr als nur einmal und dafür hätte er auf jeden Fall eine fette Ohrfeige verdient, aber andererseits war er auch echt süß zu dir«, versuchte sie sich rauszureden.

Ja, sie mochte ihn eindeutig mehr als mich.

»Schon okay, ich merke schon, dass bald Dylan deine neue beste Freundin sein wird«, erwiderte ich gespielt beleidigt. »Dann mach es gut und grüß' deine Familie ganz lieb von mir.«

Mia nickte. »Mach ich.«

Dann legten wir auf.

Nachdem wir das Telefonat beendet hatten, lag ich noch eine ganze Zeit auf meinem Bett und versuchte meine Gedanken zu ordnen. Spielte Dylan nur mit mir? Waren wir nur Freunde oder mehr? Und was hatte es mit Mike auf sich? So viele Fragen schwirrten in meinem Kopf herum, auf die ich keine Antwort wusste und das machte mich verrückt.

Den restlichen Nachmittag versuchte ich mich mit Lesen und Seriengucken abzulenken und Dylans Gesellschaft zu meiden, bis es am frühen Abend an meiner Tür klopfte. »Herein«, sagte ich, auch wenn ich es immer noch nicht geschafft hatte, meine Gedanken vollständig zu sortieren und mich dementsprechend noch nicht wirklich bereit dazu fühlte, Dylan unter die Augen zu treten.

Dylan öffnete die Tür einen Spalt und streckte seinen Kopf hindurch. »Ich habe gekocht, kommst du zum Essen?«

Dylan und Kochen? Im ersten Moment glaubte ich, mich verhört zu haben, aber Dylan sah mich auffordernd an. Vielleicht hatte ich ihn ja etwas unterschätzt und er war doch in der Lage, auch ohne seine Eltern einen Haushalt zu führen.

»Ja, ich komme«, antwortete ich deshalb, um mich mit eigenen Augen davon zu überzeugen und stand von meinem Bett auf, um ihm in die Küche zu folgen.

Dort angekommen, verschlug es mir fast den Atem. Der Tisch war mit einer weißen Decke und edlem Porzellangeschirr gedeckt und in der Mitte waren zwei Kerzen platziert. *Wow.* Ich hatte Dylan für alles gehalten, wirklich alles, aber niemals für einen Romantiker. Aber offenbar hatte ich mich ein weiteres Mal in ihm getäuscht, in diesem Jungen steckte mehr, als man auf den ersten Blick vermutete.

Dylan und ich nahmen beide am Tisch Platz, wobei er es sich nicht nehmen ließ, meinen Stuhl für mich zurückziehen und an den Tisch zu schieben.

Dann räusperte er sich einmal. »Ich glaube, ich muss mich bei dir mal für mein Verhalten entschuldigen. Von Anfang an war ich echt ziemlich gemein zu dir. Ich könnte jetzt sagen, dass nett sein noch nie meine Stärke war, aber das wäre trotzdem keine Entschuldigung. Aber ich versuche wirklich, mich zu bessern. Ich werde mir echt Mühe geben, dich fair und nicht so überheblich zu behandeln. Aber in manchen Angelegenheiten musst du mir trotzdem einfach vertrauen, okay?«

Dylan sah mich ernst an und ich hielt seinem Blickkontakt stand, wobei ich jedoch der Versuchung widerstehen musste, mich in seinen grünen Augen zu verlieren.

Ich hatte echt lange auf eine Entschuldigung seinerseits gewartet und die Hoffnung beinahe aufgegeben, deshalb freute ich mich jetzt umso mehr. Dylan versuchte echt sein Bestes, sich wieder mit mir zu vertragen und deshalb konnte ich ihm einfach nicht länger böse sein. Ein leichtes Lächeln schlich sich auf meine Lippen und mir wurde ganz warm ums Herz, als Dylan dieses Lächeln erwiderte.

»Okay«, antwortete ich ihm.

Dann begannen wir zu essen und sprachen dabei unbefangen über Gott und die Welt. Das war eine Sache, die ich so an Dylan schätzte. Man konnte mit ihm über alles reden, ohne dass er einen verurteilte, sondern er hörte einfach zu und versuchte zu verstehen. Nach dem Essen wuschen wir noch gemeinsam ab, wobei wir eigentlich gar kein schlechtes Team abgaben. Dylan spülte und ich trocknete ab. Eigentlich besaßen die Campbells auch eine Spülmaschine, aber wir hatten vergessen, sie gestern durchlaufen zu lassen und jetzt war sie völlig überfüllt.

»Hast du Lust, gleich zusammen einen Spaziergang mit Berry zu machen?«, fragte Dylan mich, während er einen Teller abwusch.

»Klar«, antwortete ich und nickte zur Bestätigung. Die gemeinsamen Spaziergänge mit Dylan und Berry waren für mich jedes Mal etwas Besonderes.

Nach dem Aufräumen zogen wir uns auch sogleich an und liefen los.

»Wo gehen wir hin?«, fragte ich Dylan verwirrt, als er einen anderen Weg als sonst einschlug.

»Wirst du schon sehen«, kam es von dem braunhaarigen Jungen zurück.

Ich schüttelte den Kopf, präziser ging es wohl kaum.

So blieb mir nichts anderes übrig, als Dylan ahnungslos zu folgen. Wir liefen einen Feldweg entlang und kamen schließlich an ein Waldstück. Aber das war immer noch nicht Dylans Ziel, denn wir liefen den steinigen Pfad noch weiter entlang. Schließlich erreichten wir einen See, der ringsum von Bäumen umgeben war. Der dichte Bewuchs um das Wasser herum brach das Licht etwas, doch trotzdem spiegelte sich der Sonnenuntergang im See wider und kreierte eine magische Atmosphäre. Eine Gänsehaut überkam mich, hier war es einfach nur wunderschön. In diesem Moment griff Dylan nach meiner Hand und zog mich auf den Steg. Er setzte sich an den Rand, um seine Beine baumeln zu lassen und ich tat es ihm nach. Berry legte sich hinter uns und wartete geduldig.

»Es ist wunderschön hier«, flüsterte ich andächtig, als hätte ich Angst, durch lautes Reden die magische Atmosphäre zu zerstören.

»Ich weiß. Das hier ist mein Lieblingsplatz.« Dylan schluckte und lehnte sich etwas zurück, um das Wasser besser betrachten zu können. »Hier war ich früher auch oft mit Sarah.«

Ich wusste nicht, was ich auf dieses Geständnis antworten sollte, deshalb sagte ich einfach nichts, sondern legte nur einen Arm um seine Schulter. Mein Gefühl sagte mir, dass es Dylan viel mehr bedeutete, wenn ich einfach für ihn da war, als ihn mit Fragen und Mitleidsbekundungen zu überhäufen. Auch er legte einen Arm um mich und so saßen wir da, bis die Sonne vollkommen hinter den Baumwipfeln verschwunden war.

Kapitel 19

Am nächsten Morgen wurde ich von mehreren fliegenden Kissen ruppig aus dem Schlaf gerissen. »Du hast verschlafen. Also falls du heute noch in die Schule willst, musst du dich beeilen«, rief Dylan, der im Türrahmen stand und mit zwei weiteren Kissen bewaffnet war.

Unter wilden Flüchen stand ich auf und rannte hektisch ins Bad. Für Duschen hatte ich heute definitiv keine Zeit, deshalb musste eine kurze Katzenwäsche reichen. Zurück in meinem Zimmer zog ich mir schnell einen grauen Hoodie und eine Jeans an, dann sprintete ich mit meiner Tasche unterm Arm die Treppe runter.

Total abgehetzt kam ich unten in der Küche an, wo Dylan ganz entspannt am Tisch saß und sein Frühstück aß.

»Wir müssen los, beeil dich!«, forderte ich ihn auf. Eben hatte er mir noch so einen Druck gemacht und jetzt saß er hier seelenruhig am Frühstücken.

Doch anstatt sich zu beeilen, brach Dylan in Gelächter aus.

»Ich verstehe nicht, was daran so lustig sein soll«, zischte ich böse. Mich so aus dem Schlaf zu reißen und sich dann noch über mich lustig zu machen, war für mich am frühen Morgen zu viel.

»Du hast noch auf keine Uhr geguckt, oder?«, fragte mich Dylan daraufhin zwischen seinen Lachkrämpfen.

»Nein.« *Er hatte doch nicht …*

In einer bösen Vorahnung holte ich mein Handy heraus und blickte auf die Bildschirmuhr. 06:49 Uhr stand dort. Ich hatte kein bisschen verschlafen!

»Du mieses Arschloch! Ich bringe dich um«, schrie ich wütend und funkelte Dylan aus zusammengekniffenen Augen an. Der konnte sich auf etwas gefasst machen!

Ich wollte mich gerade auf ihn stürzen, da rannte er kichernd vor mir weg. Selbst unter größten Mühen gelang es mir nicht, ihn einzuholen, er war dafür einfach zu schnell.

»Okay, okay du hast gewonnen. Eigentlich war das ja auch ganz lustig«, gab ich mich scheinbar geschlagen. Ich hatte beschlossen, meine Taktik zu wechseln, denn ich würde Dylan niemals einholen.

Dylan blieb bei meinen Worten überrascht stehen und schaute mich skeptisch an. Er schien mir nicht zu trauen. Zu Recht! Aber Rache war süß, deshalb hatte ich beschlossen, jetzt so zu tun, als ob alles gut wäre und es ihm später noch richtig heimzuzahlen.

»Ich mache mich jetzt noch einmal in Ruhe fertig«, erklärte ich ihm deshalb und lief wieder nach oben. Während ich jetzt doch eine Dusche nahm, dachte ich die ganze Zeit über meine Rache nach und feilte an meinen Plänen. Als ich wieder aus der Dusche stieg, grinste ich zufrieden – ich hatte die perfekte Racheidee.

»So, ich bin fertig, wir können los«, verkündete ich Dylan, als ich wieder unten war.

Der große, braunhaarige Junge stand von seinem Stuhl auf und folgte mir mit gehörigen Sicherheitsabstand zu seinem Auto – er schien dem Frieden offensichtlich nicht zu trauen. Wir stiegen ein und fuhren zur Schule, wo wir tatsächlich total pünktlich ankamen.

»Dann bis später«, verabschiedete ich mich von Dylan und lief zu Lucy, die bereits auf mich wartete, während er zu seinen Freunden ging.

»Na, wie war es auf Nicks Party?«, fragte sie mich gespannt, nachdem wir uns zur Begrüßung umarmt hatten.

Oh stimmt, Nick hatte ich in all der Aufregung des Wochenendes schon völlig vergessen.

»Ich war nicht da, mir ging es plötzlich auch nicht so gut, deshalb hat Dylan mich nicht gehen lassen«, antwortete ich, da mir auf die Schnelle nichts Besseres einfiel.

Ich hatte echt ein schlechtes Gefühl dabei, Lucy anzulügen, aber die Wahrheit konnte ich ihr wohl kaum erzählen, denn ich wollte nicht das Verhältnis zwischen ihr und Nick belasten. Und dass Dylan mich nicht gehen lassen wollte, war zumindest die Wahrheit.

»Oh, das ist ja schade. Guck, da kommt er sogar«, meinte sie zu mir und winkte Nick zu, der gerade über den Schulhof auf uns zukam.

Nur mit Mühe konnte ich einen verzweifelten Fluch unterdrücken, als ich ihn erblickte. Bis eben hatte ich noch gehofft, Nick aus dem Weg gehen zu können, aber mein Schicksal schien mir nicht wohlgesonnen zu sein.

»Hi«, begrüßte Nick uns und zog uns nacheinander in eine kurze Umarmung. Auch wenn es nur eine leichte Berührung war, breitete sich in meinem Bauch augenblicklich ein flaues Gefühl aus. In meinen Augen war Nick zwar kein Mörder, aber trotzdem war er für Sarahs Tod verantwortlich. Ich wusste echt nicht, wie ich ihm mit diesem Wissen begegnen sollte.

Als Nick mich wieder losließ, betrachtete er mich auf eine Weise, die mich schon ahnen ließ, was mich jetzt erwarten würde. Und natürlich kam die Frage, die kommen musste: »Wieso warst du am Samstag nicht da?«

Nick sah mich erwartungsvoll an und ich wollte ihm schon die gleiche Lüge, wie ich sie eben erst Lucy erzählt hatte, auftischen, doch da sprang diese schon für mich ein. »Ihr ging es nicht so gut.«

Eine Welle der Erleichterung durchflutete mich, wenn eine Freundin es sagte, klang es gleich viel glaubwürdiger. Gleichzeitig verstärkte sich aber auch mein schlechtes Gewissen, dass ich Lucy nicht die Wahrheit erzählt hatte.

»Schön, dass es dir wieder besser geht«, antwortete Nick darauf und es klang wirklich aufrichtig.

Ich ließ meinen Blick unauffällig über ihn gleiten und dachte dabei an Dylans Worte. Irgendwie konnte ich Nick einfach nicht hassen. Er hatte mir nichts getan, sondern war wirklich nett zu mir, aber ich konnte auch nicht so tun, als wäre alles normal. Wieso musste alles bloß so kompliziert sein?

Zum Glück klingelte es in diesem Augenblick zum Unterrichtsbeginn und wir liefen zu dritt ins Gebäude. Dort trennten Lucy und ich uns von Nick und gingen zu unserem Raum, denn wir hatten jetzt wieder Erdkunde zusammen.

»Ist alles okay zwischen dir und Nick?«, erkundigte Lucy sich vorsichtig und runzelte irritiert die Stirn.

Sie hatte echt ein wahnsinnig gutes Gespür für solche Situationen – aber was sollte ich auf ihre Frage antworten? Es war definitiv nicht okay, sondern unglaublich kompliziert. Am liebsten hätte ich ihr alles, was Dylan mir an dem Abend erzählt hatte, weitergesagt, aber das war nicht meine Geschichte und ich hatte kein Recht, sie weiter zu erzählen.

»Naja, nicht wirklich. Zwischen Dylan und Nick gab es mal so einen Vorfall, deshalb ist Dylan nicht besonders gut auf ihn zu sprechen. Jetzt hat er mir von diesem Vorfall erzählt und ich habe keine Ahnung mehr, wie ich Nick begegnen soll«, entschied ich mich deshalb für eine möglichst allgemeine Antwort.

»Deshalb hat Dylan dich auch nicht zu Nicks Party gelassen?«, schlussfolgerte Lucy und ich nickte bestätigend.

»Was soll ich denn jetzt machen?« Ich sah Lucy verzweifelt an.

»Glaub mir, so schwer es dir auch fallen mag, ihr müsst darüber reden. Sonst hat Nick keine Ahnung, was er bei dir falsch gemacht haben soll und du musst ihm noch ein Jahr aus dem Weg gehen«, erklärte sie.

Bei ihr klang alles immer so einfach und logisch, während bei mir im Kopf das reinste Chaos herrschte. Aber sie hatte Recht: Ich musste mit Nick reden und das am besten so bald wie möglich.

Ich dachte noch die ganzen restlichen Schulstunden darüber nach, was ich bei dem Gespräch mit Nick am besten sagen sollte, als es endlich zur Mittagspause klingelte. Die Schüler begannen hektisch ihre Sachen zusammenzupacken und aus dem Raum zu stürmen, um möglichst als Erstes in der Cafeteria zu sein und so die langen Schlangen zu umgehen. Lucy und ich nahmen uns hingegen etwas mehr Zeit und verließen als Letzte den Raum. Wir ließen uns von den Schülermassen in Richtung der Cafeteria treiben und unterhielten uns dabei angeregt über die neueste Staffel Stranger Things, die gerade herausgekommen war. Vollkommen in das Gespräch vertieft, betrat ich durch die große Glastür die Mensa, als Lucy mir hektisch ihren Ellenbogen in die Seite zu stoßen begann.

»Was ist das denn?«, staunte sie mit großen Augen und blickte zur Decke.

Ich folgte ihrem Blick und da sah ich es selbst ... An der Decke der Cafeteria war ein riesiges Banner befestigt, auf dem stand:

Valerie, rockst du den Prom zusammen mit mir?

Nein, nein, nein, das konnte doch jetzt nicht Dylans Ernst sein! Er konnte mich doch nicht einfach vor der versammelten Schule um eine zweite Chance bitten und so die Aufmerksamkeit aller auf uns ziehen.

Ein flaues Gefühl breitete sich in meinem Bauch aus, doch es sollte noch schlimmer kommen. Plötzlich hörte ich Musik aus einem Lautsprecher ertönen und sah, wie Dylan, Ace, Luke und Jase im nächsten Moment um die Ecke bogen. Es fehlte nur die Slow Motion wie in Filmen, dann wäre dieser Moment nicht mehr an Klischees zu toppen gewesen. Ace stellte den Lautsprecher am Rand des Saals ab und die Jungs gingen in Position.

Mich überkam eine böse Vorahnung, was gleich passieren würde und am liebsten wäre ich jetzt schon im Boden versunken. Als die vier dann wirklich zu tanzen anfingen, wünschte ich mir einfach nur noch, unsichtbar zu werden. Doch während sich mir vor Unwohlsein fast der Magen umdrehte, schienen sich die Jungs hingegen noch nicht mal zu schämen.

Mittlerweile hatten sich so ziemlich alle Schüler der Schule in der Mensa versammelt und sahen zu, wie Dylan, Ace, Luke und Jase sich zum Affen machten, was die Situation für mich nicht besser machte. Ich wollte gar nicht wissen, wie rot meine Wangen angelaufen sein mussten. Dabei war die Choreographie der Jungs echt ziemlich gut.

Sie tanzten eine Mischung aus Breakdance und Hip-Hop zu einem Remix, den sie wahrscheinlich selbst zusammengestellt hatten. Er endete in dem Lied *Shut Up and Dance* von WALK

THE MOON. Ace, Luke und Jase hörten bei den ersten Klängen des Songs auf zu tanzen und liefen an den Rand, sodass jetzt nur noch Dylan dastand.

Er kam mit großen Schritten auf mich zu und spätestens jetzt richteten sich die Augen unserer Mitschüler auch auf mich. Einige wirkten neidisch, andere verwirrt, wieder andere bewundernd – alles war da dabei.

Ich hingegen wünschte mir einfach nur noch, zu verschwinden. Aber nein, auch nachdem ich einmal kurz meine Augen geschlossen hatte, verschwand ich nicht auf magische Weise durch ein Loch im Boden, sondern stand immer noch hier in der Mensa, in dieser Menschenmenge zusammen mit Dylan. Viele Leute hatte ihre Handys herausgeholt, um das Spektakel zu filmen und auch die quietschende Lucy neben mir war keine große Hilfe.

Dylan war nun vor mir angekommen und zog eine Rose hinter seinem Rücken hervor. Er sah mir direkt in die Augen, dann begann er zu sprechen: »Valerie, gibst du mir noch eine zweite Chance?«

Plötzlich war es mucksmäuschenstill. Man hätte eine Stecknadel fallen hören können und alle Augen lagen gebannt auf uns, aber trotzdem hatte ich das Gefühl, als gäbe es mit einem Mal nur noch uns beide. Nur noch Dylan und mich. In diesem Augenblick waren all die Menschen um uns herum vergessen und mein Herz fühlte sich so an, als würde es gleich explodieren, die Scham von eben war vollkommen verschwunden. Das, was Dylan dort gerade für mich gemacht hatte, war echt einzigartig gewesen und bewies, dass ihm wirklich etwas an mir lag. Noch nie hatte jemand etwas so Schönes für mich getan – ich war völlig überwältigt.

Aus glasigen Augen sah ich Dylan an und er hob eine Hand, um mir vorsichtig eine Träne aus dem Auge zu wischen. Ich hatte gar nicht bemerkt, dass ich jetzt auch noch vor Rührung weinte.

»Ja«, hauchte ich dann. Zu mehr war ich in diesem Moment einfach nicht in der Lage.

Ich sah, wie sich daraufhin ein Grinsen über Dylans Gesicht schlich. Dann hob er mich an der Hüfte hoch und wirbelte mich durch die Luft. Alle Zuschauer klatschten und es fielen auch einige Pfiffe. Doch das war nichts im Vergleich zu dem Gefühl, das ich verspürte! Ich fühlte mich gerade wie im siebten Himmel, als würde mein Körper vor Glück gleich platzen. Es fehlte nur noch, dass Dylan mich küsste, um alles perfekt zu machen.

Schließlich ließ mich der braunhaarige Junge wieder sanft auf dem Boden ab und sah mir dabei fest in die Augen. Er hatte immer noch eine Hand um meine Hüfte gelegt und zog mich mit dieser nun sanft zu sich heran. Allein diese Berührung reichte dazu aus, dass meine Knie weich wurden und sich ein angenehmes Kribbeln in meinem Bauch auslöste. Noch nie hatte ich mich so sehr nach einem Kuss gesehnt, wie in diesem Moment. Doch anstatt mich endlich zu küssen, lockerte Dylan noch einmal den Griff um meine Hüfte, wie um mir die Möglichkeit zu geben, zurückzuweichen. Aber das wollte ich nicht, ich wollte nur eines. Ich wollte Dylan Campbell jetzt verdammt nochmal küssen!

Als ich nicht zurücktrat, legte Dylan seine andere Hand endlich in meinen Nacken und beugte sich langsam zu mir runter. *Zu langsam.* Ihm machte es sichtlich Spaß, mich so auf die Folter zu spannen.

Ich griff deshalb kurzerhand selbst in seinen Nacken und zog ihn zu mir herunter, um endlich die Lücke zwischen unseren Lippen zu schließen. Als unsere Lippen schließlich aufeinandertrafen, war es, als würde ein Feuerwerk an Emotionen in mir explodieren. Freude, Leidenschaft und Verlangen durchströmten meinen Körper wie eine elektrische Welle. Auf diesen Kuss hatte ich so lange gewartet und es fühlte sich noch schöner an, als ich mir erträumt hatte.

Dylan konnte unglaublich gut küssen, die perfekte Mischung aus sanft und fordernd. Wie von selbst presste sich mein Körper immer näher an ihn heran und ich erwiderte den Kuss ebenso leidenschaftlich. In diesem Moment gab es nur noch ihn und mich, alles um uns herum blendete ich vollkommen aus.

Als wir uns schließlich wieder voneinander lösten, war ich komplett außer Atem, strahlte aber so sehr, wie schon lange nicht mehr. Dylan grinste mich ebenfalls schief an.

»Das wollte ich schon ewig tun.«

»Ich auch«, flüsterte ich leise, sodass ich erst dachte, dass Dylan meine Antwort gar nicht hören würde. Sein glückliches Lächeln bestätigte mir jedoch, dass er es doch getan hatte.

Nach und nach kam ich nun auch wieder in die Wirklichkeit zurück und nahm die jubelnden und grölenden Menschen um uns herum wahr, die ich während des Kusses komplett ausgeblendet hatte. Es war, als würde die Menge nach diesem Spektakel beben, wie die Zuschauer auf einem Konzert. Alle schienen sich für uns zu freuen und obwohl ich normalerweise gar nicht gerne im Mittelpunkt der Aufmerksamkeit stand, genoss ich es dieses Mal fast. In diesem Moment hätte eh nichts meine euphorische Stimmung trüben können. Dylan Campbell hatte mich endlich geküsst und das machte mich so unglaublich glücklich!

Kapitel 20

Dylan

Ich wartete zusammen mit den Jungs an unseren Autos auf Valerie, die sich heute mal wieder besonders viel Zeit zu lassen schien. Wahrscheinlich hatte sie sich mit Lucy verquatscht oder so. Während ich zur großen Eingangstür der Schule blickte, schweiften meine Gedanken wieder zu Valeries und meinem ersten Kuss ab. Wir hatten zwar schon des Öfteren kurz davorgestanden, uns zu küssen, aber irgendwie war immer etwas dazwischengekommen. Nun hatte ich aber endlich meine Chance ergriffen und es war noch schöner gewesen, als ich es mir erträumt hatte. Valerie küsste echt unglaublich gut. Einerseits war sie so unschuldig, aber dann auch wieder frech und verführerisch – einfach die perfekte Mischung.

Als ich mich wieder zu den anderen zurückdrehte, sah ich, wie sie mich fragend anguckten. Hatten sie etwa mit mir geredet?

»Der hat nicht zugehört, sicherlich war er in Gedanken bei Valerie«, meinte Luke lachend und landete damit natürlich einen Treffer ins Schwarze.

Früher hätte ich es wahrscheinlich abgestritten und so etwas wie »*Ne, bei deiner Mutter im Bett*« erwidert, aber ich stand zu meinen Gedanken. »Problem damit?«, erwiderte ich deshalb angriffslustig.

Luke hob abwehrend die Hände. »Nein, natürlich nicht.«

In diesem Moment erblickte ich endlich Valerie. Ich stieß mich von meinem Auto ab, an dem ich bis eben gelehnt hatte. »Da kommt sie.«

Als sie mich sah, machte sich ein kleines Lächeln auf ihren Lippen breit. Allein diese kleine Geste reichte dazu aus, meinen Herzschlag auf das Doppelte zu beschleunigen und ein warmes Kribbeln durchflutete meinen Körper. Dieses Gefühl war wunderschön, aber gleichzeitig so neu für mich. Ich war noch nie wirklich verliebt gewesen und tief in meinem Inneren hatte ich Angst, dass ich in einer Beziehung alles falsch machen und Valerie verlieren würde. Diesen Gedanken schob ich jedoch schnell beiseite, denn Valerie war mittlerweile bei uns angekommen.

»Wollen wir losfahren, Vale?«, fragte ich sie und sie antwortete mit einem Nicken. Wir verabschiedeten uns noch schnell von den anderen, dann stiegen wir ins Auto und ich fuhr los. Zuhause angekommen, ging Valerie eine Runde mit Berry raus, während ich für uns kochte. Ich würde zwar nicht sagen, dass ich zu den Fünf-Sterne-Köchen gehörte, aber ich konnte doch schon einiges mehr als Nudeln mit Soße zubereiten, was wahrscheinlich daran lag, dass ich wegen der Arbeit meiner Eltern oft alleine zu Hause aß. Als Valerie nach einer halben Stunde wiederkam, hatte ich die dampfenden Töpfe mit Kartoffeln, Gemüse und Soße bereits auf den Tisch gestellt, sodass wir direkt mit dem Essen anfangen konnten.

»Hast du heute Abend etwas vor?«, fragte ich Vale.

Sie schreckte hoch und sah mich etwas verwirrt an. Offensichtlich war sie mit ihren Gedanken bis eben noch woanders gewesen.

»Was hast du gesagt?«

Ich musste schmunzeln. »Ob du heute Abend etwas vorhast.«

Ein fieses Grinsen schlich sich auf ihr Gesicht, aber dann setzte sie schnell ein Pokerface auf, in der Hoffnung, dass ich nichts gesehen hatte. Hatte ich aber.

»Vielleicht«, meinte sie dann. Sie antwortete ja schon fast so präzise wie ich.

»Na dann.« Ich zuckte die Schultern und tat so als, ob es mich nicht interessieren würde, obwohl ich in Wahrheit darauf brannte zu erfahren, was sie vorhatte.

Nachdem wir mit dem Essen fertig waren, räumten wir zusammen den Tisch ab.

»Wollen wir uns einen Film anschauen?«, fragte mich Valerie, während sie gerade die dreckigen Teller in den Geschirrspüler räumte.

Zögerlich nickte ich, denn ich war mir immer noch nicht sicher, was sie plante. Ich wusste nur, dass es sicherlich nichts Gutes war. Zumindest nicht für mich.

Bevor ich jedoch weiter darüber nachgrübeln konnte, griff Valerie schon nach meiner Hand und zog mich die Treppe hoch in mein Zimmer. Ich stellte dabei fest, wie perfekt ihre Hand in meine passte, als wäre sie genau dafür geschaffen. Am liebsten würde ich sie gar nicht mehr loslassen.

Als wir oben angekommen waren, ließ Valerie jedoch meine Hand los und warf sich direkt auf mein Bett, nachdem sie letztes Mal noch so einen Aufstand gemacht hatte.

In diesem Moment begann ich mich zu fragen, was sich nach unserem Kuss verändert hatte und was sich noch verändern würde. Es war glasklar, dass Valerie sich auch zu mir hingezogen fühlte, aber ich war mir nicht sicher, ob sie nach der recht frischen Trennung von ihrem Ex-Freund schon wieder bereit für eine Beziehung war. Und war ich bereit für eine Beziehung? Schließlich ist es mir schon immer schwergefallen, mich zu binden. Würden wir einfach so tun, als wäre der Kuss nie passiert oder würden wir es zumindest versuchen? Ich wusste es nicht, ich konnte nur sagen, dass ich mich langsam aber sicher immer mehr in Valerie verliebte.

Immer noch in meinen Gedanken versunken, startete ich Netflix.

»Welchen Film möchtest du sehen?«, fragte ich Valerie.

»Hm, was sagst du zu *Fifty Shades of Grey*?«

Oho, Valerie und Softpornos, so hatte ich sie gar nicht eingeschätzt.

»Nur wenn ich alles mit dir machen darf, was er im Film auch mit ihr machen darf.« Ich grinste sie dreckig an, dazu wäre ich nur liebend gerne bereit und ich würde es noch besser machen, viel besser. Wir könnten Rollenspiele spielen und alles, was dazugehörte. Sie würde meinen Namen stöhnen und …

»Dylan, das war Ironie!«, ermahnte sie mich erschrocken und leicht angewidert zugleich. Meine Gedanken waren wohl leicht zu erraten gewesen.

»Dann schlage so etwas nicht vor.« Was konnte ich denn bitte dafür, dass ich eine sehr lebendige Vorstellungskraft hatte? Nichts, rein gar nichts.

»Wie wäre es mit *Kill the Boss*?«, fragte Valerie daraufhin mit leicht geröteten Wangen.

Wenn sie so aussah, hatte ich wirklich größte Probleme, mich zusammenzureißen, um ihr nicht die Klamotten vom Körper zu reißen und auf der Stelle mit ihr Fifty Shades of Grey nachzuspielen. Aber Valerie war keines dieser Mädchen, die sofort mit einem ins Bett stiegen und ich würde ihr die Zeit geben, die sie brauchte und auf sie warten.

»Dylan?« Sie sah mich fragend an.

»Ja, ist gut«, antwortete ich und ich startete den Film.

Valerie kuschelte sich daraufhin eng an mich und ich legte meinen Arm um sie. Ich genoss ihre Nähe wirklich und betete innerlich dafür, dass mein kleiner – naja eigentlich ziemlich großer Freund – da unten ruhig blieb. Ausnahmsweise schien das Schicksal mir jedoch wohlgesonnen zu sein und so konnte auch ich den Film in Ruhe sehen.

Später am Abend, als Valerie wieder in ihr Zimmer gegangen war, fuhr ich noch zu Ace. Jase und Luke wollten auch dort sein, denn wir hatten noch einige Dinge zu besprechen. Das mit Mike und dem Ausstieg aus der Drogendeal-Szene hatte nicht ganz so geklappt, wie ich es mir vorgestellt hatte und stresste mich schon seit Tagen enorm. Dieser Wichser versuchte tatsächlich, uns zu erpressen, indem er drohte, uns bei der Polizei anzuzeigen, wenn wir ausstiegen. Als ob er nicht noch tiefer in der Scheiße drin saß und ganz ehrlich – wir alle wussten, wer die besseren Anwälte hatte. Ich wollte einfach nur noch aufhören, endgültig, für immer, aber natürlich klappte nichts, wie ich es mir wünschte. Unser letzter Coup war gelaufen und keiner von uns hatte vor, je wieder Drogen zu verticken, aber Mike wollte uns zurück und er würde alles dafür tun.

Mit quietschenden Reifen hielt ich vor dem Haus von Ace. Die Wagen von Luke und Jase standen schon da, also beeilte ich mich und stand innerhalb weniger Sekunden an der Tür und klingelte. Ace öffnete mir.

»So pünktlich wie immer«, meinte er ironisch, anstatt mich zu begrüßen.

»Und du bist so hässlich wie immer, sage ich es deshalb? Nein«, erwiderte ich.

Genervt verdrehte ich die Augen und zog dann meine Jacke und Schuhe aus. Zusammen mit Ace ging ich ins Wohnzimmer, wo Jase und Luke bereits warteten.

»Na Dylan, auch schon da?«, fragte mich Luke lachend.

»Nein«, antwortete ich stumpf, denn diese ganzen ironischen Anmerkungen gingen mir gewaltig auf den Sack. Ich setzte mich aufs Sofa.

»Lasst uns gleich zum Punkt kommen«, forderte ich die Jungs auf.

Ich war müde und wollte das alles so schnell wie möglich hinter mir haben.

»Bier?«, fragte Jase mich.

Ich nickte und er gab mir eine Flasche, die anderen hatten alle schon.

»Also Mikes Drohungen gehen mir am Arsch vorbei, der steckt genauso tief drin wie wir, also lasst uns das einfach durchziehen«, eröffnete ich die Diskussion.

Die anderen nickten zustimmend, doch Luke hatte einen Einwand. »Mike wird das nicht zulassen, er wird andere Druckmittel finden«, befürchtete er.

Luke war schon immer der Vorsichtigste von uns gewesen.

»Welche anderen Druckmittel denn?«, fragte ich. Ich verstand nicht genau, worauf er hinauswollte.

Alle anderen guckten mich daraufhin an, als hätte ich etwas total Dummes gesagt, aber ich stand immer noch auf dem Schlauch.

»Bist du echt so dumm oder tust du nur so? Ich meine Valerie. Du bist Hals über Kopf in sie verliebt, das weiß Mike und er wird es schamlos ausnutzen.«

Plötzlich fiel es mir wie Schuppen von den Augen und ein kalter Schauer überkam mich. Klar, durch Valerie war ich angreifbar, denn ich würde alles dafür tun, um sie zu schützen, das hatte Mike spätestens nach dem Vorfall in der Küche gemerkt. Wenn Mike an Valerie herankam, kam er auch an mich und somit auch an die anderen Jungs heran. Verdammte Scheiße, Mike war noch gefährlicher, als ich gedacht hatte!

»Und was machen wir jetzt?«, fragte ich.

Ich musste mir dabei größte Mühe geben, die in mir aufkochende Wut zu unterdrücken. Durch mich war Valerie in Gefahr – das, was ich um jeden Preis verhindern wollte.

»Du musst ihr alles über Mike erzählen«, stellte Ace klar.

»Du weißt schon, dass sie dann auch alles über uns erfährt?« Jase sah Ace skeptisch an.

»Ja«, bestätigte ich Jase. »Und sie wird uns dafür hassen.«

Dann würde alles wie am Anfang werden, nur noch viel schlimmer.

In was für eine Scheiße waren wir da nur hineingeraten? Verzweifelte raufte ich mir die Haare.

»Immer noch besser, als wenn Mike sich an ihr vergreift. Du musst es ihr sagen, Dylan. Besser jetzt, als wenn sie es später auf eine andere Art und Weise erfährt.«

Kapitel 21

Valerie

Kichernd hängten Lucy und ich die Zettel auf, die ich gestern Abend noch ausgedruckt hatte. Das Dylan weg gewesen war, hatte mir perfekt ins Konzept gepasst, so hatte ich meine Racheaktion für gestern Morgen perfekt planen können. Mittlerweile hatten Lucy und ich schon fast in der ganzen Schule die Aushänge verteilt und standen jetzt mit dem Letzten vor dem schwarzen Brett. Glücklicherweise war in der dritten Stunde Musik ausgefallen und wir hatten alle Zeit der Welt, die Zettel vor der Mittagspause zu verteilen. Die Gänge waren wie leergefegt, denn alle anderen Schüler hatten noch Unterricht. Zufrieden betrachteten wir unser Ergebnis. Überall in der Schule waren Zettel aufgehängt, auf denen ein Bild von Dylan abgedruckt war und stand:

Potenzprobleme?
Kommen Sie in unsere Selbsthilfegruppe.

Ansprechpartner Dylan Campbell

Ich las mir den Zettel noch ein letztes Mal durch und plötzlich bekam ich doch Zweifel. War das vielleicht doch eine Nummer zu hart? Schließlich hatte Dylan mich nur verarscht und nicht öffentlich bloßgestellt.

Lucy schien meinen unentschlossenen Blick zu bemerken. »Du machst jetzt keinen Rückzieher. Die Idee ist klasse und Dylan hält das schon aus«, meinte sie streng.

»Aber-«, setzte ich an, doch sie unterbrach mich.

»Kein *Aber*, der hat diesen kleinen Stoßdämpfer schon verdient. Genieße deine Rache und mach' dir nicht so viele Gedanken.«

Ich nickte nur, richtig wohl bei der Sache fühlte ich mich nun doch nicht mehr, obwohl ich mich so darauf gefreut hatte. Doch bevor ich wieder alle Zettel abreißen konnte, hakte Lucy sich bei mir ein und zog mich davon. Also hieß es einfach abwarten bis zur großen Pause und gucken, was passierte.

Nachdem ich die vierte Stunde die ganze Zeit unruhig auf meinem Stuhl hin und her gerutscht war, verstärkte das Klingeln zur Mittagspause meine Anspannung nochmal. Lucy und ich verließen gemeinsam den Raum und während wir durch die Gänge liefen, hörten wir schon erste Gespräche über Dylan und sein Potenzproblem. Vor allem die Mädchen spekulierten reihenweise darüber. Dylan war wohl heute das Gesprächsthema Nummer 1 an der Schule, obwohl er das sonst wahrscheinlich auch war, zumindest bei den Mädchen.

Statt weiterhin den Tuscheleien der anderen Schüler zu lauschen, liefen Lucy und ich nun auf die Mädchentoilette, wo wir uns die Pause über verstecken wollten. Nachdem wir die Tür geschlossen hatten, atmete ich erleichtert auf. Gleichzeitig hatte ich jetzt schon Angst vor der nächsten Begegnung mit Dylan und wollte diese am liebsten, so lange es ging, herauszögern.

»Du bist echt genial, Vale«, sagte Lucy in diesem Moment lachend und hob ihre Hand zum Highfive. Ich schlug ein und stimmte in ihr Lachen mit ein, auch wenn das ängstliche, beklemmende Gefühl in meinem Brustkorb sich mit jeder Sekunde verstärkte. Den Rest der Pause verbrachten wir damit, uns Dylan dabei vorzustellen, wie er seiner Rolle als Ansprechpartner für die Selbsthilfegruppe nachkam, was mich zumindest etwas ablenkte. Schließlich musste Lucy jedoch los, weil sie in der nächsten Stunde einen Test schreiben musste. Ich blieb noch ein bisschen auf dem Klo, um wirklich sicher zu sein, dass ich Dylan nicht mehr begegnete. Irgendwann verließ aber auch ich die Mädchentoiletten.

Ich schloss gerade die Tür, als eine Stimme neben mir ertönte. »*So, so*, ich habe also Potenzprobleme?«

Erschrocken drehte ich mich um, nur um Dylan direkt ins Gesicht zu starren. Er hatte bis eben an der Wand gelehnt, stieß sich nun aber von ihr ab und kam auf mich zu. Sollte ich wegrennen? Nein, das wäre zu kindisch. Oder vielleicht doch?

Naja, früher oder später würde ich mich dieser Situation eh stellen müssen, also hieß es Augen zu und durch.

Dylan war nun bei mir angelangt und ich konnte immer noch nicht richtig deuten, ob er wütend war. Er beugte sich zu mir vor. »Von mir aus kann ich dir hier direkt auf der Mädchentoilette beweisen, dass ich keine derartigen Probleme besitze«, raunte er mir ins Ohr. Sein warmer Atem prallte dabei auf meine Haut, was dazu führte, dass ich eine Gänsehaut bekam.

Dylan lachte leicht auf, denn er wusste genau, was für eine Wirkung er auf mich hatte. Und ich wusste genau, dass Dylan keine Potenzprobleme hatte, das hatte er schon bewiesen, was den Umstand, dass er gerade nur wenige Zentimeter entfernt von mir stand, aber nicht besser machte.

»Also … Ähh … Nein, ich …«, stammelte ich verlegen und merkte, wie ich vor Scham rot im Gesicht anlief.

Ich hätte mich in diesem Moment selbst dafür ohrfeigen können, dass ich einfach keinen gescheiten Satz herausbrachte. Das musste Dylans eh schon viel zu großem Ego noch einen gewaltigen Schub verpassen. Dieser Typ hat einfach genug Selbstbewusstsein, um es auf alle Bürger der Staaten aufzuteilen und selbst dann hätte jeder noch genug.

»Mache ich dich nervös?«, fragte Dylan breit grinsend, obwohl er die Antwort auf seine Frage schon genau kannte. Ich hingegen versuchte mich ausschließlich auf meine Atmung zu fokussieren, denn durch Dylans Nähe atmete ich vor Aufregung nur noch ganz flach.

»Bist du mir böse?«, sprach ich nun die Frage aus, die mir schon die ganze Zeit über auf den Lippen lag. Zu bestreiten, dass ich die Plakate nicht aufgehängt hatte, wäre wohl sinnlos.

Dylan sah mir direkt in die Augen und wie jedes Mal verlor ich mich in ihrem geheimnisvollen, wunderschönen Grün. »Sehe ich aus, als wäre ich dir böse?«

Ich musterte Dylan erneut, wusste anschließend aber trotzdem keine Antwort auf seine Frage. Bei ihm konnte ich so etwas immer ganz schlecht beurteilen. Aber er hatte mich noch nicht in Stücke gerissen, was tendenziell wohl eher ein gutes Zeichen war.

»Ich weiß es nicht.«

»Oh, sie kann wieder in ganzen Sätzen reden«, lachte Dylan spöttisch. »Nein, ich bin dir nicht böse. Deine Idee war schon ganz schön gut, was aber nicht heißt, dass du jetzt jeden Tag neue Selbsthilfegruppenzettel mit mir als Ansprechpartner aufhängen musst.«

Ich konnte leider nicht abstreiten, dass mir bei diesen Worten ein Stein vom Herzen fiel, auch wenn es nur ein winziger Kiesel war.

»Also mir würden da noch ein paar andere gute Selbsthilfegruppen einfallen«, erwiderte ich lachend. »Für Menschen mit Ego-Problemen zum Beispiel, dann kannst du den anderen etwas von deinem Selbstbewusstsein abgeben.«

Auch Dylan begann zu lachen. »Mein Ego ist durchaus berechtigt und ich kann dir wie gesagt gerne beweisen, dass ich keine Potenzprobleme habe. Wenn du möchtest sofort hier auf dem Klo«, antwortete er überzeugt.

Auf dieses Angebot konnte ich gut verzichten, aber trotzdem konnte ich nicht verhindern, dass sich ein Lächeln auf meine Lippen legte. »Nein, danke«, lehnte ich ab.

»Na gut. Dann brauche ich aber etwas anderes, was die kommenden Tage voller nerviger Fragen entschädigt.« Dylan grinste mich schief an.

Und während ich noch überlegte, was er unter *etwas anderem* verstand, legte Dylan bereits seine eine Hand in meinen Nacken und seine andere um meine Hüfte. Jetzt hatte ich doch eine Ahnung. Mit einer fließenden Bewegung zog er mich zu sich heran, beugte sich zu mir runter und berührte schließlich meine Lippen mit den seinen. Zuerst küsste er mich total sanft und vorsichtig, aber mit der Zeit wurde er immer fordernder. Er strich mit seiner Zunge vorwitzig über meine Lippen und biss mir leicht mit den Zähnen in die Unterlippe. Eigentlich hätte ich ihn wegdrücken sollen, aber ich hatte keine Kontrolle mehr über meinen eigenen Körper und tat genau das Gegenteil. Ich öffnete meinen Mund und gebot Dylans Zunge Einlass. Mein Körper presste sich dabei ganz von selbst immer näher an Dylans heran und ich vergrub meine Hände in seinen Haaren. Dann nahm ich Dylans Unterlippe sanft zwischen meine Zähne und zupfte leicht daran, woraufhin ich ein leises Stöhnen von ihm vernahm.

Als wir uns voneinander lösten, sah ich mit Genugtuung, dass nicht nur ich völlig außer Atem war. Mein Herz schlug so schnell, als würde es jede Sekunde explodieren wollen und meine Beine fühlten sich an wie Brei. Was stellte dieser Kerl nur jedes Mal aufs Neue mit mir an?

»Jetzt bin ich dir nicht mehr böse«, meinte Dylan zufrieden grinsend.

»Das ist schön, aber sag mal, wie spät ist es eigentlich?«

Dylan holte sein Handy heraus. »Viertel nach eins«, antwortete er mir.

Ich stutzte. Viertel nach eins? *Viertel nach eins!* Das hieß der Unterricht lief schon wieder seit einer Viertelstunde. »Scheiße, ich muss los«, presste ich zwischen den Zähnen hervor und wollte auch direkt loslaufen, doch Dylan hielt mich am Handgelenk fest.

»Beruhige dich mal, du kommst so oder so zu spät, die paar Minuten machen jetzt echt nichts mehr aus. Wir könnten auch einfach jetzt schon nach Hause fahren«, schlug er vor, doch ich schüttelte energisch den Kopf. Das kam für mich gar nicht in die Tüte. Ich würde hier in Amerika nicht zum Schulschwänzer mutieren.

»Vielleicht ist dir das egal, aber mir nicht. Ich gehe jetzt so schnell wie möglich zum Raum«, erklärte ich entschlossen und entzog ihm mein Handgelenk in einer fließenden Bewegung.

»Wie du willst, *Streber*. Wir sehen uns nachher«, entgegnete Dylan noch, bevor ich mich umdrehte und einen Kurzsprint zu meinem Raum einlegte.

Kapitel 22

Seit ich aus der Schule zurück war, saß ich auf meinem Bett und guckte auf meinem Laptop Serien. Neben mir lagen dabei eine geöffnete Packung Chips und M&M's, mit denen ich bereits mein halbes Bett vollgekrümelt hatte. Irgendwie überkam mich bei diesem Anblick ein schlechtes Gewissen, denn er erinnerte mich daran, dass ich in Amerika total faul geworden war. In Deutschland hatte ich regelmäßig Sport gemacht, aber hier ging ich ja noch nicht mal mehr zu Fuß zur Schule. Ich hatte zwar echt Glück, dass ich grundsätzlich nicht viel zunahm, aber ich musste dieses Glück ja auch nicht überstrapazieren. Angetrieben von meinem schlechten Gewissen, beschloss ich also, eine Runde joggen zu gehen.

Nachdem die Folge zu Ende war, zog ich mir eine schwarze Leggings und einen dunkelblauen Hoodie an, denn es war heute leider ziemlich kühles Regenwetter draußen. Der Herbst war mit aller Macht über uns hereingebrochen, aber davon wollte ich mich nicht stören lassen.

Ich lief zu Dylans Zimmer rüber, um ihm Bescheid zu sagen, dass ich für eine Zeit weg sein würde. Brav klopfte ich an die Tür.

»Ja?«, ertönte es von innen.

Ich öffnete die Tür. Dylan lag in Jogginghose auf seinem Bett und tat das, was ich bis eben auch gemacht hatte – Serien gucken oder vielleicht doch einen Porno?

»Ich wollte nur Bescheid sagen, dass ich eine Runde joggen gehe. Nicht, dass du dich fragst, wo ich bin«, erklärte ich ihm und wollte dann auch eigentlich schon die Tür wieder zuziehen, doch Dylan klappte seinen Laptop zu und sprang vom Bett auf.

»Ich komme mit«, erklärte er mir grinsend.

Hektisch schüttelte ich den Kopf, denn alleine bei dem Gedanken daran, zusammen mit Dylan Sport zu machen, graute es mir. Auch wenn ich nicht komplett unsportlich war, kam ich lange nicht an den braunhaarigen Jungen heran und das würde er mich ganz sicher spüren lassen.

»Nein, auf keinen Fall! Ich gehe alleine joggen«, stellte ich deshalb klar.

»Das war keine Frage, Valerie«, entgegnete Dylan jedoch so entschieden, als hätte er die Diskussion bereits gewonnen.

Mittlerweile stand er schon an seinem Kleiderschrank, um sich ein anderes T-Shirt anzuziehen, die Jogginghose konnte er ja gleich anbehalten. Ich wendete meinen Blick aus Höflichkeit ab, obwohl ich das Spiel von Dylans Muskeln unter seinen Bewegungen nur zu gerne beobachtet hätte. Aber mich beim Starren zu erwischen, hätte Dylans bereits eh schon viel zu großen Ego noch einen weiteren Push gegeben.

»Also von mir aus können wir los«, meinte Dylan schließlich, nachdem er sich das neue T-Shirt übergestreift hatte.

Er grinste mich siegessicher an, woraufhin ich nur die Augen verdrehte und ich dann schicksalsergeben hinterher trottete. Unten im Flur zogen wir noch unsere Sportschuhe an, dann ging es los.

Dylan lief von Anfang an ein sehr zügiges Tempo, wahrscheinlich um mich zu testen. Ich wollte ihm aber nicht den Gefallen tun und ihn fragen, ob er langsamer laufen konnte, also gab ich mir größte Mühe mit ihm mitzuhalten. Die ersten zehn Minuten klappte das auch ganz gut, doch dann merkte ich, wie meine Kraft immer weiter schwand. Auch Dylan schien das zu bemerken.

»Na, brauchst du schon eine Pause?«, fragte er spöttisch, ohne auch nur das kleinste bisschen außer Atem zu klingen. So war das halt, wenn man trainieren ging und dazu noch Freerunning machte.

Frustriert zeigte ich ihm meinen Mittelfinger, biss dann aber die Zähne zusammen und zog mein Tempo wieder an. Die nächsten paar Minuten hielt ich das auch verbissen durch, aber dann wurde ich wieder langsamer. Mein Herz schlug vom schnellen Pumpen förmlich gegen meinen Brustkorb und meine Lunge brannte.

»Du bist ja eine richtige Schnecke. Gib doch mal ein bisschen Gas«, neckte Dylan mich und grinste mich herausfordernd an. Er konnte es einfach nicht lassen, mich aufzuziehen.

»Und du bist gleich impotent!«, keuchte ich.

»Dann fang mich doch«, rief Dylan kichernd wie ein kleines Kind und rannte anschließend vor mir davon.

Aber von mir aus konnte er bis zum Nordpol laufen, ich brauchte jetzt eine Pause, weshalb ich mich einfach auf den Boden setzte. Meine Atmung begann sich daraufhin langsam wieder zu normalisieren.

Dylan hatte mittlerweile bemerkt, dass ich ihm nicht folgte.

Er drehte halb um und ich dachte erst, dass er zu mir zurückkommen würde, doch dann rannte er direkt auf eine Hauswand zu. An dieser lief er ein paar Schritte hoch und machte aus der Bewegung heraus einen Rückwärtssalto. So sehr ich meinen Blick auch abwenden wollte, weil ich genau wusste, dass Dylan das nur für seinen Ego-Trip tat, so fasziniert war ich gleichzeitig von seinem Können und seiner Geschicklichkeit. Und Dylan war noch lange nicht fertig mit seiner Showeinlage. Über eine Mülltonne sprang er auf das Dach eines Hauses, von wo er Anlauf nahm und über die Lücke zum nächsten Hausdach sprang. Ich hielt währenddessen gebannt den Atem an, doch Dylan landete sicher und rollte sich ab. Von dem Vorsprung des zweiten Daches sprang er nun mit einem Salto wieder herunter und die Mülltonne, die er eben noch als Treppe genutzt hatte, überwand er mit einer Schere. Dann stand er – kein bisschen außer Atem – wieder vor mir.

Auch wenn ich es niemals zugeben würde, ich war extrem beeindruckt. Dylan war echt unglaublich gut.

Er streckte mir seine Hand aus, um mir aufzuhelfen. Ich nahm sie aber noch nicht an.

»Nur wenn wir wieder zurücklaufen und dieses Mal in meinem Tempo«, forderte ich.

Als Dylan nickte, ergriff ich seine Hand dann doch und er zog mich hoch.

»Dann los, kleine Ente«, meinte er und schlug mir leicht auf den Po, wofür er von mir einen

Todesblick erhielt, doch den ignorierte er gekonnt – das hatte er echt schnell gelernt.

Dann liefen wir los, wobei Dylan mehrere Extra-Runden drehte, um mir zu demonstrieren wie *unglaublich langsam* ich doch war. Aber auch wenn ich anscheinend so langsam lief, kamen wir irgendwann zu Hause an. Dylan schloss auf und wir betraten das Haus.

»Ich gehe jetzt duschen«, sagte ich schnell, bevor Dylan sich weitere tolle Ideen überlegte, wie er mich quälen oder ärgern konnte.

Dieser guckte mich nur mit einem dreckigen Grinsen an. »Ich komme mit.«

Mir blieb bei diesem Kommentar fast der Mund offen stehen und ich blickte Dylan geschockt an. Mit ihm zusammen duschen? Niemals!

»Nein«, stellte ich deshalb entschlossen klar.

»Schade.« Dylan setzte seinen besten Hundeblick auf, doch auch damit konnte er mich nicht umstimmen.

Du gehst in dein eigenes Bad.«

»Da das Haus meinen Eltern gehört, gehören mir rein theoretisch alle Bäder hier. Also gehe ich einfach zusammen mit dir in *mein* Bad und in *meine* Dusche.«

Eines musste man ihm lassen, Dylan war definitiv hartnäckig, aber ich zeigte ihm nur einen Vogel. »Und ich bin rein theoretisch die Queen von England. In deinen Träumen vielleicht«, entgegnete ich.

Das hätte ich Dylans Grinsen nach zu urteilen lieber nicht sagen sollen. »Oh ja Baby, dort schon lange«, kam es von ihm zurück und ich verdrehte wieder einmal die Augen – dieser Typ trieb mich noch in den Wahnsinn. Deshalb drehte ich mich auch einfach um, ging ins Bad und ließ Dylan eiskalt auf dem Flur stehen.

Kapitel 23

Es klingelte zur Mittagspause und ich atmete erleichtert auf, der Vormittag hatte sich bisher unglaublich lang gedehnt. Vor dem Raum verabschiedete ich mich von Sam, mit dem ich gerade Mathe zusammen gehabt hatte und lief den Gang entlang, zu meinem Spind. Ich musste noch ein paar Bücher wegbringen und hatte Sam deshalb gesagt, dass ich gleich zu ihm und den anderen in der Cafeteria hinzustoßen würde.

An meinem Spind angekommen, legte ich gerade mein Mathebuch hinein und wollte das für Chemie herausholen, als sich plötzlich jemand neben mich stellte. Ich drehte mich zu der Person um und konnte nur mühsam meine Überraschung verbergen. Ich hatte wirklich mit allen möglichen Leuten gerechnet, nur nicht mit dieser Person. Verwirrt blickte ich sie an.

Vor mir stand Dylans Freundschaft Plus, die mich so angezickt hatte. Wie hieß sie noch gleich? Jacky oder so? Sie verzog ihre knallrot geschminkten Lippen krampfhaft zu einem Lächeln, doch ich konnte sofort sehen, dass es nicht echt war.

»Hi«, begrüßte sie mich und ich hätte mir am liebsten einfach die Ohren zugehalten. Ihre Stimme war mir immer noch furchtbar unangenehm.

»Was willst du?«, entgegnete ich kühl und sah sie herausfordernd an. Nach unserer letzten Begegnung legte ich keinen Wert auf gespielte Höflichkeiten.

»Ich wollte mich nur ein bisschen mit dir unterhalten und dir einen Ratschlag geben.«

Jacky verzog beleidigt das Gesicht, während ich doch aufhorchte. Um was für einen Ratschlag ging es denn?

»Und der wäre?« Genervt verdrehte ich die Augen. Wenn ich ihr jetzt alles aus der Nase herausziehen müsste, würde ich lieber einfach gehen.

Aber Jacky schien anscheinend doch Klartext reden zu wollen. »Also wie die ganze Schule mitgekriegt hat, läuft da ja was zwischen dir und Dylan«, setzte sie an. Dann machte sie eine kurze Pause, wahrscheinlich um dramatisch und wichtig zu wirken, bevor sie weiterredete.

»Ich will dir nur Liebeskummer ersparen, also hör mir zu, Süße. Dylan will nichts von dir, du bist für ihn nur ein Spiel. Jedes Mädchen ist für ihn ein Spielzeug, er ist gar nicht im Stande, echte Gefühle zu entwickeln. Und da du aus dem Ausland kommst, bist du für ihn eine besondere Herausforderung. Glaub mir, er will dich nur flachlegen und wird dich dann fallen lassen, so wie mich.«

Es dauerte einen Moment bis Jackys Worte wirklich zu mir durchdrangen, doch dann zog sich mein Brustkorb schmerzhaft zusammen und ich bekam mit einem Mal nur noch schlecht Luft. Sie hatte genau meinen wunden Punkt getroffen, denn innerlich war ich immer noch am Zweifeln, ob Dylan mich wirklich mochte, nachdem er mich am Anfang auf den Tod nicht ausstehen konnte. War es einem Menschen wirklich möglich, sich innerhalb einer so kurzen Zeit um 180 Grad zu drehen? Oder spielte Dylan nur ein abgekartetes Spiel mit mir und wollte mich so fallen lassen, wie Julian es getan hatte? Wieso sollte er sich gerade in mich verlieben, wo ihm doch alle Mädchen zu Füßen lagen? So viele Zweifel schossen mir mit einem Mal durch den Kopf, doch trotzdem glaubte ein kleiner Teil von mir immer noch daran, dass Dylan mir das nicht alles vorgespielt haben konnte. Das ging einfach nicht!

»Ich glaub dir nicht«, erwiderte ich deshalb, auch wenn meine Stimme dabei nicht sonderlich überzeugt, sondern eher rau und brüchig klang.

Das schwarzhaarige Mädchen trat einen Schritt auf mich zu und legte einen Arm um mich. »Es tut mir leid, aber es ist wahr. Hat Dylan dir seinen angeblichen Lieblingsplatz gezeigt? Diesen See? Am besten bei Sonnenuntergang. Das macht er mit jedem Mädchen. Hat er erst auf unerreichbar getan, um dein Interesse zu wecken? Ist er oft total süß zu dir und spielt den Gentleman? Das sind alles seine Maschen und so kriegt er alle Mädchen der Reihe nach. Du musst dich nicht schämen, ich bin auch darauf reingefallen, aber lass mich dir einen Tipp geben: Halte dich von Dylan fern!«

Damit drehte sich Jacky auf dem Absatz um und verschwand so schnell, wie sie gekommen war, während meine kleine Welt zusammenbrach.

Wenn ich darüber nachdachte, traf alles, was sie mir gerade gesagt hatte, zu. Mit einem Mal war mir speiübel und es fühlte sich so an, als würde sich mein Magen umdrehen. Ich fühlte mich so furchtbar ausgenutzt und belogen. Wie hatte ich nur denken können, dass ich etwas Besonderes war?

Meine Augen begannen sich mit Tränen zu füllen – es war unglaublich, wie Worte oft einen weitaus größeren Schaden als physische Verletzungen anrichten konnten. Dylan hatte es tatsächlich geschafft, dass ich mich nach nur so kurzer Zeit in ihn verliebt hatte. Ich war auf ihn reingefallen, wie er selbst gesagt hatte, ich war zu naiv.

Das sind alles seine Maschen und so kriegt er alle Mädchen der Reihe nach, dieser Satz wiederholte sich wie ein Mantra in meinem Kopf und brannte sich mit jedem Mal stärker in mein Gedächtnis ein. Ich war eine von vielen, ich war nichts Besonderes für Dylan. Wie hatte ich das nur jemals denken können?

Mittlerweile rannen mir ununterbrochen Tränen aus den Augen, als ließe sich der Schmerz so aus meinem Körper herausspülen. Hektisch wischte ich mir mit dem Ärmel über die Augen, die wahrscheinlich bereits vollkommen verquollen und gerötet waren. Dann schlug ich die Tür von meinem Spind zu und stürmte auf die Toilette. Die schien wohl mein neuer Lieblingsort zu werden.

Den Rest der Pause verbrachte ich eingeschlossen in einer Kabine und erst als ich mir sicher war, dass niemand außer mir mehr da war, kam ich heraus. Am Waschbecken klatschte ich mir erst mal eine Ladung kaltes Wasser ins Gesicht, dann traute ich mich, einen Blick in den Spiegel zu riskieren. Wie ich bereits vermutete hatte, sah ich total blass und verheult aus. So konnte ich unmöglich in den Unterricht gehen, ohne dass mir unangenehme Fragen gestellt wurden. Außerdem war mein Bedürfnis, sich jetzt in einen Raum voller Menschen zu setzen gleichzusetzen mit meinem Wunsch, Fischstäbchen mit Nutella zu essen – nicht vorhanden. Deshalb beschloss ich, zum ersten Mal in meinem Leben zu schwänzen und verließ, so schnell wie mich meine Beine tragen konnten, das Schulgebäude.

Draußen regnete es, passend zu meiner Stimmung und die dicken Regentropfen mischten sich mit den Tränen in meinem Gesicht. Ich lief einfach wahllos durch die Gegend, während meine Klamotten immer nasser wurden. Nach Hause wollte ich nicht, zu Lucy und Sam konnte ich nicht, die waren noch in der Schule und sonst hatte ich auch keine Idee, wohin ich gehen konnte, deshalb beschloss ich einfach, zu dem nahegelegenen Kino zu laufen.

Dort guckte ich mir einen Actionthriller an, in der Hoffnung, dass er nicht um Gefühle ging, aber selbst da verliebten sich die Hauptfiguren und kamen zusammen. Wieso gab es so etwas bloß immer nur in Filmen und nicht im echten Leben?

Da ich mich nach diesem Film immer noch nicht bereit dafür fühlte, nach Hause zu gehen, sah ich mir noch einen Film an und dann noch einen. Die Kartenverkäufer sahen mich schon zum Teil mitleidig, zum anderen Teil aber auch einfach nur verwirrt an. Aber tatsächlich half es mir, mich in eine fiktionale Welt, fernab von all meinen Problem zurückzuziehen und so ließ auch der Schmerz und die Enttäuschung, die ich verspürte, ein kleines bisschen nach.

Als ich schließlich ohne jegliches Zeitgefühl vor die Tür des Kinos trat und mein Handy checkte, wurde ich jedoch abrupt zurück in die reale Welt katapultiert. Neben der Uhrzeit wurden mir nämlich ganze zweiundsechzig verpasste Anrufe angezeigt. Zwei waren von Sam, vier von Lucy, sieben von Jase, acht von Luke, fünfzehn von Ace und unglaubliche sechsundzwanzig von Dylan. Das konnte doch nicht deren Ernst sein, nur weil ich für einen Nachmittag verschwunden war? Meine mobilen Daten wollte ich lieber gar nicht erst anmachen.

Ich spürte, wie es in mir erneut zu brodeln begann. Jetzt tat Dylan auch noch so, als würde er sich Sorgen um mich machen. Wie konnte man nur so eiskalt und abgebrüht sein und so viel dafür geben, um eine Person ins Bett zu kriegen?

Eine unglaubliche Wut auf Dylan, auf mich und auf die ganze beschissene Situation überkam mich und um meine Aggression rauszulassen, trat ich gegen den Bordstein. Nicht besonders schlau, wie sich im Nachhinein herausstellte, denn erstens war der Bordstein wesentlich härter als mein Fuß und zweitens geriet ich ins Stolpern und fiel hin. Als ich aufstand, hatte ich deshalb ein kleines Loch in der Hose am Knie und meine Handflächen waren aufgeschürft. Aber das war in diesem Moment mein geringstes Problem.

Da ich mich immer noch nicht in der Lage dazu fühlte, ein Gespräch mit Dylan oder irgendwem anders zu führen, lief ich zum nächsten McDonald's und schaltete mein Handy sicherheitshalber auf Flugmodus. Dort bestellte ich mir ein McFlurry und zerbrach mir meinen Kopf darüber, was ich machen sollte. Ich konnte schließlich nicht ewig vor Dylan wegrennen, früher oder später musste ich mit ihm reden. Und je länger ich es hinauszögerte, desto schlimmer würde es werden.

Also schaltete ich den Flugmodus auf meinem Handy doch wieder aus und stellte mit Schrecken fest, dass aus den zweiundsechzig Anrufen mal eben vierundsiebzig geworden waren. Als ich mein Handy gerade wieder sperren wollte, wurde mir ein weiter Anruf von Dylan angezeigt. Sollte ich ihn annehmen oder ablehnen?

Jetzt reiß dich endlich zusammen, sprach ich mir selber Mut zu. Es würde nicht besser werden, wenn ich die ganzen Anrufe jetzt weiterhin ignorierte, ich musste da jetzt einfach durch. Also nahm ich den Anruf an.

Kapitel 24

»Wo zur Hölle bist du?«

Dylans Stimme dröhnte so laut durch den Hörer, dass ich mein Handy aus Reflex von meinem Ohr wegstreckte. Ich hatte ja schon damit gerechnet, dass Dylan nicht in bester Stimmung war, aber dass er so wütend war, hatte ich nicht erwartet.

Da ich nicht sofort antwortete, wiederholte Dylan sich nochmal. »*Wo. Bist. Du?*«, knurrte er. Seine Stimme klang jetzt eiskalt und ziemlich bedrohlich.

»Alles gut. Bleib ruhig-«, setzte ich an, doch Dylan schnitt mir das Wort ab.

»Ich soll ruhig bleiben? Das ist jetzt wohl ein Witz! Du bist seit verdammten sieben Stunden weg, ohne dass irgendjemand weiß, wo du bist und dann sagst du, es sei alles gut? Willst du mich eigentlich komplett verarschen? Also zum letzten Mal, *wo bist du?*«

Dylan wirkte echt unglaublich wütend, aber gleichzeitig hatte ich auch das Gefühl, dass eine gewisse Besorgnis in seiner Stimme mitschwang. Oder bildete ich mir das nur ein? Denn wenn ich Jackys Worten Glauben schenkte, dann würde Dylan gerade garantiert nicht vor Sorge halb durchdrehen. Wahrscheinlich war er nur angepisst, dass ich mal wieder nicht nach seiner Nase tanzte.

»Nicht so wichtig, ich laufe jetzt eh gleich nach Hause«, erwiderte ich trotzig, denn nicht nur Dylan war wütend auf mich, sondern auch ich auf ihn. Wenn er nicht normal mit mir reden konnte, dann konnte ich nur zu gut darauf verzichten, dass er mich hier abholte, um mich noch vor Ort zusammenzufalten. Außerdem würde ich ihn am liebsten überhaupt nicht sehen.

»Valerie, du sagst mir jetzt verdammt nochmal, wo du bist, damit ich dich abholen kann!«, fauchte Dylan erneut in den Hörer. Er brodelte immer noch, versuchte aber, seine Stimme etwas mehr zu kontrollieren.

Einerseits würde ich ihn echt gerne weiter provozieren, denn das hatte er absolut verdient, aber andererseits würde das noch mehr Konsequenzen mit sich ziehen. »Bei McDonald's«, antwortete ich ihm also doch und stieß einen kleinen Seufzer aus.

»Ich bin in fünf Minuten da«, kam es von Dylan und ich hörte durch den Hörer schon Kies unter seinen Schuhen knirschen. Offensichtlich war er schon das ganze Telefonat über bereit gewesen, loszufahren, um mich abzuholen.

»Ich kann auch gehen«, wollte ich nochmals einwenden, doch da hatte Dylan bereits aufgelegt.

Also ging ich nach draußen zum Parkplatz, um auf ihn zu warten, denn ich wollte nicht, dass Dylan hier mitten im Restaurant eine Szene machte. Nach vier Minuten – obwohl man für den Weg wahrscheinlich eher zehn Minuten brauchte – sah ich, wie Dylans Wagen auf den Parkplatz einbog und mit quietschenden Reifen vor mir hielt. Noch fast im selben Moment, riss Dylan schon die Tür auf und sprang aus dem Auto. Ich hoffte inständig, dass er sich mittlerweile wenigstens etwas gefangen und beruhigt hatte.

Mit schnellen Schritten lief der braunhaarige Junge auf mich zu, während ich am liebsten von ihm weggerannt wäre. Ich fühlte mich noch nicht dazu bereit, mit ihm zu reden, ich musste erst noch meine Gedanken ordnen. Doch die Entscheidung wurde mir abgenommen, denn in diesem Moment schloss er mich schon in eine feste Umarmung – eine der Umarmungen, die einem zwar beinahe die Knochen brachen, aber in denen man sich einfach geborgen und sicher fühlte. Für ein paar Sekunden atmete ich Dylans vertrauten Duft ein und legte meinen Kopf an seine Brust, sodass ich seinen unregelmäßigen Herzschlag spüren konnte. Während dieser Umarmung vergaß ich beinahe, dass ich mir bis eben wegen diesem Idioten die Augen ausgeheult hatte und eigentlich verdammt wütend auf ihn sein sollte. *Beinahe,* denn schlagartig dachte ich wieder an Jackys Worte. Dylan spielte mir nur etwas vor, das hier war auch nicht echt. Nichts war echt!

Sofort füllten sich meine Augen wieder mit Tränen und mein Brustkorb zog sich schmerzhaft zusammen. Entschlossen drückte ich Dylan von mir weg, ich konnte nicht so tun, als wäre alles normal zwischen uns. Dylan ließ mich nur widerwillig los, trat dann aber zwei Schritte zurück und musterte mich besorgt.

»Was ist eigentlich los und wie siehst du überhaupt aus?«, ergriff er das Wort. Er konnte schon ziemlich gut schauspielern, beinahe hätte ich ihm abgenommen, dass er sich wirklich um mich sorgte. *Beinahe.*

»Das geht dich einen Scheiß an, tue nicht so, als würdest du dich wirklich dafür interessieren!«, fuhr ich ihn an, überrascht darüber, wie fest meine Stimme angesichts der Umstände klang.

Dylan sah mich mit großen Augen an und ich konnte förmlich sehen, wie seine Besorgnis der wiederkehrenden Wut wich.

»Und ob mich das was angeht! Außerdem, was zur Hölle meinst du damit, dass mich das eh nicht interessieren würde?« Er funkelte mich wütend an.

»Frag dich das doch mal selbst! Ich bin nicht die, die alles nur vorgespielt hat«, erwiderte ich und funkelte ebenso wütend zurück. Da spürte ich auch schon, wie die ersten warmen Tränen meine Augen verließen und stumm über meine Wangen rollten.

»Ich habe dir nie etwas vorgespielt, wie kommst du bitte darauf?« Dylan wirkte echt ratlos, was ich jedoch weiterhin seinen unglaublichen Schauspielkünsten zuschrieb. Und dass er jetzt so tat, als wüsste er von nichts, machte mich nur noch wütender.

»Jetzt komm mir nicht damit, Jacky hat mir alles erzählt!«, schrie ich ihn an.

Die Tränen rannen mir mittlerweile in dicken Tropfen aus meinen Augen. Nicht nur, dass nichts zwischen uns echt gewesen war, nein, jetzt leugnete er es auch noch – das war einfach zu viel für mich.

»Ganz ehrlich, du kannst mich mal!« Mit diesen Worten drehte ich mich auf dem Absatz um und rannte los, einfach nur noch weg von Dylan. Weg von dem Jungen, den ich am meisten liebte. Weg von dem Jungen, der mich am meisten verletzt hatte. Es fühlte sich fast noch schlimmer an, als bei

Julian. Konnte ein Herz es aushalten, zweimal gebrochen zu werden?

Am liebsten würde ich direkt zum nächsten Flughafen rennen und zurück zu Mia und meiner Familie fliegen. Es war ein Fehler gewesen, hierher zu kommen. Ein riesiger, dummer Fehler.

»Valerie, warte, lass uns reden!«, hörte ich Dylan hinter mir rufen.

Reden? Dass ich nicht lachte. Worüber wollte Dylan bitte jetzt noch reden? Es gab nichts, was er noch sagen konnte, um die Situation zu retten.

Ich lief weiter, sah aber aus dem Augenwinkel, wie Dylan mir nachsetzte. Nach wenigen Metern hatte er mich bereits eingeholt. Er griff nach meinem Handgelenk und riss mich zu sich herum, sodass ich gegen seine trainierte Brust prallte. Schnell legte er seine Arme um mich herum und hielt mich fest, während ich verzweifelt versuchte, mich von ihm loszumachen. Ich versuchte ihn wegzuschubsen, mich irgendwie aus seiner Umarmung zu entwinden, doch er war stärker als ich, viel stärker.

»Lass mich los oder ich schreie nach Hilfe«, drohte ich ihm und trommelte mit meinen Fäusten auf seine Brust, was ihm jedoch nichts auszumachen schien.

»Ich lasse dich nicht los, niemals«, entgegnete Dylan überraschend ruhig und sah mir dabei fest in die Augen. Dann legte er seine Lippen einfach auf meine und küsste mich.

Für einen Moment ließ ich das aus Überraschung zu, doch dann schob ich ihn energisch von mir weg. Dylan hielt mich jedoch immer noch fest in seinen Armen und zog mich zurück zu sich heran, um mich direkt wieder zu küssen. Er küsste mich so, wie nie zuvor, so, als würde sein Leben daran hängen.

Ich wollte ihn wieder von mir wegdrücken, doch auch dieser Versuch scheiterte kläglich. Schließlich gab ich nach und hörte auf, mich dagegen zu wehren. Ich würde es gerne darauf schieben, dass ich einfach keine Kraft mehr hatte, aber ganz ehrlich, ich wollte diesen Kuss auch. Also ließ ich zu, dass Dylan mich wieder in seinen Bann zog und küsste ihn zurück. Ich merkte förmlich, wie sich ein Lächeln über seine Lippen zog.

Viel zu früh lösten wir uns wieder voneinander. Dies war eindeutig der intensivste Kuss meines Lebens. Es lagen so viele Gefühle in ihm. Trauer, Wut, Enttäuschung, Frust, aber auch Hoffnung und Zärtlichkeit. Mittlerweile war ich mir echt nicht mehr sicher.

Hatte Jacky vielleicht doch gelogen?

Hatte ich mich zu Unrecht wie die größte Zicke der Welt aufgeführt?

»Valerie, was hat Jacky dir erzählt?« Dylan versuchte Blickkontakt aufzunehmen, doch ich konnte ihm nicht in die Augen sehen.

»Sie hat gesagt, dass du-«, ich musste einmal schlucken, bevor ich weiterredete, »nur mit mir ins Bett willst, um mich danach wieder fallen zu lassen.«

Ich biss mir auf die Unterlippe, um meine Tränen zurückzuhalten. Alleine dieser Gedanke tat so weh.

»Glaubst du das wirklich?«, fragte Dylan, offensichtlich gekränkt. »Glaubst du wirklich, ich will nur ins Bett mit dir? Glaubst du wirklich, ich habe dir alles nur vorgespielt?«

Ich sah ihn aus großen Augen an und wusste nicht so recht, was ich sagen sollte. Irgendwie schaffte Dylan es jedes Mal, den Spieß umzudrehen.

»Jacky ist nur eifersüchtig. Sie versucht dich zu manipulieren, damit du dich von mir fernhältst, weil sie es nicht ertragen kann, dass ich dich ehrlich mag und nicht nur auf eine körperliche Art wie sie. Also wem glaubst du mehr, ihr oder mir?« Er sah mich erwartungsvoll, aber gleichzeitig auch ziemlich verletzt an.

Ihm, ihm, ihm, schrie eine Stimme in meinem Inneren, aber diese grässlichen Zweifel konnte ich einfach nicht verdrängen. Warum musste ich auch immer alles tausend Mal überdenken und an allem zweifeln? Ich hasste es, dass es mir so schwerfiel, einfach mal meinen Kopf auszuschalten und auf mein Herz zu hören.

Dann atmete ich jedoch tief ein und wieder aus und antwortete Dylan. »Dir«, hauchte ich so leise, dass ich fast befürchtete, dass Dylan mich gar nicht hören konnte.

Doch das warme Lächeln, dass sich augenblicklich auf seine Lippen schlich, bewies mir, dass er es doch getan hatte.

»Danke«, murmelte Dylan, während er seine Hand in meinen Nacken legte und mich sanft zu sich heranzog.

Im nächsten Moment lagen seine Lippen auch schon erneut auf meinen und ein leidenschaftlicher Kuss entbrannte zwischen uns. Mein ganzer Körper wurde dabei von einem euphorischen Hochgefühl durchflutet und ich war mir vollkommen sicher, dass Dylan zu vertrauen die richtige Entscheidung gewesen war. Das hier konnte gar nicht gespielt sein, das hier war echt!

Es war echt beschämend, dass ich mich so schnell verunsichern lassen hatte, aber die Wunden, die Julian in meinem Herzen hinterlassen hatte, waren noch nicht komplett verheilt. Mia hatte mich damals vorgewarnt, dass sie Julian immer öfter mit Lina zusammen gesehen hatte, nachdem ich ihm von meinen Austauschplanungen erzählt hatte. Doch ich hatte mir dabei nichts Böses gedacht – schließlich waren auch Lina und Julian miteinander befreundet gewesen – bis ich die beiden miteinander im Bett aufgefunden hatte. Seitdem reichten bei mir die kleinsten Anzeichen aus, dass ich Zweifel bekam. Aber Dylan hatte nichts damit zu tun und konnte nichts für meine schlechten Erfahrungen, weshalb ich ihm heute großes Unrecht getan hatte.

»Es tut mir leid, dass ich dir nicht vertraut und mich so von Jacky manipulieren lassen habe«, murmelte ich voller Scham und sah schüchtern zu Dylan auf, doch er erwiderte meinen Blick ganz sanft.

»Schon okay. Natürlich hat es wehgetan, aber ich kann auch verstehen, weshalb du dich verunsichern lassen hast. Aber bitte glaube mir, dass ich dir niemals etwas vorspielen würde, denn ich mag dich ehrlich«, erwiderte er und gab mir anschließend einen sanften Kuss auf die Stirn – eine kleine Geste, aber sie bedeutete mir unglaublich viel.

Dann griff Dylan nach meiner Hand und zog mich vorsichtig mit sich zu seinem Auto, wo er mir die Beifahrertür aufhielt und sich dann anschließend selber auf den Fahrersitz setzte. Die ganze Fahrt über ließ er mich kaum aus den Augen, als hätte er Angst, dass ich mich plötzlich in Luft auflösen würde. Trotzdem sagte er nichts und ich sagte auch nichts, aber das Radio lief, sodass keine unangenehme Stille entstand.

Als Dylan schließlich auf die Auffahrt einbog, sah ich dort die Autos von Luke, Ace und Jase stehen. *Na toll*, wahrscheinlich musste ich mich gleich noch auf eine ordentliche Standpauke von denen gefasst machen. Meine Stimmung hielt sich dementsprechend in Grenzen, als ich zusammen mit Dylan ausstieg und zum Haus ging.

Doch bevor wir auch nur in der Nähe der Tür waren, wurde diese bereits aufgerissen und Ace stürzte hinaus. Mit wenigen Schritten war er bei mir und schloss mich in eine feste Umarmung.

»Mach das nie wieder, hörst du?«, raunte er mir eindringlich ins Ohr. »Weißt du, was wir uns für Sorgen gemacht haben? Niemand hatte eine Ahnung, wo du warst, du warst einfach wie vom Erdboden verschluckt. Du willst gar nicht wissen, wie aufgelöst und aufgebracht Dylan deshalb war.«

Man konnte aus Ace' Stimme heraushören, dass er immer noch ein bisschen wütend auf mich war, aber die Erleichterung und Freude überwogen im Endeffekt doch. Offensichtlich war Dylan nicht der Einzige, dem mein Verschwinden näher gegangen war, als er zugab.

Nun kamen auch Jase und Luke nach draußen und umarmten mich. Ich war immer noch überrascht darüber, was für ein großes Drama sie daraus machten, dass ich mich einen Nachmittag nicht gemeldet hatte – gab es dafür vielleicht einen besonderen Grund? Aber so sehr ich überlegte, mir fiel nichts ein.

So folgte ich den Jungs stumm und nachdenklich ins Haus und verschwand dort erst mal unter die Dusche, während die anderen unten blieben. Als ich wieder herunterkam, saß jedoch nur noch Dylan im Wohnzimmer.

»Sind die anderen weg?«, fragte ich ihn verwundert.

»Nein, die haben sich nur unsichtbar gemacht«, antwortete er ironisch, während er vom Sofa aufstand und zu mir kam. »Hast du noch Hunger?«

Ich schüttelte den Kopf. »Mein ganzer Tag bestand aus Frustessen, also eigentlich nicht. Es sei denn ihr habt Eis«, meinte ich. Irgendwie hatte ich gerade echt Lust auf Eis.

Dylan sah mich kurz irritiert an, doch dann lief er in die Küche und kam mit einer großen Packung Vanilleeis und zwei Löffeln zurück. Damit gingen wir in den Garten und setzten uns in die Hollywoodschaukel, von der aus man eine unglaubliche Aussicht hatte. Der Boden verlief hinten der Terrasse leicht bergab und gab dabei einen wunderbaren Blick auf die von einem Fluss durchzogenen Wiesen frei. So konnte man den Untergang der Sonne wunderbar beobachten, die sich nach dem regnerischen Vormittag doch noch ihren Weg durch die dunklen Wolken gebahnt hatte. Dylan hatte seinen Arm um mich gelegt und wir blickten eng umschlungen auf den Sonnenuntergang und aßen Eis.

Zu Anfang meines Austausches hätte ich mir niemals erträumt, Dylan jemals so nahezukommen – sowohl auf emotionaler als auch auf körperlicher Ebene. Dylan hatte mich gehasst und ich hatte ihn auch nicht wirklich gemocht, sodass jeder Tag ein Kampf zwischen uns gewesen war. Aber in der letzten Zeit hatte ich eine andere Seite von Dylan kennengelernt – eine fürsorgliche und nette Seite und er hatte sich mir immer stärker geöffnet. So hatte er mich langsam und unauffällig in seinen Bann gezogen, sodass mein Herz mittlerweile schon zu beben begann, wenn er mich nur anlächelte. Ich hatte mich hoffnungslos verliebt in den braunhaarigen Jungen mit den grünen Augen.

Erst als es so düster war, dass man seine eigene Hand nicht mehr vor Augen sehen konnte, gingen wir wieder ins Haus. Es war schon nach zehn Uhr und ich war echt erschöpft vom Tag, deshalb beschloss ich, mich bereits fürs Schlafen fertigzumachen. Dylan schloss sich mir an und ging ebenfalls in sein Bad, um sich die Zähne zu putzen.

Als ich fertig war, ging ich noch eben zu Dylan ins Zimmer, um ihm eine gute Nacht zu wünschen. Ich öffnete die Tür und schlug sie fast im selben Augenblick wieder zu.

Oh Gott! Wieso war ich nur so dumm gewesen und hatte nicht geklopft?! Denn dann hätte ich Dylan jetzt nicht splitterfasernackt vor mir stehen gesehen. Ich merkte, wie mir augenblicklich das Blut in die Wangen schoss und diese sich vor Scham rot verfärbten.

»Du kannst es ja kaum erwarten, mich nackt zu sehen«, hörte ich Dylan auf der anderen Seite der Tür lachen.

Wenigstens nahm er es mit Humor, was den Vorfall für mich trotzdem nicht viel angenehmer machte.

»Ja, ich hab die ganze Zeit nur davon geträumt, dir die Kleidung vom Körper zu reißen«, erwiderte ich ironisch und verdrehte die Augen, was er aber durch die geschlossene Tür nicht sehen konnte.

»Ich weiß«, antwortete Dylan. Dass er immer noch grinste, konnte man an seinem Tonfall hören. »Du kannst jetzt übrigens reinkommen«, fügte er dann hinzu.

Vorsichtig öffnete ich die Tür und lugte in den Raum hinein. Dylan hatte mittlerweile eine Jogginghose an, aber sein Oberkörper war immer noch nicht bedeckt, was mich jedoch nicht so sehr störte.

»Sorry, ich wollte eben nicht einfach so hereinplatzen«, entschuldigte ich mich, während meine Wangen immer noch rot glühten.

Dylan grinste mich schief an. »Versuch nur weiter, mir das vorzuspielen, ich weiß genau, dass du dich am liebsten auf meinen Prachtkörper gestürzt hättest. Kein Grund, beschämt zu sein.«

Ich schüttelte energisch den Kopf. »Träum weiter.«

»Genau das werde ich gleich«, meinte Dylan und zwinkerte mir zu.

Dann griff er nach meiner Hüfte, hob mich hoch und trug mich zu seinem Bett, wo er mich sanft ablegte.

»Was soll das werden?«, fragte ich, obwohl ich mir ziemlich sicher war, was Dylan vorhatte.

»Du schläfst heute hier«, verkündete Dylan, während er seine Nachttischlampe anknipste und das Deckenlicht ausschaltete.

Auch wenn er mit dem Rücken zu mir stand, war ich mir sicher, dass er grinste. Aber das störte mich nicht, ich hatte nichts dagegen, bei Dylan zu übernachten. Ich fühlte mich wohl in seiner Nähe und wusste, dass es ihm bei mir genauso ging.

»Okay«, antwortete ich deshalb nur.

In diesem Moment ließ sich Dylan bereits wieder aufs Bett plumpsen und schaltete die Nachttischlampe aus.

»Gute Nacht, *Dyl*«, flüsterte ich, während ich es mir unter der Decke bequem machte.

Neben mir hörte ich es rascheln.

»Hast du mich gerade Dyl genannt?«

Wäre es nicht so dunkel, könnte Dylan jetzt sehen, wie ich erneut rot wurde.

»Kann schon sein«, murmelte ich ins Kissen.

»Gefällt mir«, kam es von ihm zurück. »Gute Nacht, Vale.«

Dann wurde es ruhig, bis Dylan die Stille nochmal durchbrach. »Egal wie wütend du auf mich bist, bitte sag mir immer Bescheid, wo du bist.«

An seiner Stimme merkte ich, wie ernst er es meinte – sie klang rau vor Emotionen und war sehr eindringlich.

»Ich habe mir wirklich verdammt große Sorgen um dich gemacht.«

Ich nickte, bis mir auffiel, dass Dylan das im Dunkeln nicht sehen konnte. »Okay«, sagte ich deshalb noch mal laut.

Dann wurde es wieder still und ich drehte mich mit geschlossenen Augen auf die Seite. Plötzlich spürte ich einen Arm an meiner Hüfte und wurde kurz darauf von Dylan vorsichtig an seinen Körper gezogen. Ich ließ es einfach zu und genoss seine Nähe, die Wärme, die sein Körper ausgestrahlte, seinen Duft und seine muskulösen Arme, die mich umgaben und mir Sicherheit gaben. Es war einfach perfekt. In Dylans Armen geborgen, schlief ich friedlich ein.

Kapitel 25

»Guten Morgen«, begrüßte meine Biologielehrerin am nächsten Morgen energiegeladen die Klasse.

Misses Wilson war eine kleine, kräftige Frau, die immer ein Lächeln auf den Lippen trug und vor Leidenschaft für ihr Fach förmlich brannte, ganz im Gegensatz zu ihrem Kurs.

Ein einstimmig gemurmeltes »Guten Morgen« kam von der Klasse zurück. Diese Motivation und dieser Tatendrang, die dabei mitschwangen waren einfach unglaublich …

»Wir werden heute mit einem neuen Projekt beginnen«, fuhr die rothaarige Frau jedoch unbeirrt fort. »Es arbeiten immer ein Junge und ein Mädchen zusammen, die für vier Wochen die Eltern für ein Baby sein werden. Natürlich kein echtes Baby, sondern einen Simulator, aber ihr sollt euch so um es kümmern, als wäre es echt. Ich werde jetzt zuerst die Partner auslosen, dann erfahrt ihr die Details.«

Plötzlich hatte sie doch die ganze Aufmerksamkeit der Klasse. Einige schienen sich tatsächlich über dieses Projekt zu freuen, während mir ein kalter Schauer über den Rücken lief. Ich hatte zwar schon in mehreren amerikanischen High-School-Filmen von solchen Projekten gehört, aber ich hätte niemals erwartet, dass mir so etwas während meines Austausches über den Weg laufen würde. Auch wenn ich den Sinn dieser Maßnahme verstand, hielt ich sie trotzdem für übertrieben und unnötig. Außerdem hatte ich einfach keine Lust darauf, mich um so einen blöden Simulator kümmern zu müssen.

Während die anderen Mädchen um mich herum schon aufgeregt zu tuscheln begannen, verdrehte ich nur, so wie die meisten Jungs, die Augen. Unsere Lehrerin ignorierte das jedoch und begann die Paare einzuteilen. Ich sollte mit einem gewissen Cole zusammenarbeiten, hatte aber keine Ahnung, wer das war. Als wir zu unseren Partnern gehen sollten, blieb ich deshalb einfach sitzen und wartete ab. Wenig später kam auch bereits ein schwarzhaariger, schlaksig gebauter Junge auf mich zu und machte vor mir Halt.

»Hi, ich bin Cole«, begrüßte er mich mit einem Lächeln. Seine funkelnd blauen Augen versprühten dabei so eine positive Energie, dass ich automatisch auch zu lächeln begann.

»Und ich bin Valerie, wie du wahrscheinlich schon mitbekommen hast, sonst hättest du mich schließlich nicht gefunden«, antwortete ich ihm.

»So, also wir werden dann die nächsten beiden Wochen Eltern von einem kleinen Roboter sein.« Cole kratzte sich etwas verlegen am Nacken, was ich nur zu gut verstehen konnte. Es war auch echt ein komisches Gefühl, mit einer Person, die man gar nicht kannte, bei so einem intimen Projekt zusammenzuarbeiten.

»Wehe, du kommst auf die Idee, Kippen holen zu gehen und mich dann mit *unserem Kind* alleine zu lassen«, drohte ich lachend.

»Oh Shit, dabei hatte ich das bereits geplant.« Cole tat gespielt zerknirscht, konnte sich aber ebenfalls kaum das Grinsen verkneifen. »Wie wollen wir unser Robo-Baby denn überhaupt nennen?«

Ich überlegte kurz und ging in meinem Kopf sämtliche Roboternamen, die ich kannte durch, bis mir eine Idee kam.

»Wir könnten ihn ja Wall-E nennen«, schlug ich dann vor.

»Gute Idee«, stimmte mir Cole zu. »Wall-E – der Letzte räumt die Windeln auf. Wie wäre es, wenn wir uns heute Nachmittag treffen, um alles weitere zu besprechen?«

»Klingt gut. Wie wäre es um 17 Uhr bei dir?«

Cole nickte und gab mir seine Adresse, womit das Treffen gesetzt war. Ich freute mich jetzt schon darauf, denn Cole war mir auf Anhieb unglaublich sympathisch und ich hoffte, dass wir vielleicht Freunde werden könnten.

Den Rest der Stunde erklärte uns die Lehrerin das Projekt im Detail und trug die Namen der Simulatoren in eine Liste ein. Alle anderen Teams hatte ihren Robo-Babys normale Namen wie Fred, Lucas, Suzie, Anny oder Marcel gegeben, sodass wir mit *Wall-E* doch etwas herausstachen, aber das war sowohl Cole als auch mir völlig egal.

Als es dann schließlich zum Stundenende klingelte, verabschiedete ich mich von Cole und ging zu meinem Spind, wo ich mich mit Lucy verabredet hatte, denn den nächsten Kurs hatten wir zusammen. Sie wartete bereits dort und war in einem Gespräch mit Sam vertieft und ich wollte gerade zu ihnen stoßen, als mir jemand von hinten auf die Schulter tippte. Erschrocken fuhr ich herum und sah Nick direkt ins Gesicht.

Scheiße …

Ich hatte dieses Gespräch schon in unendlich vielen Versionen in meinen Gedanken durchgespielt, aber trotzdem war ich völlig überfordert, als Nick nun plötzlich vor mir stand. Ich hatte keine Ahnung, was ich jetzt sagen sollte und wie ich ihm am besten erklären sollte, warum ich ihn die letzten Tage gemieden hatte.

»Hi Nick«, stammelte ich unsicher.

»Hey Vale. Ist alles gut bei dir?« Er sah mich fragend an und steckte seine Hände lässig in die Hosentasche. Trotzdem sah ich ihm an, dass diese Situation für ihn ebenfalls komisch war.

»Ja, klar. Wieso?« Ich blickte zu Boden, denn ich schaffte es einfach nicht, Nicks Blickkontakt standzuhalten.

Am liebsten wäre ich ihm noch tagelang aus dem Weg gegangen oder hätte zumindest selbst den Zeitpunkt für ein Gespräch gewählt, aber jetzt standen wir hier mitten auf dem Flur, umgeben von Leuten, und trotzdem fühlte ich mich furchtbar alleine.

»Du bist ganz schön blass«, meinte Nick vorsichtig.

Ich musste mir ein ironisches Lachen verkneifen, *blass* war wahrscheinlich eine maßlose Untertreibung und ich sah wohl eher aus wie Hui Buh das Schlossgespenst persönlich.

»Ich habe wahrscheinlich einfach nicht genug gegessen«, versuchte ich mich in Form einer Notlüge zu erklären, was Nick mit einem Nicken quittierte.

Die Spannung des Unausgesprochenen, die zwischen uns in der Luft lag, war erdrückend und es fiel uns beiden immer schwerer, den verkrampften Smalltalk aufrechtzuerhalten. Fieberhaft überlegte ich, wie ich am besten das Thema anschneiden sollte, doch Nick kam mir zuvor und übernahm den Anfang.

»Ist eigentlich alles zwischen uns in Ordnung? Ich habe das Gefühl, dass du mir aus dem Weg gehst. Liegt es an Freitag?

Das war wirklich keine Absicht, ich wollte dich nicht schlagen, bitte glaub mir-«, setzte er an.

»Nein, das ist es nicht«, unterbrach ich ihn, bevor er weiter wilde Theorien aufstellte. »Aber du hast Recht, ich bin dir mit Absicht aus dem Weg gegangen.«

Ich atmete einmal tief ein und aus, um mich zu sammeln, dann redete ich weiter.

»Dylan hat mir erzählt, was vor einem Jahr passiert ist, also das mit Sarah. Ich wusste einfach nicht, wie ich dir begegnen sollte.«

Ein trauriger Schatten legte sich über Nicks Gesicht und seine braunen Augen begannen feucht zu glänzen. »Hältst du mich auch für einen Mörder? Ist es das, was du mir sagen willst?! Verdammt, ich habe Sarah geliebt! Ich wollte niemals, dass ihr etwas passiert. Niemals!«

Für einen kurzen Moment sah ich den Schmerz, der in Nicks Augen aufblitzte, dann drehte er sich verletzt um und stürmte davon. Ich stieß einen leisen Fluch aus – wieso konnte ich eigentlich nie die richtigen Worte finden? Ich hatte Nick nicht verletzen wollen, ich hatte ihm nur die Wahrheit sagen wollen, warum ich ihm aus dem Weg gegangen war, aber natürlich hatte das nach hinten losgehen müssen …

»Nick! Warte!«, rief ich ihm hinterher und setzte mich ebenfalls in Bewegung, um ihm zu folgen. So konnte ich ihn einfach nicht gehen lassen, vor allem da ich nicht wusste, was er in seinem völlig aufgelösten Zustand tun würde oder eben nicht.

Ich mochte Nick wirklich sehr und selbst das dunkle Geheimnis über ihn, das Dylan mir offenbart hatte, konnte nicht bewirken, dass Nick mir mit einem Mal nichts mehr bedeutete. Sein unüberlegtes Machogehabe hatte einem Menschen das Leben gekostet, aber neben den Sozialstunden, die er hatte leisten müssen, war sein schlechtes Gewissen ihm Strafe genug. Alleine an seinem Blick eben hatte ich die Reue, die er verspürte, erkennen können. Ich war nicht hier, um ihn weiter fertigzumachen, ich wollte ihm nur klarmachen, dass das alles sehr viel zu verarbeiten war und ich den Abstand gebraucht hatte, um mich selbst etwas zu sortieren.

»Bitte hör mir zu«, flehte ich Nick beinahe an, als ich schließlich bei ihm angelangt war.

Er blieb so ruckartig stehen, dass ich fast gegen ihn prallte.

Ich brachte etwas Abstand zwischen uns, dann begann ich zu reden. »Das meinte ich nicht. Ich mag dich wirklich sehr, Nick. Ein Mensch wird nicht nur durch seine Fehler definiert, sondern durch so viel mehr. Du warst eine der ersten Personen, die mich hier in Amerika herzlich empfangen hat und das werde ich dir nicht vergessen. Ich habe einfach Zeit gebraucht, um meine eigenen Gedanken zu ordnen und deshalb bin ich dir aus dem Weg gegangen.«

Er nickte, offenbar schien er nach meinen Erklärungen ein gewisses Verständnis für mein Verhalten zu haben.

»Es ist nur so, dass ich genau zwischen den Fronten stehe«, fuhr ich fort. »Dylan möchte, dass ich keinen Kontakt zu dir habe-« Nick ließ ein verächtliches Schnauben hören, was ich jedoch einfach ignorierte. »Und ich kann auch verstehen, wieso. Aber andererseits möchte ich den Kontakt zu dir nicht abbrechen, denn auch in der kurzen Zeit bist du mir ein guter Freund geworden. Es ist einfach so kompliziert.«

Verzweifelt raufte ich mir die Haare – es war echt unglaublich, wie ein Streit, mit dem ich eigentlich gar nichts zu tun hatte, mich jetzt trotzdem dazu zwang, Position zu beziehen. Es war einfach zum Mäusemelken.

»Du lässt dir doch nicht ernsthaft von Dylan befehlen, mit wem du Kontakt haben darfst?«, fragte Nick fassungslos und ich nahm den wütenden Unterton wahr, der in seiner Stimme mitschwang.

Ich schüttelte daraufhin energisch den Kopf. »Ich lasse mir von Dylan gar nichts befehlen. Ich werde aber auch nicht auf seinen Gefühlen herumtrampeln und dich zum Beispiel mit zu uns nach Hause nehmen – das geht einfach nicht. Es ist einfach unglaublich kompliziert.«

»Hmmm«, brummte Nick nur. Offensichtlich leuchtete ihm auch ein, dass es ab sofort gewisse Grenzen für unsere Freundschaft geben würde. Er schien damit zwar nicht zufrieden zu sein, aber anders ging es nicht.

»Wir kriegen das schon irgendwie hin«, versuchte ich ihn aufzumuntern, aber meine Stimme klang schwach und ohne Nachdruck. »Ich muss jetzt leider schnell mein Buch holen und zum nächsten Unterricht.«

Nick nickte. »Wir sehen uns«, meinte er, dann kehrte er mir den Rücken zu und ich lief zu Lucy und Sam.

»Ey Valerie, warte mal«, hörte ich eine mir bekannte Stimme hinter mir rufen, als ich gerade den langen Flur zu dem Raum, in dem meine Kunst-AG stattfand, entlanglief. Ich drehte mich um und sah Luke auf mich zu joggen, weshalb ich stehen blieb, um auf ihn zu warten.

»Na, schon motiviert für Kunst?«, begrüßte mich der große Junge mit den schwarzen Haaren, als er bei mir angekommen war.

»Na klar und du?«, antwortete ich lachend.

»Immer doch«, kam es von Luke zurück.

Wir setzten uns wieder in Bewegung und schlenderten gemeinsam in Richtung Raum.

»Wie kommt es eigentlich, dass du in der Kunst-AG bist?«, erkundigte ich mich dabei beiläufig.

Luke musterte mich mit einer hochgezogenen Augenbraue. »Findest du, das passt nicht zu meinem Image?«, fragte er zurück und ich wendete schuldbewusst den Blick ab.

Ich war tatsächlich überrascht gewesen, als ich Luke in der Kunst-AG gesehen hatte, weil er doch zu den angesagtesten Jungs an der Schule gehörte und die doch meistens in den Sportmannschaften waren. Nicht, dass Künstler nicht cool waren, aber ich hatte das einfach nicht erwartet. Das war natürlich absolut vorurteilsbelastet von mir gewesen und ich fühlte mich jetzt automatisch schlecht.

Doch Luke schien mir nicht böse zu sein, denn er begann zu lachen. »Alles gut, du musst jetzt nicht so gucken, als hättest du gerade meine Oma totgefahren«, winkte er ab. »Ich bin einfach nicht so der große Sportler wie Dylan, sondern zeichne und fotografiere gerne. Aber es ist ja schön, dass ich immer wieder für eine Überraschung gut bin. Wusstest du schon, dass

Ace richtig gut Klavier spielen kann? Und dass Jase fließend Spanisch spricht?«

Ich schüttelte ertappt den Kopf. Es gab noch so viel, dass ich nicht über Dylan und seine Freunde wusste und wie Luke sagte – sie waren anscheinend alle immer wieder für eine Überraschung gut.

»Nein, das wusste ich nicht, aber das ist echt richtig cool«, antwortete ich und wich einem zertrampelten Pausenbrot auf dem Boden aus.

Dann betraten Luke und ich auch schon den Raum, wo sich unsere Wege trennten. Lucy und Marley saßen bereits in der letzten Reihe und ich ließ mich auf meinen Stuhl zwischen sie gleiten.

»Na, bist du offiziell in Dylans Gang mitaufgenommen worden?«, fragte mich Marley auch sogleich und nickte in Richtung Luke, der einige Reihen vor uns saß.

Ich hatte mittlerweile gelernt, dass der Junge mit den grünen Igelhaaren eine riesige Tratschtante war, deshalb wunderte es mich nicht mehr, wenn er sich jedes Mal, wenn wir uns sahen, als Erstes nach Dylan und mir erkundigte.

»Aber natürlich, heute Abend lasse ich mir das Banden-Tattoo stechen«, antwortete ich lachend.

»Die haben ein Banden-Tattoo? Was für eins?« Marley sah mich mit so großen, aufgeregten Augen an, dass es mir beinahe leidtat, ihn dieser Illusion wieder berauben zu müssen.

Jetzt schaltete sich auch Lucy ein, die bis eben nur amüsiert unserer Konversation gelauscht hatte. »Ja, die haben doch alle ein Arschgeweih«, meinte sie völlig ernst.

Damit war es jedoch um mich geschehen und ich brach in heilloses Gelächter aus – diese Vorstellung war einfach zu lustig.

Jetzt schien auch Marley zu bemerken, dass wir ihn verarscht hatten, denn er schob beleidigt die Unterlippe vor.

»Ihr seid gemein«, murrte er.

»Oder du bist einfach zu leichtgläubig«, erwiderte ich.

Bevor wir uns weiter necken konnten, betrat unsere Kunstlehrerin mal wieder zu spät den Raum. Sie begrüßte uns kurz und sprach ein paar einleitende Worte, doch dann waren wir uns selbst überlassen. Marley und Lucy brachten mich auf den aktuellen Stand unseres Projektes, da ich letzte Woche ja krank gewesen war. Dann gingen wir raus, um mit Lucys Spiegelreflexkamera erste Bilder zu dem Thema *Die Schönheit den Gewöhnlichen* zu machen. Wir schossen Bilder von Gänseblümchen im Beton und von den bunten Blättern der Bäume auf dem Boden und bekamen dabei sogar ein Eichhörnchen vor die Linse. Dabei bemerkten wir gar nicht, wie schnell die Zeit verflog und waren erst mit dem letzten Klingeln wieder im Klassenraum. Es machte echt Spaß, mit Lucy und Marley zusammenzuarbeiten und auch wenn wir die ganze Zeit herumalberten, hatte ich das Gefühl, dass unser Projekt echt gut werden könnte.

Kapitel 26

»Und was wollen wir heute Nachmittag machen?«, fragte mich Dylan beiläufig, während er den Blinker setzte und auf die Hauptstraße abbog.

»Ich bin heute schon verabredet, tut mir leid«, musste ich Dylans Angebot leider ablehnen und lächelte ihn entschuldigend an.

Ich konnte sehen, dass Dylan etwas enttäuscht war, auch wenn er versuchte, sich nichts anmerken zu lassen.

Deshalb tat mir meine Frage umso mehr leid. »Kannst du mich gleich vielleicht noch zu einem Mitschüler bringen?«, bat ich ihn vorsichtig.

»Achso, als Chauffeur bin ich dir also gut genug?« Dylan richtete seinen Blick von der Straße zu mir und sah mich herausfordernd an.

»So war das doch nicht gemeint. Ich muss mich heute Nachmittag für ein Schulprojekt mit einem Mitschüler treffen«, erklärte ich ihm ruhig, während ich wahrnahm, dass Dylan sich etwas anspannte. Eigentlich kaum merkbar, doch ich kannte ihn mittlerweile gut genug, um selbst die kleinsten Veränderungen seiner Laune zu bemerken. So sah ich jetzt auch, wie sich seine Hände um das Lenkrad verkrampften.

»Was für ein Projekt?«, hakte Dylan nach.

»Wir müssen uns in Biologie ab nächster Woche in Teams um solche Babysimulatoren kümmern. Cole und ich wollen uns deshalb heute treffen, um uns abzusprechen«.

Jetzt spannte sich Dylans ganzer Körper an, man konnte förmlich sehen, wie sich die Muskeln unter seinem T-Shirt verhärteten und sein Kiefer mahlte, jedoch verstand ich den Grund nicht. War es etwa, weil Cole männlich war und wir uns vier Wochen um einen Babysimulator kümmern sollten? War Dylan gerade allen Ernstes eifersüchtig?

»Ich kann auch Bus fahren«, schlug ich genervt von seiner Reaktion vor und verkniff mir gerade noch so, die Augen zu verdrehen. Dabei bestand für Dylan noch nicht mal ein Grund, sich so aufzuregen, denn ich hatte das Gefühl, dass

Cole gar nicht auf diese Weise an Mädchen interessiert war. Aber so wie Dylan sich gerade schon wieder aufführte, verspürte ich nicht das Bedürfnis, ihm das zu sagen. »Dann mach das«, sagte Dylan kühl und bog in diesem Moment schon auf die Auffahrt ein.

Ohne ein weiteres Wort stieg er aus dem Auto und knallte die Tür hinter sich zu. *Was für eine Diva …*

Ich ließ mir trotzdem nicht meine gute Laune von diesem Vorfall verderben, sondern nahm einfach den Bus zu Cole und suchte dann mit Google Maps den Weg zu seinem Haus.

Cole und ich verbrachten einen ausgesprochen lustigen Nachmittag miteinander. Wir planten zwar auch unser Projekt, doch die meiste Zeit verbrachten wir mit anderen Dingen, sodass die Zeit wie im Flug verging. So war es auch schon nach 20 Uhr, als ich schließlich aufbrach. Cole hatte angeboten, mich zur Bushaltestelle zu begleiten, doch ich hatte dankend abgelehnt und so lief ich gerade alleine dorthin.

Es war schon stockdunkel, doch damit hatte ich kein Problem, denn den Weg hatte ich mir gut gemerkt und die Straße war schließlich mit Laternen beleuchtet. Mit einem Kopfhörer im Ohr lief ich summend die Straße entlang. Hinter mir, in einem großen Abstand, lief eine weitere, dunkel gekleidete Person, doch ich dachte mir nichts weiter dabei, schließlich hatte nicht jeder, der um diese Uhrzeit unterwegs war, etwas Zwielichtiges am Stecken. Doch als ich mich ein weiteres Mal umdrehte, war die Person plötzlich ein ganzes Stück näher an mir dran. Langsam begann ich doch nervös zu werden und meine Schritte verlängerten sich unbewusst.

Ich wechselte die Straßenseite, vielleicht tat ich dem Typen hinter mir ja auch Unrecht und er hatte es nur eilig. Aber diese Hoffnung wurde mir auch genommen, als der dunkel gekleidete Mann ebenfalls die Straßenseite wechselte. Ein kalter Schauer durchfuhr meinen Körper und eine Gänsehaut überkam mich. Der Mann verfolgte mich, das stand fest. Mit jedem Schritt kam er näher an mich heran und hätte er mich erst mal erreicht, hätte ich nicht mal den Hauch einer Chance gegen ihn – er war größer, stärker und schneller.

Ich blickte mich in der Gegend um, doch es war niemand zu sehen, der mir hätte helfen können, nur graue, leblose Industriegebäude – ich war allein, vollkommen auf mich selbst gestellt. Mit vor Angstschweiß feuchten Händen fummelte ich mein Handy aus meiner Jackentasche und wählte Dylans Nummer. Beinahe wäre mir das Handy dabei aus meinen zittrigen Händen entglitten, doch ich konnte es im letzten Moment noch zu fassen kriegen. Ich presste es an mein Ohr und wurde mit jedem Tuten panischer.

Bitte Dylan, geh ran. Bitte, flehte ich, doch bisher klingelte es immer noch.

Ich warf einen weiteren Blick über meine Schulter und stellte mit Schrecken fest, dass der Typ nur noch weniger als zwanzig Meter von mir entfernt war. Gleich hatte er mich eingeholt, gleich war ich ihm restlos ausgeliefert.

»Valerie?«, nahm Dylan in diesem Moment endlich ab. Vor Erleichterung stiegen mir dabei Tränen in die Augen, jetzt war ich wenigstens nicht mehr ganz alleine.

»Dylan, ich glaube, ich werde verfolgt.« Meine Stimme zitterte und überschlug sich fast vor Angst, sodass ich froh war, überhaupt einen ganzen Satz herauszukriegen. Dylan schien sofort zu verstehen, dass ich nicht scherzte, denn er sog scharf die Luft ein.

»Wo bist du? Sind da Häuser? Irgendwelche anderen Menschen?« Er versuchte krampfhaft seine Stimme ruhig klingen zu lassen, um mich nicht noch mehr zu beunruhigen, was ihm jedoch nicht gelang. Mein Herz klopfte so stark, dass ich das Gefühl hatte, man könnte es durch den ganzen Ort hören und mein ganzer Körper war von purer Angst erfüllt.

»Hier ist niemand. Ich komme gerade von Cole und bin aus dem Wohngebiet raus, mitten im Industriegebiet. Dylan, er holt mich gleich ein, ich-«, setzte ich an, doch meine Stimme brach, als ich direkt hinter mir ein Knacken hörte.

Wie von selbst rannten meine Beine los, immer schneller und schneller, denn die Angst trieb mich zu Höchstleistungen an. Adrenalin durchflutete meinen Körper, als letzte Reaktion auf die Gefahr, doch trotzdem wusste ich, dass ich meinem

Verfolger nicht entkommen würde. Tränen rannen mir mittlerweile haltlos aus den Augen – ein Ventil für meine Angst, die meinen Körper vollkommen einzunehmen drohte.

Mein Verfolger begann jetzt ebenfalls zu rennen und mein Vorsprung schwand immer mehr dahin. Es war aussichtslos, dass ich ihm entkommen würde, doch trotzdem rannte ich durch das Adrenalin in meiner Blutbahn angetrieben weiter – ein Reflex meines Körpers, denn ich konnte vor Furcht nicht mehr klar denken.

Was hatte er mit mir vor? Würde er mich vergewaltigen? Würde er mich ausrauben? Oder beides? Bisher hatte ich nur in den Nachrichten von solch schrecklichen Straftaten gehört und jetzt sollte ich tatsächlich selbst Opfer einer werden. Es gab keinen Ausweg, keine Fluchtmöglichkeit. Die Straße war nur noch spärlich beleuchtet, höchstens alle fünfzig Meter stand eine Straßenlaterne und um mich herum waren nur leerstehende Teerflächen oder alte Industriegebäude, die jedoch von Zäunen umschlossen waren. Sollte ich trotzdem versuchen, dorthin zu flüchten? Aber was, wenn ich nicht durch den Zaun kam?

»Ich bin sofort bei dir, Valerie. Ich hole dich da raus! Hör mir zu, ich weiß, wo du bist. Du biegst bei der nächsten Kreuzung nach rechts ab, dann müsstest du eine Tankstelle sehen, dort rennst du hin. Ich bin schon unterwegs«, erklärte mir Dylan so gefasst, wie es ihm möglich war. »Valerie bist du noch dran?«, fügte er dann jedoch panisch hinzu, als ich nicht gleich antwortete.

»Ja«, keuchte ich in mein Telefon.

Die Kreuzung lag direkt vor mir, weshalb ich meine letzte Kraft zusammennahm und mein Tempo noch einmal anzog. Als ich schließlich um die Ecke bog, sah ich das leuchtende Schild der rettenden Tankstelle – so nah und doch noch so fern. Ich traute mich nicht, einen weiteren Blick nach hinten zu werfen, sondern rannte einfach weiter, so schnell wie ich noch nie in meinem ganzen Leben gerannt war. »Es ist aussichtslos, du entkommst mir nicht«, hörte ich die Stimme meines Verfolgers direkt hinter mir und mein Herz setzte einen Schlag aus.

Gleich hatte er mich eingeholt, gleich war es vorbei.

Das Adrenalin pumpte in meinen Adern und es war, als würden seine Worte eine eiskalte Spur in meinem Nacken hinterlassen. Doch trotzdem stutzte ich, denn seine Stimme kam mir merkwürdig bekannt vor.

»Ich hätte dich schon lange einholen können. Wann begreifst du endlich, dass das alles nur ein Spiel ist? Ein Spiel, das ich gewinnen werde!« Er lachte hämisch auf.

Ich riskierte jetzt doch einen weiteren Blick nach hinten, stolperte dabei aber über einen auf dem Bürgersteig liegenden Ast und fiel zu Boden. Es war, als würde ich in Zeitlupe fallen. Der entscheidende Moment schien sich ewig hinzuziehen. Verzweifelt versuchte ich mein Gleichgewicht zu halten, mich irgendwo festzuklammern, aber es half nichts. Mit voller Wucht prallte ich auf dem Boden auf und stieß meinen Kopf an, doch der Schmerz setzte nicht ein, dafür war mein Körper viel zu benebelt von dem Adrenalin und der Angst. Mein Handy fiel mit mir zu Boden, der Bildschirm zersplitterte und die Verbindung brach ab. Vor Angst gelähmt, blieb ich am Boden liegen und wusste nur eines: Es gab kein Entkommen mehr ...

Kapitel 27

Mein Herz schlug so stark gegen meinen Brustkorb, als würde es ihn zerbersten wollen und das Blut rauschte in meinen Ohren.

Es war aus. Es war aus und vorbei.

Hier lag ich im Dreck, unfähig mich zu bewegen, mein Verfolger direkt über mir. Die rettende Tankstelle so nah und doch so fern, denn die hundert Meter erschienen mir in diesem Moment eher wie hundert Kilometer.

Es war aus und vorbei.

Niemand konnte mich hier in der Dunkelheit sehen.

Niemand konnte mich hören.

Niemand konnte mich retten.

»Da liegst du jetzt am Boden. Gekämpft bis zur letzten Sekunde und doch hast du verloren«, hörte ich die Stimme meines Verfolgers direkt über mir. Er lachte hämisch.

»Ich hätte dir ja gleich sagen können, dass du keine Chance gegen mich hast – aber ganz ehrlich, so macht es doch viel mehr Spaß.«

Ja, ich hatte gekämpft, aber jetzt lag ich hier auf der schmutzigen Straße und wusste, dass jegliche Fluchtversuche unmöglich waren. Und das fühlte sich grässlich an.

»So Kleine, jetzt wirst du ein bisschen schlafen – aber keine Angst, ich passe auf dich auf.«

Aus dem Augenwinkel nahm ich wahr, wie ein grauer, stinkender Lappen meinem Gesicht immer näher kam. Ein beißender Geruch trat in meine Nase und ohne ihn jemals zuvor gerochen zu haben, wusste ich sofort, worum es sich handelte: Chloroform. Mein Verfolger wollte mich bewusstlos machen!

Verzweifelt versuchte ich meinen Kopf wegzudrehen, doch er riss mich an den Haaren zurück und drückte mir mit aller Kraft den Lappen ins Gesicht. Ich versuchte ihn abzuschütteln, jedoch ohne Erfolg, sodass mir als Einziges übrigblieb, die Luft anzuhalten. Doch mit jeder Sekunde, die verstrich, wurde der Drang zu atmen größer und irgendwann musste ich notgedrungen meinen Mund öffnen. Mit letzter Kraft versuchte ich, gegen die Schwärze, die mich plötzlich umgab, anzukämpfen, aber es ging nicht. Die Dunkelheit ergriff Besitz von mir, doch bevor ich mein Bewusstsein endgültig verlor, vernahm ich noch ein lautes Knallen, fast wie ein Schuss. Dann war alles dunkel …

Elektronisches Piepen – dieses Geräusch nahm ich als Erstes wahr. Ich versuchte meine Augenlider zu öffnen, doch sie schienen plötzlich schwer wie Blei zu sein. Nach einigen vergeblichen Versuchen gelang es mir schließlich doch, die Augen zu öffnen und ich blinzelte in gleißend helles Licht von Neonröhren.

War ich tot? Nein, Tote konnten kein elektronisches Piepen hören und außerdem hatte ich unglaublich starke Kopfschmerzen – es fühlte sich so an, als würde mein Kopf zerspringen und meine Stirn pochte heiß. Diese Möglichkeit fiel also raus. Aber wo war ich dann?

Ich blickte mich in dem Raum, in dem ich lag, um. Es war ein mittelgroßes Zimmer, in dem nur an den Wänden zahlreiche Regale standen. Ich selbst lag auf einer Pritsche und war an zahlreiche Schläuche angeschlossen. So kam ich recht schnell zu dem Schluss, dass ich mich in einem Krankenhaus befand. Aber wieso war ich hier?

Ich versuchte meine letzten Erinnerungen zu sortieren, die ich noch in Fetzen vor Augen hatte. Ich war gerannt, sehr viel sogar. Dann war ich gefallen und alles wurde schwarz. Aber da fehlte noch etwas … Plötzlich überrollten mich die letzten Ereignisse wie ein Tornado und rissen mich in seinen Wellen mit. Mit einem Mal war alles wieder da und die Fetzen setzten sich zusammen. Ich war verfolgt worden und dann hatte mein Verfolger mich gefasst. Er hatte mich mit Chloroform bewusstlos gemacht und ab dann fehlte mir wieder jegliche Erinnerung.

Ich spürte, wie erneut Panik in mir aufstieg und sich mein Herzschlag radikal beschleunigte. Die Frequenz des elektronischen Piepens nahm ebenfalls zu und im nächsten Moment wurde bereits die Tür des Zimmers, in dem ich lag, aufgeschlagen. Eine Ärztin betrat den Raum und warf einen skeptischen Blick auf die Monitore, bevor sie mir mit den Worten »Ich werde Ihnen jetzt etwas zur Beruhigung geben« eine Spritze in den Oberarm drückte.

Im nächsten Moment wurde die Tür ein weiteres Mal schwungvoll geöffnet und Dylan betrat das Zimmer. Er wirkte blass und ziemlich aufgelöst, denn seine Haare standen in alle möglichen Richtungen ab, als hätte er sie sich ununterbrochen gerauft.

»Dylan!«, rief ich aus, doch meine Stimme klang so schwach und kratzig, dass man kaum etwas verstand.

Mit wenigen Schritten war der große, braunhaarige Junge bei mir und nahm meine Hand, die er zärtlich drückte.

»Schhh, Valerie. Ich bin da, alles wird gut«, meinte er und der raue Klang seiner Stimme und seine körperliche Nähe ließen mich automatisch ruhiger werden.

»Ich muss Sie leider auffordern, den Raum zu verlassen, damit ich die Patientin in Ruhe untersuchen kann«, wandte sich die Ärztin an Dylan. Sie gab sich sichtlich Mühe, freundlich zu klingen, aber man konnte ihr trotzdem ansehen, wie genervt sie über den ungebetenen Gast war.

»Das werde ich ganz sicher nicht! Ich bleibe bei meiner Freundin!«, widersprach ihr Dylan jedoch sofort und verschränkte stur die Arme vor der Brust.

»Sie müssen leider den Raum verlassen und wenn Sie dies nicht freiwillig tun, sehe ich mich dazu gezwungen, das Sicherheitspersonal zu rufen. Sie können ja direkt nach der Behandlung zu Ihrer Freundin.«

Ich bemerkte, wie Dylan sich anspannte. Er hasste es, wenn Menschen ihm drohten, egal in welcher Position sie sich befanden.

»Sie haben mich schon die ganze Zeit von ihr weggesperrt, das lasse ich nicht weiterhin mit mir machen. Wenn Sie mich jetzt rausschmeißen, werde ich dafür sorgen, dass Sie noch heute Ihre Stelle verlieren!«, knurrte er und ich wusste, dass er sich nur mühsam beherrschte.

»Was fällt Ihnen eigentlich ein, Mister …«, meinte die Ärztin empört und zog wütend die Augenbrauen zusammen.

»Campbell, Dylan Campbell.«

Man konnte förmlich die Veränderung in ihren Gesichtszügen sehen, als dieser Name fiel. Eigentlich war es nicht fair, was ein Name ausmachen konnte, aber in diesem Moment war ich einfach nur heilfroh darüber, wenn das hieß, dass Dylan nicht rausgeschickt wurde.

»Wenn die Patientin nichts dagegen hat, dürfen Sie ausnahmsweise im Raum bleiben«, antwortete die mittelalte Frau plötzlich wieder viel freundlicher und sah mich fragend an.

Ich nickte nur und dann begann sie endlich mit der Untersuchung. Dylan hatte sich währenddessen neben mich gesetzt und hielt die ganze Zeit über meine Hand, während er aufmerksam, fast schon kritisch, die Arbeit der Ärztin beäugte. Nachdem sie mich durchgecheckt und mir ein paar Tabletten gegeben hatte, verließ sie den Raum auch schon wieder, um zu ihren anderen Patienten zu gehen und Dylan und ich blieben alleine zurück.

Eine angespannte Stille legte sich über den Raum und jeder von uns suchte nach den richtigen Worten, um sie zu brechen. Dylan nahm schließlich als Erster Blickkontakt mit mir auf und begann dann zu reden.

»Ganz ehrlich, ich weiß gar nicht wirklich, was ich sagen soll«, setzte er an und schluckte trocken. »Es tut mir so verdammt leid. Ich kann nur im Entferntesten erahnen, was du durchmachen musstest und das nur, weil ich Idiot dich gestern nicht mit den Auto fahren wollte. Wäre ich nicht so ein Arschloch gewesen, wäre das alles nie passiert. Hätte ich dich gestern doch einfach gefahren… Wäre ich auch nur eine Minute später da gewesen, dann-«. Dylans Stimme brach und er musste sich räuspern.

Ich nahm wahr, wie seine Augen feucht glänzten. Es war unverkennbar, dass er sich die Schuld für das, was passiert war, gab, dabei konnte er rein gar nichts dafür.

»Hey«, riss ich ihn aus seinen Gedanken zurück und fuhr sanft mit meinem Daumen über seine Hand. »Du kannst nichts dafür. Niemand hätte ahnen können, dass ausgerechnet mir, an ausgerechnet diesem Ort so ein kranker Psychopath über den Weg läuft. Und außerdem hast du mich gerettet, wofür ich dir unendlich dankbar bin!«

Ich lächelte Dylan an, doch er erwiderte mein Lächeln nicht.

»Wirklich, du trägst keine Schuld daran. Es ist ja auch nichts passiert, du warst ja rechtzeitig da«, versuchte ich meinen Worten von eben Nachdruck zu verleihen.

Doch offensichtlich war dies trotzdem nicht das, was Dylan hören wollte, denn er spannte sich erneut an.

»Es ist nichts passiert? Ernsthaft? Natürlich ist etwas passiert und auch wenn du es abstreitest, weiß ich, dass ich schuld bin!« Dylan gab sich große Mühe, seine Wut zu kontrollieren, aber trotzdem gelang es ihm nicht mehr, das Brodeln in seinem Inneren zurückzuhalten – damit hatte er schon immer Probleme gehabt. Er sah einfach nicht ein, dass er nichts dafür konnte und dass ich ihm niemals die Schuld geben würde.

»Verdammt, Vale. Es ist meine Schuld!« Dylan räusperte sich ein weiteres Mal, bevor er weitersprach. »Ich bin mir sicher, dass Mike dich verfolgt hat. Als ich auf ihn geschossen habe und er weggerannt ist, habe ich ihn erkannt. Also nicht sein Gesicht, aber der Gang, die Figur, ich bin mir verdammt sicher.«

Während Dylan sprach, fühlte es sich so an, als würde das Blut in meinen Adern schlagartig gefrieren. Plötzlich war mir so kalt und die Angst kroch erneut in mir hoch. Jetzt ergab mit einem Mal alles einen Sinn, deshalb war mir die Stimme meines Verfolgers so bekannt vorgekommen: Es war Mike gewesen! Und er hatte mich nicht durch Zufall ausgewählt, er verfolgte irgendein Ziel. Er hatte schon einmal einen Übergriff auf mich versucht, damals in der Küche, aber dieses Mal war anders. Er wollte mich nicht einfach sexuell belästigen oder ähnliches, er hatte etwas anderes vor. Etwas Größeres. Und das Schlimmste von allem: Er war immer noch auf freiem Fuß.

»Wieso? Wieso macht er das?« Meine Stimme klang schwach und zitterig, sodass meine Angst deutlich herauszuhören war. »Ich weiß es nicht. Aber ich bringe diesen Kerl um, falls er nochmal auch nur in deine Nähe kommt. Ich werde dich beschützen.« Dylans Stimme klang eiskalt und das bedrohliche Funkeln, das in seinen Augen lag, jagte mir eine Gänsehaut ein. Er meinte diese Drohung ernst.

Doch dann setzte Dylan wieder sein perfektes Pokerface auf und beugte sich vor, um mich sanft auf die Stirn zu küssen. Doch irgendwie fühlte es sich gezwungen und einfach nicht passend an, denn da gab es noch etwas anderes, dass mich einfach nicht losließ. »Du hast auf Mike geschossen?«, hakte ich nach, in der Hoffnung, mich eben einfach verhört zu haben.

»Naja, nicht ganz. Ich habe neben ihn geschossen«, antwortete Dylan, als wären das beides komplett unterschiedliche Sachen.

Er hatte also wirklich auf Mike geschossen … Ich war geschockt darüber, wie er dabei so ruhig klingen konnte, das war eine Straftat und keine kleine! Es klang fast so, als hätte Dylan das schon öfter getan. Fassungslos blickte ich ihn an.

»Dylan, bist du von allen guten Geistern verlassen? Du kannst doch nicht einfach auf Menschen schießen?« Meine Stimme überschlug sich fast, so aufgebracht, wie ich war.

»Was hätte ich denn deiner Meinung nach machen sollen? Etwa zulassen, dass Mike dich mitnimmt? Ich habe ja mit Absicht danebengeschossen, ich wollte ihm nur Angst machen«, erwiderte Dylan ebenfalls aufgebracht, als wäre ich diejenige, deren Verhalten absolut unverständlich sei.

Ich dachte jedoch gar nicht daran, zurückzurudern, auf Menschen zu schießen, verstieß absolut gegen mein Moralverständnis.

»Es tut mir leid, okay? Es war nicht richtig, ich habe mich von meinen Emotionen leiten lassen«, erklärte Dylan wieder etwas ruhiger, als er merkte, dass ich bei meiner Meinung bleiben würde. Eigentlich hätte ich ihm jetzt trotzdem noch stundenlang Vorträge über Moral halten können, aber dafür fehlte mir einfach die Kraft, deshalb ließ ich es gut sein.

Kapitel 28

Ich wurde nach drei Tagen Aufenthalt aus dem Krankenhaus entlassen. Meine leichte Gehirnerschütterung war in dieser Zeit abgeklungen und bis auf meine Schürfwunden war ich weitestgehend unversehrt – zumindest körperlich. Die Ärzte hatten mir geraten, zu einem Psychologen zu gehen, da ich vielleicht ein Trauma aufgrund der Ereignisse haben könnte, doch das wollte ich nicht. Auch wenn mich nachts die Bilder des Überfalls in meinen Albträumen verfolgten, würde ich das nie im Leben zugeben. Ich war schon immer ein Mensch gewesen, der Probleme lieber unauffällig alleine lösen wollte, anstatt sie an die große Glocke zu hängen und so schwieg ich über meine nächtlichen Panikattacken wie ein Grab. Diese würden bestimmt innerhalb der nächsten Tage wieder verschwinden, versuchte ich mir einzureden, schließlich hatte ich so viele Leute um mich herum, die sich um mich kümmerten.

Dylan und meine Freunde gaben sich größte Mühe, mich aufzubauen und abzulenken und Kate war sogar schon früher aus New York zurückgekommen, um mir beizustehen und sich um mich zu kümmern, sodass George die letzten Verhandlungen alleine übernahm. Ich hatte versucht, sie zu überzeugen, dass ihr Fall wichtiger war, aber sie hatte nicht mit sich reden lassen und war trotzdem sofort nach Hause gereist, um mich direkt am nächsten Tag im Krankenhaus zu besuchen, dabei war ich ja keineswegs alleine gewesen.

Dylan hatte darauf bestanden, die ganze Zeit über bei mir zu bleiben und war nur zum Duschen und Umziehen nach Hause gefahren. Außerdem hatte er mein Handy reparieren lassen, da es ja beim Sturz kaputtgegangen war – so war ich wenigstens nicht mehr von der Außenwelt abgeschnitten und konnte Serien gucken und mit meinen Freunden und meiner Familie schreiben. Meinen Eltern hatte ich nur eine abgeschwächte Version von dem, was passiert war, erzählt, weil ich nicht wollte, dass sie sich Sorgen um mich machten. Die meiste Zeit war ich aber eh beschäftigt gewesen, da Dylan bei mir gewesen war oder Ace, Luke, Jase, Sam und Lucy mich besucht hatten.

Auch Nick war da gewesen und Dylan hatte uns unter starkem Protest sogar alleine gelassen.

Nachdem ich entlassen wurde, folgte jedoch der ganze Stress mit der Polizei, auf den ich nur allzu gut hätte verzichten können. Ich würde die Erlebnisse des Abends am liebsten einfach vergessen, anstatt sie den Polizisten nochmal im Detail zu erzählen. Andererseits wollte ich aber natürlich auch, dass mein Verfolger gefasst würde und ich mich endlich wieder sicher fühlen könnte.

So hatte ich den Uniformierten alles haarklein berichtet und Mike als Hauptverdächtigen genannt. Die Polizei hatte daraufhin sein Alibi überprüft, was jedoch lückendicht war. Anscheinend war Mike genau zu dem Zeitpunkt des Überfalls bei einer Tankstelle im Nachbarort gewesen, was ein Kassenbon und der Tankwart bestätigten. Mike war also weiterhin auf freiem Fuß, was nicht dafür sorgte, dass ich mich ruhiger und sicherer fühlen konnte. Wenn es tatsächlich Mike gewesen war, der mich in dieser Nacht verfolgt hatte, dann wollte er etwas von mir und er würde mit Sicherheit einen weiteren Versuch unternehmen, um das zu kriegen – was auch immer es sein konnte.

Die Polizei hatte mir deshalb eingeschärft, mich selbst bei den kleinsten verdächtigen Vorfällen in meinem Umfeld sofort zu melden, doch mehr konnten sie auch nicht für mich tun. Dylan wäre daraufhin fast durchgedreht und hatte den Polizisten vorgeworfen, dass sie uns nicht ernst genug nehmen würden und fahrlässig handeln würden. Zum Glück hatte Kate ihren Sohn noch rechtzeitig beruhigen können, bevor die Situation eskaliert war, während ich einfach nur schweigend dagesessen hatte. Mir erschien das alles einfach so unwirklich, als wäre ich im falschen Film gelandet, aber auf der anderen Seite wusste ich, dass die Bedrohung real war, daran erinnerten mich die verheilten Kratzer an meinem Körper.

Deshalb hatte ich auch zugestimmt, als die Campbells in einer Familienkonferenz beschlossen hatten, dass ich vorerst nicht mehr alleine das Haus verlassen sollte. Mir gefiel der Gedanke zwar nicht, ein Stückchen meiner Freiheit einbüßen zu müssen, aber im Moment war das einfach die beste und sicherste Möglichkeit. So kehrte in den nächsten Tagen wieder eine normale Routine ein und die Dinge nahmen ihren gewohnten Lauf. Alles war wieder normal – naja fast normal.

Ich ging die schmale Gasse entlang. Alles war dunkel – so rabenschwarz, dass man nicht mal mehr seine eigene Hand vorm Gesicht sehen konnte. Meine Beine waren bereits erschöpft von dem vielen Laufen und ich stolperte mehr über das unebene Kopfsteinpflaster, als ich ging. Plötzlich hörte ich Schritte hinter mir – weit entfernt, doch es klang, als würden sie sich mir in einem schnellen Tempo nähern. Ich drehte mich um, doch konnte nichts erkennen. Panik begann in mir hochzukriechen und ich begann zu rennen, aber da wurde ich schon von jemandem zurückgerissen. Mir wurde ein stinkender Lappen aufs Gesicht gedrückt, um mir die Luft zu rauben und mich bewusstlos zu machen. Ich schrie und schrie, doch es kam kein Ton …

»Valerie! Valerie, wach auf.« Dylans Stimme rüttelte mich aus dem Schlaf und ich riss panisch die Augen auf. Angstschweiß stand mir auf der Stirn und mein Herz pochte heftig gegen meinen Brustkorb.

»Vale, es ist alles gut. Ich bin da, du hast nur geträumt.« Dylans Stimme klang ganz sanft und er betrachtete mich mit einem besorgten Blick. Dann setzte er sich neben mich auf die Bettkante und griff nach meiner feuchtkalten Hand. Diese kleine Berührung reichte tatsächlich dazu aus, dass ich endlich völlig aus meinem Albtraum zurück in die Realität kehrte und sich meine Atmung langsam zu normalisieren begann. *Es war nur ein Traum gewesen, nur ein blöder Traum …*

»Tut mir leid, dass ich dich geweckt habe«, entschuldigte ich mich, nachdem ich mich wieder etwas gefasst hatte und blickte beschämt zu Boden. Wie laut musste ich denn bitte geschrien haben?

»Dafür musst du dich doch nicht entschuldigen«, entgegnete Dylan sanft und küsste mich leicht auf die Stirn. In seinen Augen lag jedoch immer ein sorgenvolles Funkeln und seine Stirn war in ernste Falten gelegt.

»Wie lange hast du schon diese Albträume?«, sprach er die Frage aus, von der ich so sehr gehofft hatte, er würde sie nicht stellen. Ich wollte nicht darüber reden, ich wollte ihm und mir nicht eingestehen, dass es mir lange nicht so gut ging, wie ich es immer vorgab.

»Eigentlich habe ich keine Albträume. Früher als Kind hatte ich manchmal welche-«, setzte ich an.

»Valerie, du weißt genau, was ich meine!«, unterbrach Dylan mich jedoch mit einer gewissen Strenge in der Stimme.

»Das war der Erste«, murmelte ich leise und hoffte inständig, dass er diese Notlüge schluckte. Er würde sich zu große Sorgen machen, wenn er wüsste, dass ich jede Nacht von Albträumen geplagt wurde. Es war immer der Gleiche mit nur geringen Abwandlungen, mal wurde ich vergewaltigt, mal ausgeraubt, mal gefoltert oder ab und zu auch getötet.

»Du bist eine verdammt schlechte Lügnerin. Sag mir bitte die Wahrheit.« Dylan sah mir fest in die Augen und sein Blick wirkte so durchdringend, als würde er selbst die kleinste Lüge enttarnen können.

Aber ich wollte Dylan nicht die Wahrheit sagen. Die Wahrheit ließ mich schwach erscheinen, als würde ich nicht mit meinen Problemen klarkommen. Obwohl, das tat ich ja auch nicht – ob ich es wollte oder nicht, ich brauchte Hilfe und der erste Schritt wäre, darüber zu reden. Also gab ich mir einen Ruck und antwortete: »Eigentlich jede Nacht.«

Dylan sah gar nicht so geschockt aus, fast, als hätte er diese Antwort bereits erwartet. Wortlos legte er sich neben mich ins Bett und schlang die Arme um mich. »Ab jetzt werde ich dich vor deinen Albträumen beschützen«, flüsterte er mir ins Ohr.

Natürlich wusste er so gut wie ich, dass niemand mich vor diesen Träumen beschützen konnte, doch trotzdem taten die Worte ihre Wirkung. Hier in Dylans Armen fühlte ich mich zum ersten Mal wieder wirklich sicher. Seine Nähe hatte so eine beruhigende Wirkung auf mich und ich schlief tatsächlich das erste Mal seit Tagen wieder eine Nacht ruhig durch.

Am nächsten Morgen wurde ich von Dylan aus meinem traumlosen Schlaf gerissen und stellte überrascht fest, dass ich den Rest der Nacht ohne weitere Panikattacken durchgeschlafen hatte. Langsam quälte ich mich aus dem Bett und machte mich fertig. Auch wenn ich seit Längerem mal wieder ausgeschlafen war, fühlte ich mich trotzdem erschöpft und demotiviert. Ich hatte keine Lust auf den heutigen Tag, weil ich nach meinem Krankenhausaufenthalt zum ersten Mal wieder zur Schule gehen würde. Hoffentlich hatte sich nicht herumgesprochen, was mir passiert war, denn auf die neugierigen Blicke und Fragen meiner Mitschüler konnte ich nur zu gut verzichten.

Als Dylan schließlich mit seinem Auto auf den Parkplatz fuhr, war meine Laune so ziemlich beim Nullpunkt angelangt. Wir stiegen zusammen aus, doch zu meiner Erleichterung schien niemand uns besondere Beachtung zu schenken.

»Wie viele Stunden hast du heute?«, fragte ich Dylan beiläufig auf dem Weg zum Schulgebäude.

»Wie viele hast du?«, stellte er die Gegenfrage.

Misstrauisch runzelte ich die Stirn. »Ausnahmsweise sechs, die letzten fallen aus«, antwortete ich ihm dann zögerlich.

»Gut, ich auch«, kam es von Dylan zurück.

»Hast du wirklich nur sechs Stunden oder machst du einfach nach der sechsten Schluss?«

Ich war mir ziemlich sicher, dass Dylan heute länger als ich Unterricht hatte und seine letzten Stunden einfach schwänzen würde, um mich nicht alleine nach Hause gehen zu lassen.

»Das macht keinen Unterschied«, antwortete Dylan mir kurz angebunden. »Ich fahr nach der Sechsten mit dir nach Hause.«

Also würde er schwänzen. Ich wusste zwar, dass es Dylan nichts ausmachte, einfach blau zu machen, aber mir gefiel der Gedanke nicht, dass er es extra für mich tat, wo dies doch gar nicht nötig war. Tagsüber waren so viele Menschen auf den Straßen unterwegs oder ich könnte einfach mit Sam Bus fahren, da er nur wenige Haltestellen von uns entfernt wohnte.

»Ich könnte auch mit dem Bus fahren, Sam wäre ja auch dabei«, äußerte ich meinen Gedankengang als letzte Idee, um Dylan zu überzeugen, doch zu bleiben. Schließlich befand er sich in seinem letzten Schuljahr und ich wollte ganz sicher nicht, dass seine Noten irgendwie unter mir litten.

»Nein!«, fuhr Dylan mich jedoch an. »Du wirst nicht mehr Bus fahren! Entweder fährst du bei mir oder den anderen Jungs mit, aber du wirst ganz sicher nicht mehr alleine unterwegs sein.«

Abwehrend hob ich die Arme und wich einen Schritt zurück. »Komm runter, das war ja nur ein Angebot. Ich kann auch mit dir fahren, kein Grund so auszurasten.«

Ich konnte mir nur mit Mühe ein genervtes Seufzen und Augenverdrehen verkneifen. Einerseits konnte ich Dylan ja verstehen, aber andererseits war es wirklich übertrieben, wie sehr er sich um mich sorgte. Am helllichten Tag würde mir schon nichts passieren.

»Valerie, ich meine es ernst. Du wirst nicht mehr irgendwo alleine unterwegs sein. Außerdem muss ich dich immer auf deinem Handy erreichen können, verstanden?« Dylan sah mich eindringlich an. Er nahm diese Aufgabe wirklich ernster, als jeder Bodyguard es tun würde.

Ich wollte mich jedoch nicht schon wieder mit ihm streiten, weshalb ich einfach nur nickte – ich würde diese Diskussion eh nicht gewinnen.

»Valerie!«, hörte ich in diesem Moment jemanden hinter mir schreien.

Ich drehte mich um und sah Lucy auf mich zu rennen. Als sie bei mir angelangt war, fiel sie mir so stürmisch um den Hals, dass ich fast nach hinten kippte, doch es gelang mir im letzten Moment noch mein Gleichgewicht zu halten.

»Wie schön dich zu sehen! Ich habe dich so vermisst, Schule ohne dich ist so langweilig«, redete das braunhaarige Mädchen direkt drauf los.

Lachend erwiderte ich die Umarmung. »Ich habe dich auch vermisst, auch wenn du mich ja einmal besucht hast. Und eins kann ich dir sagen, im Krankenhaus war es bestimmt noch langweiliger als in der Schule. Allein das Essen – trockener und geschmackloser ging es kaum, das war sogar noch schlimmer als hier in der Mensa. Ich bin so froh, endlich wieder zu Hause zu sein.«

Hinter uns räusperte sich jemand und erinnerte mich somit daran, dass wir gar nicht alleine waren. Dylan hatte ich einfach beinahe vergessen.

»Kriege ich auch eine so enthusiastische Begrüßungsumarmung?«, fragte er schief grinsend.

Lucy blickte Dylan entgeistert an, dann guckte sie zu mir und dann wieder zurück zu Dylan. Die Sprachlosigkeit und Überraschung standen ihr förmlich ins Gesicht geschrieben, sodass ich anfangen musste, zu lachen – ihr Blick war einfach göttlich.

»Heute nicht«, antwortete ich deshalb für die etwas überforderte Lucy. »Wir müssen jetzt auch los. Man sieht sich.« Mit diesen Worten hakte ich mich bei Lucy ein und wir ließen Dylan einfach stehen.

»Sag mal, seid ihr endlich offiziell zusammen?«, fragte Lucy mich, als wir außer Hörweite waren. Anscheinend hatte sie ihre Sprache wiedergefunden und stieß mir ihren Ellenbogen auffordernd in die Seite.

»Au, das tat weh«, beschwerte ich mich sogleich und rieb mir die schmerzende Stelle ein bisschen mehr als nötig.

»Lenk nicht ab«, ermahnte Lucy mich streng. »Also?«

Sie sah mich abwartend an, doch ich zögerte. Was sollte ich bitte auf diese Frage antworten? Ich wusste die Antwort ja selbst noch nicht mal. »Keine Ahnung«, sagte ich deshalb wahrheitsgemäß.

Lucy blieb abrupt stehen und sah mich fassungslos an. »*Keine Ahnung?* Was soll das denn heißen? Seid ihr zusammen oder seid ihr nicht zusammen? Das kann doch nicht so schwer sein.«

Verzweifelt raufte ich mir die Haare. Lucy hatte gut reden, von wegen, *das kann doch nicht so schwer sein.* In der einen Minute war Dylan noch super fürsorglich und süß zu mir und in der nächsten schon wieder so kühl und unfreundlich, dass ich einfach nie wusste, woran ich bei ihm war.

»Ich weiß es einfach nicht. Aber nein, wir sind nicht offiziell zusammen, beziehungsweise überhaupt nicht. Dylan hat mich zwar schon öfter als *seine Freundin* bezeichnet und wir haben uns auch schon mehrfach geküsst, aber irgendwie … Ach, Lucy ich weiß es einfach nicht.«

»Bist du denn in ihn verliebt?«, entgegnete Lucy ruhig und sah mich ernst an.

Ich nickte. Auch wenn ich es mir am Anfang nicht hatte eingestehen wollen, hatte ich mich doch Hals über Kopf in Dylan Campbell verliebt. Allein bei dem Gedanken an ihn durchflutete meinen Körper eine wohlige Wärme und es begann in meinem Bauch zu kribbeln. Dylan gab mir ein Gefühl von Zuneigung und Sicherheit, dass mir noch kein Junge vor ihm gegeben hatte. Auch wenn seine dickköpfige, aufbrausende Art mich immer wieder in den Wahnsinn trieb, erkannte ich doch den liebenswerten Menschen hinter dieser kalten Fassade.

»Und hast du ihm gesagt, dass du in ihn verliebt bist?«, fragte Lucy weiter.

Jetzt schüttelte ich als Antwort den Kopf.

»Und er? Ist er in dich verliebt?«

»Das ist ja das Problem, er hat noch nie etwas dergleichen gesagt«, seufzte ich, wobei ich so weinerlich geklungen haben musste, dass Lucy mich sogar in den Arm nahm und fest an sich drückte.

Doch nach ein paar Augenblicken schob sie mich wieder ein Stück von sich und sah mich ernst an. »Valerie, wir leben nicht mehr in einem Zeitalter, wo von den Jungs erwartet wird, den ersten Schritt zu machen. Sag Dylan doch einfach, was du für ihn empfindest«, sagte sie dann.

Ich schluckte, das war so viel leichter gesagt als getan. Bisher hatte ich einfach nie die richtige Gelegenheit gefunden, um Dylan meine Gefühle zu gestehen. Außerdem hatte ich tief in meinem Inneren doch Angst, dass er mir einen Korb geben würde.

Kapitel 29

»Endlich bin ich nicht mehr alleinerziehend«, begrüßte mich Cole grinsend, als ich an unserem Biologieraum ankam.

»War bestimmt anstrengend«, entgegnete ich ebenfalls mit einem Lächeln auf den Lippen. »Wie geht es Wall-E denn?«

»Dem geht es gut, obwohl er ununterbrochen schreit. Ich schlafe mindestens zwei Stunden weniger durch dieses scheiß Ding«, beschwerte sich Cole.

Ich musterte ihn kurz und sah, dass sich wirklich leichte Schatten unter seinen Augen abgebildet hatten, die ihm einen etwas abgekämpften Eindruck verliehen. Offensichtlich schienen diese Simulatoren einem wirklich einen guten Einblick zu geben, was es bedeutete, die Verantwortung für ein Kind zu tragen.

Cole und ich hatten abgesprochen, dass ich die nächsten Tage auf Wall-E aufpassen sollte und wir uns anschließend immer abwechseln würden, damit es nicht ganz so anstrengend werden würde. Netterweise hatte Cole Wall-E direkt in den ersten Tagen betreut, da ich ja *krank* gewesen war. Den wahren Grund für mein Fehlen wussten zum Glück nur meine engsten Freunde und die hielten dicht, sodass nichts nach außen durchgesickert war. Ich würde Cole eigentlich auch gerne die Wahrheit erzählen, aber ich befürchtete, dass er sich selbst die Schuld an dem Vorfall geben würde, weil er nachgegeben hatte und nicht darauf bestanden hatte, mich zur Bushaltestelle zu bringen. So hatte ich für die Lehrer und Mitschüler einen Fahrradunfall gehabt.

In diesem Moment bog Misses Wilson um die Ecke und Cole und ich betraten gemeinsam den Klassenraum und setzten uns nebeneinander hin.

»Guten Morgen ihr Lieben!«, begrüßte die junge Frau die Klasse energiegeladen. Sie war eine von wenigen Lehrern, die so wirkten, als hätten sie wirklich Spaß an ihrem Beruf. Obwohl, das hätte ich wahrscheinlich auch, wenn ich Schüler mit Babysimulatoren quälen dürfte.

Die nächsten Minuten erklärte sie uns die nächsten Vorgehensschritte und erkundigte sich bei allen Teams über den bisherigen Zwischenstand. Dann übten wir Sachen wie Wickeln und Füttern, wobei sich einige Teams so unfassbar dumm anstellten, dass ich mich fragte, ob sie überhaupt wussten, was ein Baby war, denn da landete nicht nur der Löffel mit dem Essen im Auge, sondern es wurden die Simulatoren auch mal grob am Bein gepackt und kopfüber gehalten oder sogar fallengelassen. Ich war froh, Cole als kompetenten und lustigen Partner zu haben, so machte das Ganze sogar tatsächlich etwas Spaß.

Trotzdem war ich erleichtert, als es endlich zum Schluss der Stunde klingelte, denn der Unterricht war echt anstrengend gewesen. Ich verabschiedete mich von Cole, dann machte ich mich mit Wall-E auf den Weg zu meinem nächsten Raum, wobei der Simulator die ganze Zeit weinte. Das Ding nervte mich jetzt schon und ich war mir sicher, dass auch Dylan darüber begeistert sein würde.

Ich ertappte mich dabei, wie meine Gedanken schon wieder zu ihm abschweiften und sich ein warmes Kribbeln in meinem Bauch ausbreitete. Keine Frage, ich hatte mich definitiv in Dylan Campbell verliebt.

Während des restlichen Schultags hatte ich zum Glück genug Zeit, um meine Gedanken etwas zu sammeln. Lucy hatte Recht damit, wenn sie sagte, dass ich nicht darauf warten sollte, dass Dylan den ersten Schritt machte, sondern auch einfach selbst das Ruder in die Hand nehmen konnte. Das erforderte zwar unglaublich viel Mut, aber dann wüsste ich wenigstens, woran ich bei Dylan war und musste nicht mehr in dieser ständigen Ungewissheit leben. Deshalb nahm ich mir fest vor, Dylan heute mit meinen Gefühlen zu konfrontieren, wenn sich eine passende Gelegenheit ergab.

Von diesem Gedanken beschwingt, lief ich bei Schulschluss gut gelaunt zum Parkplatz, wo Dylan bereits an seinem Auto wartete. Er war mit seinem Handy beschäftigt und sah mich nicht kommen, weshalb ich mich von hinten an ihn heranschlich. Mit einem lauten »Buh!« sprang ich ihm auf den Rücken und hielt mich mit einem Arm für einen Moment dort fest.

Leider schrie Dylan nicht auf, so wie ich es gehofft hatte, aber er zuckte zumindest kräftig zusammen.

»Ich bring dich um«, knurrte er gespielt böse, aber sein Grinsen nahm den Worten die Schärfe. Er machte einen Schritt auf mich zu, woraufhin ich ein quietschendes Geräusch ausstieß und losrannte, Wall-E war dabei immer noch auf meinem Arm. Dylan nahm auch sofort die Verfolgung auf und hatte mich schon nach wenigen Metern eingeholt. Er packte mich fest, aber nicht grob mit einer Hand am Arm und begann dann mit der anderen, mich durchzukitzeln.

»Spüre die Rache des Dylan«, rief er lachend, während ich versuchte, mich aus seinem Griff zu winden. Mein Bauch tat mir bereits weh vor Lachen und Tränen standen mir in den Augen.

»Stopp! Ich kann nicht mehr«, meinte ich keuchend, als es sich anfühlte, als würde mein Bauch gleich explodieren.

Tatsächlich ließ Dylan von mir ab, sodass ich nach Luft schnappen konnte.

»Schon so außer Atem? Wie soll das bloß beim Sex werden?« Der braunhaarige Junge betrachtete mich mit einer spöttisch hochgezogenen Augenbraue, während mir sämtliche Farbe ins Gesicht schoss und ich peinlich berührt zu Boden sah. Bei diesem Thema war ich echt sensibel. Julian hatte mir damals ziemlich viel Druck gemacht und unbedingt mit mir schlafen wollen, aber ich hatte mich einfach noch nicht dazu bereit gefühlt.

Wütend stieß ich Dylan mit meiner Hand vor die Brust. Er wusste genau, wie sehr mich seine Anspielungen aus dem Konzept brachten und er genoss es. Auch jetzt grinste er mich wieder schräg an.

»Du bist echt verdammt süß, wenn du rot wirst.«

Ich musste gerade aussehen wie eine Tomate und das war ganz bestimmt nicht süß. Genervt verdrehte ich die Augen, konnte mir aber trotzdem kaum das Lächeln verkneifen.

»Das hier ist Wall-E, unser neuer Mitbewohner«, bemühte ich mich um einen Themawechsel und hielt Dylan den Simulator unter die Nase.

Jetzt war er es, der die Augen verdrehte. Er war scheinbar genauso begeistert wie ich.

»Und wie lange musst du auf dieses Ding aufpassen?«, fragte er seufzend.

»Eine Woche lang, dann ist Cole wieder für eine Woche dran und dann muss ich noch mal eine Woche auf ihn aufpassen.«

Dylan schüttelte resigniert den Kopf. »Das klingt ja nach Spaß.«

Gemeinsam mit Wall-E gingen wir zurück zum Auto und stiegen ein. Dylan lachte mich aus, während ich Wall-E auf der Rückbank festschnallte, wofür ich ihm einen bösen Blick zuwarf. Dann fuhren wir los.

Zu Hause angekommen, legte ich Wall-E erst mal zum Mittagsschlaf hin und ging dann runter, um Dylan beim Kochen zu helfen. Heute machten wir asiatische Nudelpfanne für uns beide, da Kate noch im Büro war. Ich briet die Nudeln an, während Dylan das Gemüse schnitt. Dabei führten wir eine angeregte Diskussion darüber, welche Serie wir heute anfangen sollten, denn draußen regnete es mittlerweile in Strömen.

Der Herbst war schon länger über uns hereingebrochen und jetzt, Ende Oktober, begann es richtig kühl und nass zu werden. Trotzdem hatte ich eine Vorliebe für diese, von vielen als düster empfundene, Jahreszeit. Ein Blick auf die bunt leuchtenden Blätter der Bäume, die nach und nach abfielen, genügte, um meinen Körper mit einer wohligen Wärme zu durchströmen. Außerdem bot dieses Wetter die perfekte Gelegenheit für einen Serienmarathon.

»Also ich finde wir sollten *Thirteen Reasons Why* anfangen. Die hat noch nicht ganz so viele Staffeln und soll echt gut sein«, schlug ich vor.

»Von mir aus«, antwortete Dylan schulterzuckend. »Aber nur, wenn wir danach *Scream* gucken.«

Ich nickte zufrieden.

»Gerne, die steht eh auf meiner Serien-Liste.«

Dylan legte sein Messer hin und sah mich mit einem Hauch von Fassungslosigkeit an. »Du hast eine Serien-Liste?«, fragte er belustigt.

Ich nickte ernst. »Ja. Da habe ich alle Serien aufgeschrieben, die ich noch gucken will, so verliere ich den Überblick nicht.«

Dylan nahm seine Arbeit wieder auf und ließ dabei ein zustimmendes Grummeln hören. »Die Idee gefällt mir.«

Auch ich konzentrierte mich wieder auf die Nudeln, denen Dylan jetzt das Gemüse zufügte.

Anschließend sollte er eigentlich den Tisch decken, weshalb ich total überrascht war, als sich plötzlich zwei warme Hände auf meine Hüften legten. Ich schob einfach weiter sinnlos Nudeln und Gemüse in der Pfanne hin und her und wartete gespannt darauf, was Dylan vorhatte.

Dylan ließ mich auch nicht lange zappeln, sondern nahm mit einer Hand vorsichtig meine Haare beiseite und legte sie über meine Schulter. Im nächsten Moment spürte ich schon hauchzarte Küsse auf der Haut, die er gerade freigelegt hatte. Ganz vorsichtig ging Dylan mit seinen Lippen meinen Nacken entlang und es fühlte sich so an, als würden seine Berührungen meine Haut zum Glühen bringen. In meinem Bauch kribbelte es ebenfalls wie verrückt und am liebsten hätte ich Dylan sofort zurück geküsst, aber ich wollte erst abwarten, ob er noch mehr vorhatte.

Anscheinend hatte Dylan eine Stelle gefunden, die ihm gefiel. Erst verteilte er sanft weitere Küsse auf meiner Haut, bevor er plötzlich anfing, zu saugen. Ich brauchte einen Moment, bis ich realisierte, dass ich gerade einen Knutschfleck bekam, so benebelt war ich noch. Benebelt von Dylans Nähe, seinem Geruch und vor allem von seinen zärtlichen Küssen. Schließlich löste er seine Lippen wieder von meinem Hals und betrachtete sein Werk zufrieden.

»Jetzt kann jeder sehen, dass du vergeben bist.«

Bei diesen Worten zog sich eine Gänsehaut über meinen Körper und das Kribbeln in meinem Bauch breitete sich wie eine elektrische Welle über meinen ganzen Körper aus. Jetzt war es also offiziell.

Ich drehte mich um, damit ich Dylan ins Gesicht sehen konnte. Seine leuchtend grünen Augen, seine roten vollen Lippen, seine Kinnlinie – alles an ihm war perfekt. Mit klopfendem Herzen sammelte ich mich ein letztes Mal. Jetzt war der richtige Moment, ich spürte es. Ich wollte nicht mehr länger warten! Deshalb atmete ich ein letztes Mal tief ein und aus und sagte dann: »Ich muss dir etwas sagen, Dylan. Ich habe mich in dich verliebt.«

Stille.

Endlos lange Stille.

Mein Herz pochte so laut, dass ich es förmlich in meinen Ohren hören konnte. Das war aber auch das Einzige, was ich in diesem Moment hörte, denn Dylan schwieg immer noch.

Und in diesem Moment überkamen mich Zweifel. War es doch zu früh gewesen, Dylan meine Liebe zu gestehen? Hatte ich ihn überrumpelt? Oder, die schlimmste Option von allen, erwiderte er meine Gefühle nicht? Ein kalter Schauer überkam mich bei diesem Gedanken und ich traute mich nicht mehr, in Dylans Gesicht zu blicken, zu große Angst hatte ich vor dem, was ich dort erkennen würde.

Doch plötzlich spürte ich eine warme Hand an meinem Kinn. Mit sanftem Druck zwang Dylan mich, ihn anzusehen. Mein Blick traf seine Augen, die in einem so unfassbar hellen, leuchtenden grün erstrahlten, wie ich es noch nie gesehen hatte.

»Und ich habe mich in dich verliebt«, murmelte Dylan gegen meine Stirn, wobei seine Stimme ganz rau vor Emotionen klang.

Es war, als würden seine Worte eine elektrische Welle auslösen, die meinen Körper durchströmte und alles nur so zum Kribbeln brachte. Dylan hatte sich auch in mich verliebt! Er erwiderte meine Gefühle! Ein euphorisches Hochgefühl überkam mich und in diesem Moment verstand ich, was es bedeutete, auf Wolke sieben zu schweben. Alles um mich herum begann zu verschwimmen und immer unbedeutender zu werden, es gab nur noch Dylan und mich.

Sanft fuhr er mit seinem Daumen meine Wange entlang, während er mir tief in die Augen guckte – die Spannung, die zwischen uns herrschte, war kaum noch auszuhalten. Die kleinen Härchen an meinen Armen stellten sich allein bei dieser kleinen Berührung auf und eine Gänsehaut überzog meinen Körper. Dann zog Dylan mein Gesicht vorsichtig zu seinem heran und drückte seine Lippen auf meine. Zuerst ganz sanft, dann immer fordernder.

Voller Verlangen erwiderte ich den Kuss und fuhr mit meinen Händen durch seine Haare, während Dylan seine Hände an meinen Hüften entlang zu meinem Hintern wandern ließ. Mit einem Ruck hob er mich hoch und ich schlang meine Beine um Dylans Körper, um mich noch fester an ihn heranzupressen, was ihm zu gefallen schien, denn er ließ ein zufriedenes Brummen hören.

Dann setzte Dylan mich in einer fließenden Bewegung auf dem Küchentisch ab, ohne unseren Kuss zu unterbrechen, sodass er nun zwischen meinen Beinen stand. Er löste seine Lippen von meinen und begann, eine hauchzarte Spur von Küssen an meinem Hals hinabzuziehen. An jeder Stelle, die er mit seinen Lippen berührt hatte, verspürte ich ein angenehmes Prickeln auf der Haut. Mir entfuhr ein leises Stöhnen und ohne hinzusehen, wusste ich, dass Dylan zufrieden grinste. Doch das störte mich in diesem Moment nicht, stattdessen legte ich meinen Kopf in den Nacken, um ihm möglichst viel Haut zu bieten. Dylan verteilte weitere Küsse auf mein Dekolleté, während seine Hände unter meinem T-Shirt immer weiter hochfuhren.

So weit war ich bisher noch nie gegangen, aber es fühlte sich gut an – sehr gut sogar. Seine warmen, weichen Hände fuhren meinen Körper sanft entlang, als würden sie jedes Detail erkunden wollen und es war, als würde meine Haut unter Dylans Berührungen zu glühen beginnen.

Viel zu früh lösten wir uns wieder voneinander, von mir aus hätte Dylan ewig so weitermachen können. Und so standen wir nun da – völlig außer Atem, mit geschwollenen Lippen und zerzausten Haaren, aber einem breiten Grinsen im Gesicht.

»Du bist wunderschön, Valerie«, hauchte Dylan mir ins Ohr, und strich mir eine Haarsträhne aus dem Gesicht.

Allein diese kleine Geste reichte dazu aus, dass mir erneut die Röte in die Wangen schoss und ich aussehen musste wie die Tomaten in unserer Gemüsepfanne – *Scheiße, das Essen!* Das hatte ich durch diesen emotionalen Moment vollkommen vergessen! Panisch blickte ich zum Herd rüber, wo es mittlerweile gewaltig dampfte und knisterte.

»Verdammt, Dylan, wir haben das Essen vergessen!«, rief ich und sprang hektisch vom Tisch hinab.

In einem letzten Rettungsversuch schob ich die Pfanne schnell von der Platte und schaltete den Herd aus. Aber es war zu spät – nachdem sich der Rauch etwas verzogen hatte, gab er den Blick auf das traurige Etwas, das in der Pfanne zurückgeblieben war, frei.

Dylan stellte sich hinter mich und warf über meine Schulter auch einen Blick auf die Pfanne. »Wie Sie sehen, sehen Sie nix«, kommentierte er den verbrannten Haufen lachend.

»Haha sehr witzig«, grummelte ich augenverdrehend.

»Jetzt haben wir nichts zum Essen.« Mein Magen knurrte bei meinen Worten zustimmend.

»Oh nein! Wir werden jetzt ganz bestimmt verhungern«, zog Dylan mich auf. Er nahm mich kein Stück ernst, wofür ich ihm einen bösen Blick zuwarf. Doch noch nicht mal das schien ihn zu stören, denn er war immer noch am Lachen.

»Okay, okay. Bevor du mich gleich auffrisst, schieben wir lieber eine Tiefkühlpizza in den Ofen«, neckte er mich und hob abwehrend die Hände in die Luft.

»Pizza Margherita, wie immer?«, machte er mir ein Friedensangebot, welches ich mit einem Nicken annahm.

Während Dylan sich um die Pizzen kümmerte, verschwand ich für einen Augenblick im Bad. Als ich in den großen Spiegel blickte, fiel mir natürlich zuerst der Knutschfleck ins Auge. Direkt über meinem Schlüsselbein prangte jetzt schon ein großer, dunkel-lila gefärbter Fleck, der kaum zu übersehen war. Da hatte Dylan wirklich ganze Arbeit geleistet – es würde unglaublich schwer werden, dieses Monstrum vor Kate und meinen Mitschülern zu verstecken.

Bei diesem Gedanken hielt ich kurz inne: Was würden Kate und George eigentlich dazu sagen, dass Dylan und ich nun offiziell zusammen waren? Darüber hatte ich mir bisher gar keine Gedanken gemacht – hoffentlich würde es jetzt nicht komisch zwischen uns werden… Ich würde Dylan nachher darauf ansprechen, wie wir das seinen Eltern am besten beibringen sollten. Auf der anderen Seite hatten sie wahrscheinlich schon längst bemerkt, dass sich zwischen uns etwas anbahnte.

Ich lief wieder runter, wahrscheinlich wunderte sich Dylan schon, warum ich solange brauchte. Wir aßen zusammen, dann kümmerte ich mich kurz um Wall-E, um anschließend zu Dylan ins Zimmer zu gehen und es mir auf seinem Bett bequem zu machen – mittlerweile fühlte sich das noch nicht mal mehr komisch für mich an.

»Ey, mach dich nicht so breit«, beschwerte sich der braunhaarige Junge auch sogleich. Dann rutschte er aber neben mich und legte einen Arm um mich, sodass ich meinen Kopf auf seiner Brust platzieren konnte.

Dylan drückte auf *Play* und der Vorspann startete.

Wir sahen die ersten vier Folgen in einem Stück durch und ich war bereits mehr als begeistert von der Serie. Auch Dylan schien sie zu gefallen, obwohl ich teilweise das Gefühl hatte, dass er sich mehr auf mich als auf den Fernseher konzentrierte. Er spielte die ganze Zeit über mit meinen Haaren oder fuhr mit seinen Fingern zarte Figuren auf meinem Körper nach. Doch das störte mich aber nicht, ich genoss diese Aufmerksamkeit von ihm. Trotzdem konnte ich es nicht lassen, Dylan zu ärgern, indem ich ihn immer wieder darauf aufmerksam machte, wie gut einige der Schauspieler aussahen, was dieser nur mit einem genervten Schnauben kommentierte.

Irgendwann machte Wall-E sich leider wieder bemerkbar, weshalb wir stoppen mussten. Dylan hatte angeboten, sich um das Abendbrot kümmern, während ich versuchte, diesen scheiß Simulator ruhigzustellen. Dieses Projekt trieb mich jetzt schon in den Wahnsinn, aber irgendwie musste ich wohl noch durchhalten. Dylan würde mir dabei keine große Hilfe sein, er lachte mich immer nur aus, wenn ich an Wall-E verzweifelte.

Aber das störte mich nicht – in den letzten Tagen hatte ich
Dylan so oft Lachen gesehen wie noch nie und es fühlte sich
echt schön an, zu wissen, dass ich der Grund dafür war. Allgemein fühlte sich in diesem Moment einfach alles schön an.

Kapitel 30

»Valerie, beeil dich, wir kommen sonst schon wieder zu spät«, schrie Dylan aus dem Flur nach oben und ein Blick auf die Uhr sagte mir, dass ich wirklich spät dran war.

Und ich war noch nicht mal ansatzweise fertig. Ich stand nämlich noch im Bad vor dem Spiegel und versuchte verzweifelt, den Knutschfleck mit Make-Up zu überdecken. Aber jegliche Schminkversuche erwiesen sich als sinnlos, man sah den Fleck trotzdem immer durch. Völlig entnervt gab ich schließlich auf – wenn ich meine Haare über die Schulter fallen ließ, fiel er kaum noch auf und durch das Make-Up leuchte er nicht mehr so sehr.

Schnell lief ich in mein Zimmer, um meine Tasche zu holen, dann legte ich einen Kurzsprint nach unten hin.

»Auch schon da«, meinte Dylan ironisch und verdrehte die Augen, während ich mir hektisch meine Jacke und meine Schuhe anzog. Ich ignorierte seinen Kommentar einfach und wir liefen gemeinsam zum Auto.

Wir setzten uns rein und ich hatte mich noch nicht mal angeschnallt, da brauste Dylan bereits mit einem Affentempo vom Hof. Sobald wir die Hauptstraße erreicht hatten, griff er nach meiner Hand und verschränkte unsere Finger ineinander. Glücklich betrachtete ich unsere Hände – ich konnte es einfach immer noch nicht richtig fassen, dass Dylan und ich jetzt ein Paar waren.

Kate hatte die Nachricht, dass Dylan und ich jetzt offiziell ein Pärchen waren, überraschend gut aufgefasst. Anscheinend hatte sie wirklich gesehen, dass sich etwas zwischen uns angebahnt hatte und ich war mir sicher, dass George auch wenig überrascht sein würde, wenn er zurückkam.

Gestern Abend hatte ich auch noch mit Mia telefoniert, um ihr von den jüngsten Ereignissen zu berichten. Sie war natürlich hellauf begeistert von den Neuigkeiten gewesen und hatte den Satz »Ich habe es doch gewusst« wie ein Mantra wiederholt. Außerdem hatte sie mich mehrfach dezent darauf hingewiesen, dass ich ihr nun zwanzig Euro schuldete.

Schließlich kamen wir an der Schule an, was ich jedoch kaum bemerkte, da ich so in Gedanken versunken war. Dylan holte mich jedoch wieder zurück in die Realität und wir stiegen aus. Immer noch händchenhaltend gingen wir gemeinsam über den Schulhof zum Gebäude. Es landeten einige neugierige Blicke auf uns und einige Schüler, vor allem Mädchen, steckten ihre Köpfe zusammen und tuschelten hinter vorgehaltener Hand. Doch an Dylans Seite war es mir plötzlich scheißegal, was die anderen von mir dachten. Während ich mir sonst stundenlang den Kopf über solche Dinge zerbrechen konnte, war es mir in diesem Moment einfach egal. Ob sie eifersüchtig waren, unsere Beziehung ohne Zukunft sahen oder mich einfach für Dylans nächstes Betthäschen hielten – es war mir vollkommen gleichgültig, denn ich wusste, dass all dies nicht stimmte und das reichte mir.

Vorsichtig sah Dylan zu mir rüber, auch er hatte die Blicke unserer Mitschüler bemerkt und wahrscheinlich sorgte er sich jetzt darum, was dies in mir auslöste. Doch ich lächelte ihn an und er erwiderte es erleichtert.

Vor der großen Eingangstür wartete Lucy bereits auf mich und sah uns mit großen Augen entgegen.

»Darf ich vorstellen, mein fester Freund«, erklärte ich mit einer Spur von Stolz in der Stimme.

Lucy entfuhr ein kurzes Quietschen und ein breites Grinsen schlich sich auf ihr Gesicht. Dann umarmte sie erst mich und dann Dylan.

»Ich habe es doch gewusst«, rief sie glücklich grinsend und auch ich musste schmunzeln – dieser Satz kam mir seltsam bekannt vor.

»Dann bis später«, wendete ich mich Dylan zu und gab ihm zum Abschied einen kurzen Kuss auf die Lippen. Doch er zog mich direkt wieder zu sich heran und küsste mich nochmal, dieses Mal aber deutlich länger, was mich erneut zum Schmunzeln und meinen Körper zum Kribbeln brachte.

»Tschüss, Vale«, meinte Dylan zufrieden grinsend und gab mir einen leichten Klaps auf den Po, bevor er sich aus dem Staub machte.

»*Oh. Mein. Gott.* Ich kann es nicht fassen, ihr seid so unfassbar süß zusammen!«, stieß Lucy aus und man konnte ihr ansehen, dass sie sich nur mühsam zusammenreißen konnte, nicht erneut los zu quietschen.

»Jetzt wird es Zeit, dass wir dir auch einen Freund besorgen. Dann können wir auf Doppeldates gehen«, schlug ich lachend vor. »Was wäre denn mit Sam?«

Gespannt wartete ich auf ihre Reaktion und wie erwartet, nahmen Lucys Wangen eine leuchtend rote Farbe an. Ha, ich hatte es gewusst, sie war in Sam verliebt!

»Wir sind nur Freunde«, meinte sie kleinlaut, was ich mit einem Schnauben kommentierte.

Ich konnte mich nur allzu gut daran erinnern, wie sie mir Feuer unterm Hintern gemacht hatte, als ich ebenfalls noch felsenfest der Überzeugung gewesen war, dass Dylan und ich nur Freunde wären.

»Nichts da«, sagte ich deshalb streng. »Du hast mir mit Dylan geholfen, jetzt helfe ich dir mit Sam. Ich könnte euch zum Beispiel in eine dunkle Besenkammer einsperren und erst rauslassen, wenn ihr euch küsst.«

Diese Vorstellung entlockte auch Lucy in ein Lächeln.

»Mir fällt schon was ein«, erklärte ich von mir selbst überzeugt.

»Das glaube ich dir nur zu gerne und wahrscheinlich endet deine wunderbare Idee in einer peinlichen Katastrophe für mich, nein danke.«

Entrüstet sah ich Lucy an. »Meine Ideen sind immer gut«, meinte ich gespielt beleidigt und verschränkte die Arme vor der Brust. »Komm, wir arbeiten einen Plan aus.«

Mit diesen Worten zog ich Lucy in unseren Raum und am Ende der Stunde konnte ich tatsächlich stolz behaupten, dass wir einen lückendichten Plan entwickelt hatten: Lucy, Sam und ich würden uns demnächst zu dritt verabreden, aber aus gesundheitlichen Gründen würde ich sehr kurzfristig absagen, sodass Lucy und Sam sozusagen ein Date hätten.

Als es schließlich zur Mittagspause klingelte, sollte bereits der einleitende Schritt zu unserem Drei-Punkte-Plan stattfinden. Ich setzte mich wie immer zu Sam und seinen Freunden an den Tisch und wir betrieben etwas Smalltalk, bis Lucy kam. Ich hatte mich extra so hingesetzt, dass für sie nur noch der Platz neben Sam blieb, es sei denn, sie wollte auf der ganz anderen Seite des Tisches sitzen. Also ließ sie sich neben Sam nieder.

»Lucy, Sam, habt ihr vielleicht Lust, morgen etwas zusammen zu machen?«, fragte ich die beiden geradeheraus. Lucy wusste natürlich, dass die Frage kommen würde und ich konnte ihr ansehen, wie sie angespannt auf Sams Antwort wartete.

»Ja gerne, morgen passt«, stimmte Sam mit einem unauffälligen Seitenblick auf Lucy auch direkt zu.

Ich grinste innerlich in mich hinein – das Date würde ein voller Erfolg werden, da war ich mir sicher – behielt aber nach außen hin mein perfektes Pokerface.

Lucy tat so, als würde sie kurz überlegen, dann sagte sie: »Ich kann auch.«

»Wie wäre es, wenn wir uns um fünf Uhr im Valentino's treffen?«, schlug ich vor. Das Valentino's war ein wunderschönes Café in der Innenstadt, dass sich als echter Geheimtipp erwiesen hatte.

Lucy und Sam nickten auch beide zustimmend, was mir ein zufriedenes Lächeln entlockte.

»Perfekt.«

In diesem Moment nahm ich aus dem Augenwinkel wahr, wie Dylan und seine Freunde die Cafeteria betraten und winkte ihnen zu. Dylan sah zu mir herüber, doch dann verdüsterte sich sein Blick und er wandte sich ab. Enttäuscht ließ ich meinen Arm sinken. Was war denn schon wieder mit ihm los? Hatte ich irgendetwas falsch gemacht?

Traurig stocherte ich in meinem Essen herum – der Hunger war mir vergangen.

Lucy bemerkte meinen Stimmungsumschwung und sah mich fragend an, doch ich schüttelte nur den Kopf. Ich wollte hier nicht vor allen darüber sprechen, vor allem nicht vor Nick. *Stimmt, Nick* – ich verkniff mir ein genervtes Seufzen, wahrscheinlich war Nick der Grund dafür, dass Dylan sich so komisch verhielt. Er hatte sich immer noch nicht daran gewöhnt, dass ich zwischendurch immer noch mit Nick herumhing – nicht, weil wir so unzertrennbar waren, sondern einfach, weil wir einige gemeinsame Freunde hatten.

»Ich habe keinen Hunger mehr«, verkündete ich und stand auf.

Lucy sah mich verwirrt an, doch dem Rest fiel mein komisches Verhalten gar nicht erst auf. Ich warf ihr jedoch nur einen Blick zu, der so viel sagen sollte wie *Sage ich dir später*. Dann brachte ich meinen Teller weg und lief auf dem Rückweg absichtlich an Dylans Tisch vorbei, um dort kurz Halt zu machen.

»Hey«, begrüßte ich ihn mit einem Kuss auf die Wange, woraufhin sich Ace, Luke und Jase vielsagend angrinsten.

Nur von Dylan kam keine Reaktion, was dazu führte, dass sich das mulmige Gefühl in meinem Magen immer weiter ausbreitete – verschwunden war all die Freude von heute Morgen.

»Alles in Ordnung?«, fragte ich vorsichtig, bereits in der Vorahnung, dass Dylan gereizt reagieren würde.

Jetzt sah er mich endlich an, doch seine grünen Augen funkelten bedrohlich und jagten mir einen kalten Schauer ein. »Ob alles in Ordnung ist? Sag du es mir!«, knurrte Dylan herausfordernd.

Ich erwiderte seinen Blick stur, denn ich sah es nicht ein, mich jetzt klein und schuldig fühlen zu müssen, nur weil ich zusammen mit Nick an einem Tisch gegessen hatte. Ich konnte verstehen, dass Dylan ein Problem mit ihm hatte, aber das betraf mich nicht in dem Sinne und ich hatte ja nicht vor, Nick zu uns nach Hause einzuladen. Allgemein hatte ich mich ganz von selbst etwas von Nick distanziert.

»Ist es, weil ich mit Nick an einem Tisch gesessen habe?«, entgegnete ich und straffte meine Schultern etwas.

»Gut kombiniert, Sherlock«, schoss Dylan sarkastisch zurück.

Seine Worte wirkten wie ein Schlag in die Magengrube und ich verspürte ein schmerzhaftes Ziehen. Es tat echt weh, dass Dylan mich plötzlich so abweisend und von oben herab behandelte.

»Dylan, jetzt reiß dich mal zusammen!«, fuhr Ace ihn wütend an, doch das ging fast an mir vorbei. Zu sehr war ich schon in meinem eigenen Schmerz gefangen. Der Tag hatte so schön begonnen und jetzt machte Dylan alles durch seine Launen kaputt.

»Du kannst mich mal!«, zischte ich, während sich meine Augen bereits mit Tränen füllten.

Dann drehte ich auf dem Absatz um und stürmte aus der Cafeteria.

Kapitel 31

Dylan

»Was zur Hölle ist denn jetzt bei dir falsch gelaufen?!«, schrie Ace mich an.

Seine Stimme bebte und wenn seine Augen Blitze schießen könnten, dann würden sie es tun. Auch Luke und Jase funkelten mich wütend an und so langsam begann ich zu realisieren, was ich da gerade gesagt hatte. Ich hatte Valerie grundlos fiese Kommentare an den Kopf geworfen, nur weil es mich störte, dass sie immer noch Kontakt mit Nick hatte. Schon wieder hatte ich mich von meinem Emotionen leiten lassen und mich wie der größte Arsch benommen und meinen Frust an Valerie ausgelassen.

Ein bitterer Geschmack breitete sich in meinem Mund aus und ich biss angestrengt die Zähne zusammen, um meine Wut zu kontrollieren. Aber ich war nicht mehr wütend auf Valerie, sondern auf mich selbst, weil ich ihr geblendet vor Eifersucht Dinge an den Kopf geworfen hatte, die ich augenblicklich wieder bereute. Vor meinem inneren Auge sah ich immer noch, wie ihr Gesicht sich schmerzerfüllt verzogen hatte und ihre Augen sich mit Tränen gefüllt hatten. Und dann war sie einfach davongerannt, wie sie es immer tat, wenn sie verletzt war.

Mit einem hektischen Satz sprang ich von meinem Stuhl auf – ich musste ihr folgen und retten, was noch zu retten war. Ich hoffte inständig, dass Valerie mir noch ein weiteres Mal meine unkontrollierten Emotionsausbrüche verzeihen konnte und ich ihr nicht jetzt schon zu viel wurde.

Zuerst lief ich zu den Mädchentoiletten, wo ich ohne jegliche Hemmungen die Tür aufstieß, denn ich wusste, dass sich Valerie hier schon öfter verkrochen hatte. Ich rief ihren Namen, doch es kam keine Antwort. Dafür versuchte mich aber eine Gruppe empörter Mädchen vor die Tür zu schieben. »Ihr habt zufällig Valerie Blohm gesehen? Sie geht in die zehnte Klasse, ist blond, mittelgroß und möglicherweise gerade am Heulen«, fragte ich sie und raufte mir verzweifelt die Haare, als alle verneinten.

Also würde das Katz-und-Maus-Spiel weitergehen …

Als Nächstes rannte ich raus auf den Schulhof, aber auch dort konnte ich Valerie nicht finden. Ich hielt für einen Moment inne, es brachte schließlich nichts, wenn ich nur kopflos durch die Gegend rannte – ich musste taktisch vorgehen.

Wo würde ich mich wohl an Valeries Stelle verstecken? Wahrscheinlich an einem ruhigen Ort, wo sich um diese Zeit kaum Menschen aufhielten und den ich aus freien Stücken nicht betreten würde … *Die Bibliothek,* schoss es mir in den Kopf.

In Rekordgeschwindigkeit sprintete ich die Treppen hoch und lief den langen Gang zur Bibliothek entlang. Ich war schon seit Jahren nicht mehr hier gewesen, doch es hatte sich nichts verändert.

»Haben Sie vielleicht ein blondes Mädchen in den letzten zehn Minuten hier reingehen sehen?«, fragte ich die Bibliothekarin, die hinter einem Tresen dabei war, Bücher zu sortieren.

Sie blickte beim Klang meiner Stimme von ihren Büchern auf und musterte mich skeptisch durch ihre Brille.

»Das kann ich Ihnen leider nicht sagen«, antwortete sie dann und wandte sich wieder einem Stapel Bücher zu.

Ich stieß ein empörtes Schnauben aus – was war das denn bitte für eine Antwort?! Trotzdem reichte das mir, um zu wissen, dass sich Valerie in der Bibliothek befand.

»Valerie, bitte hör mir zu. Es tut mir so verdammt leid, ich habe dich schon wieder verletzt und du hast auch allen Grund dazu, wütend zu s-«

»Psst«, unterbrach mich die Bibliothekarin streng.

»*Zu sein*«, setzte ich erneut an. Mir war es scheißegal, was diese alte Schrulle sagte, selbst wenn ich deshalb Hausverbot in der Bibliothek erhalten sollte – diesen Ort würde ich eh nie wieder freiwillig betreten. »Ich war eifersüchtig und du kannst mir gar nicht glauben, wie sehr ich es bereue, dir diese Dinge an den Kopf geworfen zu haben. Ich habe mich schon wieder von meinen Emotionen leiten lassen und nichts davon wirklich gemeint. Es tut mir echt so unendlich leid.«

Es kam immer noch keine Antwort zurück. Ich hatte es also endgültig verkackt.

Trotzdem lief ich den Hauptgang zwischen den Bücherregalen entlang und suchte die Nebengänge verzweifelt mit meinen Augen ab. War Valerie vielleicht doch gar nicht in der Bibliothek?

»Dylan, ich bin hier«, vernahm ich dann plötzlich ihre Stimme hinter mir.

In einer schnellen Bewegung drehte ich mich um und sah Valerie auf mich zulaufen. Ihre Augen waren leicht gerötet, aber sie weinte nicht mehr, sondern lächelte mir vorsichtig entgegen. Mein kleiner Engel.

»Es tut mir wirklich leid. Kannst du mir noch einmal verzeihen, Valerie?«, fragte ich sie mit belegter Stimme und blickte ihr tief in die Augen. Ich konnte ihr ansehen, dass sie genauso emotional aufgewühlt war wie ich.

Trotzdem nickte Valerie und ich zog sie in eine enge Umarmung. Erleichtert atmete ich aus, ich hasste es, mit ihr zu streiten, vor allem wenn ich alleine die Schuld daran trug. Dann legte ich mein Kinn behutsam auf ihrem Kopf ab, den sie an meine Brust gelehnt hatte und atmete ihren Duft ein. Mit jeder Sekunde, die verstrich, wurde ich etwas ruhiger und begann mich zu entspannen. Die Wirkung, die Valeries Nähe auf mich hatte, war einfach unbeschreiblich.

»Ich habe dich wirklich gerne, Valerie. Auch wenn es mir nicht immer leichtfällt, dass zu zeigen, liebe ich dich wirklich sehr. Ich würde es nicht aushalten, dich zu verlieren... Deshalb bin ich auch so eifersüchtig. Ich bin eifersüchtig auf jeden Jungen, der mit dir redet, der mit dir Zeit verbringt oder der dich einfach nur ansieht«, murmelte ich in ihre Haare.

»Du musst mir einfach vertrauen. Ich würde dich nie betrügen«, hauchte Valerie zurück. Es war ja auch nicht Valerie, der ich misstraute, sondern die anderen Jungs, aber sie hatte Recht, ich musste ihr einfach vertrauen und meine Eifersucht besser zügeln.

Und so standen wir da, eng umschlungen, als würde keiner den anderen gehen lassen wollen. Wir standen so bestimmt über fünf Minuten, doch irgendwann räusperte sich eine Stimme hinter uns.

»Es ist ja schön und gut, dass Sie zwei sich gefunden haben, aber ich würde die Bibliothek jetzt gerne schließen«, tönte die schneidende Stimme der Bibliothekarin durch die Luft.

Ich entwickelte mittlerweile einen richtigen Hass auf diese alte Hexe – erst wollte sie mir nicht helfen und jetzt störte sie uns im denkbar unpassendsten Moment.

Als ich gerade etwas Bissiges erwidern wollte, sprang Valerie jedoch ein. Sie löste sich aus der Umarmung und griff nach meiner Hand. »Natürlich. Wir sind schon so gut wie weg, bitte verzeihen Sie die Störung. Ihnen einen schönen Feierabend«, sagte sie mild lächelnd und ich ließ mich von ihr an der Hand aus der Bibliothek ziehen, die daraufhin auch direkt abgesperrt wurde.

»Wollen wir nach Hause fahren?«, fragte ich Valerie, während wir dieses Mal gemeinsam den langen Gang entlang gingen. Ich hatte echt keine Lust mehr auf Schule, ich wollte einfach mit Valerie alleine sein.

»Aber wir haben beide noch Unterricht«, gab sie stirnrunzelnd zu bedenken.

»Ach komm schon, kleiner Streber. Sei doch keine Spielverderberin.«

Ich piekste ihr neckisch mit meinem Finger in die Seite, doch Valerie schüttelte den Kopf.

»Na gut«, willigte ich schließlich ein. »Dann bringe ich dich aber zum Raum.«

Valerie nickte und so liefen wir Hand in Hand dorthin. Von mir aus hätte der Weg noch viel länger sein dürfen, aber nun standen wir bereits an dem Klassenraum.

»Bis später, Vale«, verabschiedete ich mich von ihr und gab ihr einen sanften Kuss auf die Stirn.

»Ciao, Kakao«, antwortete Valerie und begann über ihre Verabschiedung zu lachen. Auch wenn dies absolut albern war, musste ich ebenfalls grinsen. Ihr Lachen war einfach nur wunderschön und unfassbar ansteckend. Am liebsten sollte sie die ganze Zeit nur lachen. Sie sah so wunderschön aus, dass ich ihr direkt noch einen Kuss geben musste, aber dieses Mal auf den Mund.

Erst als es zum Unterrichtsbeginn klingelte, löste ich mich widerwillig von und ging ebenfalls zu meinem Raum. Ich hatte jetzt Mathe zusammen mit Ace und wo man schon vom Teufel sprach – da wartete er schon an der Wand gelehnt auf mich. Und er sah nicht gerade fröhlich aus.

»Ich hoffe wirklich für dich, dass du dich gerade anständig bei Valerie entschuldigt hast«, zischte er und funkelte mich wütend an. Ich runzelte die Stirn, natürlich konnte ich verstehen, dass Ace aufgebracht war, aber es überraschte mich doch etwas, wie sehr ihn dieses Thema mitzunehmen schien.

»Ja, habe ich und sie hat mir vergeben. Es tut mir wirklich leid, Ace«, versuchte ich ihn etwas zu beruhigen.

Tatsächlich entspannte sich Ace bei diesen Neuigkeiten merklich. »Dann hast du echt verdammt Glück gehabt«, brummelte er. »Ganz ehrlich, du solltest echt schätzen, was du an ihr hast.« Er hatte Recht, er hatte Recht mit jedem seiner Worte. Leider fiel es mir unglaublich schwer, meine Gefühle richtig auszudrücken und Valerie zu zeigen, wie sehr ich sie mochte, aber das würde ich noch lernen, da war ich mir sicher. »Hast du Valerie jetzt eigentlich über Mike aufgeklärt?«, fragte Ace weiter. Offensichtlich hatte er sich vorgenommen, mir richtig die Leviten zu lesen.

Ich musste auf diese Frage hin den Kopf schütteln. Bisher hatte ich mich noch nicht getraut, Valerie von Mike und all dem, was damit zusammenhing, zu erzählen, ich hatte zu große Angst vor ihrer Reaktion. Ich war feige, zum ersten Mal in meinem Leben und das wusste ich auch, aber dennoch brachte ich es einfach nicht übers Herz. Wenn Valerie die Wahrheit über Mike erfuhr, erfuhr sie auch die Wahrheit über uns und ich war mir sicher, dass dies eines der wenigen Dinge war, die sie mir nicht vergeben konnte.

Kapitel 32

Valerie

»So, wir wären da«, meinte Dylan und hielt mir die große Glastür, die zur Sporthalle führte, auf, wofür ich ihn dankbar anlächelte. Er hatte mich auf der Rückfahrt gefragt, ob ich Lust hätte, ihn zum Parcourstraining zu begleiten und nachdem er einiges an Überzeugungsarbeit geleistet hatte, hatte ich schließlich Ja gesagt.

Wir liefen mit händchenhaltend durch das große Foyer zu einem der vielen Gänge, der zu den Umkleiden führte. Dylan hatte seine Sportsachen jedoch bereits an, weshalb er mich direkt durch eine Tür in die riesige Turnhalle zog.

Staunend blickte ich mich um – überall standen Hindernisse oder es hingen Geräte von der Decke herunter. Ich würde mir alle Knochen brechen, wenn ich auch nur versuchte, mich an den Stangen entlang zu hangeln oder über die Hürden zu springen, aber ich fand es sehr beeindruckend, wenn Leute gut in Parcours waren und diese gruseligen Hindernisse scheinbar mühelos überwanden.

Während ich mich immer noch fasziniert umschaute, traten fünf athletisch gebaute Jungs aus der Umkleidekabine und kamen auf uns zu. Sie begrüßten Dylan mit einem Handschlag, wobei er meine Hand mit seiner anderen weiterhin festhielt. Er wirkte irgendwie angespannt, seitdem wir das Gebäude betreten hatten, ich verstand aber nicht den Grund dafür.

»Und Dylan, willst du uns deine neue Flamme nicht mal vorstellen?«, fragte einer der Jungs und grinste mich schief an.

Seine feuerroten Haare fielen ihm dabei etwas ins Gesicht und er strich sie mit einer lässigen Bewegung zurück. Auch seine Sportkameraden musterten mich von oben bis unten, was mir einen kalten Schauer einjagte. Ich fühlte mich ziemlich unwohl, aber das würde ich mir nicht anmerken lassen, auch wenn ich mich am liebsten einfach hinter Dylan versteckt hätte.

Dylan schien die Situation ebenfalls nicht zu gefallen, denn er schloss seine Hand noch fester um meine. Aus dem Augenwinkel nahm ich wahr, wie sein Kiefer sich anspannte und zu mahlen begann. Er war kurz vorm Explodieren, das spürte ich. Sanft fuhr ich mit meinem Daumen Kreise auf seinem Handrücken, um ihn etwas zu beruhigen.

»Ich kann immer noch für mich selbst sprechen«, entgegnete ich zickig. »Ich heiße Valerie und ich bin Dylans Freundin. Und ich würde es wirklich sehr begrüßen, wenn ihr mich nicht so anstarren würdet, danke.«

Jetzt waren die Blicke der Jungs nicht mehr anzüglich, sondern eher geschockt. Damit hatten sie anscheinend nicht gerechnet, was mich ein kleines bisschen stolz machte.

Da meiner Meinung nach jetzt alles gesagt war, versuchte ich Dylan an der Hand weiterzuziehen, doch er blieb wie angewurzelt stehen.

»Wenn einer von euch mein Mädchen anfasst oder auch nur weiterhin angafft, dann werde ich euch so windelweich schlagen, dass ihr nicht mehr wisst, wo oben und unten ist«, knurrte er seine Sportkameraden an. Er schien echt kein besonders gutes Verhältnis zu ihnen zu haben. Würden Augen Blitze verschießen können, dann würden Dylans Augen gerade das schlimmste Gewitter, das die Welt je gesehen hatte, in Gang setzen.

Zumindest zeigte seine Ansage Wirkung, denn tatsächlich blickten alle Jungs eingeschüchtert auf den Boden. Bevor die Lage sich noch weiter anspannen konnte, traf zum Glück noch ein älterer Mann in Sportkleidung zu uns, offensichtlich der Trainer.

Nach einer kurzen Begrüßung begann das Training und ich setzte mich auf eine Bank, am Rand der Halle, um den Jungs zuzuschauen. Sie waren alle echt gut, doch Dylan war mit Abstand der Beste. Fasziniert beobachtete ich, wie er alle Hindernisse scheinbar ohne Mühe überwand und es wäre eine Lüge, wenn ich sagen würde, dass mir das Spiel seiner Muskeln nicht gefiel. Mein Freund sah schon ganz schön gut aus.

Ein Lächeln breitete sich auf meinen Lippen aus, es machte mich einfach so glücklich Dylan *meinen Freund* nennen zu dürfen.

Plötzlich ließ sich jemand neben mir auf der Bank nieder und riss mich somit aus meinen Gedanken. »Du bist also die Freundin von Dylan?«, fragte mich der Trainer mit einem freundlichen Lächeln im Gesicht.

»Ja, genau. Ich heiße Valerie«, stellte ich mich vor und schüttelte ihm die Hand. Dabei musterte ich ihn unauffällig. Er sah aus, als wäre er bereits über fünfzig Jahre alt, war aber immer noch topfit.

»Dylan ist einer der besten Schüler, die ich jemals hatte«, erklärte er mir stolz und betrachtete Dylan beim Überwinden der Hindernisse. »Er hat dir doch bestimmt erzählt, dass er sich dieses Jahr für Weltmeisterschaft qualifiziert hat.«

Überrascht horchte ich auf, diese Info war völlig neu für mich. Etwas verwirrt runzelte ich die Stirn – wieso hatte Dylan mir das nicht erzählt? Wollte er nicht angeben? Obwohl, normalerweise prahlte er doch auch mit allem, was ihm die Gelegenheit dazu gab.

Auch wenn ich diese Neuigkeit nicht erwartet hatte, machte es mich unglaublich stolz, dass mein Freund so gut in seinem Sport war. »Nein, hat er nicht. Aber es freut mich riesig für ihn!«, sagte ich mit strahlenden Augen.

»Möchtest du nicht auch ein bisschen mitmachen?«, fragte mich der Trainer dann die Frage, von der ich gehofft hatte, dass sie gar nicht fiel.

»Oh … ähm … lieber nicht«, stammelte ich verlegen.

Ich warf einen Blick zu Dylan, der mich schelmisch angrinste und irgendwie überkam mich das Gefühl, dass er etwas mit dieser Frage zu tun hatte. So viel Hinterlistigkeit hatte ich ihm gar nicht zugetraut, aber gut, wenn er es so wollte, dann würde ich es ihm eben zeigen. Ich würde ihm nämlich auf keinen Fall die Genugtuung verschaffen, mich vor seinem Trainer als Weichei darstellen zu lassen.

»Oder doch«, teilte ich dem Trainer meine Meinungsänderung mit.

Er gab mir eine kurze Einweisung zu den Geräten, dann übernahm Dylan und der Trainer widmete sich wieder den anderen.

»Okay, Vale, wo möchtest du anfangen?«, fragte mich Dylan und deutete auf die vielen unterschiedlichen Hindernisse.

Ich sah mich um und entschied mich schließlich für ein Gerät, wo ich mich an Sprossen entlanghangeln musste. Es klappte überraschend gut und ich erntete einen anerkennenden Blick von Dylan. Anschließend machte ich mit ein paar einfacheren Hürden weiter und wurde dabei immer mutiger. Das machte echt Spaß. Auch Dylan hatte sein Training wieder aufgenommen, behielt mich aber trotzdem stets im Auge, sodass wir sozusagen zusammen trainierten. Zum Schluss überredete er mich sogar, einen kleinen Parcours zu laufen, schließlich kam es nicht nur auf die einzelnen Hindernisse an, sondern auf ihre Kombination.

Die anderen hatten dafür alle aufgehört und verfolgten mich mit ihren Blicken. Ein nervöses Kribbeln breitete sich in meinem Magen aus, doch ich versuchte es, so gut es ging, zu ignorieren. Dann ging ich an den Start.

Ich hatte mir die einfachste Strecke zusammengestellt, die möglich war. Ohne große Probleme überwand ich einige Hürden, hangelte mich an Sprossen entlang oder machte einen Wandlauf. Sowohl Dylan als auch sein Trainer hatten mir dafür einige Techniken gezeigt und es gelang mir überraschend gut, sie umzusetzen. Aber dann kam ich auf den *Sprung des Todes* – wie ich ihn getauft hatte – zu. Dazu musste ich auf einen Kasten klettern und von dort auf die dünne Stange eines Recks springen. Nur mühsam konnte ich mein Gleichgewicht halten, meine Knie waren weich wie Brei, aber ich schaffte es. Von der Stange sprang ich nun an eine Sprossenwand und zog mich dort hoch, was mir glücklicherweise ebenfalls gelang. Erleichtert ließ ich mich auf der anderen Seite heruntergleiten, während die anderen applaudierten, dabei stand das, was ich hier abgeliefert hatte in keinem Vergleich zu dem, was sie drauf hatten. Trotzdem war ich etwas stolz auf mich.

Dylan joggte auf mich zu und gab mir ein High Five. »Das war echt richtig gut für den Anfang«, sagte er anerkennend.

Anschließend erklärte der Trainer das Training offiziell für beendet und seine Schüler zogen ab zu den Umkleidekabinen. Gemütlich trottete ich zum Ausgang – ich war erschöpft, aber zufrieden mit meiner Leistung. Doch dann griff Dylan nach meiner Hand und zog mich hastig mit sich aus der Halle, als könnte er es kaum erwarten, von hier wegzukommen.

»Was rennst du so? Ich kann nicht mehr«, beklagte ich mich deshalb und fragte mich, ob Dylan wegen seinen komischen Trainingspartnern so schnell abhauen wollte, um mir weitere unangenehme Kommentare zu ersparen. Das wäre mal wieder typisch für ihn.

»Weil ich es kaum erwarten kann, zu Hause endlich unter die Dusche zu springen«, entgegnete Dylan, was ich sofort als Lüge enttarnen konnte. Wenn er wirklich so dringend duschen wollte, dann hätte er es hier getan. Trotzdem beließ ich das Thema einfach, um Stress zu vermeiden und folgte meinem Freund nach draußen.

Kapitel 33

Am nächsten Morgen wachte ich in Dylans Armen auf. Er hielt mich fest an seinen Körper gedrückt und war scheinbar noch am Schlafen. Mit einem Lächeln auf den Lippen musterte ich ihn. Sein wunderschönes Gesicht mit den markanten Wangenknochen, der geraden Nase, der starken Kinnlinie, den roten, vollen Lippen und den langen, dunklen Wimpern. Er war einfach nur perfekt.

Ich weiß nicht genau, wie lange ich nur so da lag und ihn anstarrte, aber irgendwann entschied ich mich dazu, Frühstück zu machen. Vorsichtig versuchte ich mich aus Dylans Armen zu schälen, um ihn nicht zu wecken, aber er drückte mich nur noch fester an sich. *Dieser Idiot schlief gar nicht mehr!*

Röte stieg mir ins Gesicht, als mich die Erkenntnis überkam, dass er somit auch mitgekriegt haben musste, wie ich ihn die ganze Zeit beobachtet hatte. Peinlich berührt schob ich Dylans Arme von mir weg, woraufhin von ihm nur ein genervtes Grunzen kam.

»Es ist süß, wenn du mich anstarrst, als würdest du mich am liebsten mit deinen Augen verschlingen ... naja, aber auch ein bisschen gruselig«, murmelte der braunhaarige Junge neben mir.

Alleine der tiefe, raue Klang seiner Stimme sorgte dafür, dass sich eine Gänsehaut über meinen ganzen Körper zog. Aber davon wollte ich mich nicht beeindrucken lassen, schließlich hatte ich noch ein Hühnchen mit Dylan zu rupfen.

»Es ist noch gruseliger, wenn du so tust, als würdest du schlafen und genießen, wie ich dich *anstarre*«, schmollte ich und schob beleidigt meine Unterlippe vor, was Dylan ein Lachen entlockte.

Ich streckte ihm daraufhin die Zunge heraus und verließ einfach das Zimmer. In der Küche briet ich Eier, kochte Kaffee und machte Pancakes, während das Radio im Hintergrund lief.

Ich war so damit beschäftigt, im Takt der Musik mitzuwippen und mitzusingen, dass ich richtig zusammenzuckte, als sich plötzlich zwei große, warme Hände auf meine Hüfte legten und sich unter mein T-Shirt schoben. Sanft fuhr Dylan mit seinen Händen auf und ab, was dazu führte, dass jede Stelle, die er berührte, prickelte, als hätte man dort Mentos mit Cola gemischt.

»Dylan, lass das. Ich kann mich nicht konzentrieren«, ermahnte ich ihn. Ich erinnerte mich noch zu genau daran, was beim letzten Mal passiert war, als wir beim Kochen die Kontrolle verloren hatten.

»Ach nein? Und was passiert dann, wenn ich das hier mache?«, raunte er mir verführerisch ins Ohr und schob mit einer Hand meine Haare zur Seite, um hauchzarte Küsse in meiner Halsbeuge zu verteilen. Es fühlte sich wunderschön an und die Schmetterlinge in meinem Bauch begannen vollkommen durchzudrehen. Ich musste mich echt immer stärker zusammenreißen, nicht über Dylan herzufallen und ich wusste, dass er es genau darauf anlegte.

»Dylan, hör auf, bitte. Was ist, wenn Kate reinkommt?«, startete ich einen weiteren vergeblichen Versuch, wobei mein Ton schon förmlich flehend klang.

Aber natürlich hörte Dylan nicht auf mich – hätte mich auch irgendwie überrascht. Stattdessen schien er noch einen draufsetzen zu wollen, denn plötzlich spürte ich, wie er sanft an meinem Ohrläppchen knabberte. Ein warmes Kribbeln machte sich in meinem Körper breit – Dylan wusste genau, was er da tat. Ohne es zu wollen, verließ ein leises Stöhnen meinen Mund.

»Wie ich dieses Geräusch aus deinem wunderschönen Mund liebe«, hauchte Dylan gegen meinen Hals und schon wieder reichten alleine seine Worte dazu aus, bei mir eine Gänsehaut auszulösen. Was machte dieser Junge nur mit mir?

Dylan lachte leicht auf und ließ anschließend kurz von mir ab. Ich wusste genau, wie sehr er seine Wirkung auf mich genoss, aber andersherum musste es ihm ähnlich gehen, schließlich konnte er seine Finger gar nicht von mir lassen.

Irgendwie schaffte ich es jedoch, das Essen fertigzustellen, auch wenn Dylan mich die ganze Zeit über ablenkte. Wir aßen zusammen mit Kate, die es zum Glück kein bisschen zu stören schien, dass Dylan und ich ein Paar waren. Im Gegenteil, sie schien sogar richtig glücklich damit zu sein und jedes Mal, wenn Dylan mich neckisch aufzog, schlich sich ein leichtes Lächeln auf ihr Gesicht. Wahrscheinlich war es schon lange her, dass sie ihren Sohn so fröhlich und ausgelassen gesehen hatte und es machte mich unfassbar glücklich, der Grund dafür zu sein.

Nach dem Essen räumten wir gemeinsam auf, dann gingen Dylan und ich zusammen hoch und starteten einen *Thirteen-Reasons-Why*-Marathon, wobei ich mich zwischendurch um den blöden Simulator kümmern musste. Die Zeit verging wie im Flug und gegen drei Uhr musste ich Dylan alleine lassen, denn dann startete meine große Aufgabe – jetzt würde ich Amor spielen.

Ich ging in mein Zimmer, legte mich auf mein Bett und rief Lucy an.

Lucy ging bereits beim ersten Klingeln ran. »Endlich rufst du an«, kam es sofort von ihr. Man konnte ihr die Aufregung so deutlich anhören, dass ich – gnädig wie ich war – darüber hinwegsehen konnte, dass sie mich noch nicht mal begrüßt hatte.

»Dir auch einen wunderschönen guten Tag«, antwortete ich lachend. »Dann starten wir mal mit Phase zwei unseres Plans! Ich werde Sam jetzt schreiben, dass ich heute leider doch nicht kommen kann. Wahrscheinlich ist er dann so enttäuscht, dass er das Treffen doch abbläst«, neckte ich Lucy, die daraufhin nur einen gequälten Laut ausstieß.

Sie war echt unfassbar nervös und machte sich wahrscheinlich schon wieder viel zu viele Sorgen um nichts.

»Ach, Luce. Das wird schon alles gut werden, Sam mag dich wirklich. Ich helfe nur ein kleines bisschen nach, indem ich euch beiden als Amor einen Pfeil in den Arsch schieße«, versuchte ich meine Freundin etwas zu beruhigen, während ich bereits auf den Chat mit Sam ging und anfing, eine Nachricht zu tippen.

Lucy stieß einen ergebenen Seufzer aus, offensichtlich war sie immer noch nicht ganz überzeugt. »Lies bitte vor, was du tippst«, forderte sie mich dann auf.

»Lieber Sam, Lucy ist total in dich verliebt und deshalb komme ich heute nicht zu unserem Treffen, damit ihr ein Date habt«, las ich vor. »Und gesendet.«

Ich hörte nur, wie Lucy am anderen Ende der Leitung scharf die Luft einsog. »Das hast du jetzt nicht ernsthaft gemacht?!«, rief sie fassungslos. »Ich bringe dich um!«

Auch wenn ich wusste, dass es fies war, so mit den Nerven meiner aufgeregten Freundin zu spielen, brach ich in Lachen aus.

»Nein, das habe ich ihm natürlich nicht geschrieben. Ich habe ihm geschrieben, dass ich leider krank bin und mich gerade übergeben habe und ihr deshalb ohne mich in die Stadt gehen sollt«, beruhigte ich Lucy, als ich mich wieder halbwegs gefasst hatte.

Lucy atmete erleichtert auf, als hätte sie mir wirklich zugetraut, so eine Nachricht zu versenden.

Während wir auf Sams Antwort warteten, gingen wir dazu über, Lucys Outfit festzulegen. Sie beschloss, eine enge, schwarze Hose anziehen, kombiniert mit einem schicken Top und einer Kette. Nicht zu übertrieben, aber trotzdem schick und körperbetont – sie würde bestimmt umwerfend aussehen und Sam würden die Augen ausfallen.

Ich hatte schon fast Angst, dass Sam sein Handy irgendwie ausgeschaltet hatte, als endlich der Signalton ertönte, dass ich eine neue Nachricht erhalten hatte. Sam wünschte mir gute Besserung und meinte, dass er auch gerne mit Lucy alleine in die Stadt gehen würde. Das *Gerne* betonte ich beim Vorlesen der Nachricht besonders stark.

Lucy quietschte daraufhin erst mal glücklich auf. »Oh man, ich bin dir so dankbar. Fühl dich ganz doll gedrückt!«, rief sie glücklich, wobei ihre Stimme mindestens um zwei Oktaven nach oben wanderte.

Ich musste grinsen, so sehr freute ich mich für sie. Amors Pfeil hatte sie wohl schon bei ihrer ersten Begegnung getroffen und jetzt half ich ein bisschen nach und versuchte auch Sam einen Pfeil in seinen kleinen, süßen Arsch zu schießen, obwohl ich mir bereits sicher war, dass er Lucy auch gernhatte.

»Du musst mich nachher unbedingt anrufen und mir alles erzählen, jedes kleinste Detail«, zwang ich Lucy, woraufhin sie lachen musste.

»Natürlich, das mache ich. Bis später, Süße.«

»Bis später«, antwortete ich ihr und legte dann mit einem zufriedenen Lächeln auf den Lippen auf.

Fast im gleichen Moment, hörte ich ein Klingeln an der Tür. Ich sprang auf und lief runter, um die Tür zu öffnen, da ich mir sicher war, dass Dylan sich eh nicht hochbequemen würde. Auch wenn er viel Sport machte, zu Hause war er absolut faul. Ich öffnete die Tür für Luke, Jase und Ace, die mich alle mit einer Umarmung begrüßten und dann eintraten. Bei dem Klang ihrer Stimmen erschien jetzt auch Dylan auf der Treppe und empfing seine Freunde.

Ich wollte gerade wieder unbemerkt in meinem Zimmer verschwinden, als Luke mich aufhielt. »Bleib doch hier. Wir wollen gleich ein bisschen zocken, es wäre echt lustig, wenn du mitmachen würdest.«

Ich hielt zwar inne, runzelte aber skeptisch die Stirn. Sollte ich wirklich mit den Jungs hochgehen und mich komplett blamieren? Die spielten doch bestimmt alle um Längen besser als ich.

»Dann sind wir aber eine ungerade Zahl«, wendete ich ein, in der Hoffnung mich so aus der Situation herauszuwinden.

Doch auch die anderen bestanden darauf, dass ich mitspielte und so gab ich mich schließlich geschlagen.

Wir spielten zwei gegen drei, sodass das Dreier-Team sich immer abwechseln musste. Luke und Dylan spielten gegen Jase, Ace und mich. Zuerst spielten wir Mario Kart und anschließend noch FIFA. Die Jungs waren zwar alle besser als ich, aber wenigstens blamierte ich mich nicht so sehr, wie ich es befürchtet hatte. Es machte sogar richtig Spaß, gegen die anderen auf der Regenbogenstrecke anzutreten und einen nach dem anderen runterzuschubsen. Später bestellten wir noch asiatisches Essen und sahen uns gemeinsam einen Horrorfilm an.

Danach ging ich jedoch auf mein Zimmer, um den Jungs noch etwas Freiraum zu geben und mit Lucy zu telefonieren.

Ich rief sie an, doch sie ging nicht ran. Das war definitiv ein gutes Zeichen, denn es war bereits nach neun Uhr abends. Stattdessen nahm ich mir nun ein Buch und begann zu lesen, doch irgendwann wurden meine Augenlider immer schwerer und ich schlief ein.

Kapitel 34

Ich hatte Lucy besucht, um mit ihr ausführlich über ihr Date mit Sam zu reden und nun war ich wieder auf dem Rückweg nach Hause. An einer roten Ampel musste ich warten, als plötzlich etwas Kaltes an meinen Kopf gedrückt wurde. Auch ohne mich umzudrehen, wusste ich, was es war – die Mündung eines Revolvers. Starr vor Schock war ich nicht mehr in der Lage, mich zu bewegen, die einzige Reaktion meines Körpers war ein ängstliches Zittern, das mich erschütterte. Es war nur noch eine Frage von Sekunden, dann würde alles vorbei sein… In diesem Moment hörte ich, wie die Sicherung gelöst wurde. Salzige Tränen rannen meine eiskalten Wangen herunter. Dann drückte er ab…

Schweißgebadet schreckte ich hoch. Es war nur ein Traum. Nichts von dem, was passiert war, war real, es war alles nur ein Traum.

Doch mein Körper wollte sich einfach nicht beruhigen, selbst nach fünf Minuten zitterte ich immer noch, als wäre ich nackt am Nordpol. Immer wieder spielten sich die Bilder aus dem Traum vor meinem inneren Auge ab – es hatte sich einfach so unglaublich echt angefühlt.

Mein Blick fiel auf Dylan, der seelenruhig neben mir am Schlafen war. Offensichtlich hatte er sich einfach zu mir gelegt, nachdem ich gestern schon so früh eingeschlafen war. Ein kleines Lächeln schlich sich auf mein Gesicht, es war echt süß, dass er mich nicht alleine schlafen lassen wollte. Außerdem hatte er mich auch umgezogen, nachdem ich in meinen normalen Klamotten eingeschlafen war, denn ich trug jetzt ein T-Shirt von ihm, das mir zwar viel zu groß war, aber wunderbar nach ihm roch.

Auch wenn mich Dylans vertrauter Geruch etwas beruhigte, wusste ich, dass ich jetzt nicht einfach wieder einschlafen könnte, deshalb stand ich vorsichtig aus meinem Bett auf und verließ ich das Zimmer. Leise schlich ich durch den Flur nach unten ins Wohnzimmer, wo ich mich auf die breite Fensterbank setzte und aus dem Fenster starrte. Es war eine helle, klare Nacht und die Sterne am Himmel leuchteten nur so um die Wette.

Ich zog meine Beine an meinen Körper heran und schlang meine Arme um sie. Mir war plötzlich furchtbar kalt, obwohl die Raumtemperatur ganz normal war. Warum konnte ich diese Erlebnisse nicht einfach vergessen? Warum musste mich dieser Unbekannte auch in meinen Träumen verfolgen?

Ich war mir nicht sicher, wie lange ich dort schon saß, als ich plötzlich Schritte hörte. Schnell lief ich durch die Zugangstür in die Küche und füllte mir ein Glas mit Wasser.

In diesem Moment betrat Dylan auch schon den Raum. Er sah total verschlafen aus. Seine Haare waren verwuschelt und er hatte dunkle Schatten unter den Augen.

»Was machst du hier?«, fragte er mich. Seine Stimme klang rau und müde und sofort überkamen mich Schuldgefühle. Es tat mir echt leid, dass Dylan unter meinen Schlafproblemen mitleiden musste. Eigentlich waren diese besser geworden, nachdem wir in einem Bett schliefen, doch ganz verschwunden waren die Albträume immer noch nicht.

»Ich trinke etwas.« Demonstrativ hielt ich mein Glas in die Luft, wie um meine Aussage zu bestärken.

»Verarschen kann ich mich selbst«, kam es von Dylan zurück und er zog skeptisch die Augenbrauen zusammen. »Hattest du wieder einen Albtraum?«

Mit wenigen Schritten kam er auf mich zu und legte seine Hand an mein Kinn, womit er mich zwang, ihm in die Augen zu sehen. »Sag mir bitte die Wahrheit«, forderte er mich sanft auf.

»Du musst dir echt keine Sorgen um mich machen, mir geht es gut«, versuchte ich Dylans Frage auszuweichen, wobei ich seinem Blickkontakt jedoch nicht standhalten konnte und zu Boden sah.

»Ich mache mir aber Sorgen! Außerdem bist du die schlechteste Lügnerin, die ich kenne«, entgegnete er kopfschüttelnd. Seine Stimme klang ernst aber nicht böse. Dann ließ er seine Hand sinken und zog mich in eine feste Umarmung. »Du musst dich nicht dafür schämen, dass du Albträume hast. Die hätte jeder an deiner Stelle.«

Auch wenn Dylan seine Worte wirklich lieb meinte, spürte ich einen schmerzhaften Stich in meiner Brust. Es hätte eben nicht jeder Albträume, die meisten würden nach so einem Erlebnis einfach normal weitermachen, schließlich war ja nichts passiert. Stumm schüttelte ich deshalb meinen Kopf. Ich war schwach und das wusste ich. Diese schrecklichen Bilder spielten sich immer wieder vor meinem inneren Auge ab und ich konnte sie einfach nicht verdrängen, so sehr ich es auch versuchte.

»Lass uns wieder hochgehen«, forderte ich Dylan auf, denn ich hatte keine Lust, weiter über dieses Thema zu sprechen. Er ließ sich widerstandslos von mir nach oben ziehen, doch auf dem Flur machte ich Halt.

»Du kannst auch wieder in dein Zimmer umziehen, dann kannst du nachts durchschlafen und würdest nicht immer-«, wollte ich ihm anbieten, doch er schnitt mir das Wort ab.

»Nein, denke gar nicht erst daran, diesen Satz auszusprechen! Ich bin lieber jede Nacht mit dir wach, als dich alleine zu lassen«, sagte Dylan mit einer Stimme, die keinen Widerspruch duldete. Außerdem war ich eh zu müde, um mich auf eine Diskussion einzulassen.

Also legten wir uns wieder zusammen in das Bett in meinem Zimmer. Dylan schlang seine Arme um mich und zog mich so fest an seinen Körper, dass nicht mal mehr ein Blatt zwischen uns gepasst hätte. Seine Nähe, sein Geruch, seine Wärme – all das gab mir ungewohnte Sicherheit und so fiel ich schließlich in einen traumlosen Schlaf.

»Und dann hat er mich noch zum Essen eingeladen«, erzählte Lucy mit leuchtenden Augen. Sie war gerade dabei, mir ihr gestriges Date, das anscheinend ein voller Erfolg gewesen war, in allen Zügen zu beschreiben.

»Nach dem Essen sind wir dann spazieren gegangen und als mir kalt wurde, hat er mir sogar seine Jacke gegeben. Stell dir mal vor, er hat mich sogar nach Hause gebracht. *Hach*, er ist einfach perfekt«, schwärmte Lucy und beendete ihren Bericht mit einem verträumten Seufzen. Ich grinste zufrieden – unser Plan war ja mal sowas von geglückt! Wer hätte gedacht, dass

Sam nur ein Treffen alleine mit Lucy brauchte, um so aus sich herauszukommen? Jetzt war es nur noch eine Frage der Zeit, bis die beiden den nächsten Schritt gehen würden, aber das würde ich ihnen selbst überlassen. Meine Rolle als Amor war hiermit offiziell beendet.

»Das ist echt so unglaublich romantisch! Ich freue mich echt so sehr für dich, Luce«, sagte ich und nahm meine Freundin anschließend kurz in den Arm. Wenn jemand es verdient hatte, in der Liebe glücklich zu werden, dann sie!

Den Rest des Tages verbrachten wir damit, uns mit Schokolade und Wolldecken kitschige Liebesfilme anzuschauen und das vollkommen ohne schlechtes Gewissen, denn draußen regnete es in Strömen. Abends bestellten wir uns dann noch Pizza, mit der wir die Schokolade ersetzten. Ich wollte wirklich nicht wissen, wie viele Kalorien ich heute zu mir genommen hatte, aber Lucy und ich hatten einen echt schönen Tag miteinander verbracht und das war das Einzige, was zählte. Wir waren gerade dabei, *Briefe an Julia* zu gucken, als mein Handy vibrierte. Ich entsperrte den Bildschirm und mir wurden mehrere Nachrichten von Dylan angezeigt.

Wie lange bleibst du noch bei Lucy?

Wann soll ich dich abholen?

Hallo?

Die letzte Nachricht hatte Dylan mir gerade erst gesendet, die anderen beiden waren schon etwas länger her, deshalb beeilte ich mich umso mehr, schnell eine Antwort zu tippen:

Wir gucken noch diesen Film zu Ende und dann würde ich ungefähr in einer halben Stunde nach Hause kommen. Den kurzen Weg schaffe ich auch alleine :)

Innerhalb von Millisekunden verwandelte sich die Anzeige in *online* und die kleinen Häkchen verfärbten sich blau. Dann sah ich, wie Dylan schrieb und wenig später erhielt ich schon eine neue Nachricht von ihm.

Das wirst du ganz sicher nicht tun! Ich hole dich natürlich ab. Hast du schon unsere Abmachung vergessen?

Genervt verdrehte ich die Augen, natürlich hatte ich unseren Deal nicht vergessen, auch wenn ich von Anfang an nicht so ganz einverstanden mit ihm gewesen war. Dylan ließ mich ja so gut wie gar nicht aus den Augen, wie auch jetzt. Ich seufzte kurz auf, aber ich wollte kein Drama wegen so einer Kleinigkeit anfangen.

Ist ja gut... Kannst du mich dann vielleicht 22 Uhr abholen?

Die Häkchen verfärbten sich sofort blau, offensichtlich war Dylan noch auf dem Chat und ich erhielt die Antwort so schnell, dass ich nicht mal blinzeln konnte.

Klar.

Ich schrieb noch schnell ein »**Danke**« zurück, dann legte ich mein Handy wieder weg und stellte fest, dass Lucy ebenfalls an ihrem Handy war. Ohne es gesehen zu haben, wusste ich sofort, mit wem sie schrieb, dafür reichte ihr seliges Lächeln völlig aus. Ich würde meinen Laptop darauf verwerten, dass die beiden innerhalb der nächsten Wochen zusammenkämen – sie würden echt ein tolles Paar abgeben.
Lucy legte nun ebenfalls ihr Handy wieder weg und so sahen wir uns gebannt das große Finale des Films an, wobei uns beiden die eine oder andere Träne aus dem Auge rollte.

Kapitel 35

Glücklich verließ ich zusammen mit Lucy das Schulgebäude. Heute war ich Wall-E endlich wieder für eine Woche losgeworden und Cole durfte sich wieder mit ihm abmühen. Dieses Ding ging mir langsam echt auf die Nerven, vor allem, weil der Simulator auch nicht dazu beitrug, dass meine Nächte besser wurden. Mal hatte ich Albträume, mal nicht und ich konnte leider nicht genau sagen, woran das lag.

Aber ich hatte das Gefühl, dass sie langsam aber sicher abnahmen und das war definitiv ein gutes Zeichen. Außerdem war George heute Morgen in aller Frühe angereist, sodass sich im Haus der Campbells alles wieder normalisierte. Vielleicht würde das ja auch dazu beitragen, dass meine Nächte noch ruhiger wurden. Ich glaubte zwar nicht wirklich daran, aber ich hoffte es inständig.

Der heutige Tag würde mir auf jeden Fall etwas Ablenkung verschaffen, denn Lucy und ich hatten uns dazu verabredet, zusammen nach Ballkleidern zu gucken. Gestern Abend hatte ich noch einen glücklichen Anruf von Lucy erhalten, dass Sam sie gefragt hatte, ob sie seine Begleitung für den Ball sein wollte, weshalb Lucy schon den ganzen Tag über gar nicht mehr aufhören konnte, zu strahlen.

So liefen wir jetzt nach unserer Kunst-AG direkt zur Bushaltestelle, um in die Innenstadt zu fahren. Dort bummelten wir erst nur durch die Straßen und aßen ein Eis, bis wir uns unserem eigentlichen Anliegen zuwendeten. Da sich Lucy logischerweise wesentlich besser als ich in Pheonixville auskannte, übernahm sie die Führung und zog mich in sämtliche Geschäfte hinein. In den ersten beiden Läden fanden wir jedoch beide kein passendes Kleid, doch im dritten gab es eine unendlich große Auswahl, sodass Lucy und ich jeweils mehrere Kleider in die Kabine nahmen.

Lucy präsentierte mir zuerst ihre Kleider und ich musste neidlos anerkennen, dass sie in allen umwerfend aussah, doch als sie die Umkleide in einem lilafarbenen, bodenlangen Kleid verließ, blieb mir der Atem weg. Der leichte Stoff schmiegte sich perfekt an ihren Körper an und die Farbe harmonierte wunderbar mit ihren Augen und Haaren. Lucy drehte sich vor einem der riesigen Spiegel einmal um ihre eigne Achse, offensichtlich schien ihr das Kleid auch zu gefallen.

»Sam werden die Augen ausfallen«, meinte ich grinsend, als Lucy sich schließlich dazu entschied, das Kleid zu kaufen.

Dann war ich an der Reihe. Ich probierte zuerst ein schwarzes Kleid an, doch das ließ mich extrem blass aussehen. Anschließend zog ich ein dunkelrotes und ein grünes Kleid an, aber auch die beiden gefielen mir nicht so gut, wie ich es mir für mein Ballkleid wünschen würde. Ich war schon fast am Verzweifeln, als Lucy mit einem hellblauen Kleid in der Hand um die Ecke bog.

»Probier das an!«, forderte sie mich auf.

Ich tat wie mir geheißen und verschwand wieder in der Kabine, um vorsichtig in das Kleid hineinzuschlüpfen. Ohne es überhaupt richtig im Spiegel gesehen zu haben, wusste ich bereits, dass es genau das Richtige war. Es saß perfekt und ich fühlte mich sofort wohl. Glücklich ging ich raus, um Lucy das Kleid zu zeigen.

Sie stieß einen lauten Schrei aus und hauchte dann ein leises: »Wow.«

Grinsend sah ich in den Spiegel, in dem ich das Kleid nun nochmal genau betrachten konnte. Es war bodenlang und trägerlos. Der leichte, hellblaue Stoff lag bis zur Taille eng an meinem Körper und war dort mit silberfarbenen Elementen, die einer Blumenranke ähnlich sahen, verziert. Dieses Element wurde auch noch oben an der Brust als kleine Verzierung aufgegriffen, ansonsten war das Kleid ohne viel Glitzer und Gefunkel, was mir gut gefiel. Um es zusammenzufassen: Das Kleid war einfach perfekt!

»Wenn du dieses Kleid nicht kaufst, dann bringe ich dich um!«, drohte Lucy mir, doch meine Entscheidung war sowieso schon gefallen.

Ich zog mich wieder um und dann liefen wir zusammen zur Kasse. Meine Eltern hatten mir extra Geld überwiesen, damit ich mir ein schönes Kleid für den Ball kaufen konnte. Ich war schon echt gespannt darauf, was Dylan für ein Gesicht machen würde. Er wusste nicht, dass Lucy und ich Kleider kaufen würden, sondern dachte, wir wären ganz normal shoppen.

Wieder draußen verabschiedeten Lucy und ich uns voneinander, da Lucy noch einen weiteren Termin in der Stadt hatte. Deshalb machte ich mich alleine auf den Weg nach Hause. Eigentlich hatte ich Dylan ja versprochen, nicht mehr alleine unterwegs zu sein, aber ich wollte nicht, dass er etwas von dem Kleid mitbekam und es kam mir einfach zu affig vor, wegen seinem *Ich-muss-dich-vor-allem-beschützen-Problem* irgendjemand anderen zu nerven.

Zuhause angekommen, schloss ich leise die Tür auf und schaffte es, unbemerkt in mein Zimmer zu gelangen, wo ich das Kleid in meinem Schrank versteckte. Dann lief ich zu Dylans Zimmer, um ihn zu begrüßen. Ich klopfte brav an und trat dann ein.

Dylan lag mit seinem Laptop auf dem Bett und klappte diesen schnell zu, als ich die Tür öffnete. Irritiert runzelte ich die Stirn – hatte das etwas zu bedeuten?

»Wir können deine Pornos auch zusammen gucken«, scherzte ich, in der Hoffnung vielleicht eine Rechtfertigung von Dylan zu erhalten und drückte ihm einen Begrüßungskuss auf die Lippen.

Doch von Dylan kam keine Antwort.

»Und wie war es in der Stadt?«, fragte er mich, nachdem ich mich neben ihm auf seinem Bett niedergelassen hatte.

»Ganz gut. Wir waren Eis essen und haben ein bisschen in den Geschäften gestöbert … Ach ja und ich habe mir die Nummern von ein paar heißen Typen geklärt.«

Ich grinste Dylan herausfordernd an, doch er verdrehte nur genervt die Augen.

»Hahaha, du bist ja heute wieder lustig«, lachte er gefälscht, wobei seine Stimme nur so vor Ironie tropfte. Offensichtlich hatte er nicht besonders gute Laune. »Wie bist du eigentlich nach Hause gekommen?«, hakte er dann nach und musterte mich mit einem stechenden Blick.

Ich hatte echt gehofft, dass er diese Frage nicht stellen würde, denn ich wollte ihn nicht anlügen. »Mit dem Bus«, antwortete ich ihm deshalb knapp.

Augenblicklich wurde Dylans Blick finster und ich nahm wahr, wie sich sein Körper leicht anspannte. »Du weißt genau, was ich dir gesagt habe! Du sollst nicht allei-«, setzte er an, doch ich unterbrach ihn.

»Ja ja, ich weiß. Jetzt rege dich bitte nicht so auf, es ist heller Tag und ich bin mit einem öffentlichen Verkehrsmittel gefahren«, versuchte ich ihn zu beschwichtigen. Ich hatte zwar bereits damit gerechnet, dass Dylan über diese Nachricht nicht erfreut sein würde, aber trotzdem nervte es mich etwas, dass er direkt so übertreiben musste.

»Ich meine es ernst, Valerie.« Dylan funkelte mich wütend an und ich wusste, dass es keinen Sinn ergab, weiter zu diskutieren, also gab ich mit einem Seufzen auf.

»Kommt nicht wieder vor«, murmelte ich und ließ mich rückwärts auf sein Bett fallen.

»Das will ich auch hoffen«, antwortete Dylan seufzend und ließ sich neben mich plumpsen. Ich platzierte meinen Kopf auf seiner Brust und atmete seinen Geruch ein. Er legte seinen Arm um mich und gab mir einen leichten Kuss auf die Stirn. Anscheinend hatte er sich ebenfalls wieder abgeregt.

So lagen wir für einen Moment einfach nur in einvernehmlichem Schweigen da, jeder in seinen eigenen Gedanken versunken.

»Dylan, darf ich dich was fragen?«, durchbrach ich schließlich die Stille und drehte mich so hin, dass ich meinen Freund ein bisschen besser angucken konnte.

»Hmm«, brummte er. Das nahm ich jetzt einfach mal als *Ja*.

»Wieso hast du mich am Anfang eigentlich so sehr gehasst?«, stellte ich die Frage, die mir bereits seit Langem immer wieder auf der Zunge brannte.

Doch sobald meine Worte meinen Mund verlassen hatten, kehrte wieder Stille ein und ich befürchtete beinahe, dass Dylan mir nicht antworten würde.

»Ich habe dich nie wirklich gehasst, nur verabscheut«, sagte er jedoch schließlich.

Irritiert blickte ich meinen Freund an. »Was ist da bitte der Unterschied?«

Dylan atmete einmal tief ein, dann sprach er weiter: »Hass ist ein viel zu starkes Wort. Ich habe dich nicht gemocht, das ist wahr, weil ich dachte, dass meine Eltern mit dir einen Ersatz für Sarah suchen würden. Es kam mir einfach unglaublich falsch vor, ein Jahr nach dem Tod der eigenen Tochter bereits ein Gastkind aufzunehmen und deshalb hatte ich von Anfang an beschlossen, der Person das Leben so schwer wie möglich zu machen. Was genau ich mir davon erhofft habe, weiß ich nicht – vielleicht, dass die Person, in diesem Falle du, das Auslandsjahr einfach wieder abbrechen würde. Aber es ist mir mit jedem Tag schwerer gefallen, so gemein zu dir zu sein, weil ich gesehen habe, dass du nicht der Mensch warst, den ich aus dir machen wollte. Und sobald ich das begriffen hatte, habe ich mich immer mehr von dir angezogen gefühlt und das nicht nur körperlich. Auch wenn ich in diesem Moment noch gar nicht wusste, wer du bist, hat es mich tatsächlich ein bisschen fasziniert, wie du dich einfach auf die Straße geworfen hast, um das Leben eines Igels zu retten. Das war zwar echt lebensmüde, aber gleichzeitig unglaublich selbstlos. Und egal wie sehr ich dich fertiggemacht habe, als es darauf ankam, hast du mir trotzdem mit Berry geholfen, was deine Selbstlosigkeit abermals bewiesen hat. Und von da an habe ich endgültig angefangen, dich mit anderen Augen zu sehen und wollte dich mit jedem Tag mehr, so sehr, wie noch niemanden zuvor. Am Anfang ist es mir unglaublich schwergefallen, meine Gefühle zuzulassen und ich habe immer wieder versucht, dich wegzustoßen, weil ich nicht wollte, dass es mir nochmal so gehen würde, wie nach Sarahs Tod. Weißt du, wenn man keinen Menschen liebt, dann kann niemand einen verletzten. Aber ich konnte mich nicht von dir fernhalten und ich konnte dich nicht hassen, so sehr ich es auch versucht habe und ich habe mich dafür gehasst, dass ich dich nicht hassen konnte.«

Nachdem Dylan mit seinem Geständnis geendet hatte, breitete sich wieder Schweigen im Raum aus, weil es mir wortwörtlich die Sprache verschlagen hatte. Dylans Worte hatten mich vollkommen überwältigt und erst nach und nach begann ich zu realisieren, was er mir gerade alles offenbart hatte. Wahrscheinlich würde ich noch eine ganze Zeit brauchen, um all das Gesagte völlig zu begreifen, doch für den Moment reichte es mir zu wissen, dass Dylan mich nie wirklich als Menschen gehasst hatte, sondern nur die Person, die er in mir sehen wollte.

»Danke, dass du mir das erzählt hast«, meinte ich dann und lächelte ihn vorsichtig an.

Er hatte sich mir gerade ein ganzes Stück geöffnet und das bedeutete mir unglaublich viel. Trotzdem wollte ich seine Gesprächigkeit noch weiter ausnutzen, denn ich hatte noch so viele offene Fragen.

»Wieso hast du eigentlich kaum Freundinnen?«, machte ich also gleich weiter.

Dylan lachte kurz auf.

»Die meisten Mädchen mögen einen nicht mehr, wenn man sie nach einem One-Night-Stand fallen lässt beziehungsweise kein Interesse an mehr zeigt. Das kann Freundschaften wirklich zerstören.«

Obwohl ich wusste, dass dies in der Vergangenheit lag, spürte ich ein leichtes Ziehen in meiner Brust, bei dem Gedanken, mit wie vielen Mädchen Dylan bereits Sex gehabt hatte. Er hatte schon so viel Erfahrung und ich war noch Jungfrau. Ich hatte echt ein bisschen Angst vor unserem ersten Mal. Was war, wenn es ihm nicht gefallen würde? Energisch schüttelte ich diesen Gedanken von mir.

Dylan hatte offenbar bemerkt, dass mich seine Aussage mehr getroffen hatte als beabsichtigt. Er sah mich sanft an und meinte: »Hey, das war nicht so gemeint. Diese Zeiten sind längst vorbei. Ich liebe dich und ich werde dich niemals verletzten, hörst du?«

Dylan stockte einen kurzen Moment, als würde ihm selbst jetzt erst bewusst werden, dass er gerade zum ersten Mal die drei großen Wörter zu mir gesagt hatte. Zum ersten Mal nahm ich tatsächlich so etwas wie Unsicherheit in seinem Blick wahr, als hätte er Angst, mich mit diesem frühen offiziellen Liebesgeständnis zu überfordern.

In mir hingegen explodierte ein Feuerwerk an Euphorie und das schmerzhafte Ziehen in meinem Brustkorb verstummte augenblicklich. Ich sollte Dylan nicht für das verurteilen, was in der Vergangenheit lag, sondern mich einfach auf das Hier und Jetzt konzentrieren, vor allem, wenn das Jetzt so unbeschreiblich schön war.

»Ich liebe dich auch«, antwortete ich sanft und sah, wie Dylan förmlich aufatmete.

Dann setzte ich mich auf und beugte mich über Dylan, um ihn zu küssen. Er zog meinen Kopf zu sich ran und unsere Lippen trafen sich bereits im nächsten Moment, sodass ein leidenschaftlicher Kuss entbrannte …

Kapitel 36

»Hast du jetzt endlich alles?«, fragte Dylan mich leicht genervt, nachdem ich nun schon zum dritten Mal vom Haus zum Auto rannte.

»Nein, meine drei Handtaschen, der pinke Glitzerkoffer und das zehnte Paar Schuhe fehlen noch«, zog ich ihn grinsend auf.

Dylan verzog nur gequält das Gesicht und verdrehte demonstrativ die Augen. Ich war mir sicher, dass er einen Nervenzusammenbruch erleiden würde, wenn er jetzt feststellte, dass mir immer noch etwas fehlte. Wie um mich gar nicht auf die Idee kommen zu lassen, noch mehr Sachen anzuschleppen, schloss er mit einem Knall die Kofferraumtür. Dann setzten wir uns beide ins Auto und er fuhr los.

Wohin? Das wüsste ich auch gerne. Dylan hatte mir nur gesagt, dass ich genug Klamotten für ein ganzes Wochenende einpacken sollte und nun waren wir auf dem Weg, ohne dass ich auch nur den Hauch einer Ahnung davon hatte, was sein Plan war.

Die ganze Fahrt über hatte Dylan seine Hand auf meinem Oberschenkel liegen und blickte immer wieder zu mir herüber, was mir ein breites Lächeln ins Gesicht zauberte. In solchen Momenten fiel es mir immer noch schwer, zu begreifen, dass dieser unglaublich gutaussehende Typ neben mir mein fester Freund war. Ich konnte mich wirklich glücklich schätzen, so einen tollen Mann an meiner Seite zu haben.

Nach einer zweistündigen Fahrt kamen wir am Meer an. Wir checkten in ein wunderschönes Hotel ein, das direkt am Strand gelegen war und aus dessen Fenstern man einen wunderbaren Blick auf den Ozean hatte. Die Brandung rauschte in schäumenden Wellen an den Strand und die Sonne glitzerte auf der blaugrünen Meeresoberfläche. Es war einfach nur wunderschön.

Als wir uns etwas eingerichtet hatten, zog Dylan sich jedoch direkt wieder die Schuhe an und sah mich abwartend an. »Wollen wir los?«, fragte er mich, während ich immer noch am Fenster stand und die Aussicht genoss.

»Sagst du mir wenigstens dieses Mal, wohin es geht?«

Dylan grinste mich an. »Nö«, entgegnete er selbstgefällig. Er hatte sichtlich Spaß daran, mich im Dunkeln tappen zu lassen. Irgendwann würde ich ihm das heimzahlen!

Ich seufzte geschlagen auf und zog mich ebenfalls wieder an.

Dylan führte mich zurück zu seinem Auto, in das wir einstiegen und nach einer kurzen Fahrt bereits an einem Parkplatz oben auf einer der schroffen Klippen ankamen. Auch wenn ich Dylan die ganze Zeit über beharrlich mit Fragen gelöchert hatte, hatte er mir seinen Plan weiterhin verschwiegen. Nun liefen wir über einen schmalen Kiesweg die letzten Meter zu dem höchsten Punkt des Berges, als mir plötzlich ein Schild ins Auge stach:

Bungee-Jumping von Pennsylvanias beeindruckendster Klippe!

Ich blieb so abrupt stehen, als hätten meine Füße plötzlich Wurzeln geschlagen.

»Das ist jetzt nicht dein Ernst?«, rief ich geschockt und starrte Dylan fassungslos an. Keine zehn Pferde würden mich dazu bringen, mich von dieser Klippe zu werfen – ich war doch nicht lebensmüde.

»Oh doch! Komm schon, das wird lustig«, erwiderte Dylan und besaß sogar noch die Frechheit, mir zuzuzwinkern. »Das kannst du vergessen! Du hast sie doch nicht mehr alle«, stellte ich energisch klar und zeigte ihm einen Vogel. Sich waghalsig in die Tiefe zu stürzen und das nur an einem Gummiseil gesichert? Dass mein Freund darauf abfuhr, war mir irgendwie klar gewesen, aber ich konnte gut auf diese Erfahrung verzichten.

»Komm schon, Vale. Das macht echt Spaß! Weißt du noch, als du meintest, du könntest keinen Parcours laufen? Da hast du dich auch überwunden und im Endeffekt warst du sogar richtig gut darin und es hat dir auch Spaß gemacht. Sieh es dir wenigstens an, dann kannst du immer noch Nein sagen.«

Dylan sah mich fast schon flehend an und auch wenn ich mir vorgenommen hatte, stark zu bleiben, gab ich nach. »Na gut.«

Augenblick breitete sich ein breites Grinsen auf Dylans Lippen aus. »Du wirst es nicht bereuen«, sagte er voller Überzeugung.

Ungefähr eine halbe Stunde später befand ich mich in einem Geschirr eingepackt und an einem Gummiseil befestigt oben am Rand der Klippe und bereute meine Entscheidung extrem. Eine von Dylans Stärken war es definitiv, einen in irgendwelche Angelegenheiten reinzureden, die man eigentlich gar nicht wollte. Und so stand ich hier nun – zitternd und mehr oder weniger bereit zum Absprung.

»Alles wird gut. Du schaffst das, Baby«, sprach Dylan mir ein letztes Mal Mut zu und drückte meine Hand, bevor er ein Stück nach hinten trat.

»Wenn du dich bereit fühlst, dann geh einfach ein paar Schritte vor und der Rest geht ganz von alleine«, erklärte mir der Helfer, der mich zuvor in dieses Geschirr verfrachtet hatte.

Bei seinen Worten musste ich beinahe trocken auflachen – ich würde mich niemals hierfür bereit fühlen, aber ich wollte jetzt auch keinen Rückzieher mehr machen. Also Augen zu und durch!

Ich atmete noch einmal tief ein und aus, dann machte ich zwei Schritte vor und stürzte im nächsten Moment schon in die Tiefe. Der Wind pfiff um mich, als ich in einer irrsinnigen Geschwindigkeit auf das Wasser unter mir zuraste und mein ganzer Körper kribbelte vor Aufregung. Ich konnte förmlich spüren, wie das Adrenalin durch meine Adern pumpte und ein euphorisches Hochgefühl überkam mich. In diesem Moment fühlte ich mich unendlich frei, so als würde ich wirklich fliegen. Alles war vergessen, es gab nur noch mich.

Doch als ich nur noch wenige Meter von der Wasseroberfläche entfernt war, wurde ich von dem Gummiseil um meine Beine zurück nach oben gerissen und der Zauber war vorbei. Ich pendelte noch eine Weile in der Luft herum, bis ich von der Crew wieder nach oben gezogen wurde. Dort schloss Dylan mich fest in seine Arme.

»Ich bin so stolz auf dich«, raunte er mir ins Ohr und drückte mir einen sanften Kuss auf die Stirn.

Auch wenn ich Dylans Stimme und Berührungen wahrnahm, drangen sie trotzdem nicht völlig zu mir durch, dafür war ich noch viel zu sehr benebelt. Das Adrenalin berauschte meinen Körper immer noch so sehr, dass ich zitterte. Das war mit Abstand das Unglaublichste, was ich in meinem Leben je getan hatte und es war all die Angst, die ich davor ausgestanden hatte, absolut wert. Dieses Gefühl der Schwerelosigkeit und der Freiheit würde ich nie wieder vergessen!

Es brauchte noch einen ganzen Moment, bis ich wieder fest auf eigenen Beinen stand und wieder in der Lage war, mich zu regen und zu sprechen. Nachdem er sich versichert hatte, dass es mir gut ging, war nun Dylan an der Reihe. Dieser alte Angeber musste natürlich noch einen drauflegen und sprang rückwärts von der Klippe. Ich blickte ihm nach, wie er in die Tiefe stürzte und dachte sehnsüchtig an meinen eigenen Sprung von eben zurück.

Nachdem Dylan ebenfalls zurück auf festem Boden stand und das Geschirr abgelegt hatte, machten wir uns wieder auf den Weg zum Auto zurück. Wir liefen händchenhaltend nebeneinander her und unterhielten uns über Bungee-Jumping. Meine Augen mussten dabei förmlich leuchten, so begeistert war ich immer noch. Ich war Dylan plötzlich unglaublich dankbar dafür, dass er mich dazu getrieben hatte, meine Komfortzone zu verlassen.

»Danke. Für alles«, sagte ich deshalb unvermittelt mit vor Rührung belegter Stimme. Dylan tat so viel für mich und war immer für mich da – da musste das jetzt einfach mal raus.

Überrascht sah Dylan mich an, doch sein Blick war ganz weich. »Dafür nicht, Vale. Du musst dich nicht bei mir bedanken. Im Gegenteil, ich müsste mich eher bei dir bedanken. Du schenkst mir jeden Tag so viel und machst mein Leben so viel lebenswerter, dass ich gar nicht mehr weiß, was ich ohne dich tun würde«, erwiderte Dylan.

Seine Worte ließen mein Herz augenblicklich höherschlagen und schickten ein warmes Kribbeln durch meinen ganzen Körper. Dylan konnte noch nicht mal im Entferntesten ahnen, wie viel sein Gesagtes mir bedeutete.

»Ich liebe dich«, fügte er dann noch hinzu und gab mir einen sanften Kuss auf den Scheitel.

»Und ich liebe dich«, antwortete ich ihm mit einem seligen Lächeln auf den Lippen. Es fühlte sich immer noch besonders an, diese drei großen Wörter auszusprechen, aber keineswegs komisch. Ich liebte Dylan wirklich, sogar so sehr, dass ich für ihn von einer Klippe springen würde.

Nachdem wir wieder beim Auto angekommen waren, fuhren wir wieder zurück ins Hotel, um uns dort umzuziehen, da Dylan mich noch in ein Restaurant ausführen wollte. Mir persönlich würde ja McDonald's oder irgendeine kleine Pizzeria reichen, doch Dylan wollte in ein richtig schickes Restaurant gehen. Deshalb war ich jetzt dabei, mir meinen Kopf über mein Outfit zu zerbrechen, während Dylan noch unter der Dusche stand. Wahllos durchwühlte ich meinen Koffer und zog schließlich eine enganliegende, schwarze Hose und ein hübsches Top mit Spitze und einem etwas tieferen Ausschnitt, als ich ihn sonst trug, an.

In diesem Moment kam Dylan auch schon wieder aus dem Bad. Er hatte nur ein Handtuch um die Hüfte gebunden und war gerade dabei, sich mit einem anderen Handtuch die Haare abzutrocknen. Ein paar nasse Strähnen hingen ihm ins Gesicht und auf seinem muskulösen Bauch perlten noch Wassertropfen hinab.

Allein Dylans Anblick reichte dazu, mein Herz etwas schneller schlagen zu lassen. Wie war es nur möglich, so unglaublich attraktiv auszusehen?

»Wow, du siehst toll aus!«, meinte Dylan mit einem anerkennenden Nicken und besaß sogar den Anstand, mir dabei in die Augen zu schauen und nicht in den Ausschnitt. Seine grünen Augen funkelten dabei mit dem Meer hinter dem Fenster um die Wette und ich verlor mich für einen Moment in ihrer Tiefe, bevor ich mich wieder von ihnen losriss.

Nachdem Dylan sich auch angezogen hatte, verließen wir das Hotel wieder. Er trug ein weißes Hemd, welches er an den Ärmeln hochgekrempelt hatte, eine schwarze Hose im Used-Look und seine schwarze Lederjacke, womit er ebenfalls atemberaubend gut aussah.

Zu Fuß liefen wir zu einem nahegelegenen Restaurant und wurden dort direkt in Empfang genommen. Draußen war es in der Zwischenzeit dunkel geworden, sodass nur noch die Laternen die Straßen erhellten und mit ihrem warmen Licht eine gemütliche, ruhige Atmosphäre erschufen.

»Guten Abend und herzlich Willkommen im Amadeus«, begrüßte uns einer der Kellner mit ernstem Gesicht, der mich wegen seines schwarzen Fracks und weißen Hemdes etwas an einen Pinguin erinnerte. »Folgen Sie mir bitte.«

Wir taten wie uns geheißen und ließen uns zu einem wunderschön dekorierten Tisch in einer ruhigen Ecke des Restaurants führen. Als ich dort die vielen verschiedenen Arten von Besteck liegen sah, begann jedoch langsam die Angst in mir hochzukriechen. Dylan musste meinen panischen Blick bemerkt haben, denn seine Augen funkelten amüsiert. Ich befürchtete beinahe, dass er sich jetzt über mich lustig machen würde, doch stattdessen half er mir bei der Auswahl meines Essens und erklärte mir, wofür welches Besteck genutzt wurde. Das Essen kam und ich hatte die Gelegenheit, mein neu gewonnenes Wissen direkt anzuwenden.

Doch während ich die ersten Bissen nahm, hatte ich die ganze Zeit über das Gefühl, dass Dylan mich anstarrte. »Habe ich etwas im Gesicht?«, fragte ich ihn deshalb verwirrt.

Er fing an zu lächeln. »Eine Nase, aber nein, du siehst einfach nur wunderschön aus«, antwortete er mir und ich merkte, wie meine Wangen einen leichten Rotton annahmen.

»Es ist ja kaum auszuhalten, wie romantisch du in letzter Zeit bist«, unternahm ich einen Versuch dies zu überspielen, aber Dylan sah wahrscheinlich trotzdem, wie seine Komplimente mich immer wieder aus dem Konzept brachten.

»Romantisch? Das behauptest du nur so lange, bis du weißt, was ich für morgen geplant habe«, erwiderte mein Freund.

Neugierig horchte ich auf. »Was hast du denn geplant?«
Doch Dylan wäre nicht Dylan, wenn er mir einfach unkompliziert auf die Frage antworten würde. Auch jetzt antwortete er nur: »Das wüsstest du wohl gerne.«

Kapitel 37

Ich wachte am nächsten Morgen davon auf, dass Dylan mir einen nassen Waschlappen ins Gesicht warf. Empört fischte ich diesen von mir herunter und feuerte ihn blind in Dylans Richtung zurück.

»Was sollte das denn?«, fauchte ich, während ich mit schweren Augenlidern gegen das Licht anblinzelte.

»Dir auch einen wunderschönen guten Morgen«, kam es lachend von Dylan und er gab mir einen Kuss auf meine etwas feuchte Stirn.

»Ich habe echt alles versucht, um dich wachzukriegen, aber du hast geschlafen wie ein Stein«, rechtfertigte er sich dann.

Ich stutzte für einen Augenblick – hatte ich ernsthaft so tief geschlafen? Wahrscheinlich schon, denn ich konnte mich nicht daran erinnern, dass ich wegen eines Albtraums aufgewacht war. Allgemein fühlte ich mich so erholt und ausgeschlafen wie schon seit Langem nicht mehr.

Und da ging mir plötzlich ein Licht auf, weshalb Dylan mit mir spontan über das Wochenende verreist war – er wollte mich ablenken und auf andere Gedanken bringen. Ich spürte, wie meine Augen langsam feucht wurden, doch atmete entschieden gegen die Tränen an. Auch wenn ich unfassbar gerührt war, würde es Dylan wahrscheinlich sehr irritieren, wenn ich jetzt anfangen würde, zu heulen. Doch mein Freund war eh schon wieder im Bad verschwunden, sodass er meinen kleinen, morgendlichen Gefühlsausbruch gar nicht mitgekriegt hatte.

Energisch wischte ich mir über die Augen, dann stand ich auf und machte mich ebenfalls fertig.

Nachdem wir am Vormittag trotz des grauen, bewölkten Himmels Paragleiten waren (mittlerweile hatte ich es aufgegeben, mich gegen Dylan zu wehren und außerdem hatte es echt extrem viel Spaß gemacht), standen wir nun auf einer Paintball-Anlage und wurden in unsere Ausrüstungen verfrachtet. Die dunklen Wolken hatten sich verzogen und die Sonne lugte tatsächlich hinter einer hellen Schäfchenwolke hervor. Es waren hauptsächlich männliche Mitspieler dabei, die alle kritisch von Dylan unter die Lupe genommen wurden. Irgendwie war es ja schon süß, wie sehr er sich um mich sorgte, wenn auch vielleicht ein kleines bisschen übertrieben.

Nachdem das Spiel startete, verstreuten sich alle Teilnehmer in verschiedene Richtungen auf der riesigen Anlage. Dylan und ich liefen zusammen los und dadurch, dass wir uns gegenseitig Rückendeckung geben konnten, schalteten wir nach und nach immer mehr Gegner es aus. Wir waren sogar so gut, dass zum Schluss nur noch wir beide über waren. Dylan wollte schon auf den Ausgang zusteuern, als ich noch ein letztes Mal meine Pistole erhob und ihm auf sein Bein schoss. Überrascht drehte er sich um.

»Es kann nur einen Gewinner geben«, erklärte ich ihm grinsend, drückte ihm aber einen kurzen Kuss auf die Lippen, sozusagen als Versöhnungsangebot.

»Du bist echt unglaublich, Valerie Blohm«, antwortete er kopfschüttelnd, lächelte aber ebenfalls.

Trotz meines gemeinen Hinterhalts gingen wir händchenhaltend zum Ausgang, um dort die Ausrüstungen wieder abzugeben und anschließend zum Hotel zurückzufahren. Dort angekommen, verspürte ich das große Bedürfnis, direkt unter die Dusche zu springen, doch bevor ich die Badezimmertür hinter mir zugezogen hatte, wurde ich von Dylan aufgehalten.

»Ich komme mit, dann sparen wir Wasser und Zeit«, verkündete er mit einem schiefen Grinsen und auch wenn die Aussage dadurch einen scherzhaften Charakter annahm, wusste ich, dass er es eigentlich ernst meinte.

Unsicher zog ich meine Hand von der Klinke zurück. Ich wusste, dass Dylan schon länger darauf wartete, mit mir zu schlafen, aber ich fühlte mich einfach noch nicht bereit dazu. Für mich war das der letzte Schritt, Dylan alles von mir zu zeigen und ehrlich gesagt hatte ich echt etwas Angst davor. Dylan hatte einfach so viel mehr Erfahrung als ich – ich wollte gar nicht wissen, mit wie vielen Mädchen an unserer Schule er schon Sex gehabt hatte. Allein bei diesem Gedanken drehte sich mein Magen um und all meine Unsicherheiten und Selbstzweifel kehrten zurück.

Dylan musste mein Zögern wahrgenommen haben, denn er legte eine Hand an meine Wange und sah mir tief in die Augen. »Wenn es für dich noch zu früh ist, ist das echt nicht schlimm. Ich wollte dich auf keinen Fall unter Druck setzen«, sagte er sanft.

»Es ist nur so«, setzte ich an. »Du hast so viel mehr Erfahrung als ich und wie du unschwer weißt, bin ich noch Jungfrau. Ich habe Angst davor, dass ich dich nicht glücklich machen kann«, murmelte ich. Ich konnte Dylans Blickkontakt nicht mehr standhalten und richtete meinen Blick beschämt auf den Boden, doch er zwang mich durch sanften Druck an meinem Kinn, ihm wieder in die Augen zu sehen.

»Alles, was du gerade gesagt hast, ist falsch. Naja, bis auf, dass du Jungfrau bist – das wirst du wohl selbst am besten wissen. Aber dass du Angst haben musst, mich nicht glücklich zu machen, stimmt vorne bis hinten nicht. Du machst mich jeden Tag aufs Neue glücklich, sei es durch deine warmen, freundlichen Worte, deinen unglaublichen Optimismus, deine schlechten Witze oder deine körperliche Nähe – es gibt keinen Menschen, der das in mir auslöst, was du tust. Außerdem soll beim Sex nicht nur eine Person glücklich werden – deine Bedürfnisse sind mindestens genauso wichtig! Deshalb lassen wir es auch alles in deinem Tempo angehen. Und wenn es soweit ist, versprich mir bitte, dass du sagst, wenn dir etwas nicht gefällt.«

Ich musste hart schlucken – dass Dylan so verständnisvoll und süß reagierte, ließ mich noch schuldiger fühlen. Gleichzeitig nahmen seine Worte mir aber wirklich etwas den Druck, den ich selbst in mir aufgebaut hatte, deshalb nickte ich leicht und wurde sogleich in eine feste Umarmung gezogen.

Am Abend machten Dylan und ich noch einen Spaziergang zu dem nahegelegenen Strand. Wäre es nicht so kalt, wäre ich glatt ins Meer gesprungen, um eine Runde zu schwimmen, aber davon würde ich jetzt wahrscheinlich krank werden, schließlich war es schon Anfang November. Unglaublich, dass ich mittlerweile schon für fast drei Monate in Amerika war. In dieser Zeit war einfach so viel passiert. Ich hatte Dylan kennengelernt, hatte mich in ihn verliebt, war mit ihm zusammengekommen und jetzt machten wir bereits unseren ersten gemeinsamen Kurzurlaub. Auch wenn ich Dylan erst seit einer recht kurzen Zeit kannte, kam es mir so vor, als würde ich ihn bereits mein ganzes Leben kennen. Ich fürchtete mich schon richtig vor dem Ende meines Auslandsjahrs, aber daran wollte ich gerade noch gar nicht denken. Jetzt zählte nur der Augenblick.

»Ist alles gut bei dir, Vale?«, riss mich Dylan in diesem Moment aus den Gedanken zurück in die Realität. »Du wirkst so traurig.«

Schnell setzte ich ein Lächeln auf, ich wollte noch lange nicht mit Dylan über meinen Abschied und was danach passierte sprechen. »Alles gut, ich habe nur nachgedacht, wie ich das hier alles verdient habe«, murmelte ich dann leise.

»Du hast alles verdient, Valerie, und noch viel mehr«, entgegnete Dylan und sah mir fest in die Augen. Dann legte er seine Hand in meinen Nacken und zog meinen Kopf sanft zu sich herab und im nächsten Moment lagen unsere Lippen bereits aufeinander …

Kapitel 38

In den nächsten Wochen kehrte eine gewisse Normalität in meinen Alltag zurück. Meine Albträume nahmen immer mehr ab, bis sie schließlich ganz aufhörten und auch mit meinem Verfolger hatte es keine weiteren Begegnungen gegeben. Langsam begann ich doch daran zu glauben, dass ich an diesem Abend nur zufällig das Opfer eines versuchten Raubüberfalls gewesen war und dass Mike seine Finger doch nicht im Spiel hatte und Dylan sich einfach geirrt hatte. Dieser passte zwar auch weiterhin wie ein Schießhund auf mich auf, ließ mir aber zum Glück wieder mehr Freiheiten und regte sich nicht mehr darüber auf, wenn ich mich tagsüber alleine in der Öffentlichkeit bewegte. Sobald es jedoch dunkel wurde, bestand er darauf, mich von überall abzuholen und kannte da auch keine Diskussionen. Aber so hatten wir uns gut miteinander arrangiert und die regnerischen Novembertage ohne großartige Konflikte oder Streits überstanden.

Jetzt, Anfang Dezember, rückte jedoch der Winterball immer näher und meine Vorfreude wuchs mit jedem Tag. Diese Woche verlief auch dementsprechend verhältnismäßig chaotisch, da noch viele Vorbereitungen getroffen werden mussten. Lucy und ich hatten uns zum Beispiel dazu bereiterklärt, beim Dekorieren der Turnhalle zu helfen und waren somit täglich eingespannt gewesen. Nun, am Samstag, war jedoch der große Tag und das Chaos hatte so ziemlich seinen Höhepunkt erreicht.

»Oh mein Gott, ich bin so aufgeregt!«, rief Lucy, die nun schon seit einer Stunde hektisch von meinem Zimmer ins Bad und wieder zurück rannte.

Ich war echt überrascht darüber, dass sich vor Aufregung noch keine roten Flecken in ihrem Gesicht gebildet hatten. Auch wenn ich den heutigen Abend ebenfalls kaum erwarten konnte, überbot mich Lucys Vorfreude und Nervosität um Längen.

Wir hatten uns dazu verabredet, uns gemeinsam für den Ball fertigzumachen, was dazu geführt hatte, dass mein Zimmer mittlerweile in einer heillosen Unordnung aus Klamotten, Schminkzeug und irgendwelchen anderen Sachen versunken war. Unsere Stimmung war jedoch super und wir sangen und tanzten die ganze Zeit zu meiner Playlist mit, weshalb wir wahrscheinlich noch länger brauchten als eh schon. Trotzdem hatten wir nach über zwei Stunden unser Make-Up und die Frisuren fertig und waren jetzt dabei, uns gegenseitig in die Kleider zu helfen.

»Ich auch«, stimmte ich Lucy lachend zu, während ich den Reißverschluss ihres Kleides am Rücken schloss. »Aber es wird bestimmt toll!«, fügte ich dann mit leuchtenden Augen hinzu. Ich freute mich echt wahnsinnig auf den Ball und brannte darauf, selbst mitzuerleben, was ich bisher nur in Filmen gesehen hatte.

»Kommt ihr endlich?«, hörte ich in diesem Moment Dylan von unten rufen. Ich musste ein Schmunzeln unterdrücken, es war irgendwie klar gewesen, dass wir für seine Verhältnisse zu lange brauchen würden.

»Bereit?«, wendete ich mich an Lucy, die ihr Spiegelbild gerade ein letztes Mal in der Innenkamera ihres Handys checkte.

»Was man so unter bereit versteht«, antwortete sie mit einem unsicheren Lächeln und steckte ihr Handy in ihre Clutch.

Ich ergriff ihre Hand und drückte sie beruhigend. Der Abend würde toll werden, das spürte ich.

Gemeinsam gingen Lucy und ich die Treppe runter und liefen in die Küche, wo Ace und Dylan bereits auf uns warteten. Als sie uns erblickten, konnte man förmlich sehen, wie den beiden die Gesichtszüge entgleisten und ihre Augen zu glänzen begannen, was ein glückliches Kribbeln in meinem Bauch auslöste. Ich ließ meinen Blick ebenfalls musternd über die Jungs gleiten, die in ihren schwarzen Anzügen und weißen Hemden atemberaubend gut aussahen. Am liebsten wäre ich Dylan sofort um den Hals gefallen, doch ich riss mich zusammen, da Lucy und Ace im Raum waren.

Für einen Augenblick legte sich eine gespannte Stille über den Raum – die beiden Jungs waren im wahrsten Sinne des Wortes sprachlos, aber mir ging es nicht anders. »Wow. Ihr seht unglaublich toll aus«, sagte Dylan dann mit belegter

Stimme, nachdem er als Erster seine Sprache wiedergefunden hatte.

Er erhob sich von seinem Platz und kam auf mich zu, um mir einen sanften Kuss auf die Stirn zu geben. »Du bist so wunderschön. Das schönste Mädchen, das ich je gesehen habe«, flüsterte er mir dabei ins Ohr.

»Du siehst aber auch nicht übel aus«, entgegnete ich leise, was Dylan ein raues Lachen entlockte.

»Ich kann Dylan nur zustimmen, ihr seht beide umwerfend aus«, kam es nun auch von Ace und er umarmte mich und Lucy jeweils kurz.

In diesem Moment bog Kate um die Ecke und schlug bei unserem Anblick begeistert die Hände zusammen. »Oh meine Süßen, ihr seht ja toll aus! Stellt euch bitte alle einmal auf, ich muss ein Foto machen«, rief sie euphorisch. »George, komm und sieh dir die Kinder an.«

»Mom, sei bitte nicht peinlich«, versuchte Dylan sie zu beschwichtigen, doch auch er konnte sich ein kleines Lächeln nicht verkneifen. Es wäre jetzt eh niemandem mehr gelungen, Kate zu stoppen, sie war voll in ihrem Element.

»Wenn mein Sohn sich zum ersten Mal dazu breitschlagen lässt, zu einem Ball zu gehen, muss ich das festhalten«, sagte sie und wenn ich mich nicht verguckte, sah ich Tränen der Rührung in ihren grünen Augen glitzern. Dieser Moment musste ihr gerade unglaublich viel bedeuten.

Nachdem wir uns alle brav aufgestellt hatten, schoss sie bestimmt fünfzig Fotos von uns, während George nur lachend danebenstand. Irgendwann war das Fotoshooting jedoch beendet und wir stiegen in Dylans Wagen, um loszufahren. Auf dem Weg zur Schule fielen sogar tatsächlich erste Schneeflocken, aber es war noch zu warm, als dass sie liegen blieben. Trotzdem bekam ich bei dem Anblick bereits ein etwas weihnachtliches, festliches Gefühl.

An der Schule angekommen, konnten wir kaum einen Parkplatz finden, da es nur so von Schülern wimmelte. Deshalb ließ uns Dylan schon mal aussteigen und begab sich anschließend alleine auf die weitere Suche.

Ace, Lucy und ich liefen in der Zeit zum Eingang, wo wir uns mit den Dates der anderen trafen. Sam und Luke mitsamt seiner Begleitung warteten dort bereits auf uns. Wir begrüßten einander und mein Herz schmolz dahin, als ich sah, wie Lucy und Sam sich küssten. Nun war es wohl offiziell – meine Mission, die beiden zu verkuppeln, war geglückt.

Nach und nach trudelten auch Dylan, die Begleitung von Ace und Jase mit seinem Date ein und wir betraten gemeinsam die Turnhalle, in der der Ball stattfand. Sie war wunderschön winterlich geschmückt, wozu Lucy und ich auch einen wesentlichen Teil beigetragen hatten und überall bewegten sich tanzende Paare.

Unser erstes Ziel war die Bar, an der wir bei ein paar Drinks miteinander ins Gespräch kamen und ich die Begleitungen von Ace, Luke und Jase kennenlernte. Ich hatte sie zwar alle schon mal an der Schule gesehen, aber noch nie mit ihnen gesprochen, da sie im Jahrgang der Jungs waren. Anna, Maddie und Olivia waren alle wirklich nett und so schlug die anfangs etwas verkrampfte Stimmung schnell zu einer lockeren, entspannten Atmosphäre um.

»Würde die Dame mir die Ehre erweisen und mit mir die Tanzfläche unsicher machen?«, fragte Dylan mich nach einiger Zeit und hielt mir auffordernd die Hand entgegen.

»Sehr gerne«, antwortete ich kichernd und ließ mich von ihm auf die Tanzfläche ziehen.

Wir gingen in Position und dann begann Dylan auch schon, mich im Takt der Musik durch die wildesten Tanzfiguren zu wirbeln. Ich war zwar gewohnt, dass mein Freund mich regelmäßig überraschte, aber ich hätte ihn niemals, wirklich niemals für einen so guten Tänzer gehalten. Es machte echt unglaublich viel Spaß, wie wir gemeinsam über die Tanzfläche fegten, sodass alles um uns herum verschwamm und die Schmetterlinge in meinem Bauch drehten sich genauso um ihre eigene Achse wie wir.

Auch die anderen gesellten sich mit der Zeit zu uns auf die Tanzfläche. Hin und wieder warf ich einen Blick zu Lucy und Sam, die eng umschlungen miteinander tanzten und beide ein strahlendes Lächeln im Gesicht trugen. Sie schienen so glücklich miteinander zu sein, dass mir bei ihrem Anblick ganz warm ums Herz wurde. Auch Ace und Luke hatten anscheinend sehr viel Spaß mit ihren Partnerinnen. Vor allem bei Luke hatte ich das Gefühl, dass er Maddie echt gerne mochte. Vielleicht könnten die beiden ja mein nächstes Projekt werden, nachdem ich mich schon als Verkupplerin bei Sam und Lucy bewährt hatte. Nur Jase und Anna konnte ich nirgends entdecken.

»Ich muss mal kurz verschwinden«, raunte ich Dylan ins Ohr, da die Cola bei mir mittlerweile durchgelaufen war.

»Ich begleite dich«, bot er und führte mich sicher über die Tanzfläche zu den Toiletten, wofür ich ihm echt dankbar war, denn diese hohen Schuhe machten mir mittlerweile ganz schön zu schaffen.

In einer Ecke vor den Toiletten erblickte ich Jase, der mit einem Mädchen rummachte. Die beiden waren so beschäftigt, dass sie uns gar nicht bemerkten. Trotzdem erkannte ich sofort, dass dies nicht Anna war. Da der Druck auf meiner Blase jedoch immer größer wurde, blieb mir nicht viel Zeit darüber nachzudenken, sondern ich eilte auf eine der Toiletten.

Als ich mir anschließend die Hände wusch, nahm ich ein leises Schniefen aus einer der Kabinen wahr. Ich horchte einen Augenblick, um sicherzugehen, dass ich mich nicht vertan hatte, doch ich hörte es immer wieder. Darin musste ein Mädchen offensichtlich am Weinen sein und das ausgerechnet am Winterball.

»Hey, ist alles gut bei dir?«, fragte ich vorsichtig, unsicher, ob ich überhaupt eine Antwort erhalten würde.

»Ja, schon okay«, kam es als Antwort und ich konnte die Stimme mit ziemlicher Sicherheit als die von Anna identifizieren.

»Anna, bist du da drin? Ich bin es, Valerie.«

Die Tür der Kabine öffnete sich und tatsächlich kam Anna heraus. Sie weinte nicht mehr, aber ihre Augen waren gerötet und wirkten glasig. Augenblicklich überkam mich eine Welle des Mitleids und ich hätte das zarte Mädchen mit den roten Locken am liebsten in meine Arme geschlossen und ganz fest gedrückt. Aber ich hatte Angst, sie damit zu überfallen, schließlich kannten wir uns kaum, deshalb hielt ich mich zurück.

»Was ist passiert? Oder willst du nicht darüber sprechen?«, hakte ich vorsichtig nach.

Erst blieb Anna still, doch dann sprudelten die Worte nur so aus ihr heraus. »Jase ist ein verdammtes Arschloch!«, empörte sie sich und ich sah, wie ihr wieder die Tränen kamen, weshalb ich sie nun doch in den Arm schloss. »Er wollte mich küssen, aber mir ging das viel zu schnell und ich habe ihn weggeschubst. Dann hat er sich einfach umgedreht und meinte *Dann halt nicht* und jetzt machte er mit einer anderen rum«, schluchzte sie in meine Schulter.

Beruhigend strich ich ihr über den Rücken und überlegte, was ich antworten sollte. Das war mal wieder typisch für Jase. Er meinte es meistens gar nicht persönlich, aber er verlor sein Interesse schnell an Mädchen, die ihm nicht gaben, was er wollte, insbesondere, wenn er etwas getrunken hatte. Das war natürlich abgrundtief verletzend und ich würde sein Verhalten auch auf keinen Fall in Schutz nehmen, aber als Freund war er echt ein korrekter Kerl, weshalb ich so etwas meistens einfach ausblendete.

»Das tut mir echt leid für dich, aber ich bin mir sicher, du wirst jemanden finden, der dich so akzeptiert, wie du bist. Du bist so ein wunderschönes Mädchen«, sprach ich Anna zu und stellte zufrieden fest, wie sie sich mit einem Taschentuch vorsichtig die Tränen abtrocknete, um ihr Make-Up nicht komplett zu ruinieren. So war sie fast schon wieder bereit dazu, nach draußen zu gehen – nur noch eine Kleinigkeit fehlte …

»Was sind gemischte Gefühle?«, fragte ich Anna und fing dafür einen sehr verwirrten Blick von ihr ein. »Wenn deine Schwiegermutter mit deinem neuen BMW rückwärts auf eine steile Klippe zufährt«, löste ich den Witz dann auf und auch wenn er echt flach war, schaffte ich es somit, Anna wieder ein kleines Lächeln ins Gesicht zu zaubern. So konnten wir jetzt gehen.

»So, jetzt vergessen wir alle Idioten dieser Welt und rocken den Abend, okay?«, meinte ich und hob meine Hand zum

Highfive hoch. Anna schlug ein und dann verließen wir gemeinsam die Toiletten.

Draußen auf dem Flur lehnte Dylan immer noch an einer Wand und stieß sich nun ab, als er uns sah. Mit wenigen langen Schritten kam er auf uns zu. »Bist du in die Toilette gefallen oder wieso hat das so lange gedauert?«, fragte er stirnrunzelnd.

»So in etwa«, antwortete ich Dylan nur, weil ich mir sicher war, dass Anna die Situation von eben nicht gerne vor einem der besten Freunde von Jase aufrollen würde.

Dylan hakte zum Glück auch nicht weiter nach und so liefen wir einfach wieder in Richtung der Tanzfläche. Anna musste jedoch noch einmal umdrehen, weil sie ihre Tasche im Bad vergessen hatte.

Diese Chance, kurz mit Dylan alleine zu sein, nutze ich. »Dylan, würdest du mir einen Gefallen tun?«, fragte ich und setzte meinen besten Bettelblick auf.

»Kommt darauf an, was du von mir willst«, antwortete mein Freund zögerlich und legte seine Stirn in Falten.

»Würdest du gleich ein bisschen mit Anna tanzen? Jase hat sie mehr oder weniger versetzt«, bat ich ihn.

Da Dylan nicht wirklich vor Begeisterung sprühte, schilderte ich ihm die Situation etwas und sein Gesichtsausdruck wurde weicher. »Na gut«, willigte er schließlich ein und fragte Anna nach einem Tanz, als diese wieder um die Ecke bog.

Sie sah mich verblüfft an, doch ich lächelte ihr aufmunternd zu und so ging sie zusammen mit Dylan zur Tanzfläche, während ich mich an die Bar setzte. Ich hatte mir gerade ein Getränk bestellt, als sich jemand neben mir niederließ.

»Hi, Valerie«, vernahm ich eine bekannte Stimme und drehte mich überrascht um, nur um in die blauen Augen von Nick zu blicken.

Automatisch spannte sich mein ganzer Körper an und ein mulmiges Gefühl machte sich in mir breit. »Na, wie geht es dir?«, versuchte ich ein wenig Smalltalk anzufangen, in der Hoffnung, dass das Gespräch nicht auf ein bestimmtes Thema fiel.

»Alles gut und bei dir?«, fragte Nick zurück und bestellte sich ebenfalls ein Getränk.

Ich hatte gehofft, dass er nur kurz Hallo sagen wollte, aber anscheinend hatte Nick vor, auf ein längeres Gespräch zu bleiben.

»Bei mir auch«, antwortete ich, ohne zu wissen, was ich als Nächstes am besten sagen sollte. Diese Situation war so unglaublich komisch für mich.

»Und ist es schön hier? *Mit Dylan?*«, übernahm Nick jedoch das Reden. Den Namen meines Freundes betonte er dabei besonders stark und mir wurde bewusst, dass er gekränkt war, dass ich hier erschienen war, obwohl ich zuerst eigentlich beiden abgesagt hatte.

»Bitte, Nick. Lass uns jetzt nicht diskutieren«, bat ich ihn und sah ihn eindringlich an.

»Nur unter einer Bedingung, du tanzt mit mir«, kam es von Nick zurück.

Ich zögerte, was er merkte.

»Komm schon, das bist du mir schuldig.«

Und tatsächlich schaffte es Nick mit diesem einfachen Satz, Schuldgefühle in mir auszulösen. Er musste sich gerade wirklich verarscht vorkommen. Deshalb gab ich schließlich nach. »Aber nur ein Tanz«, betonte ich.

Wir begaben uns auf die Tanzfläche, wo gerade ein sehr langsames Lied gespielt wurde und mischten uns unter die anderen tanzenden Paare. Nick legte seine Arme auf meine Hüften und ich schlang meine um seinen Hals, dann begannen wir uns im Takt der Musik zu bewegen und ich bemerkte, wie Nicks Hände dabei langsam immer weiter an meinem Körper herunterrutschen.

»Nick, hör bitte auf damit!«, bat ich ihn, doch es war, als hätte ihn die Aussage erst recht angestachelt, da er mir jetzt leicht in den Po kniff.

Damit war er definitiv zu weit gegangen! Ich riss mich von ihm los und stieß ihn von mir weg. »Ich habe echt alles versucht, damit wir Freunde sein können. Ich habe mich dafür unzählige Male mit Dylan gestritten, nur weil ich dich verteidigt habe. Aber du nutzt mein Vertrauen aus! Weißt du was, du kannst mich mal!«, schrie ich ihn an, bevor ich wütend und traurig davon stürmte.

Unwissend, wo ich hingehen sollte, stolperte ich zurück in Richtung Bar. Schon von weitem sah ich, dass Dylan dort auf mich wartete. Er schien mich ebenfalls entdeckt zu haben, denn er kam mir die letzten Schritte entgegen.

»Wo warst du?«, fragte er und musterte mich mit einem besorgten Blick.

Verzweifelt biss ich mir auf die Lippe, ich wollte jetzt nicht darüber reden. Ich wollte mir nicht durch so eine bescheuerte Situation den Abend kaputtmachen lassen, auf den ich mich schon so lange gefreut hatte. »Können wir bitte später darüber reden? Lass uns jetzt bitte einfach den Abend genießen«, entgegnete ich deshalb.

Ich sah, wie Dylan deutlich mit sich kämpfte, nicht weiter nachzuhaken, weshalb ich ihn einfach mit auf die Tanzfläche zog und meine Arme um seinen Hals schlang. Jetzt gab Dylan auch seinen letzten Widerstand auf und legte seine Hände an meine Hüften, sodass wir uns zur Musik hin und her wiegten.

»Habe ich dir eigentlich schon gesagt, wie toll du heute aussiehst?«, raunte Dylan mir ins Ohr. »Du bist so wunderschön.«

Auch wenn er mir das bereits mehrfach an diesem Abend gesagt hatte, breitete sich trotzdem ein strahlendes Lächeln auf meinen Lippen aus und meine Wangen verfärbten sich leicht rötlich, wie fast jedes Mal, wenn Dylan mir ein Kompliment machte.

»Danke. Du siehst aber auch echt scharf aus, so in einem Anzug«, entgegnete ich grinsend und küsste ihn. Dieser Abend bestand zwar aus Hochs und Tiefs, doch jetzt wollte ich einfach nur noch den Moment genießen.

Kapitel 39

Am nächsten Morgen wurde ich von den angenehmen Strahlen der Wintersonne auf meiner Haut geweckt. Ich blinzelte ein paar Mal, um dann die Augen zu öffnen und mich zu Dylan zu drehen, doch der Platz neben mir war bereits leer. Also stand ich einfach auf und stolperte noch total verpennt ins Bad, wo ich mir erst mal kaltes Wasser ins Gesicht spritzte, um etwas wacher zu werden. Dabei ließ ich den gestrigen Abend Revue passieren. Es hatte sich gestern echt einiges ereignet, aber trotz aller Komplikationen war der Abend so schön geworden, wie ich es mir erträumt hatte. Nur wurde ich das blöde Gefühl nicht los, dass Dylan mir nochmal wegen Nick auf den Zahn fühlen würde.

Nachdem ich eine Dusche genommen und mich frisch angezogen hatte, lief ich runter in die Küche. Dort war Dylan gerade dabei, Frühstück zuzubereiten und ich begrüßte ihn mit einem Kuss auf die Wange.

»Guten Morgen, Vale«, antwortete er mir und griff nach meiner Hüfte, um mich näher an sich heranzuziehen und auf den Mund zu küssen. Doch er hielt mich nicht allzu lange fest. »Ihh, deine Haare sind ja ganz nass«, beschwerte er sich dann schon und löste sich wieder von mir.

Ich stieß ein Kichern aus und schnappte mir dann eine Strähne, mit der ich Dylan absichtlich ins Gesicht wedelte. Er hielt schützend die Hände vor sich, aber konnte sich ebenfalls das Lachen nicht verkneifen. In diesem Moment überkam mich die Hoffnung, dass Dylan meine gestrige Begegnung mit Nick vielleicht vergessen hatte, denn sonst hätte er garantiert nicht so gute Laune.

Gemeinsam deckten wir den Tisch und begannen zu essen. Ich redete über alles Mögliche, nur um das Thema sicherheitshalber erst gar nicht auf den Ball kommen zu lassen, aber ich hatte das Gefühl, dass Dylans Antworten immer kürzer wurden. Eine angespannte Stimmung hatte sich von einer Minute auf die andere im Raum ausgebreitet und mir wurde schlagartig bewusst, dass Dylan nichts von gestern Abend vergessen hatte.

»Echt voll lecker«, meinte ich zu Dylan und deutete mit meiner Gabel auf das Rührei, als ich irgendwann nicht mehr wusste, was ich sagen sollte.

»Das freut mich«, antwortete Dylan, dann schwieg er wieder. Seine Stirn hatte er dabei in Falten gelegt, als würde er sich wortwörtlich über etwas den Kopf zerbrechen.

»Du, sag mal, können wir jetzt über gestern sprechen?«, brach er dann doch die Stille.

Ich rutschte unruhig auf meinem Platz hin und her, denn ich wusste, dass jetzt der Augenblick der Wahrheit gekommen war und ich wusste auch, dass diese Dylan nicht gefallen würde.

»Der Abend war echt toll«, wich ich deshalb seiner eigentlichen Frage aus.

»Fand ich auch, aber du weißt genau, worauf ich hinauswill«, entgegnete Dylan. Seine grünen Augen sahen mich dabei so intensiv an, dass ich mir sicher war, dass er selbst die kleinste Notlüge enttarnen würde. Ich stieß einen leisen Seufzer aus.

»Versprich mir, dass du dich nicht aufregst. Bitte«, forderte ich Dylan auf und lehnte mich etwas zu ihm herüber, um nach seiner Hand zu greifen.

Doch Dylan zog seine Hand weg. »Wenn du schon so anfängst, kann ich für nichts garantieren.«

Ich seufzte ein weiteres Mal auf, doch dann schilderte ich ihm meinen Abend mit allen Details. Während ich redete, konnte ich förmlich sehen, wie Dylans Miene sich veränderte. Seine Augenbrauen zogen sich zusammen und sein Kiefer spannte sich an – allgemein ging sein ganzer Körper auf Angriffshaltung.

»Ich mache Nick fertig, dieser Arsch ist jetzt endgültig fällig!«, knurrte er dann, nachdem ich geendet hatte und schlug mit der Faust auf den Tisch. Seine Augen blitzten dabei nur vor Wut und jagten mir eine richtige Gänsehaut ein. »Und du, wie oft habe ich dich vor Nick gewarnt?«, warf mir Dylan vor und stand von seinem Stuhl auf. Dann begann er, in der Küche auf und ab zu laufen, wie ein Tiger in einem Käfig.

Ich beobachtete ihn kurz, doch es schien nicht so, als würde sich mein Freund von sich aus wieder innerhalb kürzerer Zeit beruhigen und das machte nun auch mich wütend.

»Weißt du, wie sehr ich es satthabe, dass du dich jedes Mal so aufregen musst? Wieso können wir nicht wie normale Menschen reden? Du hast mir schon so oft gesagt, dass du versuchen willst, dich zu kontrollieren und trotzdem rastest du jedes Mal so aus!«, stellte ich genervt klar.

»Du gibst mir ja auch genug Gründe!«, entgegnete Dylan immer noch aufgebracht und raufte sich frustriert die Haare, dabei war ich in diesem Moment die Einzige, die das Recht dazu hatte, frustriert zu sein.

»Weißt du was? Ich gehe jetzt joggen und wenn ich zurückkomme, dann hast du dich wieder im Griff«, verkündete ich deshalb. In diesem Zustand ergab es keinen Sinn, mit Dylan zu diskutieren, er würde mir eh nicht zuhören, deshalb beschloss ich, einfach abzuhauen, um selbst etwas Dampf abzulassen.

»Valerie, warte!«, rief Dylan mir noch nach, doch da war ich schon durch die Tür gedampft und auf dem Weg nach oben.

Dort zog ich mich schnell um, um dann wieder nach unten zu gehen und loszulaufen. Der kalte Wind brannte in meiner Lunge und die laute Musik dröhnte in meinen Ohren – das war das Einzige, was ich in diesem Moment spüren wollte. Ohne irgendeinen Plan lief ich einfach drauf los, durch meinen Frust und das häufige Training mit Dylan hatte ich mittlerweile eine echt gute Kondition. Da es Sonntagvormittag war, begegnete ich keiner Menschenseele – die waren wohl entweder noch am Schlafen oder wagten bei diesem eisigen Winterwetter keinen Fuß vor die Tür. Aber das störte mich nicht, im Gegenteil, ich genoss es, einen Augenblick für mich selbst zu haben.

Auf einem recht abgelegenen Feldweg wurde ich irgendwann doch wie aus dem Nichts von einem Wagen überholt. Ein schwarzer SUV fuhr in einem halsbrecherischen Tempo an mir vorbei, sodass der Kies aufspritzte und verschwand anschließend hinter der nächsten Kurve. Nur mit Mühe konnte ich den Drang unterdrücken, dem rücksichtslosen Fahrer meinen Mittelfinger hinterher zu zeigen. Als ich schließlich ebenfalls um die Kurve bog, stand das Auto dort zu meiner Überraschung mit einem qualmenden Motor am Straßenrand. Der Fahrer, ein großer, kräftiger Kerl, um die dreißig Jahre alt, beugte sich über den Motor, als würde er nach der Problemursache suchen.

Ein seltsames Gefühl der Genugtuung überkam mich – das nannte sich dann wohl Karma. Ich lief weiter und trotz seines Verhaltens von eben, überlegte ich, dem Mann meine Hilfe anzubieten. Schlechtes mit Schlechtem zu bekämpfen war ja auch nicht der richtige Weg. »Entschuldigung, kann ich Ihnen helfen?«, rief ich also, während ich auf den Fahrer zu joggte.

Der Mann blickte sich beim Klang meiner Stimme um und es war, als würde sein Gesicht sich vor Erleichterung erhellen. »Oh vielen Dank. Könnte ich mir vielleicht Ihr Handy leihen, junge Dame?«, antwortete er und kam auf mich zu.

»Natürlich«, antwortete ich. Dann machte ich die Musik aus und löste die Kopfhörer vom Telefon selbst, um es ihm entgegen zu strecken.

»Vielen Dank«, bedankte der Fahrer sich, bevor er ein Telefonat begann.

Ich stellte mich ein paar Meter weiter neben den Wagen und versuchte einen Blick hinein zu erhaschen, doch die Scheiben waren getönt. Deshalb sah ich schlussendlich einfach nur gelangweilt in der Umgebung herum und kickte ein paar Steine umher.

»Könnten Sie mir vielleicht das Motoröl aus dem Kofferraum holen?«, bat mich der Mann in diesem Moment. »Ja, mache ich« antwortete ich ihm und lief zum Kofferraum. Ich öffnete die Tür und suchte nach dem besagten Öl, doch ich konnte keines finden.

»Ich finde es nicht, ich-«, wollte ich gerade ansetzen, zu rufen, als mir völlig unvermittelt ein Tuch auf den Mund gedrückt wurde.

Mein Körper schaltete sofort und ich versuchte mich mit allen Mitteln zu wehren, zu schreien und irgendwie zu entkommen, aber es war schier unmöglich – mein Gegenüber war so viel stärker als ich. Egal wie sehr ich kämpfte, der Druck auf dem Tuch blieb gleich. Ich merkte, wie mein Herzschlag sich panisch beschleunigte und mir Tränen in die Augen traten, doch dann wurde alles immer verschwommener. Das Letzte, was ich noch wahrnahm, war, wie meine Beine nachgaben, bevor ich endgültig das Bewusstsein verlor.

Als ich aufwachte, befand ich mich im fast völligen Dunkeln, nur durch einen schmalen Schlitz fiel etwas Licht. Soweit meine gekrümmte Position es zuließ, versuchte ich mich umzublicken – ich war eingesperrt in dem Kofferraum eines Autos, was ich an den Vibrationen des Bodens spürte. Wir schienen mit einem wahnsinnigen Tempo über die Straßen zu heizen. Ich wollte mich drehen und mit meinen Händen gegen die Tür des Kofferraums schlagen, um mich irgendwie bemerkbar zu machen, doch wurde grob von meinen Fesseln gestoppt, die sich bei diesem Versuch schmerzhaft in meine Haut hineinschnitten.

Das panische Gefühl von eben kehrte schlagartig zurück und mein ganzer Körper wurde von einem unkontrollierten Zittern erschüttert. Ich war meinen Entführern schutzlos ausgeliefert und konnte noch nicht mal erahnen, was sie mit mir vorhatten. Es gab niemanden, der mir helfen konnte, denn niemand wusste, wo ich war, das wusste ich schließlich auch nicht. Es gab nur eine Möglichkeit, mir etwas Orientierung zu verschaffen. Deshalb begann ich die Abbiege-manöver nach rechts oder links zu zählen. Auch die Oberfläche der Straße ließ sich erahnen. So war ich mir zum Beispiel sicher, dass wir die letzten zehn Minuten auf einem unebenen Feldweg fuhren, denn bei jedem Schlagloch flog ich ein Stück in die Luft und landete hart auf meinem Rücken.

Doch dann hielten wir abrupt an und die Kofferraumtür wurde aufgerissen. Auch wenn zwei große Männer mir die Sicht versperrten, konnte ich einen kurzen Blick auf die große, graue Industriehalle hinter ihnen erhaschen. Ich blinzelte gegen das helle Licht und als ich wieder klarer sehen konnte, erkannte ich Mike als einen der beiden Männer, der hasserfüllt auf mich hinabblickte. Doch das überraschte mich in diesem Moment nicht mehr.

»Verdammt, sie ist schon wach!«, schimpfte Mikes Komplize und stieß einen lauten Fluch aus.

Dann wurde mir auch schon, schneller als ich mich wehren konnte, ein weiterer Lappen grob ins Gesicht gepresst. Und auch jetzt verlor ich nach einigen Minuten den Kampf gegen das Chloroform und fiel in ein dunkles, schwarzes Loch.

Ich wachte in einer riesigen Halle auf. Überall an den Wänden und auch im Raum standen Regale, Kisten und Kartons, die den großen Raum viel kleiner, als er eigentlich war, erschienen ließen. Ich selbst saß auf einem alten Stuhl, an welchen ich mit Kabelbindern an Händen und Füßen befestigt war. Meinen Mund zierte ein breiter Klebebandstreifen, sodass mir jegliche Möglichkeit genommen wurde, mich bemerkbar zu machen.

Auch wenn ich wusste, dass es vergebene Mühen sein würden, riss ich verzweifelt an meinen Fesseln, doch diese schnitten sich nur immer weiter in mein Fleisch. Ich fühlte mich so schwach und hilflos – ich war Mike und seinem Komplizen schutzlos ausgeliefert. Dabei wusste ich noch nicht mal, was sie von mir wollten und dieser Gedanke bereitete mir Angst. So große Angst, dass mein ganzer Körper zu zittern begann und ich nicht mehr in der Lage war, klar zu denken und nach einer Fluchtmöglichkeit zu suchen.

Plötzlich hörte ich Schritte, die den Flur entlang hallten und die Panik in meinem Inneren noch mehr verstärkten. Im nächsten Moment wurde die große Tür auch schon aufgeschlagen und Mike betrat die Halle. Auch wenn ich es irgendwo geahnt hatte, versetzte es mir doch einen Schreck, dass ich ausgerechnet von jemandem aus meinem Bekanntenkreis entführt worden war.

»Na, wen haben wir denn da?«, vernahm ich Mikes gefährlich freundliche Stimme und er grinste mich gefälscht an. »Hallo Valerie, hast du schon vermutet, dass ich es bin?«

Der junge Mann blieb nur wenige Zentimeter vor mir stehen und beugte ich so nah zu mir herunter, dass mir sein stinkender Atem ins Gesicht prallte. Seine stahlgrauen Augen betrachteten mich dabei so kalt und emotionslos, dass mir ein Schauer über den Rücken lief. Allgemein jagte mir Mikes ganze Erscheinung eine Gänsehaut ein.

»Du fragst dich sicher, wieso du hier bist«, setzte er fort und begann vor mir auf und ab zu laufen. Er genoss seine Machtposition sichtlich. »Nun ja, sagen wir mal so, du hast das alles deinem *ach so tollen* Freund zu verdanken.«

Er machte eine kurze dramatische Pause, in welcher er mich von oben bis unten betrachtete und sich über die Lippen leckte.

Angewidert wendete ich meinen Blick ab und merkte, wie sich die Angst in meinem Bauch mit der aufkommenden Wut vermischte. In diesem Moment spürte ich so eine große Verachtung für Mike, wie ich es noch nie für jemanden empfunden hatte.

»Wie würdest du es finden, wenn du über ein Jahr mit einer Gruppe an Leuten zusammenarbeitest und sie dich plötzlich einfach hängen lassen? Ihr wart ein eingespieltes Team, doch dann taucht plötzlich ein Mädchen auf und schon bist du vergessen. Genauso lief es ab. Dylan, Ace, Jase und Luke haben die Drogen vertickt, die ich ihnen geliefert habe. Es lief echt gut, ohne großartige Schwierigkeiten, wie schon gesagt, wir waren ein eingespieltes Team. Irgendwann bekamen Luke und Ace jedoch Gewissensbisse und unsere Gang zerbröckelte, aber Dylan hielt alles noch irgendwie zusammen. Ich wusste, es brauchte nur noch einen kleinen Stein und die Lawine würde ins Rollen kommen. Und dann kamst du und plötzlich wollten alle Jungs raus aus der Nummer. So etwas kann ich doch nicht auf mir sitzen lassen, oder? Wie hätte ich denn ohne die anderen weitermachen können? Also brauchte ich ein Druckmittel und als ich gesehen habe, wie sehr die vier ausgerastet sind, als ich dich angegraben habe, da wusste ich: Du bist das ideale Druckmittel. Durch dich ist alles kaputtgegangen, aber du kannst auch die Ordnung wiederherstellen.

Paradox, oder? Ein Versuch, dich zu mir zu holen scheiterte leider, aber nun sitzen wir ja hier.«

Er grinste mich hämisch an, doch das nahm ich kaum wahr, ich war wie in einer Trance. Alles um mich herum zog nur an mir vorbei und war plötzlich nicht mehr wichtig, denn das Chaos in meinem Inneren schien alles andere zu verdrängen. Gedanken wirbelten durch meinen Kopf und ich versuchte verzweifelt sie zu ordnen, doch es war einfach zu viel. Mike hatte gerade so mir nichts dir nichts alles erschüttert und ins Wanken gebracht, woran ich geglaubt hatte.

Ich fühlte mich, als hätte mir Mike mit voller Kraft in die Magengrube geschlagen, dabei stand er mindestens einen Meter von mir entfernt. Alles in mir zog sich so schmerzhaft zusammen, dass ich mich am liebsten übergeben hätte. Dylan und seine Freunde waren nicht die, für die ich sie gehalten hatte. Wie oft hatten sie mich wohl angelogen oder irgendwelche Ausreden erfunden?

Der Schock breitete sich langsam in meinen Gliedern aus und Tränen traten mir in die Augen. Dylan hatte mich so oft belogen und jetzt befand ich mich wegen ihm in Mikes Gewalt. Hätte er mir von Anfang an die Wahrheit über sich und über Mike gesagt, wäre es nie so weit gekommen.

Es war, als würde mein Herz in alle seine Bestandteile zerrissen werden und es fiel mir immer schwerer, zu atmen.

Mike schien zu bemerken, wie sehr mich diese Nachricht geschockt hatte, denn ein spöttisches Lächeln schlich sich auf sein Gesicht. »Oh, war das etwa neu für dich? Haben dir die Jungs das nie erzählt? Nun, dann gebe ich dir mal ein bisschen Zeit zum Nachdenken, bevor wir zum spaßigen Teil kommen«, sagte er gehässig.

Und während Mike die Halle verließ, brach meine Welt zusammen.

Kapitel 40

Die nächsten Minuten konnte ich keinen klaren Gedanken fassen, alles in meinem Kopf drehte sich und es fühlte sich an, als würde er gleich explodieren. Ich fühlte mich so verletzt, belogen und betrogen. Schon lange hatte ich vermutet, dass die Jungs mir etwas verschwiegen, aber damit hätte ich niemals gerechnet. Ausgerechnet Drogen – wie vielen Leuten sie wohl damit geschadet hatten? Das wollte ich mir gar nicht ausmalen.

Ich hatte keine Ahnung, wie lange ich so dasaß, denn jegliches Zeitgefühl war von meiner Gedankenflut davongespült worden, als Mike zurückgekehrte. Fröhlich pfeifend betrat er den Raum, während ich ihm am liebsten vor die Füße gespuckt hätte, aber das machte das Klebeband auf meinem Mund leider unmöglich. Ich hasste Mike in diesem Moment so sehr, wie ich noch nie eine andere Person gehasst hatte. Er hatte alles kaputtgemacht und dabei stand mir wahrscheinlich das Schlimmste noch bevor, denn ich war mich sicher, dass Mike keine Scheu davor hatte, mir auch körperlich wehzutun.

Ohne etwas zu sagen, verschwand Mike zwischen den Regalen und als er zurückkam, trug er eine Kamera mit Stativ und einen Laptop im Arm. Er baute alles vor mir auf und mir blieb nichts anders übrig, als ihn stumm zu beobachten, dabei hätte ich ihm so gerne alle Beleidigungen, die ich wusste, an den Kopf geworfen. Auch wenn ich immer noch vor Angst vor diesem Mann zitterte, war die Wut, die in mir kochte, so viel stärker. Wut auf Dylans Lügen, Wut auf meine eigene Naivität und vor allem Wut auf Mike, der alles kaputt gemacht hatte.

»So, jetzt werden wir Dylan per Skype anrufen. Du bist jetzt schon … «, Mike blickte auf sein Handy, » … fünf Stunden weg, Dylan wird sich ganz bestimmt schon Sorgen um dich machen. Du erzählst ihm gleich, was für eine große Angst du hast und dass er alles tun soll, um dich zu retten und da kommen dann meine Bedingungen ins Spiel. Und damit das Ganze ein bisschen eindrücklicher wird, werde ich dir vor laufender Kamera leider ein kleines bisschen wehtun müssen. Weißt du, man könnte Dylan sonst etwas antun und er würde standhaft bleiben, aber bei seiner kleinen Freundin ist er verwundbar. Nur so wird er richtig leiden. Tut mir leid für dich, Valerie, aber da musst du durch.«

Ein mulmiges Gefühl überkam mich bei Mikes Worten, er schien wirklich unglaublich auf seine Rache erpicht zu sein und ich würde ihm dabei als Mittel zum Zweck dienen. Hoffentlich würde er mich nicht allzu sehr verletzen und hoffentlich würde Dylan nicht vollkommen durchdrehen, wenn er das vor laufender Kamera ansehen musste.

Mein Körper wurde von einem unkontrollierbaren Zittern erschüttert, als Mike mir mit einem schmerzhaften Ruck das Klebeband von den Lippen zog. Dabei riss er auch trockene Hautfetzen mit ab, sodass ich kurz darauf den metallischen Geschmack von Blut in meinem Mund schmeckte.

»Du verdammter Wichser!«, schrie ich und spuckte Mike mitten ins Gesicht. Eine unüberlegte Kurzschlussreaktion, für die ich die Konsequenzen auch sogleich spüren sollte. Nicht mal eine Sekunde später spürte ich einen brennenden Schmerz an der Wange von der Ohrfeige, die Mike mir versetzt hatte. Es tat echt unglaublich weh, doch ich biss trotzdem die Zähne zusammen, da ich Mike nicht die Genugtuung geben wollte, dass ich jetzt auch noch anfing zu heulen.

Während ich noch versuchte, gegen die Tränen anzukämpfen, stellte der blonde Mann mit den stahlgrauen Augen bereits die Kamera ein und rief Dylan über Skype an.

»Ich habe ihm schon ein kleines Bildchen von dir hier geschickt, deshalb wird er ganz bestimmt rangehen«, erklärte Mike mir und sah mich so an, als wünschte er sich Beifall für sein strategisches Vorgehen.

Doch ich warf ihm nur den bösesten Blick, den ich zu Stande bekam, zu. Und tatsächlich erschienen nach wenigen Sekunden Dylan, Ace, Luke und Jase auf dem Bildschirm, den Mike extra so hingestellt hatte, dass ich die Jungs auch sehen konnte.

»So Süße, dein Einsatz«, befahl mir Mike, der hinter der Kamera stand, um sie in Position zu halten.

»Große, graue Lagerhalle, mitten in den Feldern. Ab meinem Aufwachen circa zwanzig Minuten. Geradeaus, nach zwei Minuten links, nach vier rechts und nach wieder vier wieder rechts, alles Asphalt. Die letzten zehn Minuten Feldweg«, versuchte ich alle Informationen über meinen Aufenthaltsort, die ich auf der Autofahrt sammeln konnte, so schnell wie möglich runter zu rattern.

Doch dann war Mike auch schon bei mir und drückte mir seine schwitzige Hand auf den Mund. Ich biss hinein, woraufhin er laut aufschrie und wie verrückt zu fluchen begann – nun hatte ich seine Geduld offenbar völlig überstrapaziert.

Aus dem Augenwinkel sah ich, wie Mike einen Gegenstand aus seiner Jacke zog. Er blitzte kurz auf und ich erkannte, dass es sich hierbei um ein Messer handelte. Bevor ich auch nur den Hauch einer Chance hatte, zu reagieren, rammte Mike es mir auch schon ohne zu zögern in den Oberschenkel.

Ich schrie vor Schmerzen auf, als das kalte Metall in mein Fleisch eindrang und konnte nun auch meine Tränen nicht mehr zurückhalten. Der stechende Schmerz in meinem Oberschenkel breitete sich über meinen ganzen Körper aus und machte mich unfähig, mich zu regen.

»Wenn ihr nicht wollt, dass Valerie noch Schlimmeres passiert, dann haltet ihr euch besser an meine Bedingungen. Keine Polizei und ihr steigt alle wieder in unser Geschäft ein und vertickt die doppelte Menge. Verstanden? Denkt gar nicht erst daran, nach Valerie zu suchen, ihr werdet sie eh nicht finden. Sobald ihr euch entschieden habt, wieder dabei zu sein, werde ich euch die nächsten Lieferungen zukommen lassen und sobald ich mir sicher bin, dass ich euch wieder vertrauen kann, werde ich euch den Treffpunkt zur Übergabe von Valerie durchgeben«, legte Mike nun seine Forderungen offen, doch ich hörte ihm nur mit einem Ohr zu. Meine eigentliche Aufmerksamkeit galt dem Laptop-Bildschirm, auf dem ich sehen konnte, wie dicke Tränen Dylans Wangen hinunter rollten. Tränen der Schuld, der Angst, der Wut. Unaufhaltsam strömten sie über Dylans Gesicht. Dann blickte ich ihm in die Augen, die so viel Schmerz und Gebrochenheit ausstrahlten, dass ich meinen Blick sofort wieder abwenden musste. Ich konnte Dylan nicht so leiden sehen.

»Ich bringe dich um«, vernahm ich in diesem Moment Dylans Stimme zum ersten Mal, seit dem Beginn des Videoanrufs. Sie klang so unterkühlt, wie ich es noch nie gehört hatte und auch sein Blick war plötzlich völlig leer. Und das war der Moment, in dem mir klar wurde, dass Dylan seine Drohung dieses Mal wirklich ernst meinte.

»Und ich werde es lang und schmerzvoll machen, wenn du es wagst, sie noch einmal anzurühren-«, setzte Dylan an, doch er wurde von Mike unterbrochen.

»Ich glaube, du hast mich verstanden«, würgte er ihn ab, dann beendete er einfach den Anruf und Dylan, Ace, Luke und Jase verschwanden mit einem Klick von dem Bildschirm.

Erneut überkam mich eine Welle der Angst, jetzt war ich wieder ganz alleine mit Mike und ich wusste nicht, ob er mir noch mehr Schmerzen zufügen wollte. Mein Blick glitt zu meinem Oberschenkel, in dem immer noch das Messer steckte und aus dem warmes Blut quoll. Es hatte sich bereits eine richtige rote Pfütze unter meinem Bein gebildet und bei dem Anblick wurde mir ganz schlecht. Einzig und allein das Adrenalin, dass durch meine Adern pumpte, hielt mich bei Bewusstsein und unterdrückte die unglaublichen Schmerzen etwas.

»Siehst du, das passiert mit unartigen Mädchen, also benimm dich ab sofort lieber«, ermahnte mich Mike spöttisch, während er mir erneut einen Streifen Klebeband auf den Mund klebte.

»Ich muss jetzt leider noch ein paar Sachen vorbereiten, weil du unseren Standort verraten hast und wir deshalb umziehen werden. Ich kann dir versprechen, dort wo wir jetzt hinfahren, wird es lange nicht so gemütlich sein, aber da bist du selbst schuld«, fügte er noch hinzu, bevor er den Raum verließ und mich einfach mit meiner Verletzung alleine ließ.

Ich blickte Mike nach und sobald die dicke Eisentür ins Schloss fiel, begann ich verzweifelt an meinen Fesseln zu reißen, doch die Kabelbinder zogen sich nur noch fester um meine Handgelenke. Ich musste hier weg, egal wie! Ich musste Zeit schinden, denn wenn Mike mich erst von hier wegbrachte, würde mich Dylan niemals finden. Dass ich Mikes

Pläne mit dem Skypeanruf eben durcheinandergebracht hatte, musste ich unbedingt nutzen, denn jetzt war seine größte Sorge, mich von hier wegzuschaffen und nicht mehr, mich ständig zu überwachen.

Wie eine Verrückte begann ich meine Handgelenke an den Stuhlstreben, an die ich gefesselt war auf und ab zu reiben, in der Hoffnung, dass sie dadurch reißen würden. Mike war leider nicht so dumm gewesen, meine Hände vor dem Körper zu fesseln, denn dann hätte ich die Kabelbinder viel einfacher durchtrennen können, aber ich gab nicht auf. Alle Schmerzen ignorierend, riss ich meine Handgelenke nach außen und tatsächlich, dann passierte es: Sie rissen!

Ich warf einen kurzen Blick auf meine blutigen Handgelenke, an denen sich schon jetzt deutliche Hämatome gebildet hatten, doch das Adrenalin, dass meinen Körper immer noch durchrauschte, hielt die Schmerzen in Grenzen. Mit zittrigen Händen befreite ich meinen Mund von dem Klebestreifen, doch dann stand schon vor der nächsten Aufgabe, schließlich waren auch meine Beine einzeln an den Stuhl gebunden. Panisch versuchte ich die Kabelbinder mit meinen Händen abzureißen, doch dafür waren sie viel zu fest und es gelang mir einfach nicht, mit den Beinen den gleichen Druck wie bei meinen Handgelenken eben aufzubauen, um sie zu sprengen. Wenn ich schnell handeln wollte, blieb mir also nur eine Möglichkeit …

Mein Blick glitt zu dem Messer, das in meinem rechten Oberschenkel steckte. Es herauszuziehen wäre der pure Wahnsinn und jeder Mediziner würde mir unbedingt davon abraten, doch in diesem Moment war es meine einzige Chance. Ich hob meinen Pulli etwas hoch, um in den Stoff beißen zu können, dann legte ich beide Hände an das Messer und zog es mit einem Ruck heraus. Nur mit Mühe konnte ich meinen Schmerzensschrei in dem Stoff ersticken – ich durfte keinen Mucks machen, sondern musste meine Chance unbedingt nutzen.

Wie als hätte ich einen Stöpsel gezogen, begann jetzt immer mehr rotes, warmes Blut aus meinem Bein zu sickern. Es brannte höllisch, so sehr, dass ich kaum noch atmen konnte, denn alles in mir zog sich vor Schmerz zusammen. Doch das Adrenalin verlieh mir in dieser Ausnahmesituation ungeahnte Kräfte und so schaffte ich es tatsächlich, aufzustehen, indem ich mich mit den Armen an dem Stuhl hochdrückte, von meinem eisernen Willen angetrieben. Ich durfte keine Zeit verlieren, Mike konnte jeden Augenblick wieder diesen Raum betreten und dann war alles aus! Dann hätte ich endgültig verloren, das wusste ich.

Humpelnd zog ich mein verletztes Bein hinter mir her, als ich immer tiefer in die Lagerhalle hineinlief. Die Flucht nach vorne würde mir nicht gelingen, denn wahrscheinlich hatte Mike mittlerweile schon Verstärkung angefordert, deshalb blieb mir nur, mich zu verstecken, um Zeit zu schinden.

Zum Glück boten die zahlreichen Regale gute Versteckmöglichkeiten, sodass ich schließlich in eine große Pappkiste, in der einige Eisenstangen lagen, kroch. Dort versuchte ich mein blutendes Bein mit meinem Pulli etwas abzubinden, was aufgrund des Platzmangels aber kaum möglich war, sodass immer noch warmes Blut heraussickerte.

Wahrscheinlich hatte ich auf meiner Flucht eine Blutspur genau zu meinem Versteck gezogen, aber ich hoffte, dass diese aufgrund der spärlichen Lichtverhältnisse nicht so stark auffallen würde. Trotzdem war mir bewusst, dass es nur eine Frage der Zeit war, bis Mike und seine Komplizen mich finden würden. Die Frage war nur, ob diese Zeit dafür reichte, dass Dylan und seine Jungs mich finden würden.

In diesem Moment hörte ich auch schon, wie die schwere Eisentür zu der Lagerhalle aufgestoßen wurde und jemand einen lauten Fluch ausstieß. Mit zittrigen Händen griff ich nach einer der Eisenstangen und umklammerte das kalte Metall ängstlich. Vielleicht würde es mir damit gelingen, mich für einen kurzen Moment zu verteidigen, doch mir war bewusst, dass ich diesen Kampf nicht gewinnen konnte…

Kapitel 41

Dylan

»Fuck!«, schrie ich laut, nachdem Luke meinen Laptop zugeklappt hatte. Dann stieß ich so hart mit meinen Händen gegen den Küchentisch, dass er mitsamt Laptop, Gläsern, Obstschale und was sonst noch so darauf stand, umfiel. Ein ohrenbetäubender Knall ertönte, als der Holztisch zu Boden krachte und die Gläser zersplitterten mit einem Klirren in tausende von kleinen Scherben. Doch das war mir egal, die Wut und der Schmerz vernebelten mir alle meine Sinne.

Ich wollte gerade nochmal nachtreten, als Ace sich vor mich stellte und mich fest an beiden Schultern packte. »Dylan, beruhige dich«, sagte er eindringlich, doch ich dachte gar nicht daran. Stattdessen stieß ich meinen Freund grob von mir, denn ich verspürte den unbändigen Drang, auf etwas einzuschlagen.

Doch Ace gab nicht auf, sondern baute sich erneut vor mir auf. »Sieh mich an! Es bringt niemandem etwas, wenn du wie ein Wahnsinniger euer Haus zerlegst, also beruhige dich verdammt nochmal!«, schrie er jetzt ebenfalls.

Tatsächlich hielt ich einen Augenblick inne – Ace wurde wirklich nur ausgesprochen selten lauter und deshalb gelang es ihm auch, jetzt zu mir durchzudringen. Aber nur weil ich nicht mehr versuchte, auf irgendetwas einzuschlagen, hieß das lange nicht, dass ich mich beruhigt hatte. Mein Körper bebte immer noch vor Wut und wenn ich nur an Mike dachte, breitete sich so bitterer Hass auf meiner Zunge aus, dass mir ganz schlecht wurde.

»Ace hat Recht, wir dürfen jetzt nicht den Kopf verlieren«, pflichtete Luke dem blonden Jungen, der mich immer noch in Grund und Boden starrte, bei. »Wir brauchen einen Plan.«

»Den habe ich. Wir finden diese beschissene Lagerhalle, befreien Valerie und legen Mike um«, antwortete ich entschlossen. Ich würde alles dafür tun, um Valerie zu retten, selbst wenn ich dafür über Leichen gehen müsste. Und Mike hatte es verdammt nochmal verdient, für das zu büßen, was er Valerie angetan hatte.

Als ich eben auf dem Bildschirm live anschauen musste, wie er meinem kleinen Engel eiskalt das Messer ins Bein gerammt hatte, hatte es sich so angefühlt, als hätte er mir gleichzeitig ein zweites Messer mitten ins Herz gestochen. Kein Schmerz der Welt stand im Vergleich dazu, die Person, die ich am meisten liebte, so sehr leiden zu sehen. Und deshalb würde ich Valerie rächen, das hatte ich mir in noch in jener Sekunde geschworen!

»Das ist ein richtiger scheiß Plan«, entgegnete Luke kopfschüttelnd. »Glaubst du echt, Mike ist so dumm und wird Valerie weiterhin in dieser Lagerhalle verstecken, nachdem sie uns quasi verraten hat, wo sie sich befindet?«

Er hatte Recht. Mike war vielleicht manchmal zu impulsiv und unüberlegt, aber er war keineswegs dumm. Bestimmt war er gerade dabei, Valerie an einen anderen Ort zu schaffen, damit wir sie ja nicht fanden und sein Plan aufging.

»Ich glaube, ich weiß, wo Mike Valerie gefangen hält«, kam es nun von Jase, der sich bis eben noch im Hintergrund gehalten hatte. Jetzt hielt er uns aber seinen Handybildschirm entgegen, der auf Google Maps das Bild einer großen Lagerhalle mitten im Grünen zeigte. »Das ist die einzige Halle in der Nähe, auf die Valeries Beschreibung zutrifft.«

»Dann nichts wie los!« Ich sah die Jungs auffordernd an, doch Ace schüttelte den Kopf.

»Wir wissen nicht, mit wie vielen Männern Mike da ist. Wir brauchen unbedingt Backup und damit meine ich die Polizei«, meinte er.

Ich schüttelte daraufhin aufgebracht den Kopf. »Hast du nicht zugehört? Mike hat gesagt keine Polizei! Ich werde nicht zulassen, dass er Valerie noch mehr verletzt«, erwiderte ich heftig, doch Ace ließ sich davon nicht beeindrucken.

»Verdammt Dylan, du bist nicht der Einzige, der sich Sorgen um Valerie macht, aber wir können das nicht alleine durchziehen! Nicht, wenn Valeries Leben auf dem Spiel steht«, fuhr er mich an.

Jetzt konnte ich es doch nicht mehr unterdrücken, mit meiner Hand gegen die Wand zu schlagen. Diese Situation war unfassbar beschissen und es war allein meine Schuld, dass es überhaupt soweit gekommen war. Ich hätte Valerie besser beschützen müssen …

»Okay«, sagte ich schließlich, nachdem ich mich wieder etwas gefasst hatte. »Dann lasst uns die Polizei rufen.«

Zu der Lagerhalle, in die Mike Valerie verschleppt hatte, führten genau zwei Wege. So war es relativ einfach für die Polizei, sich versteckt auf die Lauer zu legen und zu überwachen, ob Autos vorbeifuhren. Damit, dass Mike querfeldein abhauen würde, war aufgrund der Wetterlage nicht zu rechnen, denn selbst ein Geländewagen würde diese matschigen Felder nicht packen.

Jetzt mussten wir nur hoffen, dass Mike in der Zwischenzeit noch nicht die Flucht gelungen war, denn auch wenn wir und die Polizei uns innerhalb einer halben Stunde aufgestellt und organisiert hatten, wussten wir nicht, ob er und seine Komplizen nicht schon über alle Berge waren.

Ace und ich sollten uns jetzt zusammen mit zwei Polizisten in Zivil der Lagerhalle in meinem Wagen nähern, um die Lage auszukundschaften. Der Plan war, dass Mike nicht sofort erkannte, dass wir die Polizei verständigt hatten, wenn er zuerst nur mich und Ace erblickte, denn die Polizisten saßen geduckt auf der Rückbank, wo die Scheiben getönt waren. Mit einigem Abstand folgten uns jedoch weitere Einsatzkräfte des Sondereinsatzkommandos als Verstärkung für den Notfall.

Während ich den Feldweg in Richtung der Lagerhalle fuhr, verkrampften sich meine Finger immer mehr um das Lenkrad. Ich hatte echt unfassbare Angst vor dem, was uns gleich erwarten würde. In was für einem Zustand würde Valerie sein? Was hatte Mike ihr in der Zwischenzeit noch alles angetan? Und vor allem: Waren sie überhaupt noch hier? Bei diesen ganzen Gedanken, die in meinem Kopf herumwirbelten, fühlte es sich so an, als würde sich mein Magen umdrehen und mir wurde ganz schlecht.

»Halten Sie hier an«, wies mich einer der Polizisten von der Rückbank an, bevor ich um die letzte Kurve biegen konnte, die den Blick auf die Lagerhalle freigeben würde. »Ich werde kurz um die Ecke schauen, um zu sehen, was sich bei der Halle abspielt.«

Ich parkte den Wagen so versteckt wie möglich und der große, kräftig gebaute Mann stieg aus. Er bewegte sich mit seiner Waffe im Anschlag vorsichtig an den Büschen entlang, bis er schließlich verschwunden war. Gebannt blickte ich auf die Wegbiegung und hielt den Atem an, bis der Polizist wieder zurückkam. Mit raschen Schritten lief er wieder zu uns und hechtete ins Auto.

»Mister Campbell, ich bitte Sie jetzt, alles ganz genauso zu machen, wie wir es besprochen haben. Sie werden mit dem Auto zu dem Vorplatz der Lagerhalle fahren. Dort sind die Entführer gerade dabei, ihre Flucht vorzubereiten. Es sind soweit ich es erblicken kann vier Männer, von denen nur zwei sichtbar eine Waffe tragen. Das ganze Geschehen wirkt sehr chaotisch und deshalb sollten wir unseren Überraschungseffekt jetzt nutzen. Wenn wir dort sind, bleiben Sie beide aber unbedingt im Auto und Mister Madero und ich regeln die Situation. Bedenken Sie, Sie sind nur unsere Möglichkeit, unerkannt so nah wie möglich an die Entführer heranzukommen.«

Ich nickte, auch wenn mir der Gedanke ganz und gar nicht gefiel, nur die Tarnung zu spielen und Valerie nicht selber retten zu können. Auf der anderen Seite fiel mir aber auch ein kleiner Stein vom Herzen – Mike hatte Valerie noch nicht an einen anderen Ort gebracht und gleich würde ich sie wieder in meinen Armen halten können, wenn alles glattlief.

Mit klopfendem Herzen startete ich den Motor und fuhr langsam um die Kurve. Mein Blick fiel auf die große Lagerhalle, die direkt vor uns lag. Wie der Polizist gesagt hatte, herrschte reges Treiben davor. Zwei bewaffnete Männer von Mike sicherten die Halle in beide Richtungen, während ein anderer gerade mit Valerie auf dem Arm zu einem großen SUV lief, an dem Mike stand und die Kofferraumtür aufhielt.

Es war, als würden bei mir plötzlich sämtliche Sicherungen durchbrennen, als ich sah, wie Toni Valerie, die offensichtlich bewusstlos war, direkt auf den schwarzen Geländewagen mit den getönten Scheiben zutrug. Selbst auf die Entfernung konnte ich sehen, wie stark Valerie an ihrem rechten Bein blutete und das ließ all die Wut und den Hass von eben wieder aufflammen und das noch stärker als zuvor. Völlig von meinen Emotionen überwältigt, trat ich das Gaspedal durch und raste auf die Lagerhalle zu.

Jetzt entdeckten auch Mike und seine Leute uns. Toni warf Valerie förmlich in den Kofferraum, woraufhin Mike die Klappe schnell zuknallte. Dann zog er ebenfalls eine Pistole aus seinem Hosenbund, die er auf mein Auto richtete. Seine beiden Schoßhündchen Nash und Joaquin stellten sich schützend neben ihn und so rauschte ich geradewegs auf drei erhobene Waffen zu.

Für einen kurzen Augenblick überlegte ich, die drei Männer einfach umzufahren, aber ich war mir sicher, dass mindestens einer von ihnen auf die Reifen meines Autos schießen würde, bevor ich sie erreicht hätte. Auf Ace und mich würden sie nicht schießen, schließlich machte Mike all dies nur, weil er uns unbedingt wieder als Dealer an Bord haben wollte und das ging schlecht, wenn wir tot waren. Deshalb bremste ich stark ab und rollte nur noch langsam auf Mike und seine Komplizen zu. Einige Meter vor ihnen brachte ich mein Auto zum Halten.

»Steigt mit erhoben Armen aus!«, brüllte uns Mike von außen zu.

Ich guckte unauffällig in den Rückspiegel und sah, dass die Polizisten mir zunickten. Deshalb folgten Ace und ich Mikes Befehl und verließen mit erhoben Händen den Wagen, während sich die beiden Polizisten auf dem Rücksitz ganz klein machten.

»Wo habt ihr denn Luke und Jase gelassen?«, fragte Mike auch sogleich, als er sah, dass nur Ace und ich ausstiegen. Er kam einen Schritt näher und warf einen misstrauischen Blick in das Wageninnere, doch offensichtlich konnte er nichts erkennen.

»Wir wären schön doof, wenn wir dir das sagen würden, oder? Glaub ja nicht, dass du der Einzige mit einem Plan bist«, versuchte ich Mike in Unsicherheit zu versetzen. Wenn er dachte, dass Luke und Jase von einer anderen Seite als Verstärkung kommen würden, müsste er seine Strategie ändern.

»Du bluffst doch nur«, erwiderte Mike schroff, doch ich spürte, dass er etwas ins Wanken kam und sich nicht mehr so sicher und überlegen wie eben fühlte. Das musste ich nutzen.

»Bist du dir da sicher? Vielleicht bluffe ich, vielleicht stehen aber auch gleich schon Luke und Jase hinter dir. Du kannst es nicht wissen«, entgegnete ich und wich dabei unauffällig noch einen weiteren Schritt zurück, sodass ich nun auf Höhe der Hinterreifen stand.

Wenn Mike jetzt zu mir kommen würde, musste der Polizist nur noch seine Autotür öffnen und konnte sich von hinten auf Mike stürzen. Dafür müsste ich Mike nur noch ein bisschen provozieren. Natürlich war das riskant, schließlich hielt er eine Waffe auf mich gerichtet, aber dieses Risiko ging ich gerne ein.

»Weißt du Mike, du hältst dich immer für so unglaublich schlau, aber dir ist es noch nicht mal gelungen, Valerie so zu verstecken, dass wir sie nicht finden konnten. Auch wenn du immer auf große Hose machst, bist du in Wahrheit ein Versager, der seine eigenen Leute erpressen muss, damit sie ihm nicht davonrennen.«

Ich konnte förmlich sehen, wie Mikes Gesicht sich vor Wut verzog – ich hatte ihn. Wenn er wütend wurde, ließ er sich nur noch von seinen Emotionen leiten und handelte nicht mehr rational und vorsichtig.

Ich schaffte es gerade noch, einen weiteren Schritt zurückzugehen, da stürzte sich Mike auch schon auf mich. Fast im gleichen Moment öffnete der Polizist auf meiner Seite die Autotür und drückte Mike den Lauf seiner Pistole in den Rücken.

»Waffen fallen lassen, allesamt!«, rief er laut.

Aus Nashs und Joaquins minderbemittelten Gesichtern fielen vor Überraschung beinahe die Augen aus und würde ich nicht immer noch so eine glühende Wut auf sie und Mike verspüren, hätte ich bei diesem Anblick wahrscheinlich gelacht. Ohne groß zu zögern, legten sie ihre Pistolen auf dem Boden ab, während Mike nur vor Zorn zischte. Er funkelte mich aus so hasserfüllten Augen an, dass ich für einen kurzen Moment doch Angst bekam, dass er abdrücken würde. Doch dann entsicherte der Polizist hinter ihm seine Waffe, woraufhin Mike die seine ebenfalls zu Boden fallen ließ. Mit einem Klicken schloss er die Handschellen um Mikes Handgelenke, während der andere Polizist sich darum kümmerte, Nash und Joaquin Handschellen anzulegen. Nur von Toni fehlte jegliche Spur.

In diesem Moment hörte ich, wie ein Automotor gestartet wurde. Mit Schrecken blickte ich zu dem SUV, in dessen Kofferraum sich immer noch Valerie befand. In all der Hektik hatte anscheinend niemand bemerkt, wie Toni sich in den Wagen geschlichen hatte und jetzt wollte er türmen.

Mir blieb für einen Augenblick das Herz stehen. Valerie brauchte so dringend wie möglich einen Notarzt und eine Verfolgungsjagd über die Feldwege voller Schlaglöcher würde ihren Zustand nur noch verschlimmern. Ich überlegte noch panisch, was ich machen sollte, als ich sah, wie Ace auf das Auto zustürzte und die Beifahrertür aufriss. Mit einem großen Sprung hechtete er in das Auto, das gerade anfuhr.

Nun kam auch in mich Bewegung und ich rannte ebenfalls in die Richtung, um meinen besten Freund zu unterstützen, doch in diesem Moment ging schon ein Ruck durch das Auto und der Motor würgte ab. Ace hatte es tatsächlich geschafft, Toni zu stoppen!

Eine unfassbare Erleichterung überkam mich, die sich noch mehr verstärkte, als ich mehrere Polizeiwagen den Feldweg entlangkommen sah und ein Rettungshubschrauber auf der großen Wiese neben der Halle landete. Die Gefahr war gebannt, jetzt würde alles gut werden!

Mit schnellen Schritten lief ich zum Kofferraum des SUVs und öffnete die Klappe. Dort lag Valerie in einer unangenehm verdrehten Position und bei ihrem Anblick zog sich alles schmerzhaft in mir zusammen. Ihre Sporthose war von dunklem Blut völlig durchtränkt und in ihrem Oberschenkel klaffte eine offene Wunde, in der das Messer gesteckt haben musste.

Ich merkte, wie mich ein kalter Schauer überkam. Valerie hatte in den letzten Stunden so viel Schreckliches ertragen müssen. Ich wollte mir gar nicht vorstellen, wie verängstigt sie gewesen sein musste und was für Schmerzen sie aushalten musste. Der bittere Geschmack von Reue und Schuld stieg mir den Hals hinauf und breitete sich in meinem Mund aus, sodass ich das Gefühl hatte, mich gleich übergeben zu müssen. Nur durch mich war Valerie überhaupt in diese Situation hineingeraten, ich war schuld an alldem.

»Bitte treten Sie zur Seite, wir dürfen keine Zeit verlieren«, vernahm ich plötzlich die Stimme eines Sanitäters neben mir, die mich aus meinen Gedanken riss.

Hastig machte ich Platz und beobachtete, wie die Sanitäter Valerie vorsichtig auf eine Trage verluden und anschließend zu dem Rettungshubschrauber brachten. Ich wollte ihnen gerade folgen, als ich von einem der Polizisten aufgehalten wurde.

»Wir müssten da noch einige Sachen klären, bevor Sie gehen können.«

Kapitel 42

Ich wurde mit einem Hubschrauber in das nächstgelegene Krankenhaus geflogen – so wurde es mir zumindest im Nachhinein berichtet. Nachdem Mike und seine Komplizen mich in meinem Versteck gefunden hatten, hatten sie mich erneut mit Chloroform bewusstlos gemacht, um mich von der Lagerhalle wegzubringen. Doch das war ihnen nicht gelungen, denn in der Zwischenzeit hatten mich die Jungs gefunden und mit Hilfe der Polizei gerettet. Im Krankenhaus in Philadelphia war meine Wunde dann genäht worden und ich hatte eine Bluttransfusion erhalten, da ich echt viel Blut verloren hatte. Abgesehen davon ging es mir für den Augenblick jedoch überraschend gut, aber das konnte ich auch den Schmerzmitteln verdanken.

Nachdem ich ärztlich versorgt worden war, musste ich sämtliche Gespräche mit Ärzten und Polizisten über mich ergehen lassen, dabei fühlte ich mich so erschöpft und ausgelaugt. Doch das war alles nur halb so schlimm, bei dem Gedanken daran, was mir noch bevorstand: Das Gespräch mit Dylan.

»So, das war es dann erst mal. Bitte stehen Sie uns für weitere Fragen bis zum Gerichtstermin zur Verfügung«, verabschiedeten sich die beiden Polizisten und begaben sich langsam in Richtung der Tür.

Am liebsten wäre ich ihnen in den Weg gesprungen und hätte die Tür einfach zugehalten, nur um das Gespräch mit Dylan noch weiter hinauszuzögern. Die vielen Schläuche, die an meinem Körper befestigt waren, wären dabei jedoch durchaus hinderlich gewesen, also blieb ich liegen und ließ dem Schicksal seinen Lauf.

Kaum hatten die Polizisten den Raum verlassen, wurde die Tür auch schon wieder aufgestoßen und Dylan betrat den Raum. Er ging direkt auf mich zu und drückte mir einen sanften Kuss auf die Stirn, bevor er neben meinem Bett Platz nahm. Eine erdrückende Stille breitete sich in dem kleinen

Raum aus, doch es schien, als würde keiner von uns die richtigen Worte wissen, um sie zu brechen.

Schließlich gab sich Dylan einen Ruck und räusperte sich. »Ich weiß echt nicht, was ich sagen soll. Nichts wird das alles wieder gut machen, ich kann nur sagen, wie unfassbar leid es mir tut.«

Seine Stimme klang belegt, als hätte er wieder geweint und auch seine Augen sahen gerötet aus, weshalb es mir noch schwerer fiel, Folgendes zu sagen: »Was Mike mir angetan hat, ist nichts im Vergleich zu dem, was du getan hast. Du hast mich von Anfang an belogen, weißt du, wie sehr das schmerzt? Eine Beziehung basiert auf Ehrlichkeit und Loyalität, nicht auf Lügen und-«

»Ich habe riesengroße Scheiße gebaut, ich weiß, aber ich wollte dich doch nur beschützen«, unterbrach Dylan mich. Die Verzweiflung stand ihm ins Gesicht geschrieben und er raufte sich mit den Händen die Haare, als wüsste er nicht, was er sonst mit ihnen tun sollte.

Es tat weh, ihn so aufgelöst zu sehen, aber es tat noch mehr weh, zu wissen, dass er mich unsere ganze Beziehung über belogen hatte und deshalb in Gefahr gebracht hatte.

»Nein, Dylan, hör mir einfach zu. Ich kann nicht so weitermachen wie zuvor, ich kann nicht einfach so tun, als wäre der heutige Tag nie geschehen. Ich brauche jetzt erst einmal Zeit für mich, um mir über ein paar Dinge klarzuwerden.« Es war unglaublich schwer für mich, diese Wörter über meine Lippen zu bringen, doch es musste sein. Ich brauchte einfach Zeit und Abstand, um meine Gedanken und Gefühle ordnen zu können.

Doch anstatt mich nun besser zu fühlen, fühlte ich mich plötzlich schlimmer als je zuvor. Es war, als würde ein innerer Schmerz mich langsam auffressen, mit Haut und Haaren und allem was dazu gehörte.

»Heißt das ... heißt das, dass du Schluss machst?«, stammelte Dylan völlig überfordert. Seine Stimme klang brüchig und war kaum mehr als ein Flüstern. Ich wollte zum Boden blicken, um ihn nicht ansehen zu müssen, um den Schmerz in seinen Augen zu verdrängen, aber das wäre ihm gegenüber nicht fair gewesen. Also sah ich ihm direkt in die Augen, welche meinen eigenen Schmerz widerspiegelten.

»Das heißt es … Ich liebe dich wirklich, aber ich kann das einfach nicht mehr. Es tut mir leid.«

Heiße Tränen rollten über meine Wangen. Jetzt war es endgültig, ich hatte die schwerste Entscheidung meines Lebens getroffen. Es schmerzte, Dylan gehen zu lassen, aber es war in diesem Moment das einzig Richtige, was ich tun konnte.

»Valerie, bitte lass uns das geradebiegen-«, setzte Dylan an, doch ich unterbrach ihn.

»Bitte, geh einfach.«

Dylan sah mich noch ein letztes Mal schmerzerfüllt an, dann erhob er sich langsam von seinem Stuhl. Jede seiner Bewegungen strahlte dabei Unsicherheit, Erschütterung und Gebrochenheit aus. Nichts war mehr zu sehen, von dem selbstsicheren, ja manchmal fast arroganten, jungen Mann. Mein Herz brach ein weiteres Stück, bei diesem Anblick. Ich fühlte mich schrecklich dabei, ihn zu verletzen, aber genau das hatte er auch getan und deshalb brauchte ich jetzt einfach Abstand zu ihm.

Als Dylan die Tür öffnete, um den Raum zu verlassen, war es, als würde all die Wärme dem Raum entzogen werden. Er drehte sich noch ein letztes Mal um, vielleicht in der Hoffnung, dass ich meine Meinung ändern würde, vielleicht auch nicht.

»Ich weiß, dass ich riesige Scheiße gebaut habe, aber ich werde um dich kämpfen«, drang seine raue Stimme ein letztes Mal in mein Bewusstsein, bevor die Tür schwer in ihr Schloss fiel.

Zusammengekauert und zitternd hockte ich nun auf meinem Bett und weinte stumme Tränen, die aber in keinem Verhältnis zu dem Schmerz in meinem Inneren standen. Ich hatte gehofft, dass ich mich nach dem Schlussmachen irgendwie besser fühlen würde, aber ich fühlte mich schlimmer als je zuvor. Es war als würde ein Teil von mir fehlen, wie ein riesiges schwarzes Loch, dass immer größer wird, bis es einen verschlingt …

Mein Weihnachten verbrachte ich im Krankenhaus, dabei hatte ich mich so darauf gefreut, ein typisch amerikanisches Weihnachtsfest mitzuerleben, aber die Ärzte wollten mich noch nicht gehen lassen. Mit einem verletzten Bein im Krankenhaus liegend und unter intensiver psychologischer Betreuung – so hatte ich mir Weihnachten in Amerika ganz sicher nicht vorgestellt.

Zumindest besuchten mich all meine Freunde und Kate und George verbrachten ihre gesamten Feiertage bei mir auf dem Zimmer. Dylan war nur einmal kurz dabei gewesen, worüber ich sehr froh war, da mein gebrochenes Herz es nicht aushielt, mit ihm im selben Raum zu sein und zu wissen, dass mit uns Schluss war. Am zweiten Weihnachtstag erwartete mich jedoch noch eine Überraschung.

Ich kam gerade von der Krankengymnastik zurück in mein Zimmer, als ich dort plötzlich meine ganze Familie sitzen sah. Vor Überraschung weiteten sich meine Augen so sehr, dass ich beinahe Angst hatte, dass sie hinausfallen würden und ich musste mehrfach blinzeln, bis ich mir sicher war, dass es wirklich meine Mutter, mein Vater und mein Bruder waren, die da vor mir saßen. Ich hatte ihnen schweren Herzens am Telefon von all den Vorfällen der letzten Zeit berichtet, aber ich hatte ehrlich gesagt nicht erwartet, dass sie direkt zu mir nach Amerika fliegen würden.

Hoffentlich wollten sie mich nicht nach Hause holen, schoss es mir plötzlich in den Kopf. Die letzten Tage über hatte ich im Krankenhaus genug Zeit gehabt, um mir Gedanken darüber zu machen, wie es jetzt weitergehen sollte. Eigentlich war es ausgeschlossen, nach so einem Vorfall ein Auslandsjahr fortzuführen, aber ich wollte unbedingt in Amerika, dem Land meiner Träume, bleiben. Ich hatte hier so tolle Freunde gefunden und so tolle Erfahrungen gemacht, das wollte ich nicht jetzt schon alles hinter mir lassen.

Ich stieß diesen Gedanken jedoch vorerst beiseite und rannte, all die Schmerzen meines Beines ignorierend, auf meine Familie zu, um sie fest in die Arme zu schließen.

»Mama, Papa, Max, ich bin so froh, dass ihr hier seid«, murmelte ich dabei und spürte kurz darauf, wie mir die erste Träne aus dem Auge rollte.

»Natürlich sind wir gekommen, Valerie. Wir können dich doch nicht in so einer schwierigen Lage alleine lassen«, sagte meine Mutter sanft und strich mir beruhigend über die Haare.

»Und wir wollten gucken, ob du ganz dick geworden bist von dem ganzen Fast Food«, ergänzte mein kleiner Bruder Max. »Bist du aber nicht.«

Ich musste bei Max' Worten laut auflachen und drückte ihn gleich nochmal an mich. Erst jetzt wurde mir so richtig bewusst, wie sehr ich ihn und seine kindliche Ehrlichkeit eigentlich vermisst hatte. Am liebsten würde ich ihn gar nicht mehr gehen lassen, doch Max wand sich schon wieder aus meinen Armen heraus.

»Wie lange bleibt ihr eigentlich hier?«, fragte ich dann und setzte mich neben meinen Vater auf mein Bett.

»Unser Rückflug geht in fünf Tagen. Wir möchten, dass du noch genug Zeit hast, deine Sachen zu packen und von deinen Freunden hier Abschied zu nehmen«, antwortete mir mein Vater und mein Herz setzte bei seinen Worten für einen Schlag aus. Sie wollten mich also tatsächlich wieder mit nach Deutschland zurücknehmen.

Ich merkte, wie mir erneut Tränen in die Augen traten. »Aber ich will hierbleiben. Ich muss hierbleiben, alleine für den Gerichtsprozess«, stammelte ich verzweifelt.

Meine Mutter guckte mich ernst an. »Ich weiß, dass du nicht gehen möchtest, aber es ist die beste Entscheidung, glaube mir. Für den Gerichtsprozess kannst du notfalls auch nochmal zurückfliegen«, sagte sie mit ganz weicher Stimme, doch am liebsten hätte ich mir einfach die Ohren zugehalten. Ich wollte das alles nicht hören!

»Nein, ist es nicht! Ich will nicht vor meinen Problemen wegrennen, sondern sie verarbeiten und das geht nur hier vor Ort. Meine Psychologin hat auch gesagt, dass ich mich mit dem, was passiert ist, auseinandersetzen soll und es nicht einfach verdrängen soll«, erwiderte ich mit zittriger Stimme.

Gleich würde ich losheulen, das spürte ich. Ich wollte nicht gehen, ich wollte mein Austauschjahr zu Ende bringen.

»Lass uns morgen nochmal darüber reden«, versuchte meine Mutter mich zu besänftigen, doch ich schüttelte den Kopf und verschränkte trotzig die Arme vor der Brust.

»Ich will nicht gehen! Nicht weil ich euch nicht lieb habe und von euch wegbleiben will, sondern weil das hier mein Traum ist, für den ich so viel aufgegeben habe und das will ich jetzt nicht einfach wegwerfen.«

Meine Eltern tauschten einen langen Blick miteinander aus.

»Wir werden nochmal darüber reden«, meinte mein Vater schließlich seufzend und ich fiel ihm vor Erleichterung um den Hals. Wenn ich meinen Vater erst mal überzeugt hatte, dann würde er auch meine Mutter überzeugen.

»Das war noch lange kein Ja«, versuchte mein Vater einzuwenden, aber alleine an seiner Stimmlage wusste ich, dass ich ihn um meinen Finger gewickelt hatte. Ich würde nicht gehen, ich würde hierbleiben!

Kapitel 43

Ich wurde am nächsten Tag entlassen und zog zusammen mit meiner Familie wieder bei Kate und George ein. Meine Eltern vertrugen sich ganz wunderbar mit den Campbells und Max war sofort ein riesiger Fan von Berry, nur Dylan ließ sich so gut wie gar nicht blicken. Er stellte sich meinen Eltern zwar vor, war aber ansonsten noch nicht mal bei den Essen anwesend, was mir ganz recht kam. Es tat weniger weh, wenn ich Dylan nicht die ganze Zeit über sehen musste. Außerdem lenkte mich meine Familie ganz gut ab. Nur als ich meinen Eltern von Dylans und meinem Beziehungsende berichtete, brach ich hemmungslos in Tränen aus, doch sie nahmen mich einfach in dem Arm und gaben mir ganz viel Trost und Sicherheit. Ich war so unendlich dankbar dafür, dass sie in dieser schweren Zeit bei mir waren.

Zwei Tage später kam zu meiner unglaublichen Erleichterung und Freude die Nachricht, dass ich in Amerika bleiben dürfte. Meine Eltern hatten sich intensiv mit Kate und George beraten und waren zu dem Schluss gekommen, dass dies das Beste für mich war. Es war ihnen sogar gelungen, die Organisation davon zu überzeugen. So hatte meine Familie nur ihren Rückflug nach hinten hinausgeschoben, um mir am Tag des Gerichtstermins beizustehen, das Ticket für mich war jedoch storniert.

Als der Tag der Verhandlung gekommen war, machten wir uns alle gemeinsam auf den Weg zum Gericht. Der größte Teil der Verhandlung ging einfach an mir vorbei, denn ich war viel zu sehr damit beschäftigt, meine eigenen Gefühle zu sortieren, vor allem, als Dylan in den Zeugenstand gerufen wurde. Zum Glück saß meine Mutter neben mir und drückte mir leicht die Hand und Max auf meiner anderen Seite machte Witze über den komischen Schnurrbart des Richters, sodass ich etwas abgelenkt war und nicht einfach in Tränen ausbrach.

Im Endeffekt wurden Mike und seine Komplizen zu jeweils fünf Jahren Haft und einer hohen Geldstrafe für die Entführung von mir verurteilt. Hinzu kamen für Mike noch weitere fünfzehn Jahre wegen des Verstoßes gegen das Betäubungsmittelgesetz und den illegalen Handel mit Drogen und für seine Komplizen jeweils fünf weitere Jahre.

Dylan, Ace, Luke und Jase kamen in dem ganzen Prozess tatsächlich mit einem blauen Auge davon, da sie durch die Kontakte von Kate und George von den Spitzenanwälten des Landes vertreten wurden, denen es im Vorhinein gelungen war, einen Plea Deal mit dem Gericht auszuhandeln.

Sie hatten sich bereits vor einigen Tagen mit den Staatsanwälten getroffen, wo die Jungs ein umfassendes Geständnis unter Nennung aller Namen der Bandenmitglieder abgelegt hatten. Daraufhin hatten die Anwälte der Jungs und die Strafverfolger einen Deal ausgehandelt, dass Dylan, Ace, Luke und Jase eine wesentlich geringere Strafe erhalten würden, wenn sie sich direkt vor einem Richter schuldig bekennen würden und somit das weitere Gerichtsverfahren eingestellt werden könnte, was sie getan hatten. Als weitere strafmildernde Umstände kamen dabei hinzu, dass sie beim Beginn des Dealens alle noch minderjährig gewesen waren und sich aus eigener Initiative gestellt hatten. So war es ihren Verteidigern tatsächlich gelungen, zu erwirken, dass die Haftstrafe zur Bewährung ausgesetzt wurde und die Jungs lediglich eine beträchtliche Geldbuße zahlen mussten, worüber alle Beteiligten mehr als erleichtert waren.

Natürlich müssten die vier sich jetzt alle nach Nebenjobs umschauen, um zumindest einen Teil der Strafe selbst zu bezahlen, aber das stand in keinem Vergleich zu dem, was hätte sein können.

Auch wenn die Gerichtsprozesse nicht besser hätten laufen können, war ich doch froh, als wir den Saal endlich verließen. Ich wollte den ganzen Stress, den sie mit sich gebracht hatten, einfach nur noch hinter mir lassen, denn meine Kräfte waren am Ende.

Meine Familie blieb zum Glück noch für ein paar Tage und half mir, wieder etwas auf die Beine zu kommen. Doch dann war der Tag des Abschieds gekommen, schließlich mussten meine Eltern beide wieder ihrer Arbeit nachgehen und Max musste zur Schule, sodass sie nicht ewig hierbleiben konnten. Unter Tränen verabschiedete ich mich am Flughafen von ihnen, aber gleichzeitig freute ich mich, nicht mit ihnen mitgehen zu müssen.

Die nächsten Tage kehrte wieder eine gewisse Normalität in meinen Alltag zurück. Die Schule begann und nachdem ich vom Arzt das Okay gekriegt hatte, sollte ich heute auch wieder dort hingehen. Dylan sah ich zum Glück nur beim Essen, da er durch seinen Nebenjob tagsüber kaum zu Hause war, was mir sehr entgegen kam. Während ich mich dank meiner Psychologin intensiv mit meiner Entführung und den damit verbundenen Erlebnissen auseinandersetzte, verdrängte ich Dylans und meine Probleme komplett. Es tat einfach zu sehr weh, daran zu denken.

»Kommst du endlich?«, rief Dylan in diesem Moment von unten und riss mich somit aus meinen Gedanken. Schnell warf ich die restlichen Mappen und Bücher in meine Schultasche und humpelte dann die Treppe hinunter. Am liebsten wäre ich trotz meines angeschlagenen Beins mit dem Bus gefahren, aber das ließen Kate und George nicht zu. Deshalb musste ich wohl oder übel weiterhin mit Dylan zusammenfahren. Mir graute es schon davor, die zehn Minuten zur Schule alleine mit ihm in einem engen Auto eingesperrt zu verbringen.

Dylan wartete bereits unten an der Treppe mit meinen Krücken auf mich und nahm mir meine Tasche ab. Auch wenn wir uns in den letzten Tagen so gut wie möglich aus dem Weg gegangen waren, fiel mir in Momenten wie diesem auf, wie sehr Dylan sich immer noch um mich kümmerte, obwohl ich ihm das Herz gebrochen hatte.

Das machte mein schlechtes Gewissen nur noch schlimmer und ich biss mir hart auf die Unterlippe, um meine Tränen zurückzuhalten. Ich war seit unserer Trennung extrem nah am Wasser gebaut und selbst Kleinigkeiten reichten mittlerweile dazu, mich zum Heulen zu bringen. Wieso hatte es auch nur soweit kommen müssen?

Die ganze Autofahrt beherrschte ein kühles Schweigen den Raum. Es gab noch so viel, was Dylan und ich uns zu sagen hatten und gleichzeitig hatten wir uns mit einem Mal rein gar nichts mehr zu sagen. Erst als wir an der Schule ankamen, brach Dylan die Stille.

»Soll ich dich noch zu deinem Raum bringen?«, fragte er, nachdem er mir beim Aussteigen geholfen hatte.

»Nein, danke. Lucy wartet bestimmt schon auf mich«, lehnte ich ab, ohne ihn dabei anzusehen. Ich fühlte mich echt schlecht dabei, so kalt zu ihm zu sein, aber nur wenn ich ihn von mir wegstieß, war der Schmerz halbwegs erträglich.

Und so humpelte ich, ohne ein weiteres Wort zu sagen, einfach davon und ließ Dylan stehen. Ohne zurückzublicken lief ich auf den Eingang zu, vor dem Lucy schon wartete. Als sie von ihrem Handy aufblickte und mich erkannte, kam sie auch sofort auf mich zu gerannt.

»Endlich bist du wieder da!«, rief sie freudig und umarmte mich so stürmisch, dass wir beinahe umfielen.

Doch dann wurde Lucy wieder ernst und betrachtete sorgenvoll mein Bein. »Wie geht es dir?«

Ich zuckte die Schultern. »Den Umständen entsprechend, denke ich. Mein Bein tut eigentlich kaum weh und ich habe das Gefühl, dass ich auf einem guten Weg bin, all die Erlebnisse zu verarbeiten«, antwortete ich ihr. Meinen Liebeskummer wegen Dylan ließ ich bewusst aus, weil ich sonst nicht dafür garantieren könnte, dass ich nicht in Tränen ausbrechen würde.

Lucy nickte, aber sie schien zu spüren, dass das nicht alles war. »Und wie geht es deinem gebrochenen Herzen?«, fragte sie vorsichtig weiter und sah mich aus ihren braunen Rehaugen sanft an.

»Ziemlich beschissen«, gab ich ehrlich zu und biss mir auf die Unterlippe, um die aufkommenden Tränen zu unterdrücken.

Lucy schien das sofort zu bemerken, denn sie legte ihren Arm um mich.

»Da hilft nur Ablenkung«, erklärte sie mir und begann dann auch schon damit loszulegen, mich über den neusten Klatsch und Tratsch an der Schule zu informieren. »Nick wurde von der Schule suspendiert, der ist neulich total ausgetickt und hat sich mit irgendeinem Zehntklässler geprügelt. Als ein Lehrer dazwischen gehen wollte, hat er ihm dann auch eine verpasst. Ich habe es selbst nicht gesehen, aber es soll wohl wirklich krass gewesen sein.«

Fassungslos blickte ich Lucy an, um zu sehen, ob sie sich vielleicht doch nur einen rohen Scherz mit mir erlaubte, aber ihre Miene blieb ernst. Das waren wirklich schockierende Nachrichten – das war nicht der Nick, den ich anfangs kennengelernt hatte. Was war bloß aus ihm geworden? Ich hatte echt gedacht, dass wir gute Freunde werden könnten, doch nach seinem aufdringlichen Verhalten beim Ball und seinen plötzlichen Wutausbrüchen in der Schule, war ich mir da nicht mehr so sicher. Was Eifersucht bloß aus Menschen machen konnte …

Lucy hatte mein Schweigen wohl bemerkt, denn sie legte ihre Stirn besorgt in Falten. »Das war wohl nicht der richtige Weg, dich abzulenken und wieder auf die Schule einzustimmen, oder?«

»Doch alles gut«, beruhigte ich sie. »Ich bin ganz froh, dass wenigstens du mich nicht so behandelst, als wäre ich psychisch komplett instabil«, fügte ich dann noch hinzu. Auch wenn sie versuchten, es nicht zu offensichtlich zu zeigen, merkte ich doch, wie sehr mich Kate und George seit dem Vorfall in Watte packten und ich war froh, wenn zumindest meine Freunde mich ganz normal behandelten

»Na klar, wir können dich ja auch nicht komplett verhätscheln. Wo würden wir da nur hinkommen?«, antwortete Lucy grinsend und hielt mir die Eingangstür auf.

Selbst meine Mundwinkel zuckten für einen kurzen Augenblick nach oben, während ich das Schulgebäude betrat. Doch auf der Schwelle drehte ich mich nochmal um und sah, dass Dylan immer noch an seinem Auto stand und in unsere Richtung blickte. Dabei war *stehen* beinahe eine Übertreibung – *er hielt sich irgendwie aufrecht* würde viel besser passen.

Seit unserer Trennung hatte Dylan nichts mehr von seiner selbstbewussten Art, sondern wandelte eher wie eine lebende Leiche umher. Mit jedem Tag zeichneten sich dich die dunklen Ringe unter seinen Augen stärker ab, sodass ich mich manchmal fragte, ob er überhaupt noch schlief. Bei den gemeinsamen Abendessen war mir außerdem aufgefallen, wie abgeschürft seine Hände an den Knöcheln waren – fast so als würde er täglich auf seinen Boxsack oder seine Wand einschlagen. Ihm ging es mindestens genauso schlecht wie mir, doch das gab mir keine Genugtuung. Ich fühlte mich nur noch schlimmer. Man konnte beinahe sagen, dass wir beide aneinander zerbrochen waren.

Sobald ich nach der Schule wieder nach Hause gekommen war, verzog ich mich auf mein Zimmer. So schön es auch gewesen war, meine Freunde wiederzusehen – der Tag hatte mich völlig ausgelaugt. Deshalb wollte ich auch nur meine Ruhe haben und etwas lesen.

Gerade als sich mein Buch zur spannendsten Stelle neigte, klopfte es an meiner Tür und Kate betrat den Raum. »Kann ich kurz mit dir sprechen?«, fragte sie und musterte mich unauffällig.

In mir breitete sich bereits eine Ahnung aus, worüber das Gespräch sein würde und ich musste einen kleinen Seufzer unterdrücken. »Klar, setz dich«, antwortete ich stattdessen lächelnd.

Ich rutschte ein Stück zur Seite, um ihr auf meinem Bett Platz zu machen. Kate setzte sich und wandte sich mir zu. Aus ernsten Augen blickte sie mich an und ihre Stirn war sorgenvoll in Falten gelegt. »Wie geht es dir?«

Nervös strich ich mir eine Haarsträhne aus dem Gesicht, ich redete im Moment nicht gerne darüber, wie ich mich fühlte und trotzdem fragte mich jeder danach.

»Den Umständen entsprechend eigentlich ganz gut«, sagte ich deshalb ausweichend.

Kate sah mich daraufhin nur schweigend an, als wüsste sie nicht, wie sie dieses Gespräch am besten weiterführen sollte.

»Das kann ich kaum glauben, ich sehe doch, wie schlecht es dir und Dylan geht«, sprach sie dann. »Ihr beide könnt zwar nicht mit einander, aber noch weniger ohne einander. Du siehst nur noch wie ein Schatten deiner selbst aus, du isst ja kaum noch. Außerdem habe ich mitgekriegt, dass du nachts immer noch durchs Haus streifst oder schreiend aus deinen Albträumen aufwachst. Du kannst immer mit mir reden, weißt du. Ich bin immer für dich da.«

Kate sah mich liebevoll an und nahm mich anschließend fest in den Arm. Ich erwiderte die Umarmung, musste mir dabei aber hart auf die Unterlippe beißen, um meine Tränen der Rührung zurückzuhalten.

»Danke, Kate. Das weiß ich sehr zu schätzen«, presste ich heraus und hoffte, dass ihr nicht auffiel, wie komisch meine Stimme klang. Allein dieses kurze Gespräch hatte dazu ausgereicht, dass ich emotional wieder völlig aufgewühlt war.

Natürlich versuchte ich mir und allen anderen immer wieder einzureden, dass ich mit der Situation schon fertig wurde, aber das stimmte nicht. So gerne wie ich sonst auch aß, in Dylans Gegenwart bekam ich einfach nichts mehr herunter. Nur mit ihm in ein und demselben Raum zu sein, zehrte so sehr an meinen Kräften und auch wenn ich immer versuchte, mir nichts anmerken zu lassen, hatte Kate mein sonderbares Verhalten wohl doch wahrgenommen. Die Albträume waren in dieser Hinsicht sogar mein geringstes Problem, denn sie nahmen immer stärker ab und ich dachte allgemein mit jedem Tag weniger an Mike und die Entführung. Dafür war mein Kopf viel zu voll mit anderen Dingen.

»Ich fühle mich schrecklich, dich und Dylan so zu sehen. Ich hoffe wirklich, dass ihr euch irgendwann wieder vertragen könnt«, meinte Kate noch, bevor sie wieder aufstand und das Zimmer verließ.

Ich blickte ihr nach und der bittere Geschmack von Schuld breitete sich in meinem Mund aus. Kate hatte es echt nicht verdient, mitten in Dylans und meinem Beziehungsdrama zu stehen, aber bei uns war noch keine Besserung abzusehen.

Wir beide versuchten immer noch, uns aus dem Weg zu gehen, um den Schmerz des anderen nicht auch noch sehen zu müssen. Denn dieser wurde nicht von Tag zu Tag weniger, wie ich es gehofft hatte, sondern er wurde immer schlimmer. Mit jedem Tag fühlte ich mich ein kleines bisschen mehr allein, ein kleines bisschen verletzter und ein kleines bisschen hilfloser. So sehr, dass ich zwischendurch sogar daran dachte, ob es die falsche Entscheidung gewesen war, nicht mit meiner Familie zurück nach Deutschland zu fliegen. Aber dafür war es jetzt zu spät, ich konnte nicht immer vor meinen Problemen wegrennen, langsam musste ich lernen, mich ihnen zu stellen, so schwer es auch sein mochte.

Kapitel 44

Die nächsten Wochen waren eine reine Qual. Das Wetter des Januars passte perfekt zu meiner Stimmung – dunkel und trüb. Ich versuchte mich so gut wie möglich von Dylan abzulenken, indem ich mich täglich mit Lucy, Sam oder Cole verabredete oder mit Marley und Lucy an unserem Kunstprojekt arbeitete, das in der nächsten Woche ausgestellt werden sollte.

Zumindest war ich meinen Verband losgeworden und konnte wieder normal laufen, sodass ich auch mit dem Bus fahren konnte. Dylan und ich hatten zwar eine hitzige Diskussion darüber gehabt, ob ich nicht weiter bei ihm mitfahren sollte, aber am Ende hatte ich gewonnen und fuhr seitdem alleine Bus.

Der Unterricht zog heute jedoch nur so an mir vorbei und als es zur Mittagspause klingelte, stürmte ich als Erste aus dem Raum. Da ich den Blick auf den Boden gerichtet hatte, nahm ich mein Gegenüber erst viel zu spät war und rannte geradewegs in Ace hinein. Ich stieß einen leisen Seufzer aus – ausgerechnet das noch …

Am liebsten hätte ich den blonden Jungen einfach ignoriert und wäre weitergegangen, doch er legte seine Hand an meinen Arm. »Valerie, hey«, begrüßte er mich sanft, während ich unter seiner Berührung zusammenzuckte. Schnell zog er seine Hand zurück und blickte mich entschuldigend an.

»Hi Ace«, antwortete ich. »Ich muss leider ganz schnell weiter, man sieht sich.«

Ich versuchte weitere Gesprächsversuche von Ace zu unterbinden, indem ich ihn eiskalt stehen ließ und davoneilte. Das war zwar unhöflich, aber ich hatte echt keine Lust darauf, mit ihm zu reden. Auch er, Luke und Jase hatten mich belogen und verletzt und am liebsten würde ich ihnen deshalb ebenfalls aus dem Weg gehen. Ich brauchte einfach Abstand und Zeit, um all das zu verarbeiten. Gerade Ace hätte ich niemals zugetraut, mich so zu hintergehen, weshalb ich einfach maßlos enttäuscht war.

Doch bevor ich überhaupt um die nächste Ecke biegen konnte, hörte ich Schritte neben mir und blickte hoch, nur um zu sehen, wie Ace nun neben mir lief.

»Es tut mir alles unglaublich leid, Valerie. Ich weiß, dass du wütend auf uns bist und da hast du auch jedes Recht zu. Aber glaub mir bitte, wenn ich dir sage, dass ich alles rückgängig machen würde, wenn ich es nur könnte und da spreche ich auch für die anderen. Ich erwarte nicht, dass du uns vergibst, aber gerade Dylan hätte eine zweite Chance verdient. Seine Schuldgefühle und von dir weggestoßen zu werden machen ihn kaputt. Ich weiß nicht, wie lange er noch durchhält – er schläft kaum noch und verletzt sich selbst. Hast du schon mal einen Blick auf seine Hände geworfen? Gestern ist er sogar im Sportunterricht zusammengebrochen und dabei steht die Parcours-Weltmeisterschaft doch schon fast vor der Tür.«

Ace' Blick war voller Sorge und in seiner Stimme schwang eine enorme Eindringlichkeit mit und mir stockte für einen Augenblick der Atem. Es schien noch viel schlimmer um Dylan zu stehen, als ich befürchtet hatte. Natürlich wusste ich, dass er unter unserer Trennung genauso litt wie ich, aber ich hatte nicht gedacht, dass dies so extreme Ausmaße erreichen würde.

Mit einem Mal wurde mir ganz schlecht vor Schulgefühlen. Ich war schuld an Dylans Zustand, aber gleichzeitig war er schuld an meinem. Ein Teufelskreis, aus dem es kein Ausbrechen gab.

»Ich kann ihm nicht einfach so eine zweite Chance geben, ich brauche Zeit, Ace. Es tut mir leid«, murmelte ich mit erstickter Stimme.

Dann rannte ich auf die Mädchentoilette und schloss mich dort in einer der Kabinen ein. Kurz darauf wurde ich schon von heftigen Schluchzern durchschüttelt und die Tränen rannen mir in Strömen die Wangen entlang.

Bis ich mich wieder gefasst hatte, war mindestens eine Viertelstunde vergangen, aber selbst jetzt fühlte ich mich noch nicht bereit für den Unterricht. Um den Kopf etwas frei zu bekommen, beschloss ich, einfach nach Hause zu laufen. Mit laut dröhnender Musik in den Ohren ließ sich die Welt zumindest ein paar Minuten auf stumm stellen.

Ich war gerade dabei, endlich etwas abzuschalten, als mir auf der anderen Straßenseite ein ziemlich stark schwankender Typ entgegenkam. Anscheinend war er bereits am frühen Nachmittag besoffen, so wie er herumtorkelte, weshalb ich verächtlich die Augen verdrehte. Hoffentlich würde er mich nicht dumm anmachen, das würde mir nämlich jetzt gerade noch fehlen.

Mit jedem Schritt, den ich ihm näherkam, konnte ich die Person vor mir besser erkennen und irgendwann traf mich die Erkenntnis wie ein Blitz. Der Betrunkene war Nick!

Ich ließ ein verzweifeltes Stöhnen aus – konnte der Tag noch schlimmer werden?

Auch Nick hatte mich offensichtlich entdeckt, denn er wechselte die Straßenseite und kam frontal auf mich zu. »Oh, wen haben wir denn da?«, grölte er mir entgegen. »*Valy-Baby*, was geht?«

»Hallo, Nick. Ich habe leider keine Zeit, mich mit dir zu unterhalten, ich muss leider ganz schnell nach Hause«, versuchte ich ihn abzuwimmeln. Ich hatte echt gar keine Lust darauf, mich jetzt auch noch mit Nick auseinandersetzen zu müssen, ich wollte einfach nur nach Hause. Außerdem hatte ich ganz sicher nicht vergessen, wie er mich beim Ball begrapscht hatte. Deshalb versuchte ich einfach, einen großen Bogen um Nick zu schlagen, um an ihm vorbeizukommen.

»Ich begleite dich«, erwiderte Nick schleimig grinsend und hielt mit mir Schritt, während ich krampfhaft nach einer Möglichkeit suchte, wie ich ihn am besten abschütteln konnte.

»Nein, danke«, entgegnete ich, stark bemüht darum, höflich zu bleiben, doch das fiel mir immer schwerer.

»Dann machen wir es eben hier«, antwortete Nick und packte mich an den Armen. »Wenigstens einmal möchte ich kriegen, was ich will. Ich will nicht immer nur der Verlierer sein«, knurrte er, während er meine Handgelenke über meinen Kopf zusammenpresste und mich gegen die nächste Wand drückte.

Sein nach Alkohol stinkender Atem schlug mir ins Gesicht und ich hätte mich am liebsten abgewandt, doch ich war zwischen Nick und dem Haus gefangen.

»Nick, was tust du da?«, schrie ich panisch, obwohl ich schon eine düstere Ahnung hatte. Verzweifelt versuchte ich mich loszureißen, doch trotz seines betrunkenen Zustands war Nick viel stärker als ich. »Bitte, Nick. Das bist nicht du!«, flehte ich ihn an, während er anfing, meinen Hals voller Begierde zu küssen.

Tränen stiegen mir in die Augen, während ich immer noch mit Leibeskräften versuchte, mich zu wehren. Doch ich hatte keine Chance – ich war so machtlos und schwach im Vergleich zu Nick.

»Hilfe!«, schrie ich so laut ich konnte und trat nach Nick, aber es gelang ihm immer wieder, mir auszuweichen. Dafür, dass er so viel getrunken hatte, war sein Reaktionsvermögen überraschend gut und vor Verzweiflung und Panik begannen die ersten Tränen leise aus meine Augen zu rollen.

»*Psscht*«, zischte Nick und drückte mir seine Hand auf den Mund, während er mich gegen meinen Willen in eine schmale Seitenstraße zog. Dort nahm er seine Hand wieder zurück. »Denk gar nicht erst daran, nach Hilfe zu rufen, es wird dich eh niemand hören«, sagte er hämisch grinsend und all die kleinen Härchen auf meinem Körper stellten sich vor Ekel auf.

Dann ging Nick dazu über, seine Hände langsam unter meine Klamotten zu schieben. Diesen Moment seiner Unachtsamkeit nutzte ich, um ihn mit aller Kraft von mir zu stoßen. Er taumelte nach hinten und verlor das Gleichgewicht, sodass er zu Boden stürzte.

Das war meine Chance, ich griff nach meiner Tasche und sprintete so schnell ich konnte los. Meine Lunge brannte von der kalten Luft und mir liefen immer noch unaufhörlich Tränen über das Gesicht, als ich wie eine Wahnsinnige die Straßen entlanghetzte. Zum Glück hatte ich so einen großen Vorsprung, dass Nick mich nicht einholen konnte, doch erst auf dem Grundstück der Campbells atmete ich auf.

Ich schloss die Tür auf und verschwand direkt unter die Dusche, froh darüber, dass niemand zu Hause war, der Fragen stellen konnte. Beinahe eine halbe Stunde ließ ich das heiße Wasser über meine Haut laufen – ich wollte einfach nur alle Spuren, die Nick auf mir hinterlassen hatte wegspülen, auch wenn dies in der Realität nicht möglich war. Ich fühlte mich so schmutzig und benutzt und allein bei dem Gedanken an die Situation von eben drehte sich mir der Magen um. Warum nur mussten mir alle Menschen, die mir etwas bedeuteten, in den Rücken fallen? Irgendwie schien das mein Schicksal zu sein.

Als ich schließlich aus der Dusche stieg, bemerkte ich jedoch voller Schreck, dass sich meine Handgelenke ganz blau und grün verfärbt hatten. Das musste ich unbedingt verstecken, sonst würden unangenehme Fragen aufkommen, deshalb zog ich mir einen riesigen Hoodie an, der zum Glück alles verdeckte. Dann suchte ich mir auf Netflix irgendeine Komödie aus und versuchte den heutigen Tag einfach aus meinem Gedächtnis zu streichen.

Ich blieb den ganzen Tag in meinem Zimmer, ohne mit irgendjemandem zu reden, bis Kate zum Abendbrot rief. Auch wenn ich weder Hunger hatte noch Dylan sehen wollte, lief ich runter, um keinen Verdacht zu erregen. Ich setzte mich wie immer auf meinem Platz gegenüber von Dylan, hielt meinen Blick jedoch stur auf meinen Teller gerichtet. Es gab Spaghetti, eigentlich eines meiner Lieblingsgerichte, aber trotzdem musste ich mich zu jedem Bissen zwingen.

Die Stimmung am Tisch war gedrückt – Kate und George unterhielten sich über ihre Arbeit, während Dylan und ich die meiste Zeit schwiegen, aber das war schließlich nichts Neues, sondern der Dauerzustand der letzten Wochen. Nur, dass ich mich heute noch unwohler fühlte als sonst.

Auch wenn niemand etwas vermuten konnte, hatte ich das Gefühl, dass die Blicke meiner Gastfamilie auf mir brannten, weshalb ich nervös auf meinem Stuhl hin und her rutschte. Meine Kehle fühlte sich dabei wie ausgetrocknet an, weshalb ich nach der Wasserflasche in der Mitte des Tisches griff. Dabei rutschte jedoch mein Ärmel ein Stück zurück und gab den Blick auf meinen blau angeschwollenen Arm frei. Blitzschnell zog ich ihn zurück, doch Dylan hatte es schon gesehen. Er griff nach meiner Hand und hielt sie fest.

»Was ist das?«, fragte er mit einem besorgten und gleichzeitig etwas bedrohlichen Unterton in seiner Stimme. Seine Hand hielt meine immer noch fest umklammert und sein Blick betrachtete intensiv die blaugrünliche Schwellung.

Ich merkte, wie mir unter seiner unerwarteten Berührung plötzlich ganz heiß wurde, aber das war gerade mein geringstes Problem, denn Dylan hatte natürlich auch die Aufmerksamkeit von Kate und George auf uns gezogen.

Alle sahen mich abwartend an, während mir ein kalter Schauer über den Körper lief. Ich entriss Dylan meine Hand und zog schnell meinen Ärmel wieder übers Handgelenk, als würde das noch etwas bringen.

»Nichts«, antwortete ich kurz angebunden, obwohl mir klar war, dass sich niemand mit dieser Antwort zufriedengeben würde.

»Valerie, bitte erzähle uns, was mit deinem Arm passiert ist«, ergriff nun Kate das Wort und sah mich ebenfalls voller Sorge an.

»Wirklich nichts. Wir haben heute in Sport Volleyball gespielt und meine Technik ist anscheinend noch verbesserungswürdig, weshalb ich jetzt blaue Arme habe.«

Ich fühlte mich echt schlecht dabei, sie anzulügen, aber eher würde ich mich vor ein fahrendes Auto werfen, als zu erzählen, dass Nick mich sexuell belästigt hatte und wahrscheinlich auch versucht hatte, mich zu vergewaltigen.

Während Kate und George diese Lüge offensichtlich schluckten, blieb Dylan jedoch skeptisch. Er betrachtete mich mit zusammengezogenen Augenbrauen und bei seinem intensiven Blick breitete sich eine Gänsehaut auf meinem Körper aus.

»Verarsch mich nicht! Sag mir verdammt nochmal die Wahrheit!«, knurrte Dylan, wobei seine Stimme immer lauter wurde und fast schon einen wütenden Ton annahm.

»Dylan!«, fuhr ihn George daraufhin an. »Valerie würde uns nicht anlügen, was unterstellst du ihr?«

Bei diesen Worten drehte sich mein Magen beinahe vor lauter Schuldgefühlen um und ich musste mich sehr beherrschen, nicht plötzlich anzufangen zu weinen. Irgendwie machte ich alles immer nur noch schlimmer…

»Wenn du mir nicht glaubst, ist das dein Problem«, antwortete ich Dylan mit bebender Stimme, konnte ihm dabei aber nicht in die Augen schauen.

Ich hielt das einfach nicht mehr aus.

»Bitte entschuldigt mich«, meinte ich noch, dann stand ich hastig auf und rannte förmlich aus der Küche. Ich hörte dabei, wie hinter mir ein weiterer Stuhl zurückgezogen wurde.

»Dylan, lass sie in Ruhe!«, vernahm ich Kates strenge Stimme, aber auch ihr war sicherlich bewusst, dass er dies nicht tun würde.

Deshalb rannte ich so schnell, wie ich konnte, die Treppe nach oben, doch bevor ich mein Zimmer erreichen konnte, wurde ich von Dylan an der Schulter zurückgezogen. Er drängte mich gegen die Wand, sodass mir jeder Fluchtweg versperrt war.

»Bitte, Valerie. Lüg mich nicht an.«

Er versuchte Blickkontakt mit mir aufzunehmen, doch ich sah stur zu Boden. Ich konnte ihm nicht in die grünen Augen, in die ich mich so sehr verliebt hatte, blicken, das schmerzte einfach zu sehr.

Eingeengt zwischen Dylan und der Wand ging meine Atmung so flach, dass ich Angst hatte, gleich zu hyperventilieren. So nahe war ich ihm schon lange nicht mehr gewesen und mir wurde wieder mal schmerzlich bewusst, wie sehr ich ihn vermisste.

»Sag mir einfach nur, wer es war. Bitte«, sagte Dylan nun wesentlich ruhiger und strich mir sanft über die Wange, was eine prickelnde Spur hinterließ.

Trotzdem schlug ich seine Hand weg – ich konnte heute keine Berührungen dieser Art mehr aushalten, immer wieder blitzten die Bilder von Nick vor meinem inneren Auge auf.

»Das kann ich nicht, Dylan. Bitte dränge mich nicht.« Meine Stimme war kaum mehr als ein Flüstern, ich fühlte mich so schwach und erschöpft. Ich war nicht dazu in der Lage, jetzt noch einen Kampf mit Dylan auszufechten. »Bitte lass mich gehen.«

Und tatsächlich gab Dylan den Weg frei, indem er einen Schritt zur Seite trat. Hastig lief ich in mein Zimmer und schloss ab. Bis zu meinem Bett schaffte ich es noch, dann brach ich vor lauter Schluchzen und Weinen völlig zusammen.

Kapitel 45

Am nächsten Morgen stand ich extra früh auf, in der Hoffnung, so Dylan nicht schon vor der Schule begegnen zu müssen. Doch genau in dem Moment, in dem ich anfing, mein Müsli zu essen, betrat auch Dylan die Küche. Ich stieß einen leisen Seufzer aus, während meine Augen magnetisch von dem braunhaarigen Jungen angezogen wurden und musternd über ihn glitten. Er wirkte mit jedem Tag blasser, wodurch seine dunklen Augenringe noch stärker heraustraten, sodass er mittlerweile richtig ungesund aussah. Dann fiel mein Blick auf seine Hände und mir blieb kurz der Atem stehen, als ich sah, wie aufgeschürft seine Knöchel waren. Es war mir zwar schon vorher aufgefallen, dass Dylans Hände öfter mal blutig oder angeschwollen waren und auch Ace hatte mich nochmal darauf aufmerksam gemacht, aber diese Wunden waren frisch.

Ich hatte gestern Abend noch gehört, wie Dylan in seinem Zimmer auf seinen Boxsack eingeschlagen hatte, aber irgendwann war es so still gewesen, dass es fast schon gruselig war. Aber ich hatte nicht vorgehabt, nach Dylan zu sehen, dafür war ich zu sehr mit meinen eigenen Problemen beschäftigt gewesen.

Als unsere Blicke sich plötzlich kreuzten, sah ich schnell wieder zu Boden und stellte meine Analyse ein.

»Guten Morgen«, kam es von Dylan und ich nahm seinen bohrenden Blick auf meinen Armen wahr. Unruhig zupfte ich die langen Ärmel meines großen Pullis zurück, obwohl es eh keinen Sinn ergab, die leuchtenden blauen Flecken noch vor ihm zu verbergen.

»Guten Morgen«, antwortete ich. »Ich wollte gerade gehen.«

Mit diesen Worten stand ich auf, um mein noch komplett volles Müsli in den Kühlschrank zu stellen. Gerade nach gestern Abend hielt ich es nicht mehr aus, mit Dylan in einem Raum eingepfercht zu sein.

»Du hast doch noch gar nichts gegessen«, stellte Dylan fest und zog skeptisch eine Augenbraue hoch.

»Ich habe keinen Hunger«, entgegnete ich deshalb.

Dann versuchte ich mich an Dylan vorbei zu zwängen, doch da dieser immer noch in der Tür stand, war mir der Weg blockiert. Genervt sah ich ihn an, doch er schien gar nicht daran zu denken, auch nur einen Schritt zur Seite zu machen.

»Kann ich dich heute bitte mit zur Schule nehmen?«, fragte er mich stattdessen, wobei ich die Besorgnis aus seiner Stimme deutlich heraushören könnte.

Trotzdem schüttelte ich den Kopf. Sollte er sich doch Sorgen um mich machen, immerhin war das hier alles seine Schuld.

»Nein, ich fahre Bus«, antwortete ich schroff und schob mich dann rücksichtslos an ihm vorbei in den Flur. Dort atmete ich erst einmal tief durch, um mich wieder etwas zu sammeln – jede Begegnung mit Dylan wühlte mich emotional so sehr auf.

Ich war jetzt zwar schon eine halbe Stunde früher fertig als sonst, machte mich aber trotzdem schon auf den Weg zur Haltestelle, um weiteren Konfrontationen mit Dylan aus dem Weg zu gehen. Dann würde ich halt einen Bus früher nehmen.

Meine Motivation hielt sich heute extrem in Grenzen, obwohl es schon Freitag war. Aber mittlerweile freute ich mich nicht wie früher auf die Wochenenden, da ich an diesen Tagen Dylan besonders oft zu Gesicht bekam – es war echt schwer, sich auf so engem Raum aus dem Weg zu gehen. Das einzig Gute war, dass der Bus um diese Uhrzeit echt leer war und keine lauten Kinder meine trüben Gedanken stören konnten.

Als ich an der Schule ankam, war auch dort noch so gut wie nichts los. Nur vereinzelte Personen überquerten das Gelände, doch eine Person stach mir direkt ins Auge. *Nick.* Sein Gesicht war geziert von einem blauen Auge – hatte Dylan etwa herausgefunden, dass Nick es war, der mich gestern belästigt hatte und hatte sich für mich gerächt? Das würde zumindest die plötzliche Stille in seinem Zimmer erklären.

Panik kroch in mir hoch und ich fühlte mich mit einem Schlag in die Situation von gestern zurückversetzt. *An eine Hauswand gepresst, seinen ekligen Atem auf meiner Haut und seine gierigen Lippen, die versuchten, mich zu küssen.* Diese Erinnerungen kamen bei seinem Anblick alle wieder hoch und drohten mich zu übermannen. Es war, als würde sich mein Magen umdrehen und mir wurde mit einem Mal ganz schwindelig. Ich musste hier weg!

»Valerie, warte. Bitte«, rief Nick mir noch zu, doch ich machte auf der Stelle kehrt und lief mit schnellen Schritten davon. Aus dem Augenwinkel sah ich, wie er mir hinterhersetzte und eine unbändige Angst nahm Ergriff von meinem Körper, noch einmal würde ich das alles nicht aushalten.

Doch im nächsten Moment kam eine weitere Person dazu, die sich Nick in den Weg stellte und ihn grob zurückstieß. »Wage dich niemals wieder in ihre Nähe, verstanden?! Und jetzt verpiss dich, bevor ich mich vergesse!«, knurrte Luke ihn an.

Ich blieb völlig außer Atem und am ganzen Körper zitternd stehen, um zu beobachten, was jetzt passierte. Ich sah, dass Nick einen Moment zögerte und Blickkontakt mit mir suchte. »Es tut mir leid, Valerie. Wirklich! Ich war betrunken und ich fühle mich schrecklich für-«, setzte er an, doch wurde von Luke unterbrochen.

»Hau ab, du verdammter Wichser!«, schrie er ihn an.

Nick blickte noch einmal zu mir, suchte dann aber schließlich das Weite. Ich drehte mich ebenfalls wieder um und ging weiter in Richtung Eingang der Schule, als wäre nichts gewesen. Es war, als würde ich mich in einer Trance befinden und alles um mich herum nur noch wie durch Watte gepackt wahrnehmen, es fühlte sich so unwirklich an.

Doch plötzlich wurde ich von einer Hand an meiner Schulter zurück in die Realität geholt und sah Luke direkt neben mir stehen. Er sagte nichts, sondern schloss mich einfach nur fest in seine Arme. Erst versteifte ich mich unter seiner Berührung, doch dann gab ich nach und ließ mich gegen seine starke Brust fallen. Irgendwie war es genau das, was ich gerade brauchte – ein Gefühl von Nähe und Geborgenheit, denn in meinem Inneren spürte ich nur gähnende Leere. Ich konnte noch nicht mal weinen, ich fühlte mich einfach nur leer und erschöpft.

Nach einiger Zeit löste ich mich jedoch wieder aus Lukes Umarmung.

»Dankeschön«, murmelte ich leise.

Lukes blaue Augen ruhten auf mir und es war, als würde er versuchen, meinen mentalen Zustand einzuschätzen. Seine Stirn hatte er dabei besorgt in Falten gelegt. »Kann ich dich zu deinem Raum bringen, oder so?«, fragte er und kratzte sich verlegen am Nacken.

Ich schüttelte den Kopf. »Ich schaffe das schon, danke. Aber bitte erzähle Dylan nichts davon«, antwortete ich ihm und sah ihn flehend an.

»Tut mir leid, Valerie, aber ich muss ihm das erzählen. Ich will keine Geheimnisse vor ihm haben.«

Entrüstet sah ich Luke an und merkte, wie bei seiner Antwort Wut in mir hochkochte. Geheimnisse vor mir waren in Ordnung, aber vor Dylan nicht? Was für eine Doppelmoral! Gekränkt drehte ich mich um und stapfte davon.

»Bitte sei mir jetzt nicht schon wieder böse«, bat Luke mich und hielt mit mir Schritt.

Doch ich funkelte ihn nur wütend an. »Ich möchte einfach allein sein, okay?«, fuhr ich ihn härter als beabsichtigt an und ließ ihn mit diesen Worten einfach stehen.

»Hast du nicht auch Lust, heute Abend auf Rileys Party mitzukommen?«, fragte Cole mich und sah von seinem Blatt auf, auf dem er aber bisher nur herumgekritzelt hatte.

Wir machten gerade in Biologie Gruppenarbeit, bis auf den Umstand, dass niemand arbeitete, sondern alle über die Feier, die heute Abend bei Riley steigen sollte, sprachen.

»Ich weiß nicht«, antwortete ich zögerlich. Eigentlich war ich echt nicht in der Stimmung für Partys, andererseits wäre das aber auch bestimmt eine gute Ablenkung.

»Ach komm schon. Eine geile Feier ist genau, was du jetzt brauchst, du lachst mir in letzter Zeit viel zu wenig«, versuchte Cole mich zu überzeugen.

»Das wird echt lustig«, kam Brandon ihm zur Hilfe. »Du kannst schließlich nicht in einem halben Jahr nach Deutschland zurückkehren, ohne dass du auf einer richtigen amerikanischen High School Party warst.«

»Na gut. Ich überlege es mir«, ließ ich mich schließlich breitschlagen. Die beiden Jungs waren echt unnachgiebig.

»Perfekt, ich hole dich dann heute Abend gegen zehn Uhr
ab.«

Coles Eifer bei der Sache, mich zu dieser Party zu schleppen,
entlockte mir ein leichtes Lächeln. »Okay«, antwortete ich.

»Na geht doch! Du bist viel schöner, wenn du lächelst«, kam
es zufrieden von Cole zurück und er erwiderte mein Lächeln.

»Danke. Wir sollten uns aber langsam mal wieder auf die in-
terspezifische Konkurrenz von verschiedenen Baumarten
konzentrieren«, versuchte ich nun zum eigentlichen Thema
zurückzulenken und wir begannen tatsächlich damit, weiter-
zuarbeiten.

Der Gedanke, heute Abend endlich mal alle meine Sorgen und
Probleme zumindest für ein paar Stunden auszublenden,
führte dazu, dass der Tag verhältnismäßig schnell verging.
Nicht, dass ich vorsätzlich geplant hatte, mich komplett zu be-
trinken, aber irgendwie war ich mir sicher, dass es darauf hin-
auslaufen würde. Grundsätzlich trank ich kaum Alkohol, aber
heute würde ich da wohl eine Ausnahme machen. Ich wollte
einfach an etwas anderes denken und nicht immer ich selbst
sein. Auf der Party würde ich wahrscheinlich nur Cole und
Brandon kennen, deshalb war es die perfekte Chance, einfach
mal in eine andere Rolle zu schlüpfen.

Ich zog mir ein relativ kurzes schwarzes Kleid, das mir nur
bis zur Mitte der Oberschenkel ging, und schwarze High Heels
an. In so einem Outfit war ich bisher noch nie auf einer Party
erschienen, aber heute fühlte ich mich einfach danach, mal
nicht brav zu sein. Ich lockte meine Haare und schminkte
mich deutlich dunkler und auffälliger als sonst. Nachdem ich
fertig war, betrachtete ich mich zufrieden im Spiegel – der
Mensch, der mir dort entgegen lächelte, hatte zu meiner großen Freude keine Ähnlichkeit mehr mit dem verheulten Trau-
erkloß der letzten Wochen. Das war ein Zeichen, der Abend
würde bestimmt richtig gut werden.

Kates und Georges Einverständnis hatte ich schon, sie
schienen es sinnvoll für mein Seelenheil zu finden, wenn ich
unter Leute ging. Dylan war zum Glück noch beim Training,
denn er hätte mich niemals in diesem Outfit gehen lassen und

es hätte wieder ein riesiges Theater gegeben und darauf konnte ich nur zu gut verzichten.

Pünktlich um zehn Uhr klingelte Cole an der Tür, um mich abzuholen. Er stellte sich sogar noch kurz Kate und George vor, bevor wir uns auf den Weg machten.

»Du siehst echt toll aus!«, sagte Cole lächelnd, während er mir die Autotür aufhielt.

»Kann ich nur zurückgeben, wir werden den Abend rocken«, antwortete ich ihm und erwiderte sein Lächeln. Auch wenn der Abend gerade erst begann, fühlte ich mich seit Langem endlich wieder etwas besser.

Nach einer zwanzigminütigen Fahrt kamen wir an dem Haus von Rileys Eltern an, wobei der Begriff *Haus* maßlos untertrieben war, *Schloss* würde eher passen. Es handelte sich um eine riesige Villa aus Sandstein, in deren Garten sich schon lauter Menschen amüsierten. Die laute Musik dröhnte über die ganze Straße und ich wunderte mich, ob sich die Nachbarn nicht gestört fühlten. Doch es schien, als wären diese alle ausgeflogen, denn die Fenster der umliegenden Häuser waren alle schwarz und leer.

Cole und ich bahnten uns einen Weg durch die teilweise schon stark alkoholisierten Menschen zu der Eingangstür, wo Brandon bereits auf uns wartete, sodass wir gemeinsam reingingen. Im Flur kam uns ein Typ entgegen, bei dem es sich offensichtlich um Riley handelte. Er war sehr groß und besaß einen typischen Surfer-Look – gebräunte Haut, breite Schultern, etwas längere hellbraune Haare, die durch ein gelbes Bandana zusammengebunden waren und ozeanblaue, blitzende Augen. Er begrüßte die Jungs mit einem Handschlag und stoppte dann vor mir.

»Kennt man sich?«, fragte er und legte seine Stirn angestrengt in Falten, als würde er überlegen, ob er mich schon mal gesehen hatte.

»Nein, ich komme nicht von hier«, entgegnete ich. »Ich heiße Valerie und bin heute mit Cole und Brandon hier.«

Riley grinste mich an. »An so ein hübsches Mädchen wie dich hätte ich mich auch erinnert«, behauptete er und mir stieg vor Verlegenheit die Röte ins Gesicht. Es war mir etwas unangenehm, dass Riley so offensiv mit mir flirtete, aber auf der anderen Seite konnte das ja auch eine gute Ablenkung für mich sein.

»Fühl dich wie zu Hause, *Valerie*. Kann ich dir vielleicht einen Drink anbieten?«

Alle Zweifel und Vernunft beiseiteschiebend, antwortete ich »Gerne« und folgte ihm in die Küche, wo sich die Bar befand.

»Möchtest du etwas von meiner Spezialmische? Die knallt echt richtig«, fragte mich der Surfertyp und hielt mir einen roten Partybecher auffordernd entgegen.

Als ich gerade danach greifen wollte, wurde ich von Cole an meinem Arm zurückgehalten. Er blickte mich warnend an. »Tu das besser nicht, Valerie«, flüsterte er mir eindringlich ins Ohr.

»Ach komm schon, Cole. Wir haben doch gesagt, dass wir heute Spaß haben wollen«, erwiderte ich und griff einfach nach dem Becher, was Riley mit einem zufriedenen Nicken quittierte.

»Ich weiß nicht, was mich jetzt zu einem besseren Freund macht – wenn ich mich mit dir volllaufen lasse oder wenn ich auf dich aufpasse«, meinte Cole zögerlich, offensichtlich war er innerlich mit sich selbst am Ringen. Dann stieß er jedoch einen kurzen Seufzer aus und bat Riley ebenfalls nach einem Becher. »Dann müssen wir aber Taxi zurückfahren«, gab er noch zu bedenken, doch ich hörte ihm gar nicht mehr richtig zu, sondern hob bereits meinen Becher.

Wir stießen zusammen mit Brandon an, der sich ebenfalls einen Becher von Riley geben lassen hatte und dann kippte ich den Alkohol auf Ex runter. Das Zeug brannte wie Feuer in meinem Hals und ich fing an, trocken zu husten, worüber sich die Jungs lustig machten.

»Übernimm dich nicht, Süße«, zog mich Riley süffisant grinsend auf, woraufhin ich ihm die Zunge rausstreckte. Es sprach schließlich eher für mich, dass ich noch nicht so abgehärtet gegen Alkohol war wie die anderen.

»Komm, lass uns tanzen gehen«, unterbrach uns Cole in diesem Moment – offensichtlich war er genervt von Rileys Flirtversuchen.

Ich ließ mich von ihm mit auf die Tanzfläche im Wohnzimmer ziehen, wo bereits einige Leute zu der lauten Techno-Musik am Tanzen waren. Auch ich begann mich im Takt der Musik zu bewegen und merkte bald, wie sich eine wohlige Wärme von dem Alkohol durch meinen ganzen Körper ausbreitete. Dieses Zeug knallte wirklich – da hatte Riley nicht untertrieben. So tanzten Cole, Brandon und ich bestimmt eine Stunde zusammen mit ein paar anderen Leuten von unserer Schule, die die beiden kannten.

Doch irgendwann musste Cole aufs Klo und ich nutzte die Gelegenheit, mir noch ein paar weitere Drinks zu verschaffen, um all meine Gefühle und Probleme zumindest für eine Nacht zu ertränken.

Kapitel 46

Dylan

»Ich bin wieder da«, rief ich in Richtung des Wohnzimmers und pfefferte meine Sporttasche achtlos in irgendeine Ecke des Flurs.

Das Training war nicht so gut gelaufen, wie ich es von mir erwartete, gerade jetzt, kurz vor der Weltmeisterschaft. Der Schlafmangel und meine psychische Erschöpfung gaben mir härter zu kämpfen, als ich es zugeben würde. Gerade deshalb musste ich mich zusammenreißen, sonst hätte ich bei der Weltmeisterschaft nicht die geringste Chance. Ich hatte noch eine Woche, um meinen Körper wieder in Höchstform zu bringen, denn ich hatte einen Plan. Einen Plan, um Valerie zu beweisen, wie sehr ich sie liebte und dass ich alles dafür tun würde, um noch einmal von vorne anzufangen. Dafür musste ich zwar ein unglaublich großes Opfer bringen, aber das war es mir wert!

Den Plan hatte ich nach einigen Startschwierigkeiten zusammen mit Mia, Valeries bester Freundin aus Deutschland entworfen. Sie hatte zuerst dreimal direkt bei meinen Anrufen aufgelegt und mich beim vierten Mal über eine Viertelstunde lang angeschrien, aber das hatte ich ohne Frage verdient. Schließlich hatte sie mir aber doch noch geholfen, wofür ich ihr sehr dankbar war. Das war meine letzte Chance!

Da von meinen Eltern keinerlei Reaktion kam, streckte ich kurz meinen Kopf durch die Wohnzimmertür. Sie saßen gemeinsam auf dem Sofa und schienen völlig in den Film vertieft zu sein. Doch jetzt drückte meine Mutter auf Pause und sah zu mir.

»Hallo, Schatz. Wie war das Training?«, fragte sie mich.

»Ganz gut«, log ich. Ich wollte niemanden mit meinen Problemen belasten, ich würde mich schon alleine da durchkämpfen. »Ich gehe jetzt eben duschen.«

Ich war nicht in der Stimmung für längere Unterhaltungen, deshalb schloss ich die Tür schon wieder und lief nach oben und spürte dabei mit einem Mal die Erschöpfung in jeder Faser meines Körpers. Ich war am Ende meiner Kräfte und ich wusste nicht, wie lange ich noch so weitermachen könnte.

Obwohl Valerie nur ein Zimmer entfernt von mir lebte, hatte sie sich in den letzten Wochen so sehr von mir entfernt, als wäre sie zurück nach Deutschland gekehrt und anstatt dass der Schmerz abnahm und eine gewisse Gleichgültigkeit eintrat, wurde er mit jedem Tag schlimmer. Es war eine Qual, Valerie täglich zu sehen und zu wissen, dass ich durch meine Lügen alles zwischen uns zerstört hatte. Jedes Mal, wenn sie meinem Blick auswich, förmlich aus dem Raum flüchtete, wenn ich ihn betrat oder mir so kurz angebunden und kalt antwortete, als würde sie am liebsten gar nicht mit mir reden, brach mein Herz ein kleines Stückchen mehr. Und ich konnte mich noch nicht einmal darüber beschweren, denn ich wusste, dass ich das alles verdient hatte.

Gedankenverloren starrte ich Valeries Tür an, bei der ich wohl unterbewusst Halt gemacht hatte, wobei mir auffiel, dass gar kein Licht unter ihr hindurch schien. Schlief sie etwa schon? Um Viertel nach zehn? Unwahrscheinlich.

Auch wenn ich wusste, dass Valerie mich wahrscheinlich nicht sehen wollen würde, überkam mich das starke Bedürfnis, mich kurz zu versichern, dass es ihr gut ging. Vorsichtig klopfte ich an der Tür an, bevor ich sie leise öffnete und stellte überrascht fest, dass ihr Bett leer war. Deshalb lief ich mit schnellen Schritten die Treppe wieder nach unten und betrat erneut das Wohnzimmer.

»Wo ist Valerie?«, fragte ich meine Eltern in der Hoffnung, dass sie es wussten. Einerseits wollte ich zwar echt nicht wie ein kranker Stalker wirken, andererseits würde ich die nächsten Stunden wie auf glühenden Kohlen sitzen, wenn ich nicht wusste, wo Valerie war.

»Sie ist auf eine Party gegangen«, antwortete mir meine Mutter ruhig, obwohl sie innerlich wahrscheinlich die Augen über mich verdrehte. »Ich glaube, es tut ihr ganz gut, mal rauszukommen«, fügte sie dann noch rechtfertigend hinzu, als sie sah, wie mein ganzer Körper sich augenblicklich versteifte.

Mein Vater nickte bestätigend. »Du hast die beiden ganz knapp verpasst.«

»*Die beiden?*«, wiederholte ich überrascht. »Hat Lucy sie abgeholt?«

»Lucy? Nein, Cole hat sie abgeholt – so heißt er doch, oder?«, wandte sich mein Vater an meine Mutter. Er sagte diese Worte ganz arglos, während mir ein kalter Schauer über den Körper lief und ich merkte, wie ich mich unweigerlich noch mehr anspannte.

Auch wenn Valerie es hasste, wie schnell ich eifersüchtig wurde, war ich im Moment neidisch auf jeden Jungen, den sie an sich heranließ. Meine Hände hatten sich unterbewusst zu Fäusten gebildet und als ich das nun bemerkte, schüttelte ich sie kurz aus. Doch meine innere Anspannung ließ sich nicht so einfach abschütteln.

Meine Eltern schienen jedoch gar nicht zu bemerken, was gerade in mir vorging, denn sie redeten einfach weiter. »Ja, genau. Er hat sich ja sogar extra noch vorgestellt«, bestätigte ihn meine Mutter und klang für meine Verhältnisse eine Spur zu begeistert.

Bevor sie weiterhin von *Cole* schwärmen konnten, unterbrach ich sie jedoch. »Wo ist die Party?«, presste ich zwischen zusammengebissenen Zähnen hervor.

»Das hat Valerie, glaube ich, nicht erwähnt«, antwortete mein Vater, während mich meine Mutter gleichzeitig mit »Jetzt lass Valerie doch einfach Mal in Ruhe« ermahnte.

Wäre mir das doch nur so einfach möglich … Ich hatte schließlich lange genug versucht, Valerie in Ruhe zu lassen, beziehungsweise ihr den Freiraum zu geben, den sie brauchte, aber gerade deshalb hatte ich das Gefühl, dass sie mir mit jedem Tag mehr entglitt. Ich wollte doch nur, dass sie sicher war und dass es ihr gut ging, doch das schien meine Eltern nicht zu interessieren.

Ich merkte, wie unweigerlich Wut in mir hochkochte.

»Und was ist, wenn ihr etwas passiert? Wie kann es euch so egal sein, wo Valerie ist?«, fuhr ich die beiden vielleicht eine Spur zu scharf an.

»Natürlich ist uns das nicht egal, aber man sollte Teenagern auch einen gewissen Freiraum zusprechen«, entgegnete meine Mutter mir immer noch gelassen, sie ließ sich durch mein Verhalten nicht mehr so schnell aus der Ruhe bringen. »Außerdem machte Cole einen sehr vernünftigen Eindruck und er hat versprochen, sie zurückzubringen.«

Das war zu viel für mich – ich konnte es nicht mehr aushalten, wie meine Eltern mir von Cole vorschwärmten. Wutentbrannt stürmte ich hoch in mein Zimmer und schlug die Tür zu.

Frustriert lief ich vor meinem Fenster auf und ab. Würde ich mich mehr für Partys interessieren, dann wüsste ich, wo heute eine steigen würde. Aber Feiern waren mir verdammt nochmal egal oder besser gesagt: ich hasste sie. Ich hasste so viele Menschen auf einem Haufen, ich hasste, wie viel einige Leute davon abhängig machten, wer zu einer Party eingeladen wurde und wer nicht und vor allem hasste ich es, wenn Jugendliche sich grundlos besoffen und Scheiße bauten. *Ich wusste schließlich, was passieren konnte…* Seit Sarahs Tod war ich auf keiner einzigen Party mehr gewesen – nicht mal mehr meinen eigenen Geburtstag hatte ich gefeiert.

Verdammt!

In meiner Verzweiflung riss ich mit meinem Arm alle Bücher von meiner Kommode und trat mit dem Fuß gegen sie. Ich musste meiner Wut einfach Raum verschaffen. In letzter Zeit war ich noch unausgeglichener als sonst, wobei wohl auch die Nebenwirkungen der Schlafmittel eine Rolle spielten, dabei hatte ich Valerie doch versprochen, mich zu bessern und meine Aggressionen in den Griff zu kriegen. Warum machte ich nur alles immer noch schlimmer?

Frustriert schlug ich mir meine Hände vors Gesicht. In solchen Momenten realisierte ich immer wieder, was für ein Wrack ich ohne sie war und dass ich sie eigentlich gar nicht verdient hatte. Verzweifelt schlug ich auf meinen Boxsack ein, bis ich vor Erschöpfung zusammensackte und mich auf den Boden gleiten ließ.

Ich will gar nicht wissen, wie lange ich dort so saß, als plötzlich mein Handy klingelte. Meine erste Hoffnung war natürlich Valerie, doch ich wurde enttäuscht. Auf dem Display wurde mir angezeigt, dass Jared, ein guter Bekannter von mir, mich anrief. Erst überlegte ich, ihn einfach wegzudrücken, da ich echt keine Lust auf irgendwelche Gespräche hatte, schließlich überwand ich mich doch und nahm ab.

»Hi, Dylan, hier ist Jared. Ich bin gerade auf der Party bei Riley und deine Freundin schießt sich echt ziemlich ab«, kam er direkt zum Punkt, wofür ich ihm echt dankbar war. »Die legt, glaube ich, gleich einen Striptease auf dem Billardtisch hin, ich weiß nicht-«, fuhr er fort, doch ich unterbrach ihn.

»Ich bin schon auf dem Weg«, sagte ich, während ich bereits die Treppen runter sprintete und noch schnell meinen Autoschlüssel von der Kommode griff. »Bitte hab ein Auge auf sie, ich bin in fünf Minuten da.«

»Das ist ja das Problem, sie lässt sich von niemandem helfen«, erwiderte Jared und klang fast schon ein bisschen verzweifelt.

»Dann sorg dafür, dass das so bleibt und niemand sie anfasst! Verstanden?«, zischte ich scharf in den Hörer und startete im nächsten Moment schon den Motor, um mit durchdrehenden Reifen und laut aufheulendem Motor von der Auffahrt zu brausen.

»Klar, mach ich, Bro«, antwortete Jared noch, dann legte ich auf.

Elf Minuten später stellte ich mein Auto vor dem Haus von Riley ab. Wir hatten ein paar Kurse zusammen, aber ich mochte ihn nicht besonders. Es war extrem oberflächlich und arrogant und ihm war so ziemlich jedes Mittel recht, um Mädchen rumzukriegen.

Mit schnellen Schritten und ausgefahrenen Ellenbogen kämpfte ich mich durch einige Menschentrauben zur Tür und betrat das große Haus, aus dem die Musik so laut dröhnte, dass man beinahe Angst haben musste, dass einem das Trommelfell platzte.

»Hey, Dylan. Du hier?«, begrüßten mich einige Stimmen um mich herum verwundert, aber ich gab mir noch nicht mal Mühe, ihre Besitzer ausfindig zu machen. Ich hatte nur ein Ziel!

Für einen Moment blieb ich im Flur stehen, um mich kurz zu orientieren, als Jared mir schon entgegenkam. »Hier lang«, meinte er und ich folgte ihm ins Wohnzimmer.

Was ich dort sah, ließ mich für einen Moment zu einer Salzsäure erstarren. Valerie stand, wie Jared es mir schon am Telefon gesagt hatte, auf einem Billardtisch und bewegte sich im Takt der lauten Musik. Eine Gruppe an Menschen hatte sich um sie gesammelt und feuerte sie an. »Ausziehen! Ausziehen!«, tönte es von überall und man konnte Valeries Gesicht ansehen, dass sie wirklich darüber nachdachte.

Endlich konnte ich mich wieder aus meiner Schockstarre lösen und drängte mich durch die Leute zu dem Tisch, auf dem Valerie ihre Show veranstaltete.

»Valerie, was machst du da? Komm da bitte runter«, bat ich sie so ruhig wie möglich und sah sie eindringlich an. »Bitte, lass mich dir helfen.«

Valerie brauchte wohl einen Moment, um meine Stimme zuzuordnen und als sie mich schließlich entdeckte, weiteten sich ihre Augen vor Überraschung. »Dylan?«, fragte sie fassungslos.

»Ja, Vale, ich bin es. Bitte komm von diesem Tisch runter«, flehte ich sie nun beinahe an. Jede Sekunde länger, die diese gaffenden Typen sie anstarrten, verstärkte den Drang in mir, ihnen gründlich die Fresse zu polieren. Irgendein Idiot hatte jetzt auch noch die Musik ausgestellt und so lagen nun die Augen aller Anwesenden auf uns.

Doch Valerie schüttelte ihren Kopf so sehr, dass ihre blonden Locken nur so um ihren Kopf flogen. »Ich lasse mir von dir nicht den Spaß verderben, nicht jetzt, wo ich dich gerade mal für einen kurzen Moment vergessen habe«, erwiderte sie trotzig und funkelte mich böse an. »Das ist der Typ, der mir mein Herz gebrochen hat«, fügte sie dann noch für alle Umstehenden hinzu und ein Buhen ging durch die Reihen.

Doch das kümmerte mich nicht, mir war nur wichtig, dass ich Valerie sicher nach Hause brachte. Sie sprach ein bisschen undeutlich und verzerrt, was mir sagte, dass sie schon einiges getrunken haben musste.

Frustriert raufte ich mir die Haare und atmete einmal tief durch, um ruhig zu bleiben. Ich wollte Valerie einfach nur von diesem blöden Tisch runterkriegen und dass sie sich so sträubte, passte mir gar nicht ins Konzept. Natürlich konnte ich verstehen, dass sie keineswegs erfreut war, mich zu sehen, zumindest nicht in ihrem betrunkenen Zustand, aber morgen würde sie es spätestens bereuen, wenn sie sich jetzt vor allen hier auszog.

»Ich glaube, deinen Spaß hattest du schon. Bitte komm jetzt einfach runter«, bat ich Valerie erneut, doch offensichtlich legte sie es auf eine dramatische Szene vor allen Partygästen an, denn sie griff nach der Hand von einem ihrer männlichen Zuschauer, um ihn mit sich auf den Tisch zu ziehen.

Damit hatte sie meine Geduld endgültig überstrapaziert. Mit einem Satz sprang ich auf den Billardtisch und baute mich vor Valerie auf. Der Typ, dem sie gerade hochhelfen wollte, ließ ihre Hand schnell los und verkrümelte sich in der Menge.

»Verdammt, Valerie, was soll der Scheiß?«, zischte ich. »Warum machst du das?«

Valerie lehnte sich ein bisschen zu mir rüber, um mir zu antworten, wobei sie mit ihren High Heels aus dem Gleichgewicht kam und gegen meine Brust stieß. Doch anstatt wieder Abstand zwischen uns zu bringen, lehnte sie sich einfach an mich.

Diese unerwartete Berührung brachte mich völlig durcheinander. Zum ersten Mal seit Langem umgab mich wieder Valeries vertrauter Geruch und ich konnte die Wärme ihres Körpers spüren, was mein Herz schneller schlagen ließ. Am liebsten hätte ich meine Arme um ihren zierlichen Körper geschlungen, aber ich wusste, dass dies nicht der richtige Augenblick war.

»Ich mache das, weil ich es will. Weil ich aus meinem Gedanken-Gefängnis ausbrechen will. Weil ich nicht mehr an dich denken will. Aber du machst mir das so verdammt schwer«, raunte Valerie mir ins Ohr und klang mit einem Mal völlig klar und gar nicht mehr betrunken. In ihren Worten schwang dabei so viel Schmerz und Verzweiflung mit, dass ein kalter Schauer über meinen Rücken lief und meinen Körper zum Zittern brachte. Ich wollte nicht der Grund sein, weshalb Valerie so sehr litt. Der Grund, weshalb sie Alkohol als Flucht nutzte.

»Ich weiß, Vale. Ich weiß«, murmelte ich zurück und hielt sie für einen kurzen Augenblick einfach fest. »Können wir jetzt bitte nach Hause gehen?«, fragte ich sie dann vorsichtig.

Endlich nickte Valerie, weshalb ich erleichtert aufatmete. Ich sprang schnell vom Billardtisch, um anschließend Valerie herunterzuhelfen. Dann zog ich meinen Hoodie aus und reichte ihn ihr. »Zieh den über«, wies ich sie an. Erstens war es draußen kalt und zweitens wollte ich sie vor den gaffenden Blicken schützen.

Zum Glück widersprach Valerie nicht, sondern hörte ausnahmsweise direkt auf mich. Ich wartete ab, bis sie sich den schwarzen Kapuzenpulli übergestreift hatte, wobei ich bemerkte, dass immer noch alle Augen auf uns lagen, was mir nicht gefiel. Das hier war verdammt nochmal privat!

»Was soll der Scheiß? Habt ihr keine eigenen Leben, für die ihr euch interessieren könnt?!«, schrie ich die Menge an und tatsächlich wendeten sich die meisten ab und auch die Musik wurde wieder angemacht.

Kopfschüttelnd zog ich Valerie mit mir nach draußen, was mir aber aufgrund ihrer Gleichgewichtsprobleme viel zu langsam ging, deshalb nahm ich sie einfach auf den Arm und trug sie zum Auto. Dabei stellte ich mit Schrecken fest, wie dünn sie geworden war. Vorsichtig setzte ich Valerie auf den Beifahrersitz und schnallte sie an. Ich selbst nahm auf dem Fahrersitz Platz und startete den Motor.

Schweigend fuhren wir durch die Nacht, bis Valerie die Stille brach.

»Es tut mir leid, Dylan. Ich wollte nicht, dass das so endet. Ich habe Scheiße gebaut, ich weiß. Bist du mir sehr böse?«

Ich konnte das Beben in ihrer Stimme hören und drehte mich, um sie besser ansehen zu können. Eine stumme Träne lief ihr über die linke Wange und der Anblick zerbrach mir das Herz. Während sie eben noch stur und stark gewirkt hatte, saß sie jetzt nur noch zusammengekauert wie ein Häufchen Elend auf ihrem Sitz.

»Nein, Vale. Ich bin dir nicht böse, es ist nicht deine Schuld«, erwiderte ich sanft und legte ihr beruhigend meine Hand auf den Oberschenkel. »Alles wird gut, Baby. Alles wird wieder gut.«

Endlich kamen wir zu Hause an und ich trug Valerie die Treppe hoch in ihr Zimmer. Sie hatte zuerst darauf bestanden, alleine zu gehen, aber nachdem sie innerhalb von zwei Metern beinahe dreimal gestürzt wäre, nahm ich sie doch auf den Arm, was sie sogar zuließ. Die dunklen Fenster verrieten, dass meine Eltern bereits am Schlafen waren, weshalb ich versuchte, möglichst leise zu sein. Ich schlich förmlich die Treppe hoch und legte Valerie dann sanft in ihr Bett.

»Ich helfe dir jetzt noch beim Umziehen, okay?«, fragte ich sie dann.

Valerie nickte nur und deshalb begann ich vorsichtig, ihr den Hoodie und das Kleid abzustreifen, sodass sie nur noch in Unterwäsche vor mir lag. Ich hatte sie zwar schon öfter so gesehen, aber dieses Mal war es anders. Sie war nicht mehr meine feste Freundin und mein Blick glitt immer wieder zu einer bestimmten Stelle auf ihrem Körper – die Narbe an ihrem Oberschenkel, wo Mike ihr sein Messer ins Bein gerammt hatte.

Ich fühlte mich schrecklich und das hatte ich verdient. Ich war ein schlechter Mensch. Das war alles meine Schuld! Vor meinem inneren Auge spielten sich immer wieder diese Bilder ab, wie ich Valerie bewusstlos in dem Kofferraum liegen gesehen hatte und brannten sich mit jedem Mal mehr in mein Gehirn ein.

»Du musst dich kurz aufsetzten«, forderte ich Valerie als Nächstes auf und zog ihr anschließend eines meiner T-Shirts über den Kopf.

»Soll ich dir noch Abschminktücher bringen?«, fragte ich sie dann, was sie bejahte.

Fünf Minuten später hatte sie auch das erledigt und ich deckte sie vorsichtig zu und gab ihr einen sanften Kuss auf die

Stirn. Dann wollte ich gehen, doch Valerie hielt mich an meinem Arm zurück.

»Bleib bei mir, bitte«, flehte sie mich förmlich an und sah mich mit ihren großen blauen Augen bettelnd an.

Doch ich schüttelte den Kopf. »Du bist betrunken, ich glaube nicht, dass du das wirklich willst«, erwiderte ich, obwohl ich nichts lieber getan hätte, als ihrer Bitte einfach zu folgen.

»Ich will nicht schon wieder alleine sein. Bitte, Dylan«, flehte sie mich erneut mit zittriger Stimme an.

Und auch wenn ich wusste, dass wir es beide wahrscheinlich bereuen würden, schaltete ich das Licht aus und legte mich zu ihr. Valerie kuschelte sich an meine Brust und zum ersten Mal seit Langem fühlte ich so etwas wie eine innere Ruhe. Ihre Nähe hatte eine ungeheure Auswirkung auf mich. Wie von selbst fanden meine Hände ihren Weg zu ihren Hüften und schlangen sich um ihren Körper, nur um sie noch näher an mich heranzuziehen. Nicht mal mehr ein Blatt Papier hätte jetzt noch zwischen uns gepasst. Es dauerte nur wenige Minuten und da war Valerie schon eingeschlafen und auch ich merkte, wie meine Lider immer schwerer wurden. Und zum ersten Mal seit Ewigkeiten konnte ich wieder eine Nacht durchschlafen …

Kapitel 47

Valerie

Ich wachte mit stechenden Kopfschmerzen auf – es fühlte sich an, als würde jemand mein Gehirn unaufhörlich mit einem Presslufthammer bearbeiten. Doch als wäre das nicht genug, kam noch dazu, dass mir kotzübel war. An die Decke starrend, fokussierte ich mich krampfhaft darauf, den Inhalt in meinem Magen auch dort zu behalten.

Ich hatte es gestern definitiv übertrieben, aber so hatte ich es tatsächlich geschafft, meine Gedanken wenigstens für ein paar Stunden zu ertränken. Doch dann war Dylan gekommen und all die Mauern, die ich in den letzten Wochen um mich herum aufgerichtet hatte, waren innerhalb von wenigen Sekunden zusammengebrochen. Alkohol machte mich immer schrecklich emotional und so war es mir einfach nicht mehr gelungen, Dylan auf Distanz zu halten, dazu war ich einfach zu schwach gewesen. Ich erinnerte mich noch ganz genau daran, wie ich ihn förmlich angefleht hatte, die Nacht mit in meinem Bett zu schlafen. Und er hatte es getan – für mich.

Doch als ich mich jetzt zur Seite drehte, war der Platz neben mir leer. Aber was hatte ich erwartet? Dass Dylan da lag, obwohl ich ihn unfassbar stark verletzt hatte? Ich hatte mit seinen Gefühlen gespielt, indem ich ihn gestern Abend ausgenutzt hatte, nur um nicht alleine zu sein, wofür ich mich schrecklich fühlte.

Mit Schrecken stellte ich fest, wie mein Mageninhalt nun doch hochkam. So schnell wie ich konnte, rannte ich rüber ins Bad und übergab mich in die Toilette. Ich fühlte mich erbärmlich, wie ich hier über dem Toilettenrand hing und mir die Seele aus dem Leib kotzte und war gerade dabei, mich ganz meinem Selbstmitleid hinzugeben, als ich plötzlich eine Hand in meinem Nacken spürte, die nach meinen Haaren griff und sie mir dadurch aus dem Gesicht hielt. Auch ohne mich umzudrehen, wusste ich, dass es sich um Dylan handelte. Er sagte nichts, sondern half mir stillschweigend. Das einzige Geräusch waren meine Würgelaute – da kam doch fast schon romantische Stimmung auf.

Als ich das Gefühl hatte, dass nichts mehr kam, lehnte ich mich erschöpft an die Wand, während Dylan für mich auf die Spülung der Toilette drückte.

»Gehört das jetzt zur Routine, dass ich dir beim Kotzen helfen muss?«, zog er mich scherzhaft auf und spielte somit darauf an, wie ich mich auf ihn übergeben hatte, als ich krank gewesen war.

Auch wenn mir in diesem Moment echt nicht zum Lachen zumute war, war ich doch froh, dass Dylan die Situation mit Humor nahm. Es war nicht selbstverständlich, dass er sich so sehr um mich kümmerte, wo ich doch so sprunghaft mit seinen Gefühlen umging.

»Danke, Dylan. Für alles«, sagte ich stattdessen, ohne auf seine Frage einzugehen. Ich hatte irgendwie das Bedürfnis, mich bei ihm zu bedanken, wobei meine Stimme jedoch kaum mehr als ein Flüstern war. »Ich habe mich gestern echt danebenbenommen, das tut mir so leid, ich-«

»Psscht«, unterbrach er mich sanft. »Das ist schon okay. Mach dir keine Sorgen.« Dann sah er an mir herunter. »Ich glaube, du solltest jetzt erst mal duschen. Kannst du wieder stehen?«, fragte er und legte seine Stirn besorgt in Falten.

Ich nickte, mir war tatsächlich kaum noch schlecht, ich verspürte nur noch diese ätzenden Kopfschmerzen. Dylan streckte mir seine Hand entgegen, um mir auf die Beine zu helfen. Als ich diese ergriff, fühlte es sich so an, als würde ein Stromschlag meinen gesamten Körper durchfahren und erschauern lassen und mir wurde wieder einmal schmerzlich bewusst, wie sehr ich seine Nähe vermisste. Ich fühlte mich so schrecklich hin und hergerissen. Auf der einen Seite wollte ich einfach nur wieder mit ihm zusammen sein, aber auf der anderen Seite war ich immer noch nicht ganz bereit dazu, Dylan zu vergeben. Er hatte mich unglaublich verletzt und wer garantierte mir, dass er das nicht wieder tun würde?

»Ich suche dir was Frisches zum Anziehen raus. Geh du schon mal unter die Dusche«, sagte Dylan und riss mich somit aus meinen Gedanken. Dann ließ er meine Hand zögerlich wieder los, die er bereits länger als nötig gehalten hatte.

Nachdem er die Tür geschlossen hatte, streifte ich meine Klamotten ab und ging unter die Dusche. Das kalte Wasser auf meiner Haut tat unfassbar gut und half mir endlich, den Geruch von Alkohol und Erbrochenem loszuwerden.

»Ich lege dir die Sachen vor die Tür«, rief mir Dylan kurze Zeit später aus dem Flur zu.

»Danke«, rief ich zurück.

Nachdem ich mit dem Duschen fertig war, schnappte ich mir schnell die Sachen. Dylan hatte an alles gedacht, sogar an frische Unterwäsche. Obwohl … das hieß, dass er all meine Unterwäsche in meinem Schrank gesehen hatte!

»Dylan Campbell, hast du etwa in meiner Unterwäsche rumgewühlt?«, schrie ich gespielt aufgebracht.

»Deine schwarzen Spitzendessous gefallen mir am besten«, kam es sogleich zurück.

Ich schüttelte nur den Kopf, dieser Junge war echt unglaublich. In diesem Moment fühlte sich einfach alles wie früher an, als wäre nie etwas gewesen, was dazu führte, dass mein Bauch sich schmerzlich zusammenzog. Ich wollte nicht mehr streiten, wirklich nicht, aber ich hatte gleichzeitig Angst, Dylan zu vergeben. Ich wollte nicht ein weiteres Mal angelogen werden, das war mir nun wirklich zu oft passiert.

Ich zog mir die Sachen an, die Dylan mir herausgelegt hatte – einen schlichten, schwarzen BH und passenden Slip, hinzu kamen Kuschelsocken, eine weite Jogginghose und ein großer Hoodie von ihm. Automatisch stiegen mir Tränen in die Augen. Scheinbar waren das immer noch die Restwirkungen des Alkohols, aber warum tat Dylan das?

Ich drückte den Pulli an mich und sog seinen Geruch ein. Dylan fehlte mir so sehr, dass es wehtat. Trotzdem zog ich den Pulli an, meine andere Option war in diesem Moment nur ein vollgekotztes T-Shirt, welches schließlich auch von Dylan stammte. Die anderen Sachen tat ich, auf dem Weg nach unten, in einen mit Wasser gefüllten Eimer zum Einweichen.

In der Küche stieß ich auf Dylan, welcher mir ein Glas Wasser und eine Aspirin entgegenhielt. »Nimm das, dann wirst du dich besser fühlen.«

Ich tat, wie mir geheißen und kippte die Tablette mit einem Schluck Wasser runter.

»Du kennst dich ganz schön gut mit so etwas aus«, sagte ich vorsichtig.

»Tue ich wohl«, antwortete Dylan knapp und es war deutlich, dass er dieses Thema nicht ausführen würde.

Deshalb schwieg ich, bis Dylan sich wieder an mich wandte. »Möchtest du was essen?«

Ich schüttelte den Kopf. »Dann kotze ich direkt wieder«, antwortete ich und rang mir ein Lachen ab, was bei dem Gedanken an eben gar nicht so einfach war.

Dylan blickte mich jedoch voller Sorge an. »Valerie, ich möchte dir jetzt nicht zu nahetreten, aber du hast in den letzten Wochen echt stark abgenommen. Bitte iss etwas. Das würde mir viel bedeuten.«

Ich merkte, wie ich mich bei Dylans Worten unwillkürlich versteifte. Was sollte ich darauf bloß antworten? Es abzustreiten wäre wohl sinnlos und ihn anzukeifen wäre einfach nicht fair, nachdem er sich so um mich gekümmert hatte.

»Okay«, antwortete ich deshalb nur und holte mir etwas Zwieback aus dem Schrank, auf das ich dünn Marmelade strich. Wie gesagt, ich hatte keine Lust darauf, mich nochmal zu übergeben.

»Hast du Lust, einen Film zu gucken?« Dylan sah mich hoffnungsvoll an und schon wieder gab ich nach. »Von mir aus. Such du dir einen aus«, meinte ich schulterzuckend. Offensichtlich fiel es mir nach gestern Abend noch schwerer als sonst, meine Distanz zu Dylan zu wahren.

Ich nahm wahr, wie sich ein leichtes Lächeln auf Dylans Gesicht schlich.

»Dann gucken wir *The Kissing Booth*.«

Ich guckte ihn überrascht an, ich hatte eher damit gerechnet, dass Dylan wie immer einen Horrorfilm vorschlug.

»Dein Ernst? Dir ist bewusst, dass das ein Liebesfilm ist, oder?«, fragte ich deshalb.

»Ja, ich bin ja nicht dumm, so wie du«, erwiderte Dylan grinsend, wofür ich ihm kurz meine Zunge rausstreckte. Dann gingen wir zusammen ins Wohnzimmer und Dylan startete den Film, während ich mein Zwieback aß. Ich war froh, dass wir im Wohnzimmer den Film guckten, denn das war deutlich unpersönlicher als in Dylans Zimmer. Außerdem saßen wir mit etwas Abstand zueinander auf dem Sofa.

Es war, als wären wir einfach Freunde, die sich gegenseitig neckten und Sachen zusammen machten. Auch wenn mir der Gedanke eigentlich nicht gefiel, hörte sich dies deutlich besser an, als sich weiterhin zu streiten und einander auszuweichen.

Gegen Ende des Films hatte Dylan schließlich doch seinen Arm um mich geschlungen und mein Kopf ruhte auf seiner Brust. Wir beide vermissten die Nähe des anderen und es fehlte uns ebenfalls an Selbstbeherrschung, sodass es irgendwie doch immer darauf hinauslief. Ich spürte, wie Dylan mir einen Kuss auf den Scheitel gab und sah ihn überrascht an. Er nahm Blickkontakt auf und näherte sich mit seinen Lippen den meinen. Er wollte mich küssen, das wusste ich und ich wollte es verdammt nochmal auch. Und trotzdem drückte ich Dylan von mir weg – es ging einfach nicht, ich konnte das nicht.

Als Dylan wieder ein kleines Stückchen von mir abgerückt war, konnte ich deutlich sehen, wie sich die Enttäuschung in seinen Augen abzeichnete.

»Dylan«, setzte ich an, doch kam sofort ins Stocken. Es fiel mir echt nicht leicht, diese Worte zu sagen, weil ich selbst wusste, dass es eigentlich nicht das war, was ich wollte. Ich wusste außerdem auch, dass Dylan mein Vorschlag garantiert nicht gefallen würde, aber es erschien mir in diesem Moment einfach als die beste Option. »Ich will echt nicht mehr mit dir streiten, können wir nicht einfach Freunde sein?«, fuhr ich schließlich fort und biss mir anschließend nervös auf die Unterlippe, während ich Dylans Reaktion abwartete.

Ich nahm wahr, wie Dylan sich augenblicklich anspannte und im nächsten Moment schon entrüstet aufsprang. Er starrte mich mit einer Mischung aus Wut und Schmerz im Blick an.

»Das ist jetzt nicht dein scheiß Ernst, oder?«, fauchte er dann. »Du bietest mir jetzt nicht gerade ernsthaft deine Freundschaft an?« Das Wort *Freundschaft* spuckte er förmlich und hätte ich nicht noch auf dem Sofa gesessen, wäre ich einen Schritt zurückgewichen. Dylan war echt aufgebracht.

»Ich liebe dich verdammt nochmal und das werde ich dir so lange beweisen, bis du verdammt nochmal daran glaubst! Ich würde alles für dich tun. Mir ist bewusst, dass ich Scheiße gebaut habe und dass es dir deshalb schwerfällt, mir zu vertrauen, aber ich werde dir zeigen, dass wir zusammengehören. Verdammt, du bist die Liebe meines Lebens und ich lasse dich nicht einfach so gehen!« Zum Ende hin wurde Dylans Stimme immer lauter, sodass er beinahe am Schreien war.

Ich hingegen saß einfach nur sprachlos da, ohne eine Ahnung, was ich erwidern sollte. Ich saß nur da und guckte Dylan aus großen Augen an. Doch dann stürmte er auch schon aus dem Raum und knallte die Tür hinter sich zu, während ich weiterhin nicht in der Lage war, mich zu regen. Dieses Mal war wohl ich die Person, die es verkackt hatte …

Kapitel 48

Die nächsten Tage bekam ich Dylan kaum zu Gesicht, da er den ganzen Tag über beim Training war – er hatte für diese letzte Woche vor der Weltmeisterschaft sogar eine Schulbefreiung. Abends fiel er dann nur noch erschöpft ins Bett. Ich war jedoch ebenfalls so sehr in den Vorbereitungen für die Kunstausstellung verstrickt, dass ich die meiste Zeit außer Haus war, sodass Dylan und ich uns höchstens beim Abendessen sahen. Dort saßen wir uns jedes Mal schweigend gegenüber, ohne zu wissen, wie wir dem anderen begegnen sollten.

Ich brauchte noch Zeit, um meine Gedanken zu ordnen und mir darüber klar zu werden, was ich wirklich wollte, da eine Freundschaft offensichtlich keine Option darstellte. Dylan hatte mich zwar sehr verletzt, aber ich konnte noch weniger ohne ihn. Uns beiden ging es mit jedem Tag schlechter und ich wusste nicht, wie ich das noch länger aushalten sollte. Ich war permanent erschöpft, jeder Tag war aufs Neue war ein Kampf für mich und ich wusste, dass ich ihn nicht gewinnen könnte. Das Einzige, das mir Kraft gab, waren meine Freunde, die mich immer wieder ablenkten und aufmunterten, wofür ich ihnen echt unglaublich dankbar war.

Ich hatte am Sonntag nochmal bei Cole angerufen und mich für mein Verhalten am Abend zuvor entschuldigt. Er hatte jedoch nur mit den Worten »Ist doch nicht schlimm. Jeder hat mal Liebeskummer« abgewunken.

Jetzt, am Freitag, war der Tag der Kunstausstellung gekommen. Alle Mitglieder der AG waren nach der letzten Stunde in der Schule geblieben, um letzte Vorbereitungen zu treffen. Die Kunstwerke, die wir in den letzten Wochen und Monaten gefertigt hatten, waren überall in der Aula aufgehängt oder aufgestellt worden. Es war alles dabei – von Fotocollagen wie unserer, über Portraitzeichnungen bis hin zu gemalten Bildern oder Basteleien. Wir hatten uns alle mächtig ins Zeug gelegt und ich war echt ein bisschen stolz. Die Aufgabe von uns Künstlern würde während der Ausstellung sein, Getränke und

Snacks auszugeben und Rede und Antwort zu unseren Werken zu stehen, die die Besucher auch käuflich erwerben konnten.

Ich warf einen nervösen Blick zur Uhr, in weniger als einer Minute würden die Türen der Aula geöffnet werden. Hoffentlich würden überhaupt Besucher kommen, sonst wäre der ganze Aufwand umsonst gewesen.

Ich blickte zu Lucy und Marley, die neben mir standen. Lucy wirkte ebenfalls etwas aufregt, während Marley die Ruhe in Person war und immer wieder zufrieden zu unserer Collage schaute. Er hatte schon gesagt, dass er unbedingt versuchen würde, sie heute als teuerstes Werk zu verkaufen, wobei ich den Gedanken fast schon schade fand, dieses Projekt, an dem wir so lange gearbeitet hatten und in das wir so viel Liebe gesteckt hatten, wegzugeben.

In diesem Moment schlug die Uhr fünf und schon bald schoben sich die ersten Besucher in die Aula und zwar nicht nur einige, sondern richtig, richtig viele. Als ich Kate und George zwischen den Menschen erblickte, winkte ich ihnen freudig zu und sie kamen zu uns rüber, woraufhin Marley direkt seine erste Chance nutzte, für unsere Collage zu werben.

»Also ich muss sagen, mir gefallen alle Bilder ausgesprochen gut, aber dieses hat es mir besonders angetan«, sagte George und deutete auf ein Bild, auf dem eine schäumende Welle, die gerade eine Muschel an den Strand spülte, abgebildet war. Dieses Foto hatte ich bei Dylans und meinem Wochenende an der Küste aufgenommen und bei der Erinnerung verspürte ich augenblicklich einen schmerzhaften Stich.

»Gut genug, um die Collage zu kaufen?«, fragte Marley auch sofort nach, wofür ihm Lucy peinlich berührt ihren Ellbogen in die Seite stieß.

Doch George grinste nur. »Wer weiß, ich komme später nochmal wieder.«

Mit diesen Worten zogen er und Kate weiter. Wir unterhielten uns noch mit vielen Besuchern, bis schließlich meine Schicht an der Theke begann und ich Lucy und Marley alleine lassen musste.

Ich war gerade dabei, dreckiges Geschirr zu stapeln und wegzubringen, als ich die Gesichter von Ace, Luke und Jase in der Schlange vor mir erblickte.

»Hi Valy, wie geht's?«, fragte Jase und lächelte mich an, wofür Ace ihn unauffällig gegen den Arm boxte. »Sorry, dumme Frage«, entschuldigte er sich auch sogleich.

»Alles gut, du musst dich nicht entschuldigen«, winkte ich mit einem müden Lächeln ab. »Du kannst ja nichts dafür, wie es mir geht.« Ich schluckte, denn es kostete mich einiges an Überwindung, mir Folgendes einzugestehen. »Eigentlich könnt ihr ja alle nichts dafür. Dylan hätte mir die Wahrheit sagen müssen, ihr habt nur als seine Freunde zu ihm gehalten. Und ich habe mich so blöd gegenüber euch verhalten. Tut mir echt leid«, murmelte ich beschämt und betrachtete eingehend den Tellerstapel vor mir, um jeglichen Blickkontakt zu vermeiden.

Plötzlich spürte, wie sich ein starkes Paar Arme um mich schloss.

»Nein, Valy. Mach dir keine Vorwürfe. Wir haben uns alle nicht richtig verhalten, aber du musst mir glauben, Dylan wollte dich nur beschützen«, vernahm ich die Stimme von Ace an meinem Ohr.

Im selben Moment hörte ich Jase ein lautes »Gruppenkuscheln« schreien, was dazu führte, dass er und Luke ebenfalls um den Tisch herumkamen, um sich auf uns zu stürzen und uns fest zu umarmen. Mit einem Mal merkte ich, wie sehr ich diese Idioten eigentlich vermisst hatte – aber etwas fehlte oder, spezifischer ausgedrückt, eine bestimmte Person fehlte.

»Ist bei uns jetzt alles wieder in Ordnung?«, fragte Luke mich vorsichtig, nachdem die drei wieder von mir abgelassen hatten. Ich nickte und ein Lächeln schlich sich auf sein Gesicht. »Dann steht dem ja auch nichts im Weg, dass du morgen mit uns Dylan anfeuern kommst, oder?«

Ich zögerte einen Moment. Mit Dylan hatte ich mich immer noch nicht richtig ausgesprochen und ich wusste noch nicht mal, wie man den Zustand unserer Beziehung im Moment beschreiben konnte. Wir waren weder zusammen noch Freunde, noch Fremde – wahrscheinlich würde eine Waffenruhe es am besten beschreiben. Aber was ich wusste, war, wie viel Dylan dieser Wettbewerb bedeutetet.

»Ich bin dabei«, antwortete ich deshalb.

Man konnte förmlich sehen, wie die Jungs erleichtert aufatmeten.

»Sehr gut, ich hole dich dann morgen um acht Uhr ab. Die Wettkämpfe starten am Nachmittag«, erklärte mir Ace. »Dylan und seine Eltern fahren schon früher los und ich habe mit ihnen abgesprochen, dass du bei mir mitkommst.«

Ich konnte mir ein Schmunzeln kaum verkneifen, die hatten ja alles schon bestens geplant. »Okay.«

»Dann schauen wir uns noch ein bisschen die Ausstellung an, die ist nämlich echt nicht übel, außer Lukes Fotos, die sind echt scheiße«, meinte Jase dann.

Luke schaute ihn empört an. »Stimmt gar nicht, du hast einfach keine Ahnung, du Kunstbanause.«

Jetzt musste ich wirklich grinsen – zwischen den Jungs war offensichtlich noch alles beim Alten.

Die nächste Stunde spülte ich fleißig dreckiges Geschirr ab, verkaufte Snacks oder Kuchen oder schenkte Getränke ein. Dabei ertappte ich mich immer wieder, wie ich nach einer besonderen Person in der Menge Ausschau hielt, doch ich konnte Dylans braunen Haarschopf nirgendwo entdecken und ich wusste nicht, ob ich darüber glücklich oder enttäuscht sein sollte.

Als ich schließlich wieder zu Marley und Lucy zurückkehrte, grinsten diese mich beide breit an. Dafür war unsere Collage aber nicht mehr da. Hatte Marley es wirklich geschafft, George unser Projekt anzudrehen?

»Dreimal darfst du raten, wer gerade unsere Collage gekauft hat«, empfing mich Marley auch sogleich.

»Mein Gastvater?«

Marley und Lucy schüttelten synchron den Kopf.

»Dein Loverboy hat unser Baby für sagenhafte hundert Dollar gekauft«, berichtete mir der Junge mit den grünen Igelhaaren stolz.

»Marley hat knallhart verhandelt, aber Dylan hätte wahrscheinlich jeden Preis gezahlt«, ergänzte Lucy.

Also war Dylan doch da gewesen. Automatisch blickte ich
mich um, aber ich konnte ihn immer noch nicht ausmachen.
Anscheinend wollte er mich durch seine Anwesenheit nicht
stören und hatte deshalb die Chance, als ich an der Theke gewesen war, genutzt, um sich unsere Collage anzugucken. Er
hatte zwar nicht mit mir geredet, aber er hatte unser Kunst-
werk gekauft, weil er wusste, dass es mir etwas bedeutete und
das brachte mein Herz ein kleines bisschen zum Beben.

Kapitel 49

»Verdammt! Hat irgendjemand mein Handy gesehen?«, wurde ich am nächsten Morgen durch Dylans Schreien aus dem Schlaf gerissen, nur um ihn wenige Sekunden später »Ich habe es, war nur in meiner anderen Hosentasche« rufen zu hören.

Und deshalb war ich jetzt früher aufgewacht? Seufzend stand ich auf und machte die Rollos hoch, draußen war es immer noch vollkommen dunkel. Ich machte mich schnell im Bad frisch, dann ging ich runter in die Küche, wo Kate und George gerade noch am Frühstücken waren.

»Guten Morgen«, begrüßte ich sie und setzte mich dazu.

»Guten Morgen«, kam es einstimmig zurück.

»Du kommst dann gleich mit Ace nach, oder? Deine Platzkarte habe ich dir dort auf die Ablage gelegt.« Kate deutete mit ihrem Finger auf die Arbeitsfläche hinter sich, wo ich einen weißen Umschlag erblicken konnte.

»Ja, genau. Er wollte mi-«, setzte ich an, doch brach ab, als Dylan die Treppe runter gerannt kam und in die Küche platzte.

»Ich bin soweit«, verkündete er.

Er hatte einen schwarzen Trainingsanzug an und trug eine große Sporttasche unter dem Arm. Auch wenn er sich so selbstbewusst wie immer gab, spürte ich seine Nervosität durch den ganzen Raum.

Ich stand auf und ging ein paar Schritte auf ihn zu, um ihn kurz zu umarmen. Erst versteifte sich Dylan unter der unerwarteten Berührung, doch dann erwiderte er die Geste. Ein warmes Kribbeln durchströmte meinen Körper, wie ich es nur in seiner Nähe verspürte und gerade deshalb ließ ich ihn schnell wieder los. Ich wollte jetzt nicht an all das erinnert werden, was ich so schmerzlich vermisste.

»Du wirst das Ding rocken, ich glaube an dich«, sprach ich Dylan dann noch zu und schenkte ihm ein ermutigendes Lächeln.

»Danke, Vale«, entgegnete er mit einer rauen Stimme, in der so viele Emotionen lagen, dass ich eine leichte Gänsehaut bekam.

Ich blickte in seine Augen und sah all den Schmerz und die Sehnsucht in ihnen liegen und es hätte nicht mehr viel gefehlt, dann hätte ich mich einfach in seine Arme gestürzt.

»Wir müssen jetzt wirklich los«, riss mich George jedoch in die Realität zurück und ich schüttelte meinen Kopf, wie um diesen Gedanken loszuwerden.

Schnell wurden noch die letzten Sachen zusammengesucht, dann standen Dylan und seine Eltern auch schon abfahrbereit im Flur. Ich winkte ihnen noch zum Abschied und zog die Tür hinter ihnen zu. Anschließend ging ich hoch in mein Zimmer, um mich umzuziehen.

Als ich den Raum betrat, fiel mein Blick auf einen Schuhkarton, der auf meinem Bett lag. Irritiert öffnete ich den Deckel und sieben Kassetten kamen zum Vorschein. *Solange ich jetzt nicht Schuld am Selbstmord von Hannah Baker war …* Ganz unten in der Kiste lag ein Walkman, mit dem ich die Kassetten offensichtlich abspielen sollte. Mit vor Aufregung bebendem Herzen legte ich die Erste ein:

Hallo zusammen. Hier spricht Dylan Campbell, live und in Stereo, tönte es aus dem Walkman.

Ungläubig schüttelte ich den Kopf. Was zu Hölle hatte Dylan vor?

Er machte eine kurze Pause dann sprach er weiter.

Valerie, ich habe dir gesagt, dass ich dich nicht so leicht aufgeben werde und dass ich dir beweisen werde, wie sehr ich dich liebe. Genau das werde ich jetzt hiermit tun und egal wie unglaublich kitschig es jetzt werden könnte, bitte hör dir die Kassetten bis zum Schluss an.

Sprachlos saß ich dort auf meinem Bett und nickte nur, als könnte Dylan das sehen. Ich war völlig aus der Fassung gebracht und die Gedanken und Emotionen tobten in meinem Kopf wie ein Wirbelsturm.

Als ich nach Gründen gesucht habe, wieso ich dich liebe, sind mir direkt unglaublich viele eingefallen, aber ich musste sie gezwungenermaßen auf dreizehn reduzieren. Sonst würde das Ganze hier schließlich relativ wenig Sinn ergeben.

Also, der erste Grund, warum ich dich liebe, ist dein Lachen. Jedes Mal, wenn du mich auch nur anlächelst, fühlt es sich an, als würde mein Herz vor Glück aus meiner Brust springen. Mein Tag kann auch noch so schlecht gewesen sein, wenn du mir dein Lachen schenkst, dann ist alles andere für einen Moment vergessen. Ich bin verrückt nach deinem Lachen und ich kann es nicht ertragen, wenn du weinst, dann zieht sich alles in mir zusammen.

Damit war die erste Seite der Kassette durch und ich legte sie umgedreht in den Walkman. Dann drückte ich wieder auf Play.

Der zweite Grund, warum ich dich liebe, ist deine Selbstlosigkeit. Weißt du noch, als du mich und Berry nur auf Socken zum Tierarzt begleitet hast und anschließend die ganze Nacht auf sie aufgepasst hast? Nur, damit ich für meine Klausur ausschlafen konnte und dabei hatte ich mich echt wie ein riesiges Arschloch dir gegenüber verhalten. Nicht viele Menschen hätten mir trotzdem geholfen.

Ich musste hart schlucken und während ich die Kassetten wechselte, merkte ich, wie mir erste Tränen aus den Augen kullerten. Tränen der Rührung und Tränen der Reue. Mit jeder Kassette fühlte ich mich schlechter, unsere Beziehung so schnell aufgegeben zu haben.

Der dritte Grund, warum ich dich liebe, ist dein Optimismus. Du siehst in jedem Tag, in jeder Niederlage und in jedem Menschen immer das Beste. So hast du auch das Beste in mir gesehen, was ich in den letzten Jahren immer mehr vergessen hatte. Für dich möchte ich gut sein und so machst du mich jeden Tag aufs Neue zu einem besseren Menschen.

Okay, jetzt heulte ich tatsächlich. Die Worte, die Dylan für mich fand, waren so unglaublich schön, dass ich mich fragte, wie ich das überhaupt verdient hatte.

Der vierte Grund, warum ich dich liebe, ist dein kleiner Dickkopf. Du besitzt eine unfassbare Willensstärke und hast mir von Anfang an Kontra gegeben und dich nicht von mir einschüchtern lassen. Auch wenn wir deshalb immer wieder aneinandergeraten, liebe ich es, dass du zu allem deine eigene Meinung hast und diese auch vertrittst, auch wenn deine freche Art mich immer wieder in den Wahnsinn treibt.

Schnell wechselte ich die Kassette, um Dylan weiter zuzuhören.

Der fünfte Grund, warum ich dich liebe, ist deine Hingebung. Du bist der liebevollste Mensch, den ich je kennengelernt habe. Du glaubst gar nicht, wie sehr mir deine Nähe fehlt. In deiner Nähe fühle ich mich gut, du bist mein Ruhepol, mein Rückzugsort. Immer wenn ich schon fast am Ausrasten bin, schaffst du es, mich noch zu beruhigen. Durch dich weiß ich, was es heißt, zu lieben und geliebt zu werden.

Der sechste Grund, warum ich dich liebe, ist deine Ehrlichkeit. Auch wenn du mir manchmal am liebsten bestimmte Dinge verschweigen würdest, weiß ich trotzdem, dass du mich niemals anlügen würdest. Wenn dir etwas gefällt, dann sagst du es. Wenn dich etwas stört, dann sagst du es. Das ist leider verdammt selten heutzutage.

Der siebte Grund, warum ich dich liebe, ist deine Zuverlässigkeit. Ich kann immer auf dich zählen und du würdest mich niemals im Stich lassen. Dies haben schon zu viele getan, aber bei dir weiß ich, dass du das niemals tun würdest. Du weißt gar nicht, wie viel deine Loyalität mir bedeutet.

Mittlerweile war ich hemmungslos am Heulen vor Rührung. Dicke Tränen rannen mir in Bächen über die Wangen und ich tastete vorsichtig nach der Taschentuchpackung auf meinem Nachttisch, um mein Gesicht etwas zu trocknen. Ich war so aufgelöst und meine Stimmung schlug in jeder Sekunde von traurig zu euphorisch und wieder zurück um. Es war, als würde mein Körper einfach nicht wissen, was er denken und fühlen sollte.

Der achte Grund, warum ich dich liebe, ist, dass du genauso ein Chaot bist wie ich. Wenn wir zusammen irgendwo auftreten, ist das Chaos schon vorprogrammiert. Du hast die verrücktesten Ideen und überlegst dir die lustigsten Streiche – die Selbsthilfegruppe für Potenzprobleme werde ich nie vergessen. Kurz gesagt, ohne dich wäre mein Leben verdammt langweilig. Allein wie du immer unter der Dusche singst und versuchst, bei Eminem mitzurappen, obwohl du es echt nicht kannst, sind für mich immer wieder Highlights.

Entrüstet klappte mein Mund auf – so schlecht war ich echt nicht im Rappen. Vielleicht nicht der nächste *Rap God*, aber jetzt auch nicht total unbegabt. Sollte Dylan das doch selbst besser machen … Okay, er konnte es wirklich besser.

Schmerzlich erinnerte ich mich daran zurück, wie wir zusammen auf unseren unzähligen gemeinsamen Autofahrten zur Musik gesungen hatten und ich festgestellt hatte, dass Dylan ein gewisses musikalisches Talent besaß. Zumindest konnte er echt gut rappen.

Ich drehte die Kassette auf die andere Seite.

Der neunte Grund, warum ich dich liebe, ist dein Humor. Ich habe noch keinen Menschen kennengelernt, der so schlechte Witze macht wie du, aber das macht dich besonders. Du lachst über jeden Scheiß, verstehst Ironie und Sarkasmus und versuchst, Menschen immer wieder mit deinen eigenen Witzen zu unterhalten. Auch wenn du als Bühnen-Comedian wahrscheinlich hoffnungslos scheitern würdest, erheiterst du doch all die Menschen um dich herum immer wieder.

Der zehnte Grund, warum ich dich liebe, ist dein Mut und deine Tapferkeit. Selbst in brenzligen Situationen bewahrst du einen kühlen Kopf und gibst nicht auf. Du bist das stärkste Mädchen, das ich je gesehen habe, eine wahre Kämpferin.

Man konnte auf der Kassette deutlich hören, wie Dylan sich räusperte. Wir dachten wohl beide an dieselbe Situation.

Der elfte Grund, warum ich dich liebe, ist, dass ich bei dir so sein kann, wie ich bin. Ich muss mich nicht verstellen und kann meine Emotionen zeigen, auch wenn mir das immer noch ziemlich schwerfällt, aber ich werde besser. Du gibst mir das Gefühl, dass ich etwas wert bin und dass mich meine Fehler aus der Vergangenheit nicht ein Leben lang definieren müssen.

Der zwölfte Grund, wieso ich dich liebe, sind deine wunderschönen Augen. Dieser Glanz und dieses Funkeln, wenn du in deinen Tagträumen versunken bist, fasziniert mich jedes Mal aufs Neue. Ebenso wie die Wärme und die Offenheit, die du allein durch deine Augen ausstrahlst.

Und nun, zum Schluss, der dreizehnte Grund, warum ich dich liebe: Deine Aufopferungsgabe. Du stellst alles andere vor deine eigenen Gefühle und versuchst selbst dann noch für Menschen da zu sein und sie aufzubauen, wenn du selbst schon am Boden liegst.

Du bist echt verdammt besonders, Valerie. Ich liebe dich und das werde ich dir immer wieder beweisen. Ich würde alles aufgeben, nur damit du mir verzeihst.

Mit diesen Worten endete die letzte Kassette.

Nun saß ich alleine und zusammengekauert auf meinem Bett und wurde von dem Gefühlschaos, das in mir tobte, rettungslos weggeschwemmt. Rührung und Freude mischten sich mit Trauer, Schmerz und Angst und ließen mich kaum noch klar denken. Doch eines kristallisierte sich in diesem Sturm immer mehr für mich heraus, ich durfte Dylan nicht verlieren und einfach aufgeben. Ich musste für uns kämpfen und ich musste versuchen, all das wiedergutzumachen! Unsere Liebe war so viel stärker als all das, was uns trennte – ich hatte nur etwas zu lange gebraucht, das zu realisieren.

In diesem Moment klingelte es an der Tür und ich schreckte aus meinen Gedanken hoch. Scheiße, war es etwa schon acht Uhr?

Schnell rannte ich runter, um zu öffnen und wischte mir dabei hektisch mit den Armen über die Augen, um die ganzen Tränen zu trocknen. Dieser verzweifelte Versuch, zu retten, was noch zu retten war, zeigte jedoch nur geringe Erfolge, denn bei einem Blick in den Flurspiegel stellte ich fest, dass mein Gesicht völlig rot und verquollen war und meine Augen immer noch feucht glänzten.

Ich öffnete Ace die Tür und nachdem er mich kurz gemustert hatte, zog er mich sofort in eine feste Umarmung. »Du hast die Kassetten gehört, oder?«, fragte er und ich nickte nur.

»Das ist schon mal gut. Was aber nicht gut ist, ist, dass du immer noch deinen Schlafanzug trägst. Wir müssen los«, fügte er mit einem kritischen Blick auf seine Uhr hinzu.

In all der Aufregung hatte ich tatsächlich völlig vergessen, mich umzuziehen und alles für den Tag vorzubereiten. In Windeseile machte ich mich fertig, sodass Ace und ich doch schon um zehn nach acht losfuhren.

Drei Stunden später hatten wir das Stadion in New York erreicht und suchten unsere Plätze auf. Luke und Jase waren bereits da und auch Kate und George saßen einige Reihen hinter uns.

Ungefähr eine halbe Stunde später wurde die Weltmeisterschaft auch schon mit einer großen Show mit Feuerwerken und allem Drum und Dran eröffnet. In der Arena war ein riesiger Hindernisparcours aufgebaut, den die Teilnehmer nacheinander bewältigen mussten, wobei auf Schnelligkeit und Genauigkeit geachtet wurde. Daraus setzte sich dann die Gesamtwertung zusammen.

Dylan sollte als Letzter an den Start gehen, vor ihm kamen noch zwölf Teilnehmer aus den unterschiedlichsten Teilen der Welt dran. Staunend beobachtete ich, in welchem Tempo sie die Hindernisse überwanden und wie wenige Fehler sie dabei machten. Es würde echt schwer werden, einige der Konkurrenten zu überbieten, aber ich wusste, dass Dylan das konnte.

Als er schließlich an den Start ging, waren meine Hände vor Aufregung ganz feucht und ich biss mir nervös auf die Lippe. Der Startschuss fiel und Dylan lief gemächlich los. Ich stellte sofort fest, dass das nicht sein normales Tempo und schon gar nicht sein Wettkampftempo war, dafür hatte ich ihn zu oft beim Training begleitet. Ich wusste auch, dass er nicht verletzt war. Ein großes Fragezeichen bildete sich auf meiner Stirn – was war Dylans Plan?

»Was zur Hölle machte er da?«, fragte ich Ace vollkommen verwirrt.

»Er verliert, um dir zu beweisen, dass er seinen größten Traum für dich aufgeben würde.«

Kapitel 50

Er verliert, um dir zu beweisen, dass er seinen größten Traum für dich aufgeben würde – immer wieder wiederholte sich dieser Satz in meinem Kopf und es dauerte einen Moment, bis er wirklich zu meinem Gehirn vordrang und ich verstand, was Ace da gerade gesagt hatte. Doch dann kam Regung in meinen Körper. Verdammt, das konnte ich nicht zulassen! Ich konnte nicht zulassen, dass Dylan die Weltmeisterschaft, auf die er sich schon so lange vorbereitet hatte, einfach aufgab! Das war definitiv der dümmste Liebesbeweis, den er sich hätte ausdenken können!

Gleichzeitig wurde mir aber auch ganz warm ums Herz, Dylan tat echt alles dafür, um unsere Beziehung zu retten. Wie konnte ich ihm da noch länger böse sein? Innerlich hatte ich ihm doch eh schon vergeben, als ich die Liebesbotschaften auf den Kassetten gehört hatte. Unsere Liebe war stärker als all das, was uns voneinander trennte und gemeinsam würden wir einen Neuanfang schaffen!

Bei diesem Gedanken sprang ich von meinem Platz auf und rannte, ohne großartig nachzudenken, in Richtung des kleinen Häuschens auf der Tribüne, von wo die Kommentatoren ihre Ansagen machten. Es gab nur eines, das ich jetzt noch tun konnte.

Während ich über tausend Beine und Füße stolperte, stammelte ich wirre Entschuldigungen. Ich musste mich beeilen, jede Sekunde war entscheidend. In dem Moment, wo ich die Tür des Häuschens aufreißen wollte, wurde ich jedoch an meinem Arm zurückgehalten.

»Sie können da nicht rein«, grummelte ein Securityguard und blickte mich finster an.

»Bitte, Sie müssen mich da reinlassen! Mein Freund ist gerade dabei, den Sieg aufzugeben, um einen doofen Streit zwischen uns wiedergutzumachen. Das kann ich nicht zulassen«, keuchte ich völlig außer Atem, während sich meine Verzweiflung immer mehr verstärkte. Dylans Zeit lief ab …

»Haben Sie eine Frau?«, fragte ich ihn. Ich musste meine Strategie wechseln, das war meine letzte Chance.

Der Securityguard nickte.

»Dann wissen Sie bestimmt auch, dass man für den Partner alles tun würde.«

Er nickte wieder und ich merkte, wie sein Griff um meinen Arm schwächer wurde. Diese Gelegenheit nutzte ich und entriss ihm meinen Arm komplett. Ich befürchtete schon, dass er mich wieder stoppen würde, doch er ließ mich gehen. Mit schnellen Schritten betrat ich den kleinen Raum, in dem zwei Kommentatoren vor lauter Mikrophonen und Bildschirmen saßen.

»Entschuldigen Sie bitte, aber das hier ist unglaublich wichtig«, entschuldigte ich mich kurz und griff direkt nach einem der Mikrophone. Die Kommentatoren waren so perplex, dass sie gar nicht erst versuchten, mich aufzuhalten.

»Dylan, du Idiot, hör auf mit dem Scheiß! Ich vergebe dir, dafür musst du nicht deinen Traum von der Weltmeisterschaft fortwerfen. Bitte gib das nicht auf. Ich liebe dich!«, flehte ich Dylan durch das Mikrophon an.

Es war komisch zu hören, wie die eigene Stimme durch das gesamte Stadion hallte. Alle Blicke richteten sich mit einem Mal verwirrt in die Richtung des Ansagehäuschens, aber das war mir egal, solange eine bestimmte Person meine Worte vernahm. Und das hatte Dylan. Selbst aus der Ferne konnte man seinen Wandel beobachten. Plötzlich schien er vom Ehrgeiz gepackt worden zu sein und zog sein Tempo massiv an.

Im selben Moment öffnete sich die Tür und der Ordner von eben kam rein. »Ich konnte sie leider nicht aufhalten, tut mir leid für die Störung«, brummte er und zog mich mit sich raus. Die Kommentatoren quittierten dies nur mit einem irritierten Nicken.

Draußen ließ er mich gleich wieder los. »Ich drücken Ihnen und Ihrem Freund die Daumen, das wird schon«, sagte er nur und wandte sich dann auch schon von mir ab. Ich meinte aber, ein kleines Lächeln über sein Gesicht huschen gesehen zu haben.

Erst jetzt begann ich zu realisieren, dass die Blicke der Zuschauer immer noch auf mir lagen, denn die Ersten begannen zu klatschen, bis eine tosende Welle des Applauses entstand. Mir war zwar klar gewesen, dass ich mit so einer Aktion die Aufmerksamkeit aller auf mich ziehen würde, aber diese positive Rückmeldung überraschte mich.

»Vielen Dank, wirklich. Ich weiß das, was sie für mich getan haben, sehr zu schätzen«, meinte ich noch zu dem Ordner und schenkte ihm ein dankbares Lächeln.

Anschließend ging ich wieder zu meinem Platz, wobei ich Dylan nicht aus den Augen ließ. Unterwegs klopften mir einige Menschen anerkennend auf die Schulter und drückten mir ihre besten Wünsche für Dylan und mich aus. Das bedeutete mir echt viel und stimmte mich noch glücklicher, als ich es sowieso schon war. Mein ganzer Körper war vollgepumpt von Adrenalin und ich fühlte mich fast, als würde ich schweben.

Ich blickte auf die große Anzeigetafel. Dylan war mittlerweile bei der Hälfte des Parcours und hatte es tatsächlich geschafft, sich ins Mittelfeld vorzukämpfen und die Letztplatzierten hinter sich zu lassen. In meinem Bauch begann es aufgeregt zu kribbeln. Vielleicht würde Dylan es ja doch noch aufs Treppchen schaffen, das wünschte ich mir so sehr für ihn.

Zurück auf meinem Sitzplatz wurde ich überschwänglich von den Jungs empfangen und auch Kate und George grinsten mich glücklich an und hielten ihre Daumen in die Luft. Ich hatte die richtige Entscheidung getroffen, das wusste ich.

Wie gebannt beobachtete ich, wie Dylan die letzten Hindernisse überwand und genau eine Zehntelsekunde vor dem bisherigen Dritten die Ziellinie überwand. Jubelnd sprang ich auf und riss die Arme in die Luft, Dylan hatte es tatsächlich geschafft! Er war so schnell gewesen, dass er, wenn er von Anfang an hundert Prozent gegeben hätte, bestimmt gewonnen hätte, aber der dritte Platz war nach diesem Start immer noch unglaublich!

Das ganze Stadion grölte und jubelte und ich hatte das Gefühl, dass die Menschen sich noch mehr für Dylan als für den

Erst- und Zweitplatzierten freuten. Die Atmosphäre war einfach nur unbeschreiblich und ich war mir sicher, dass ich mich noch nie so glücklich und erleichtert wie in diesem Moment gefühlt hatte.

In all dieser Aufregung fiel mir gar nicht auf, dass viele Zuschauer immer wieder zwischen mir und Dylan hin und her blickten, bis ein älterer Herr aus der Reihe hinter uns mich antippte. »Möchtest du nicht zu deinem Freund gehen und ihm gratulieren?«, fragte er mich.

Und wie ich das wollte! Mit schnellen Schritten lief ich die Tribüne hinab. Alle Leute machten mir Platz, ich war nach meiner Aktion von eben so etwas wie eine kleine Berühmtheit im Stadion. Und auch wenn ich es normalerweise hasste, im Mittelpunkt zu stehen, war dies gerade extrem hilfreich. Unten angekommen, wurde ich sogar von einem Securityguard über die Bande gehoben. So schnell wie ich konnte, rannte ich auf die Gruppe der Teilnehmer zu, die nun alle aufs Feld gerannt waren und mit den Zuschauern feierten.

Auch Dylan jubelte gerade einigen Leuten zu, sodass er mich noch gar nicht entdeckt hatte. Erst als ihn ein anderer Teilnehmer auf mich aufmerksam machte, drehte er sich um. Als er mich erblickte, wurde sein Strahlen im Gesicht noch größer und seine Augen begannen vor Freude zu funkeln. So glücklich hatte ich ihn schon seit Ewigkeiten nicht mehr gesehen und mein Herz begann bei diesem Anblick wie verrückt zu pochen.

Mit Anlauf sprang ich in Dylans Arme und presste meinen Körper an ihn. Ich schlang meine Beine um seine Hüfte und er hielt mich mit seinen starken Armen fest. In diesem Moment war es mir völlig egal, dass Dylan vollkommen durchgeschwitzt war, ich wollte ihm einfach so nah wie möglich sein. »Herzlichen Glückwunsch«, flüsterte ich ihm ins Ohr und drückte ihm anschließend einen kurzen Kuss auf die Lippen.

Doch Dylan wäre nicht Dylan, wenn er mich nicht sofort wieder zu sich herangezogen hätte. Erneut berührten sich unsere Lippen und bewegten sich in perfektem Einklang miteinander, erst ganz sanft und vorsichtig, dann immer leidenschaftlicher. Eine weitere Applauswelle ertönte, doch ich nahm sie nur wie durch Watte gepackt wahr. In diesem Moment gab es nur Dylan und mich.

Irgendwann löste ich mich schließlich, wenn auch widerstrebend, von Dylan. Er grinste über das ganze Gesicht.

»Wie ich das vermisst habe.«

Ich erwiderte sein Lächeln. »Geht mir genauso«, murmelte ich gegen seine Brust. »Trotzdem könntest du mich jetzt wieder auf den Boden lassen«, sagte ich dann lachend.

»Das hättest du wohl gerne. Du glaubst doch nicht, dass ich dich je wieder loslasse«, entgegnete Dylan und umfasste meinen Körper nur noch fester.

»Ich habe dich auch vermisst, Dylan, aber trotzdem fände ich es gut, wenn du erst einmal duschen würdest, bevor wir weitermachen«, antwortete ich ganz arglos. Erst als ich Dylans schelmisches Grinsen und das gefährliche Glitzern in seinen Augen sah, wurde mir bewusst, was ich da gerade gesagt hatte und meine Wangen erröteten.

»Wenn du das schon so sagst, will ich mal nicht so sein«, antwortete Dylan amüsiert und ließ mich tatsächlich vorsichtig zu Boden gleiten.

Dann griff er nach meiner Hand und riss sie hoch in die Luft. Erneut entbrannte ein tosender Applaus auf der Bühne und dieses Mal wusste ich genau, dass er nur Dylan und mir gebührte.

»Dylan, schau auf die blöde Straße!«, ermahnte ich meinen Freund zum gefühlt zehnten Mal in einer Viertelstunde.

Wir waren gerade auf dem Weg nach Hause und Dylan starrte mich die ganze Zeit über an, als könnte er es noch nicht fassen, dass wir tatsächlich wieder zusammen waren. Er hatte darauf bestanden, mit mir alleine zurückzufahren, sodass er das Auto seiner Eltern bekommen hatte und diese bei Ace mitkommen mussten. Natürlich wollte ihm niemand diesen Wunsch abschlagen und so fuhren wir jetzt nur zu zweit in Richtung Heimat.

Dylans Hand lag dabei die ganze Zeit über auf meinem Oberschenkel, als hätte er Angst, dass ich ihm weglaufen könnte und die war sogar berechtigt, denn wenn er seine Aufmerksamkeit nicht bald wieder auf den Verkehr lenken würde, würde ich eher nach Hause laufen, als weiter mit ihm zu fahren.

Zu meiner Erleichterung richtete Dylan seinen Blick wieder auf die Straße, wenn auch etwas widerwillig. Die Dämmerung war über uns hereingebrochen und wenn wir zu Hause ankommen würden, würde es schon komplett dunkel sein. Doch Dylan fuhr bereits bei der nächsten Ausfahrt von der Interstate ab.

»Ich glaube, du bist etwas zu früh abgefahren, wir müssen noch mindestens 80 Meilen fahren«, zog ich ihn lachend auf. War er wirklich so abgelenkt durch meine Anwesenheit?

»Wer sagt denn, dass wir nach Hause fahren?«, erwiderte Dylan und sah mich nun doch wieder an.

»Ach ja? Was hast du denn vor?« Ich versuchte nicht zu neugierig zu klingen, wobei ich bei dem Versuch jedoch kläglich scheiterte.

»Das wirst du noch sehen«, antwortete Dylan geheimnisvoll, was mal wieder typisch für ihn war und weshalb ich nur genervt die Augen verdrehte.

Einige Zeit später kamen wir in einem Ort an der Küste an. Er war relativ klein, aber dafür reihte sich ein perfekt gepflegter Garten an den nächsten und man konnte zwischen den Häusern hindurch schon das Meer erahnen, in dem sich das Licht des Mondes spiegelte. Wir hielten vor einem weißen Backsteinhaus, das ebenfalls direkt am Strand gelegen war.

Ich blickte mich mit großen Augen um.

»Wo sind wir hier?«

»Das ist unser kleines Ferienhaus«, antwortete Dylan und deutete einladend auf das Gebäude, während ich schmunzelnd die Augen verdrehte. Was Dylan so unter *klein* verstand … Soweit ich es in dem spärlichen Licht der Straßenlaternen erkennen konnte, war das Haus so groß, dass sogar eine sechsköpfige Familie Platz darin Platz hätte.

»Wir haben aber gar keine Sachen dabei«, bemerkte ich plötzlich, schließlich waren wir direkt nach den Wettkämpfen hierhergefahren.

Dylan lachte. »Das sollte nicht das Problem sein. Du kannst deine Sachen morgen nochmal anziehen und wir schlafen eh nackt. Der Rest, den man braucht, befindet sich im Haus.«

Ich zögerte einen Moment, doch dann nickte ich. »Okay.«

Wir betraten das Haus. Es war in hellen Tönen eingerichtet und besaß riesige Fensterfronten, aus denen man auf den großen ruhigen Ozean blicken konnte. Außerdem kam man aus dem Wohnzimmer über die Terrasse direkt an den Strand.

»Es ist wunderschön hier«, stieß ich aus, während ich mich immer noch völlig begeistert umblickte.

Dylan grinste. »So wie du«, entgegnete er und drückte mir einen sanften Kuss auf die Stirn.

»Du wirst ja echt noch zu einem richtigen Romantiker«, neckte ich ihn.

»Nö, soweit ist es noch nicht«, rief Dylan entrüstet, doch er konnte sein Grinsen nicht verbergen. Wir beide wussten, dass es stimmte, dass Dylan seine harte Schale in den letzten Monaten immer mehr abgelegt hatte.

Wie, um von dem Thema abzulenken, redete Dylan weiter. »Komm mit, du hattest mir ja noch etwas versprochen.«

Er griff nach meiner Hand und zog mich in ein großes Schlafzimmer. Dort stieß er mich vorsichtig auf das Bett und beugte sich über mich. Ich musste schmunzeln, Dylan kam auf jeden Fall direkt zur Sache.

Mit sanften Küssen bedeckte er mein Dekolleté und wanderte schließlich hoch zu meinen Lippen, während meine Haut unter seinen Berührungen zu glühen begann. Ich erwiderte den Kuss leidenschaftlich und schob meine Hände unter Dylans T-Shirt. Langsam fuhr ich seine definierten Muskeln entlang, um ihm schließlich das T-Shirt in einer fließenden Bewegung über den Kopf zu ziehen.

»Fühlst du dich bereit?«, flüsterte Dylan mir ins Ohr. Seine Stimme war rau vor Verlangen und alleine durch ihren Klang bekam ich eine Gänsehaut.

Ich nickte als Antwort, denn ich traute meiner Stimme nicht mehr.

Es war, als würde mein ganzer Körper durch Dylans Küsse und Berührungen in Flammen stehen und ich sehnte mich nach nichts mehr, als ihm so nahe zu sein, wie ich konnte. Ich wollte alles von ihm. Hier und jetzt.

Nun zog auch ich meinen Pullover und meine Jeans aus, während Dylan bereits seine Hose und Boxershorts abstreift hatte und etwas aus der Hosentasche holte. Er stand nun völlig nackt vor mir und es schien ihn nicht im Geringsten zu stören, er war sich der Vorzüge seines Körpers bewusst. Und auch wenn ich ihn bereits nackt gesehen hatte, stockte mir für einen kurzen Moment der Atem. Dylan zog sich das Kondom über und machte sich anschließend an meiner Unterwäsche zu schaffen. Unter sanften Küssen zog er mir erst den Slip und anschließend den BH aus, wobei sich mein Körper ihm voller Verlangen entgegenwölbte.

Doch als ich realisierte, dass ich nun komplett nackt vor meinem Freund lag, schoben sich meine Arme wie von selbst vor meine Brüste, um diese zu verdecken. Plötzlich ergriff mich eine gewisse Unsicherheit. Dylan hatte schon so viel mehr Erfahrung als ich, würde ihm der Sex mit mir überhaupt gefallen?

Dylan schien sofort zu merken, dass bei mir etwas nicht stimmte, denn er griff nach meinen Armen und schob sie sanft, aber bestimmt zur Seite. »Du bist so unglaublich schön, da gibt es nichts, was du verdecken solltest«, sagte er ernst und die Überzeugung, mit der er das sagte, beruhigte mich etwas.

Ich schluckte. »Okay.«

Dann drückte Dylan mich wieder leicht zurück in das weiche Bettlaken zurück und wenig später spürte ich, wie er vorsichtig in mich eindrang. Es tat weh, sehr sogar, aber Dylan war unglaublich feinfühlig und achtete ganz genau auf die Reaktionen meines Körpers. Nur ganz langsam begann er seine Hüfte gegen die meine zu bewegen und mit jedem Stoß konnte ich mich seinen Bewegungen besser anpassen und der Schmerz verflog immer mehr. Dylan beugte sich über mich, um meinen Mund zu küssen und dann das Tempo etwas anzuziehen. Es fühlte gut an und ein lautes Stöhnen verließ meinen Mund. Das schien Dylan noch mehr anzuturnen und als ich meine Hände in seinen Rücken krallte, verließ ein kehliger Laut seinen Körper.

In diesem Moment gab es nur noch ihn und mich. Endlich konnten wir all die Emotionen, die wir über die Zeit angestaut hatten, hinauslassen. Frust, Wut, Verzweiflung und Trauer mischten sich mit Freude, Hingabe, Leidenschaft und Verlangen. Es war einfach unglaublich und ich fühlte mich so gut, wie seit Langem nicht mehr …

Kapitel 51

Als ich am nächsten Morgen aufwachte, war Dylan neben mir noch am Schlafen. Er hatte seine Arme um mich geschlungen und ich konnte das gleichmäßige Heben und Senken seiner Brust in meinem Rücken fühlen. Für einen Augenblick blieb ich so liegen und genoss den Moment. Doch dann machte sich meine Blase bemerkbar und ich befreite mich vorsichtig aus Dylans Griff. Ich wollte ihn nicht wecken, da er in letzter Zeit deutlich zu wenig geschlafen hatte.

Leise schlich ich mich aus dem Raum, wobei ich meine auf dem Boden liegenden Klamotten mitnahm, die ich im Bad anzog, nachdem ich mich etwas frisch gemacht hatte. Anschließend schnappte ich mir eine der dicken Wolldecken vom Sofa und setzte mich damit auf die Terrasse, um dem Meeresrauschen zu lauschen. Der Klang der Brandung hatte immer so eine beruhigende Wirkung auf mich. Verträumt blickte ich auf das Meer, bis sich jemand hinter mir räusperte.

»Du solltest reinkommen, sonst erkältest du dich noch«, vernahm ich Dylans Stimme und drehte mich zu ihm um. Er stand nur in Boxershorts bekleidet im Türrahmen und musterte mich mit kritisch zusammengezogenen Augenbrauen.

»Musst du gerade sagen«, entgegnete ich deshalb trotzig, obwohl ich wusste, dass Dylan Recht hatte, schließlich war es gerade mal Anfang Februar.

»Wenn man so heiß ist wie ich, läuft man nicht Gefahr, sich eine Erkältung zu holen«, lachte er mit einem selbstgefälligen Grinsen und kam ein Stück auf mich zu.

»Du bist vor allem arrogant«, versuchte ich Dylan von seinem hohen Ross runterzuholen, obwohl ich wusste, dass dies zwecklos war. Ich verdrehte gespielt genervt die Augen und stöhnte kurz auf.

»Oh, das erinnert mich an gestern. Wie du da meinen Namen gestöhnt hast und-«, begann Dylan zu schwärmen, doch ich schnitt ihm schnell das Wort ab.

»Dylan, hör auf«, rief ich entgeistert und schlug ihm gegen die nackte Brust.

»Oh, Baby, das können wir auch haben«, erwiderte er mit einem breiten Grinsen auf den Lippen, worüber ich nur den Kopf schütteln konnte.

»Du treibst mich in den Wahnsinn, Dylan.«

»Du mich auch«, entgegnete er und im nächsten Moment spürte ich seine Lippen auch schon auf meinen. Ein elektrisches Kribbeln durchfuhr meinen gesamten Körper und ich presste mich näher an Dylan heran und griff in seine Haare. Er hingegen ließ seine Hände langsam an meinem Körper auf und ab wandern, während sein Kuss immer intensiver wurde. Es war, als wären wir süchtig nach dem anderen und unsere Küsse die Droge, von der wir nie genug bekommen konnten.

Nach einiger Zeit lösten wir uns wieder voneinander und blickten uns völlig außer Atem in die Augen.

»Kommst du mit duschen?«, fragte Dylan mich dann.

Ich zögerte einen Moment. »Ähm… ich weiß nicht…«, stammelte ich etwas überfordert.

»Ach komm, zu zweit, das spart Wasser und Zeit«, meinte mein Freund nur und griff nach meiner Hand, um mich mit sich mitzuziehen.

»Wir können doch einfach noch zwei Tage bleiben«, versuchte Dylan mich erneut zu überzeugen, doch ich schüttelte den Kopf.

Er versuchte bereits seit einer Stunde mich zum Bleiben zu überreden, doch ich ließ mich nicht erweichen. »Wir haben morgen beide Schule und außerdem haben wir immer noch keine Wechselsachen dabei, also nein«, erwiderte ich mit Nachdruck in der Stimme.

Dylan sah mich enttäuscht an, aber schließlich nahm seine Vernunft wohl doch Oberhand. »Okay, gegen dich komme ich ja eh nicht an«, seufzte er resigniert.

»Du hast es erfasst«, meinte ich lachend. »Dann lass uns jetzt losfahren, ich habe noch einiges zu erledigen.«

Ich wusste, dass zu Hause Dylans Eltern und seine Freunde auf uns warteten, um seinen Erfolg bei der Weltmeisterschaft zu feiern, deshalb machte ich ihm unauffällig etwas Druck. Würde ich Dylan direkt sagen, dass für ihn zu Hause eine

Überraschungsparty geplant war, würde er wahrscheinlich gar nicht erst in das Auto einsteigen.

Und so fuhren wir tatsächlich relativ bald ab und kamen einige Stunden später zu Hause an. Dort wurden wir auch schon von allen erwartet und euphorisch empfangen. Da uns allen bewusst war, dass Dylan Feiern hasste, hatten wir natürlich versucht, es so klein wie möglich zu halten. Nur Dylans Eltern, Ace, Luke, Jase, Lucy und Sam waren da und Dylan wirkte auch gar nicht so gequält, wie ich erwartet hatte. Wir grillten gemeinsam und machten anschließend ein Lagerfeuer, denn das Wetter war heute für die Jahreszeit verhältnismäßig mild.

Kate und George hatten uns nach dem Grillen alleine gelassen und nur wir Jugendlichen saßen um das Feuer herum und sahen zu, wie sich der Abend dem Ende neigte. Sam und Lucy saßen eng umschlungen neben mir und teilten sich eine Decke und uns gegenüber saßen Luke und Jase. Auch Dylan hatte einen Arm um mich geschlungen und ich kuschelte mich an seine warme Brust.

In diesem Moment kam Ace aus der Küche zurück in den Garten.

»Oh Gott, überall diese Paare«, meinte er gespielt genervt, aber man konnte deutlich den amüsierten Unterton aus seiner Stimme heraushören.

Er blickte sich noch einmal kurz in der Runde um, dann kniete er sich vor Jase nieder.

»Jase, ich halte es jetzt für angebracht, dir meine Liebe zu gestehen. Willst du mit mir gehen?«, fragte er ihn so ernst, dass ich es ihm beinahe abgenommen hätte.

Jase nahm die Hand, die Ace ihm entgegengestreckt hatte, an und zog ihn hoch. »Wie lange ich auf diesen Moment gewartet habe, mein edler Ritter«, antwortete er in einer gekünstelt hohen Stimme. »Es wäre mir eine Ehre.«

Dann umarmten sich die beiden innig und setzten sich eng umschlungen zurück auf die Bank, während wir anderen alle hemmungslos in Lachen ausbrachen.

Ich lachte so sehr, dass mir die Tränen kamen und mir ganz warm ums Herz wurde. Wie mir solche Momente mit diesen Chaoten gefehlt hatten …

»Jetzt fehlt nur noch dir jemand, Luke«, überlegte Lucy lachend.

»Ach, ich bin zur Zeit ganz gut bedient«, erwiderte der schwarzhaarige Junge nur und ich sah, wie sich ein leichtes Lächeln auf seinem Gesicht bildete.

»Was echt?«, entfuhr es mir erstaunt.

»Erinnert ihr euch noch an Maddie – meine Begleitung auf dem Prom? Ich habe das Gefühl, dass es ganz gut zwischen uns läuft, wir waren schon auf einigen Dates«, erklärte Luke und ich merkte, wie sich seine Wangen in der Dunkelheit etwas röteten.

Lucy und mir entfuhr gleichzeitig ein Quietschen, während Luke einen Schlag an den Arm von Ace kassierte. »Und das erzählst du uns nicht? Du kleiner Pisser!«, schrie er Luke an, weshalb alle erneut in Lachen ausbrachen.

»Ich habe euch jetzt ja davon erzählt und noch ist es ja auch nichts Festes«, entschuldigte dieser sich und ich war mir sicher, eine gewisse Verlegenheit aus seiner Stimme herausklingen zu hören.

»Oh Luke, das freut mich so für dich«, gestand ich ihm und lächelte ihn herzlich an.

Dann blickte ich wieder zu Dylan, der den ganzen Abend über schon total schweigsam war. »Alles gut bei dir?«, fragte ich ihn im Flüsterton, sodass die anderen es nicht mitkriegten.

»Ja, alles gut. Ich bin gerade einfach nur glücklich, da bedarf es keiner großen Worte.«

Ich lächelte ihn erleichtert an. »Ich auch.«

Ich merkte, wie Dylan sich zu mir vorbeugte, um mich zu küssen, doch ich schob ihn sanft weg. »Nicht, wenn alle anderen dabei sind«, ermahnte ich ihn leise. Ich persönlich fand Paare, die in der Öffentlichkeit förmlich aneinander klebten, immer etwas anstrengend, aber Dylan schien sich über so etwas keine Gedanken zu machen, was mal wieder typisch für ihn war.

»Das halten die schon aus, schließlich bin ich doch fast Weltmeister und alle sind nur wegen mir hier«, erwiderte er nur und küsste mich nun doch.

Dieses Mal wehrte ich mich nicht und ließ mich völlig in den Kuss fallen. So wie es jetzt war, könnte es von mir aus immer bleiben …

Kapitel 52

Vier Monate später

»Ich werde euch alle so vermissen«, schniefte ich mittlerweile zum bestimmt fünften Mal. Seit Stunden heulte ich Rotz und Wasser, meine Augen waren mittlerweile völlig verquollen und meine Nase brannte von dem häufigen Putzen.

Ich wollte nicht gehen, am liebsten würde ich einfach in Amerika bleiben. Natürlich freute ich mich auch auf zu Hause, aber in diesen Monaten hatte ich mir hier ein komplett neues Leben aufgebaut und es brach mir das Herz, das alles nun hinter mir lassen zu müssen.

»Wir kommen dich besuchen, ganz sicher! Und du musst uns auch besuchen, ganz ganz oft«, schluchzte Lucy und fiel mir heulend in den Arm. »Ich werde dich so vermissen.«

»Ich dich auch, Lucy. Ich dich auch«, murmelte ich und vergrub mein verweintes Gesicht in ihren dunklen Haaren.

Als sie wieder etwas auf Abstand rückte, stürzte sich direkt Jase auf mich und drückte mich fest an sich. »Mach's gut, Kleine. Pass auf dich auf, okay?«

Ich nickte unter Tränen. »Du auch, Jase.«

Jase ließ mich wieder los und ich sah, dass es selbst in seinen Augen feucht glitzerte. »Du hast auf mich abgefärbt, Valy. Jetzt werde ich auch noch so sentimental wie du«, scherzte er, um dies zu überspielen.

Ein kleines Lächeln schlich sich auf meine Lippen. Jase war zwar der größte Aufreißer von allen, besaß aber ein Herz aus Gold. Ich würde ihn echt vermissen.

Anschließend zog mich Maddie in eine feste Umarmung. »Bis bald, Valerie. Du kommst uns ganz bald besuchen, versprochen?«, schniefte sie unter Tränen.

Maddie und ich waren, seitdem sie und Luke offiziell zusammen waren, richtig gute Freundinnen geworden. Ihre verplante, liebenswerte Art würde mir echt fehlen.

»Versprochen.«

Als Nächstes verabschiedete sich Luke von mir. Er versuchte

gar nicht erst, seine Tränen zu verstecken, sondern ließ sie ohne Hemmungen auf mein T-Shirt tropfen, während er mich fest an sich drückte. Bei meiner Abschiedsfeier gestern war er tatsächlich der Erste gewesen, der angefangen hatte zu weinen. Das hätte man ihm bei seiner ruhigen und besonnen Ausstrahlung eigentlich gar nicht zugetraut, aber so war es.

»Wir sehen uns bald wieder, Valy«, murmelte er mir ins Ohr. »Und wehe du hörst auf, mir Memes zu schicken! Deine sind die Besten.«

Ich musste kurz lachen, was aber dazu führte, dass ich anscheinend noch stärker weinte. Die Tränen rannen mir in wahren Bächen aus den Augen und es schien nicht so, als würden sie je aufhören wollen.

»Natürlich, Luke. Ich werde dich vermissen«, antwortete ich leise.

»Ich dich auch«, kam es von ihm mit rauer Stimme zurück.

Nachdem er mich wieder losließ, stand ich nun vor Ace, der mich in eine knochenzerbrechende Umarmung zog. Auch ihm rollten dicke Tränen aus den Augen.

»Oh Mann, Valerie. Ich weiß gar nicht, was ich jetzt sagen soll«, stammelte er völlig aufgelöst und raufte sich mit einer Hand durch die blonden Haare. »Danke, für alles, was du getan hast. Du warst für uns alle die positive Veränderung, die wir gebraucht haben. Du bist einer der tollsten Menschen, die ich je kennengelernt habe. Ich werde dich so sehr vermissen.«

»Und du bist einer der tollsten Menschen, die *ich* kennengelernt habe. Ich habe dich so lieb! Wir sehen uns bald wieder, ganz sicher. Ich werde dich auch vermissen.«

Wir hielten uns noch einen Moment im Arm, doch dann musste ich mich auch von ihm lösen.

»Bis bald, Leute«, rief ich in die Runde und ließ meinen, von den Tränen verschwommenen Blick, ein letztes Mal über meine Freunde schweifen. Sie waren mir alle über dieses Jahr so sehr ans Herz gewachsen und am liebsten würde ich sie einfach mit nach Deutschland nehmen.

Nur schwer konnte ich meinen Blick losreißen, um dann mit Dylan, Kate und George zusammen das Flughafengebäude zu betreten. Ich griff nach Dylans Hand und blickte ihn an. Er sah stumm zurück, doch sein Blick sagte viel mehr, als tausend Worte es getan hätten. Er war voll von Schmerz und Trauer und es brach mir das Herz, Dylan so zu sehen.

Schon in den letzten Wochen vor meinem Abflug hatte ich diesen Blick immer öfter bemerkt. Jedes Mal, wenn Dylan sich sicher war, dass ich ihn nicht beobachtete, sah er mich so traurig an. Wenn ich aber zu ihm guckte, setzte er jedes Mal wieder ein Lächeln auf, aber es war nicht echt – das wusste ich. Heute fehlte ihm jedoch die Kraft, seine sonstige Fassade aufrechtzuerhalten. Ich wollte gerne irgendetwas zu ihm sagen, um ihn aufzuheitern, aber mir fehlten die passenden Worte.

In der großen Wartehalle verabschiedete ich mich schließlich von Kate und George – den tollsten Gasteltern der Welt. Sie waren mir in dieser Zeit so sehr ans Herz gewachsen und zu einer richtigen Familie für mich geworden.

»Vielen Dank, für alles. Ihr habt mir meinen größten Traum und das tollste Jahr meines Lebens ermöglicht, das werde ich nie vergessen. Ich werde euch so sehr vermissen«.

Meine Gasteltern zogen mich in eine letzte herzliche Umarmung.

»Wir dich auch. Unser Haus steht dir jederzeit offen, du kannst uns immer besuchen, wenn du möchtest, wir würden uns sehr freuen«, sagte Kate und George nickte bestätigend.

Ich drückte sie noch ein letztes Mal an mich, dann ging ich zusammen mit Dylan das letzte Stück zu den Gates. Er bestand darauf, alle meine Taschen und meinen Koffer bis zum Check-In zu tragen und wartete mit mir, bis das Gepäck in Empfang genommen wurde.

Und schließlich kam der Moment, vor dem ich mich so lange gefürchtet hatte. Aber es ließ sich nicht weiter hinauszögern, es sei denn, ich würde meinen Flieger verpassen wollen. Naja, eigentlich würde ich das liebend gerne, aber auf der anderen Seite warteten schließlich meine Familie und Freunde in Deutschland auf mich.

Ich schlang meine Arme fest um Dylans Hals und ließ meinen Tränen freien Lauf auf sein T-Shirt. Ein letztes Mal wollte ich seinen vertrauten Geruch in mir aufnehmen und seine Nähe spüren. »Wir schaffen das, Dylan! Es ist nur ein Jahr, das wir überstehen müssen und in den Weihnachtsferien komme ich ja schon wieder zu Besuch«, versuchte ich die Stimmung etwas zu heben und uns beide etwas zu ermutigen, doch Dylan erwiderte meinen Blick nur matt.

Wir hatten einen Plan gemacht, Dylan und ich. Er hatte einen Studienplatz an der Universität in Philadelphia erhalten und würde dort International Management studieren. Im zweiten Jahr seines Studiums würde er bereits ein Auslandssemester in Hamburg verbringen und somit in unmittelbarer Nähe von mir studieren. In dieser Zeit würde ich mein Abitur machen und dann anschließend zusammen mit ihm nach Amerika zurückgehen, um dort Journalismus in Philadelphia zu studieren. Natürlich gestaltete sich dieser Plan als durchaus kompliziert und mit vielen losen Enden, aber es war ein Hoffnungsschimmer für uns beide, an den wir uns klammerten, wie Ertrinkende an einen Rettungsring.

»Wir schaffen das«, wiederholte Dylan meinen Satz von eben, wie um sich selbst Mut zuzusprechen. Aber seinem Gesichtsausdruck nach zu urteilen, schien er immer noch nicht überzeugt zu sein.

»Am liebsten würde ich dich gar nicht erst gehen lassen, aber ich weiß, dass es sein muss. Danke, Valerie, für alles. Du hast mir gezeigt, was es heißt, zu lieben und geliebt zu werden und dass es noch so viel mehr gibt als Hass und Verbitterung. Du hast meinem Leben einen neuen Sinn gegeben, du bist der Grund, für den es sich zu kämpfen lohnt. Ich liebe dich über alles«, murmelte er in mein Ohr. Seine Stimme bebte und als ich etwas von ihm abrückte, sah ich, wie Dylan tatsächlich Tränen aus den Augen rollten. Ich hatte ihn bisher nicht oft weinen gesehen, höchstens dreimal, aber jetzt ließ er seinem Schmerz freien Lauf. Es zerriss mir das Herz, ihn so am Boden zerstört zu sehen und doch konnte ich es nicht ändern.

»Und ich liebe dich, Dylan. Ich liebe dich so sehr und deshalb weiß ich auch, dass wir das zusammen durchstehen können«, erwiderte ich. Dann legte ich meine Lippen sanft auf seine. Unser letzter Kuss war voller Leidenschaft und Zärtlichkeit, besaß aber auch einen bitteren Beigeschmack des Abschieds und der Trauer.

Erst als mein Flug zum letzten Mal aufgerufen wurde, lösten wir uns voneinander und ich stellte mich in der Sicherheitskontrolle an, wo die Schlange jetzt zum Glück nur noch ganz kurz war. Ich drehte mich noch ein letztes Mal um und winkte Dylan zu, der an der Abgrenzung stand und mich bei meinen letzten Schritten auf amerikanischem Boden beobachtete. Selbst auf die Entfernung wirkte er so gebrochen und verletzlich. Sehnsüchtig blickte ich zu ihm, doch dann wurde ich um die nächste Ecke gelotst und verlor ihn aus dem Blick. Ein beklemmendes Gefühl breitete sich in meinem Bauch aus, jetzt war ich wirklich so gut wie weg. Ein Jahr hatte ich meinen Traum eines Auslandsjahrs leben können, doch nun ging es wieder zurück. Und ich würde nicht nur meine Freunde und neue Familie in Amerika zurücklassen, sondern auch einen großen Teil meines Herzens und Erinnerungen, die ich nie vergessen würde.

In den letzten Wochen hatte ich viel darüber nachgegrübelt, ob ich mir mit Dylans und meinem Plan nicht zu viel Hoffnung machte. Wir kannten uns schließlich erst seit einem Jahr und in der nächsten Zeit würden sich unsere Leben unabhängig voneinander weiterentwickeln. Waren wir dem gewachsen? Würden wir es wirklich schaffen, eine Fernbeziehung zu führen, bis Dylan nach Hamburg kam? Oder würde sich das alles als riesiger Fehler entpuppen und ich am Ende mit einem gebrochenen Herzen dastehen? Ich wusste es nicht, aber trotzdem war ich bereit, dieses Risiko einzugehen. Und selbst wenn es ein Fehler war, dann wäre es der schönste Fehler von allen.

Mein amerikanischer Fehler.

EPILOG

Es klingelte stürmisch an der Tür, immer und immer wieder. Bestimmt war das mein kleiner Bruder Max, der diesen Klingelterror veranstaltete, er konnte wahnsinnig ungeduldig sein. Meine Eltern und er waren zusammen irgendetwas abholen gefahren, während ich noch im Bett gelegen hatte, schließlich hatte ich Herbstferien.

Langsam bequemte ich mich von der weichen Matratze hoch und schlurfte genervt zur Tür, um sie mit einer schwungvollen Bewegung zu öffnen. Zum Vorschein kamen die grinsenden Gesichter meiner ganzen Familie und ich fühlte sofort, dass sie etwas im Schilde führten.

»Wir haben eine Überraschung für dich«, rief Max und hüpfte aufgeregt auf und ab. »Eine super-duper riesen-tolle Überraschung.«

»Kriege ich jetzt doch einen Hundewelpen?«, scherzte ich und versuchte nicht allzu neugierig auszusehen, dabei brannte ich darauf, zu erfahren, was meine Familie vor mir verbarg.

Meine Eltern und Max schüttelten synchron den Kopf.

»Viel besser«, antwortete meine Mutter und ihr Grinsen wurde um noch eine Spur breiter, wenn dies überhaupt möglich war.

Dann trat sie einen Schritt zur Seite und fast im selben Moment bog eine weitere Person um die Ecke. Ein Anblick, den ich so lange vermisst hatte.

»*Dylan!*«, schrie ich vor Überraschung laut auf und stürzte mich mit wild klopfendem Herzen auf ihn.